中國古典诗文课

顾　随　讲

叶嘉莹　笔记

北京大学出版社
PEKING UNIVERSITY PRESS

图书在版编目（CIP）数据

中国古典诗文课/顾随讲；叶嘉莹笔记.—北京：北京大学出版社，2023.9

ISBN 978-7-301-34446-0

Ⅰ.①中… Ⅱ.①顾… ②叶… Ⅲ.①古典诗歌–诗歌欣赏–中国–通俗读物 Ⅳ.①I207.2-49

中国国家版本馆CIP数据核字（2023）第174729号

书　　　名	中国古典诗文课
	ZHONGGUO GUDIAN SHIWEN KE
著作责任者	顾　随　讲　叶嘉莹　笔记　顾之京　高献红　整理
策 划 编 辑	王炜烨
责 任 编 辑	王炜烨　王立刚
标 准 书 号	ISBN 978-7-301-34446-0
出 版 发 行	北京大学出版社
地　　　址	北京市海淀区成府路 205 号　100871
网　　　址	http://www.pup.cn　新浪微博：@北京大学出版社
电 子 邮 箱	zpup@pup.cn
新 浪 微 博	@北京大学出版社
电　　　话	邮购部 010−62752015　发行部 010−62750672
	编辑部 010−62750673
印 刷 者	北京九天鸿程印刷有限责任公司
经 销 者	新华书店
	965 毫米 ×1300 毫米　16 开本　31 印张　405 千字
	2023 年 9 月第 1 版　2023 年 9 月第 1 次印刷
定　　　价	169.00 元

硯冰

目　录

序

砚池

一种学问，总要和人之生命、生活发生关系。凡讲学的若成为一种口号（或一集团），则即变为一种偶像，失去其原有之意义与生命。

第一课

《诗经》谈片

班固①说《诗》有所谓"不得已"。"不得已"，不为威胁利诱；"不得已"，是内心的需要，如饥思食，如渴思饮。必须内心有此需求，才能写出真的诗来，不论其形式是诗与否。文学作品中多有"诗"的成分，如《左传》《庄子》。声韵、格律，是狭义的诗；广义的诗，凡真实之作品皆是诗。了解古人诗，最重要是了解古人内心的需要。

　　章学诚②以为，战国学术，其源多出于诗教，都是《诗》的影响（《文史通义·诗教》）；余则以为，战国学术只可说是诗之末流，绝非诗教正统。然余之意，尚不在诗教，而在诗义。

　　《诗》有六义：风、雅、颂，赋、比、兴。前三项，《诗》之性质；后三项，《诗》之作风（法）。

---

　　① 班固（32—92）：字梦坚，扶风安陵（今陕西咸阳）人。东汉史学家、文学家，著作除《汉书》外，尚有《两都赋》《白虎通义》等。
　　② 章学诚（1738—1801）：清代史学家，提倡"六经皆史"，著有《文史通义》九卷。

一 周南·麟之趾

麟之趾，振振公子，于嗟麟兮。
麟之定，振振公姓，于嗟麟兮。
麟之角，振振公族，于嗟麟兮。

诗之美是最大真实，而虚无缥缈、不可捉摸，可意会不可言传。

诗无达诂。（董仲舒《春秋繁露·精华》）

说诗者不以文害辞，不以辞害志。以意逆志，是为得之。（《孟子·万章上》）

文是表现美的，辞以明志。

孔子曰："兴于诗。"（《论语·泰伯》）诗是感发。或曰：看花下泪，大煞风景。（李商隐《义山杂纂》）"看花下泪"，正有其不得不然者。"看花下泪"，与指其为"大煞风景"，都不对，亦都对，不可以客观批评。下泪不是为花开，正如饮酒也不是为花开呀！既可"看花饮酒"，

麟趾贻休

詩人頌太姒仁厚之德曰麟
之趾振振公子註曰麟性仁
厚故其趾亦仁厚文王后妃
仁厚故其子亦仁厚

>> > 诗之美是最大真实，而虚无缥缈、不可捉摸，可意会不可言传。"麟之趾……麟之定……麟之角……"，一好百好，不必以辞害意。图为清代焦秉贞《历朝贤后故事图册·麟趾贻休》。

何妨"看花下泪"!"孰知天下之正味"①，此正董氏所谓"诗无达诂"。强人同己，乃大不通。饮酒、下泪，皆是花所给之"兴"。

《麟之趾》三章，章三句。

"麟之趾……麟之定……麟之角……"，一好百好，不必以辞害意。

作诗要能支配诗之声音，"振振公子"，真好，由声音可表现气象。后之诗狭小卑劣，不能如此。以声音表现气象，一必心中有此感觉，二能以音节表现，如此气象乃出。若感觉不是，则所找音节不对，气象也不是了。"振振公子""振振公姓""振振公族"，每个都好。

《周南》始于《关雎》，终于《麟之趾》，可见中国社会以家族为中心，所写不过男女爱悦、夫妇嫁娶、家庭子孙。

①身 ←── ②家 ──→ ③国

"欲治其国者，先齐其家"（《礼记·大学》），以家为中间枢纽，化家为国。

个人太小，不能成为力量。——"我是我自己的上帝"（斯提尔纳语）②、"最孤立者是最强者"（易卜生《人民公敌》）。强尽管强，而不免失败。"身"太单薄，"国"太玄虚，故须有"家"。在家中须有牺牲精神，集家成国。

---

① 《庄子·齐物论》："民食刍豢，麋鹿食荐，蝍且甘带，鸱鸦耆鼠，四者孰知正味？"
② 斯提尔纳（1806—1856）：今译为施蒂纳，德国19世纪哲学家，著有《唯一者及其所有物》。

二　豳风·七月

七月流火，九月授衣。

一之日觱发，二之日栗烈。

无衣无褐，何以卒岁。

三之日于耜，四之日举趾。

同我妇子，馌彼南亩。田畯至喜。

七月流火，九月授衣。

春日载阳，有鸣仓庚。

女执懿筐，遵彼微行，爰求柔桑。

春日迟迟，采蘩祁祁。

女心伤悲，殆及公子同归。

七月流火，八月萑苇。

蚕月条桑，取彼斧斨。

以伐远扬，猗彼女桑。

七月鸣鵙，八月载绩。

载玄载黄，我朱孔阳，为公子裳。

四月秀葽，五月鸣蜩。

八月其获，十月陨萚。

一之日于貉，取彼狐狸，为公子裘。

二之日其同，载缵武功。

言私其豵，献豜于公。

五月斯螽动股，六月莎鸡振羽。

七月在野，八月在宇，九月在户，

十月蟋蟀入我床下。

穹窒熏鼠，塞向墐户。

嗟我妇子，曰为改岁，入此室处。

六月食郁及薁，七月亨葵及菽。

八月剥枣，十月获稻。

为此春酒，以介眉寿。

七月食瓜，八月断壶。

九月叔苴，采荼薪樗，食我农夫。

九月筑场圃，十月纳禾稼。

黍稷重穋，禾麻菽麦。

嗟我农夫，我稼既同，上入执宫功。

昼尔于茅，宵尔索绹。

亟其乘屋，其始播百谷。

二之日凿冰冲冲，三之日纳于凌阴。

四之日其蚤，献羔祭韭。

九月肃霜，十月涤场。

朋酒斯飨，曰杀羔羊。

跻彼公堂，称彼兕觥，万寿无疆。

　　旧说风、雅有正、变之分。太平之世中正和平之音为正风；乱世之诗怨恨讽刺，而非温柔敦厚之音，为变风。旧说如此，而不太可信。班固但言《豳风》"言农桑衣食之本"，何变之有？班固说话老实极了，好引《诗》而真能了解，既不夸张又不穿凿。

《七月》是农事诗。

《七月》首章前半言衣，后半言食。言衣"显说"——"九月授衣""无衣无褐"；言食"隐说"。在作者或原无意于"显说""隐说"，行乎所不得不行，止乎所不得不止，是"不得已"，且为发自内心非自外来。在作者是行所不得不行，止所不得不止。在读者要行其所行，止其所止。作者之行止与天才、修养、情意有关。（一）天才。太白与老杜天才不同，李之不能为杜，亦犹杜之不能为李。佛说经常举狮象代表力，但狮是狮的力，象是象的力，不能说象强于狮或狮强于象。各有各的力量，亦犹人各有各的天才。（二）修养。天才是先天的，是基本；修养是后天的，是预备。（三）情意。此乃动机。如伐树，一须有力——天才；二须有斧斤——修养、预备；然还须有情意。有此三者，便是班固所谓"不得已"（《汉书·艺文志》）。然在读者更要看出其行、其止，《七月》首章何以一"显说"、一"隐说"。

诗有叙事、写景、抒情。

抒情诗最易写。《国风》中亦以抒情诗为多，无论其写得美丽或沉痛，美丽可感动人之感觉，沉痛可感动人之感情。

写景：大自然，风月、山水，原是美的。写景亦可写得美丽沉痛，景中有情。

最难写的是叙事的诗，难于写得美，因少幻想。如白居易《长恨歌》，自开始至贵妃死都写得不好，勉强凑合，几不成诗。至"忽闻海上有仙山"才写得好了。"上穷碧落下黄泉，两处茫茫皆不见"，颇有老杜气概，而较老杜自在从容，因此是幻想，故易写。此外就是"传奇"的，也易写得好，如白居易《琵琶行》，虽无《长恨歌》之奇情壮采，而尚能动人，便因其为"传奇"的（传奇，此乃翻译，实应为浪漫的，romantic，非真实的）。其不同于幻想者，幻想是鬼神的，传奇是人事的，而二者有一相同点，即：全为非真实的。

《诗经·豳风·七月》真是一篇杰作。

唯有《七月》一类诗难写，没有一点幻想色彩，也没有一点传奇色彩，全是真实的，故难写成诗。所谓难写，并非不能写；难，是我们才力不到。天地间事物没有不能写成诗的。《七月》所写是老百姓平常人的平常生活，难写而写出来了，而且写的是诗，不是日记，不是账本子，不是有韵散文。（我们写日常生活，不是日记，便是记账。）

同时，《七月》又是非个人的。《长恨歌》《琵琶行》皆有主人翁，是个人的。老杜名为"诗史"，但如其《北征》《赴奉先县咏怀五百字》，亦仍嫌其个人色彩太重，不过从其个人描写中可看出别人乱离生活。虽然如此，但究竟是以自我做中心，少普遍性。普遍性令人想到近代所谓"集团"。集团性力量非常大。近代作家提倡集团，但其作品仍是偏于个人而非集团性的。《七月》真是集团性的，不是写的一两个人，是写豳地所有人民。《长恨歌》只是杨玉环，《琵琶行》只是商人妇；而《七月》是豳地所有人民，比前二者伟大。

再次，《七月》是平凡的。这与真实相近，而实不同。历史上许多真实事并不平凡。洋车夫的生活是平凡，也是真实，但很难写得好，最好是他们自己写。最要者，真实中还要有韵味，余味不尽。写"集团"，难得是调和，在团体中找出共同性；平凡是难于写得伟大（神秘）。

同时，《七月》又写出中国民族之乐天性。这是好是不好，很难说。如天真是好，而天真是幼稚；坦白是好，而坦白是肤浅。中国人易于满足现实，这就是乐天。乐天是保守，不长进；而乐天自有其伟大在，不是说它消极保守，是说它的积极性，人必在自己职业中找到乐趣，才能做得好，有成就。《七月》写人民生活，不得不谓之勤劳，每年每月都有事，而他们总是高高兴兴的。这样的民族是有希望的，不会灭亡的。

《七月》从头到尾都是男性的诗，硬性的，阳刚，力的表现。力即美，但分言之，力与美又为二者，只言美则偏于优美。但《七月》中仅有第二章一章中音节柔和、调谐、优美，有女性美：

七月流火，九月授衣。

春日载阳，有鸣仓庚。

女执懿筐，遵彼微行，爰求柔桑。

春日迟迟，采蘩祁祁。

女心伤悲，殆及公子同归。

这一章先用阳声韵，接着是后世的"四支""五微"韵，细声，是对比——前半宏大，后半纤细；前半偏动，后半偏静。第一章前半言衣是显说，后半言食是隐说，显隐之别是文字上的；第二章动静之别是音节上的。

《七月》作者是男性，阳刚，但第二章女性美写得真好，把女性的感觉、感情都写出来了。但一起两句"七月流火，九月授衣"，放在这里真不调和，此是"兴"也。此二句在第一章是"赋"，在第二章是"兴"，以此二句引出以下九句，故曰"兴"。第三章"七月流火，八月萑苇"二句，"赋"与"兴"兼而有之。且前既言"七月"，何以后又言"七月"，而中曰"蚕月"？盖亦"兴"也。

清代牛运震《诗志》言《七月》：

此诗……平平常常，痴痴钝钝，自然充悦和厚，典则古雅。此一诗而备三体，又一诗中藏无数小诗，真绝大结构也。

"充"，充满之意。诚于中形于外，内心充满则所表现自是"悦"。"充悦"，真好，毫无虚假。"充悦和厚，典则古雅"，中国旧美学之高处便在此。

写长一点的作品，必须一大段中分若干小段，分之则清清楚楚，合之则浑然无迹，天衣无缝。创作必要做到此地步。若一大段糊里糊涂，分不出小段，则你写时没法写，人读时也没法读。然若能分出不能合，

>> >《豳风·七月》是农事诗，这首诗真是一篇杰作。它写人民生活，他们不得不谓之勤劳，每年每月都有事，而又总是高高兴兴的，这样的民族是有希望的，不会灭亡的。图为清代张师诚《豳风十二月图说·七月流火》。

零零碎碎也不成，合之则异常完密。牛氏之言是，但牛氏未言其何以能如此，何以"一诗而备三体"且"一诗中藏无数小诗"（分之清清楚楚，合之天衣无缝），此便因《七月》所写是团体，只写个人总差。《七月》人多、时多、事多，自易一诗内藏许多小诗。

三　小雅·节南山之什^①

《诗经》"风""雅"中只正风、正雅（治世之音）始是表现温柔敦厚，中正和平。至若"变风""变雅"，虽"三百篇"亦不能温柔敦厚，正如老实人在遇到不共戴天之仇时，也会杀人放火。

治世之音，雅；乱世之音，变雅。此如镜之有明、暗二面，常人只认明的一面是镜子，实则此种认识错误。

《小雅》之诗，毛分七什（十篇为什）。依毛氏所分，《小雅》中《鹿鸣》《南有嘉鱼》《鸿雁》之什，多酬酢宴饮乐歌，有佳作，亦仍为中正和平、温柔敦厚之音；《小雅》自《节南山》之后乃有所谓"变雅"之音。

> 节彼南山，维石岩岩。
>
> 赫赫师尹，民具尔瞻。
>
> 忧心如惔，不敢戏谈。

---

① 毛诗《节南山》之什，包括《节南山》《正月》《十月之交》《雨无正》《小旻》《小宛》《小弁》《巧言》《何人斯》《巷伯》十篇。

国既卒斩，何用不监。

节彼南山，有实其猗。
赫赫师尹，不平谓何。
天方荐瘥，丧乱弘多。
民言无嘉，憯莫惩嗟。

尹氏大师，维周之氐。
秉国之钧，四方是维。
天子是毗，俾民不迷。
不吊昊天，不宜空我师。

弗躬弗亲，庶民弗信。
弗问弗仕，勿罔君子。
式夷式已，无小人殆。
琐琐姻亚，则无膴仕。

昊天不傭，降此鞠讻。
昊天不惠，降此大戾。
君子如届，俾民心阕。
君子如夷，恶怒是违。

不吊昊天，乱靡有定。
式月斯生，俾民不宁。
忧心如酲，谁秉国成。
不自为政，卒劳百姓。

驾彼四牡，四牡项领。

我瞻四方，蹙蹙靡所骋。

方茂尔恶，相尔矛矣。

既夷既怿，如相酬矣。

昊天不平，我王不宁。

不惩其心，覆怨其正。

家父作诵，以究王訩。

式讹尔心，以畜万邦。

    《节南山》"我瞻四方，蹙蹙靡所骋"，此乃诗人之感觉。

    诗人的主观有时能转变客观的条件。当然神经锐敏好，过敏则不好，至衰弱则是病。有一种疯子叫"迫害狂"，乃变态心理，先是感觉锐敏，由锐敏而过敏，而衰弱，结果成迫害狂。乐天知命固然是没有出息，消极；然能如此，必须健康，无论心理、生理有一点不健康，便不能乐天知命。乐天知命不但要一点功夫，且要一点力量。力量固然是功夫，然也是天生的。陶公"乐天知命"。陶公曰："审容膝之易安。"（《归去来兮辞》）"容膝""易安"，是不长进，没出息，而陶公实际积极进取，唯在享受上只需"容膝"而已。这还是因为他生理、心理都健康。而《节南山》"我瞻四方，蹙蹙靡所骋"，天地之大无所容我，这是不健康。天地之大，何处不可容身？"蹙蹙靡所骋"，自己恐吓自己，是乱世心理。

    诗人应感觉锐敏，神经如琴弦，但应身体如钢铁，二者合起来，才是诗人的健康，缺一不可。前一条件（神经如琴弦）不容易，而诗人凡能成功者多能如此；后一条件（身体如钢铁），则中国诗人多是病态的。

由生理身体之不健康，影响到心理之不健康，此乃中国诗人最大毛病。

正月繁霜，我心忧伤。
民之讹言，亦孔之将。
念我独兮，忧心京京。
哀我小心，癙忧以痒。

父母生我，胡俾我瘉。
不自我先，不自我后。
好言自口，莠言自口。
忧心愈愈，是以有侮。

忧心惸惸，念我无禄。
民之无辜，并其臣仆。
哀我人斯，于何从禄。
瞻乌爰止，于谁之屋。

瞻彼中林，侯薪侯蒸。
民今方殆，视天梦梦。
既克有定，靡人弗胜。
有皇上帝，伊谁云憎。

谓山盖卑，为冈为陵。
民之讹言，宁莫之惩。
召彼故老，讯之占梦。
具曰予圣，谁知乌之雌雄。

谓天盖高，不敢不局。
谓地盖厚，不敢不蹐。
维号斯言，有伦有脊。
哀今之人，胡为虺蜴。

瞻彼阪田，有菀其特。
天之扤我，如不我克。
彼求我则，如不我得。
执我仇仇，亦不我力。

心之忧矣，如或结之。
今兹之正，胡然厉矣。
燎之方扬，宁或灭之。
赫赫宗周，褒姒灭之。

终其永怀，又窘阴雨。
其车既载，乃弃尔辅。
载输尔载，将伯助予。

无弃尔辅，员于尔辐。
屡顾尔仆，不输尔载。
终逾绝险，曾是不意。

鱼在于沼，亦匪克乐。
潜虽伏矣，亦孔之炤。
忧心惨惨，念国之为虐。

彼有旨酒，又有嘉肴。

洽比其邻，昏姻孔云。

念我独兮，忧心殷殷。

佌佌彼有屋，蔌蔌方有穀。

民今之无禄，天夭是椓。

哿矣富人，哀此惸独。

《节南山》是初秋，《正月》是深秋。

《节南山》是秋，《正月》是冬。

《节南山》是忧惧，《正月》是凄凉。

首章"我心忧伤""忧心京京""癙忧以痒"，用三"忧"字，在后之诗人不敢如此用。文学上用字重复而成功者，在中国是楚辞《离骚》一篇。《离骚》在重复中有其价值在。如父母丧失了最亲爱的子女，若诉说此事断不会有头有尾，而是乱七八糟。后之诗人写悲哀写得那样有条有理，是身体如琴弦、心理如钢铁。在极悲哀时能写得有条有理，往好了说是修养到家，而另一方面就疑心他感情是否真实。真实与艺术几乎不能调和，艺术好了，真实性就动摇了。除非说诗人的真实与世人的真实是两回事。

中国人最敬的是天地，最亲的是父母，对此只有赞美，没有怨恶。而《节南山》怨天，《正月》怨父母，此与常情不合，是越于常轨。唯此，才知道"我心忧伤"。

十月之交，朔日辛卯。

日有食之，亦孔之丑。

彼月而微，此日而微。

今此下民，亦孔之哀。

>> 文学上用字重复而成功者，在中国是楚辞《离骚》一篇。《离骚》在重复中有其价值在。图为清代黄应谌《屈原卜居图》。

日月告凶，不用其行。
四国无政，不用其良。
彼月而食，则维其常。
此日而食，于何不臧。

烨烨震电，不宁不令。
百川沸腾，山冢崒崩。
高岸为谷，深谷为陵。
哀今之人，胡憯莫惩。

皇父卿士，番维司徒。
家伯维宰，仲允膳夫。
棸子内史，蹶维趣马。
楀维师氏，艳妻煽方处。

抑此皇父，岂曰不时。
胡为我作，不即我谋。
彻我墙屋，田卒汙莱。
曰予不戕，礼则然矣。

皇父孔圣，作都于向。
择三有事，亶侯多藏。
不憖遗一老，俾守我王。
择有车马，以居徂向。

黾勉从事，不敢告劳。
无罪无辜，谗口嚣嚣。

下民之孽，匪降自天。

噂沓背憎，职竞由人。

悠悠我里，亦孔之痗。

四方有羡，我独居忧。

民莫不逸，我独不敢休。

天命不彻，我不敢效我友自逸。

诗写愉悦者少，"三百篇"尚有，后人便不能写了。诗写伤感者最多，伤感如伤风，最易传染。伤感不好看，而诗人最爱就这事儿。诗中写惊悸者少，"三百篇"《十月之交》真写得好，波澜起伏。

东方美以圆为最。恐怖的诗颇难写得圆美，恐怖而写得圆美者，唯此《十月之交》第三章。恐怖一般不能写得圆美，但诗人能，因为他是非常人。

世纪末 fin de siècle①，《十月之交》即此感觉，因日蚀而觉凶兆，此为诗人之直觉。杜甫诗："子规夜啼山竹裂，王母昼下云旗翻。"（《玄都坛歌寄元逸人》）"山竹裂""云旗翻"，此为诗人的联想，亦是直觉的。

弁彼鸒斯，归飞提提。

民莫不穀，我独于罹。

何辜于天，我罪伊何。

心之忧矣，云如之何。

① fin de siècle：法文，意译为"世纪末"。世纪末，原指 19 世纪末叶。西方文化史上，这一概念既指当时西方社会对人类前途产生的宗教意义上"世纪末日之感"的悲观绝望情绪，同时也指 19 世纪末欧洲兴起的具有颓废主义、唯美主义和象征主义倾向的文艺思潮。

踧踧周道，鞫为茂草。
我心忧伤，怒焉如捣。
假寐永叹，维忧用老。
心之忧矣，疢如疾首。

维桑与梓，必恭敬止。
靡瞻匪父，靡依匪母。
不属于毛，不罹于里。
天之生我，我辰安在。

菀彼柳斯，鸣蜩嘒嘒。
有漼者渊，萑苇淠淠。
譬彼舟流，不知所届。
心之忧矣，不遑假寐。

鹿斯之奔，维足伎伎。
雉之朝雊，尚求其雌。
譬彼坏木，疾用无枝。
心之忧矣，宁莫之知。

相彼投兔，尚或先之。
行有死人，尚或墐之。
君子秉心，维其忍之。
心之忧矣，涕既陨之。

君子信谗，如或酬之。
君子不惠，不舒究之。

伐木掎矣，析薪扡矣。

舍彼有罪，予之佗矣。

莫高匪山，莫浚匪泉。

君子无易由言，耳属于垣。

无逝我梁，无发我笱。

我躬不阅，遑恤我后。

《小弁》所写只为一懦弱诗人在乱世生活之悲哀，与亲道无关。

诗人最易感到的是孤独，因孤独而感到寂寞。盖互为因果，由孤独、寂寞而生诅咒。

"不属于毛，不罹于里"，是天地间最孤立的。对于孤立，天下有两种态度：（一）自由。学道，割断一切烦恼牵扯，"寸丝不挂"（《楞严经》）①，"万仞峰头独足立"（天衣怀偈语）②，得大解脱。（二）强有力。世上最强的人是最孤立的，所谓奋斗、挑战皆此种人。

《小弁》末章开端云："莫高匪山，莫浚匪泉。"此二句即谓天盖高，人不敢不跼；泉盖深，人不敢不蹐。此乃诗人小心之极，见一切皆怕，山不甚高，泉不甚深，而诗人视之为甚高、甚深而畏之，故下句接"君子无易由言，耳属于垣"。人的多所顾忌就从忧谗畏讥来，办坏事怕，办好事还怕，真可怜。

《小弁》与《邶风·柏舟》通篇有相似之处，都是忧谗畏讥。《柏舟》第四章："忧心悄悄，愠于群小。觏闵既多，受侮不少。静言思之，寤辟有摽。""忧心悄悄"，"悄悄"两字就了不得。"悄悄"，静也。"愠于群小"是全篇主干。"小"未必"群""愠"，而至少自己已感觉

---

① 《楞严经》："寸丝不挂，竿木随身。"
② 《五灯会元》卷十六载天衣义怀事："寻为水头，因汲水折担，忽悟，作投机偈曰：'一二三四五六七，万仞峰头独足立。骊龙额下夺明珠，一言勘破维摩诘。'"天衣怀（993—1064），名义怀，宋代云门宗禅师，因卓锡越州天衣山，人称天衣义怀。

如此。

诗人处乱世，取何种态度？大抵有二：（一）持身（对己）；（二）处世（对人）。

（一）持身（持躬）

隔岸观火，看得清楚也好。云里看厮杀，看出许多矛盾，但一发表自会引人反对。诗人必须有冷静观察功夫，而中国人这方面也差。受压迫便求发泄，由发泄可得到安慰，诗人骂街即为此。（以前讲和平奋斗救中国，和平是消极。）

持躬在己，不是放纵，是约束。由于约束便有反省工夫，反省是进德修业之路。学道的人反省，发现自己缺陷想法补充。人自身必有连自己也不能满意的地方，如此发现而补足之，使之完成完美人格。中国之有孔子，印度之有释迦，西洋之有耶稣，并非自天上突然掉下来的。天下无突然的事，必有原因，不是"偶"，是"渐"。

诗人发现自己缺憾后，不是反省、补足，而是暴露。精神上完全健康的人很少，多少有点变态。常人皆有变态心理，而不一定近于疯狂；诗人变态心理有一种暴露狂（裸露狂），此与学道之人的反省截然二事。自己的怯懦无能，人都愿意隐藏；诗人之暴露，往好说是诚。宗教中有所谓忏悔，是意识的，有心如此，乃灵魂上鞭打、精神上惩罚；诗人之暴露是无意识的，其实不是无意识，是下意识 —— "拿不是当理说"。诗人使酒骂座，有优先权。人有时有缺点是可爱，诗人写缺点亦是可爱，如工部"麻鞋见天子，衣袖露两肘"（《述怀》）。

别人的反省是发现自己缺点去矫正；诗人反省是欣赏自己的态度。

观察是向外的，反省是向内的反照。只有观察，没有反省，是肤浅；只有反省，没有观察，是狭隘（狭小的），二者合二为一，才是完全诗人。先观察而后反省，或先反省而后观察，皆可。所谓思想，皆由观察、反省而得。"譬彼坏木，疾用无枝"（《小雅·小弁》），必对此木有所观察，然后反省，方知我生机之缺乏与此树同。"子在川上曰：逝者如斯夫，不舍昼夜。"（《论语·子罕》）亦是观察、反省。

诗人反省与哲人反省不同，诗人观察与哲人观察也不同。陈去非以前诗人只是"枯木无枝"，观察所得是悲哀，应求改进方法，而陈氏所说的是"不受寒"——"枯木无枝不受寒"（《十月》），是岂木之性也哉？宋以前诗人只到"枯木无枝"而已，其后有"不受寒"了。而仍非办法。近代文学太注意观察，而忽略了反省，近代文学应想出办法。

《小宛》，诗好。《小宛》末章云：

> 温温恭人，如集于木。
> 惴惴小心，如临于谷。
> 战战兢兢，如履薄冰。

此一章，一、三、五句写实；二、四、六句是形容，形容得好。"温温恭人"，性温、态恭，俨乎其然是礼乐场中人物。"如集于木"，可见其战栗。人在乱世，对付不了便如此。一失足成千古恨，再回首，回不了头了。没有迷信，一点仗恃都没有。炼铁成钢，炼不出来，化灰完事。"如临于谷"，然脚跟站稳就成。"如履薄冰"，一点据点儿也没有，小心也不成，也没用。若是英雄，可拨乱反正、转危为安，那是造时势的英雄；另一种人虽不能拨乱反正、转危为安，而会趁火打劫、顺水捞鱼，也成，可得一时之安。我们的诗人往上不是英雄，往下又非世俗人，不用说不肯，肯也不能。世法所谓好人，多是无能的人。诗人结果只是停顿在此，反省、暴露自己，可怜亦可爱。

>> >《小雅》中的诗人在乱世中生活，取何种态度?《小雅·小宛》写道:"温温恭人，如集于木。惴惴小心，如临于谷。战战兢兢，如履薄冰。"图为宋代马和之《小雅·小宛》。

（二）处世（对人）

其实持躬也就是处世，不过持躬对人一方面少。

《巷伯》，其第五章云：

> 骄人好好，劳人草草。
>
> 苍天苍天，视彼骄人，矜此劳人。

《小宛》中所谓"集木""临谷""履冰"，人亦有不集、不临、不履之时，然不集、不临、不履，心劳亦不成。人敬天畏天，故《巷伯》"骄人好好，劳人草草"后呼"苍天苍天"，接下来"视彼骄人"，"视"字好，只言"视"，不言如何对待。

诗人、哲人，反省、观察。（观察盖从西洋之 to observe，observation。）反省向内，观察向外。对天地间事物先须有检点、观察工夫，然后始可言反省。否则，反省自何入手？以何对照？一观察、二反省，此两步诗人、哲人同，至第三步则不同：哲人观察、反省，目的是修正完成；诗人观察、反省，结果是享乐，所谓"法悦""法喜"[①]ecstasy，诗人不是修正完成，是自己欣赏自己。"集木""临谷""履冰"是苦，而诗人表现之后是"法喜"，得到一种满足。人若没如饥如渴的精神不能学文、学道，必有此精神然后得到之后是满足，自己满足。吃饱了，没人赞美，是为自己舒服。老杜"麻鞋见天子"（《述怀》），是苦，也是法喜。人是要在矛盾中得到调和，喜昼也喜夜。诗人、哲人，第四步又相同，都是满足。以图示：

---

① 法悦、法喜：佛教术语，指因闻见、参悟佛法而产生的喜悦。

不必好是满足，坏也是满足。如酒之发酵，葡萄酒是葡萄腐烂、发酵而成，腐朽化为神奇，酒乃成天之美禄，让人喜爱。（我们爱的不必是对，对的不见得爱。）发酵文学亦如此。黄山谷诗可自其中得"法"，而不会使人爱，就因其诗乃用公式写出。张衡之《四愁诗》，亦是公式文学。

第二课

说《论语》

曾子曰："以能问于不能，以多问于寡，有若无，实若虚；犯而不校。昔者吾友尝从事于斯矣。"（《论语·泰伯》）

高处着眼，低处着手。浅近，是着手练习，不是满足于此浅近。理想了现实，现实了理想，浅近是高远之准备，并非停顿于此、满足于此。浅近并非简单。

《论语》文字真好，而最难讲，若西洋《圣经》文字。

一 "君子"与"士"

"君子"一词，含义因历代而不同。字是死的，而含义现装。讲书人有自己主观，未必为作者文心。

一切皆须借文为志达，好固然好，而也可怕——写出来的是死的。生人、杀人皆此一药，药是死的，用是活的。用得不当，人参、肉桂也杀人；用得当，大黄、芒硝也救人命——而二者药性尚不变。而文字则有时用得连本性都变了。

"君子"向内方面多而向外的少，在《论语》上如此。向内是个人品格修养，向外是事业之成功。此是人之长处，亦即其短处。

佛教"度人"，即儒家所谓"己欲立而立人，己欲达而达人"（《论语·雍也》）。而佛教传至中国成为禅宗，只求自己"明心见性"。再看道教，老子原来是很积极的，老子"无为"是无不为。"水善利万物而不争"（《道德经》八章），但什么都受它支配；"天下莫柔弱于水，而攻坚强者莫能之先"（《道德经》七十八章）。可是现在所说黄老、老庄，只是清静无为，大失老子本意。

君子不仅是向内的，同时要有向外的事业之发展。向内太多是病，但尚不失为束身自好之君子，可结果自好变成"自了"，这已经不成，虽尚有其好处而没有向外的了——二减一，等于一。宋元明清诸儒学案便只有向内、没有向外。宋理学家愈多，对辽、金愈没办法，明亦然。

孔子年四十二，鲁昭公卒，定公立，季氏僭
于公室，陪臣执国命，故孔子不仕，退而修
诗书礼乐，弟子弥众，
逮者志焉。鲁欲遂道不可行，鲁吕以
载乃修诗书正乐定礼乐法度待价
而起

>> > "君子"向内方面多而向外的少，在《论语》上如此。向内是个人品格修养，向外是事业之成功。图为清代佚名《孔子世家图册·退修诗书》。

只有向内、没有向外，是可怕的。而现在，连向内的也没有了——一减一等于零了。《官场现形记》写官场黑暗，而尚有一二人想做清官。《阅微草堂笔记》记一清官死后对阎王说，我一文钱不要，"所至但饮一杯水"。阎王哂曰："植木偶于堂，并水不饮，不更胜公乎？"（卷一《滦阳消夏录一》）[1] 刻一木人，一口水不喝，比你还清。而那究竟还清。其实只要给老百姓办点事，贪点儿赃也不要紧；现在是只会贪赃，而不会办事——向内、向外都没有。这是造成亡国的原因。[2] 老子"无为"是无不为。

曾子在孔门年最幼，而天资又不甚高，"参也鲁"（《论语·先进》）。孔子评众弟子有言曰："回也其心三月不违仁，其余则日月至焉而已矣。"曾子虽"鲁"而非常专。"鲁"，故专攻，故固守不失。然此尚为纸上之学、口耳之学，怎么进来，怎么出去，禅宗所谓稗贩、趸卖，学人最忌。曾子不然，不是口耳之学，固守不失；而是身体力行，别人当作一句话说，而他当作一件事情干。他是不但记住这句话，而且非要做出行为来。他的行为便是老师的话的表现，把语言翻成动作。所以颜渊死后只曾子得到孔子学问。

何以看出曾子固守不失、身体力行？有言可证：

> 曾子曰："士不可以不弘毅，任重而道远。仁以为己任，不亦重乎？死而后已，不亦远乎？"（《论语·泰伯》）

此曾子自讲其对"士"的认识。"士"乃君子的同义异字。我们平

---

[1] 《阅微草堂笔记》卷一《滦阳消夏录一》："北村郑苏仙，一日梦至冥府，见阎罗王方录囚。……有一官公服昂然入，自称所至但饮一杯水，今无愧鬼神。王哂曰：'设官以治民，下至驿丞闸官，皆有利弊之当理。但不要钱即为好官，植木偶于堂，并水不饮，不更胜公乎？'官又辩曰：'某虽无功，亦无罪。'王曰：'公一生处处求自全，某狱某狱，避嫌疑而不言，非负民乎？某事某事，畏烦重而不举，非负国乎？三载考绩之谓何？无功即有罪矣。'"

[2] 此言指作者讲课的新中国成立前。

常用字、说话、行事，没有清楚的认识，在文字上、名词上、事情上，都要加以重新认识。曾子对"士"有一个切实的认识，不游移；有一个清楚的认识，不模糊；有一个深刻的认识，不肤浅；而且还不只是认识，是修、行。

一认识，二修，三行。

"修"，如耕耘、浇灌、下种，是向内的。若想要做好人，必须心里先做成一好人心。如人上台演戏，旦角，男人装的，而有时真好。如程砚秋一上台，真有点大家闺秀之风，心里先觉得是闺秀。狐狸成人，先须修成人的心，然后才能成为人的形。人若是兽心，他面一定兽相。至于"行"，不但有此心，还要表现出来。

曾子所谓"弘毅"，"弘"，大；"毅"，有毅力，不懈怠。"任重而道远"，不弘毅行么？此章中曾子语气颇有点儿孔夫子味："……不亦重乎？……不亦远乎？"

讲牺牲，第一须破自私。人是要牺牲到破自私，而人最自私。想，容易；做，难。坐在菩提树下去想高深道理，易；在冬天将自己衣服脱给人，难。而这是仁，故曰："仁以为己任，不亦重乎？"而若只此一回，还可偶尔办到，如"慷慨捐生易"；而"死而后已，不亦远乎"，至死方休，故须"弘毅"。曾子对士之认识、修、行算到家了，身体力行。

二 "低处着手"与"犯而不校"

余要使人看出曾子之学问、精神、思想——合为其真面目。曾子之所以为曾子，在此；其所以能表现孔门精神，亦在此。而前所说"任重而道远"太笼统、太高，现在讲低的、细的功夫。

> 曾子曰："以能问于不能，以多问于寡，有若无，实若虚；犯而不校。昔者吾友尝从事于斯矣。"（《论语·泰伯》）

高处着眼，低处着手。浅近，是着手练习，不是满足于此浅近。理想了现实，现实了理想，浅近是高远之准备，并非停顿于此、满足于此。浅近并非简单。

《论语》文字真好，而最难讲，若西洋《圣经》文字。

曾子"以能问于不能"诸句，图解为：

```
以能问于不能 —— 有若无 ＼
                        ＞ 犯而不校
以多问于寡 —— 实若虚 ／
```

句形如：
```
———— ———
           ————
———— ———
```

"犯而不校"，一句支住。其好不仅在辞，辞意合一，内外如一。辞是有形之意，意是无形之辞。不是在辞上能记住，是在意上，"犯而不校"就有力。（"犯而不校"，不但儒家，宗教精神亦然。）而其文之前后，又并非只为这样写着美，其意原即有浅、深、轻、重之分，由浅入深，由轻入重。无论在辞上、在意上，皆合逻辑。（以上言辞。）

"以能问不能"，"以多问寡"，不是开玩笑。曾子虚心到极点。普通说自己不能，自谦，是为自己站住脚步，是计较利害，连知解都谈不到。是非是知解，利害是计较。计较利害，学文、学道最忌此。怕自己跌倒，怕能人背后有能人，不是曾子精神。曾子之虚心也许是后天的，但用功至极点，则其后天与先天打成一片。

学道最忌诳语、骄傲。骄傲之对面是虚心。慢说"能""多"，便是"不能""寡"，也不肯"问"，这样人永远不会长进。会的不想再长进，不会的也不求补充，这样人没出息。智者千虑，必有一失；愚者千虑，必有一得，故须"下问"。愚人之知，有时虽圣人有所不知也。

"有若无，实若虚"，岂非虚伪？不是。"有"是表面，内心感觉着是"无"。富人装穷人，对金钱有此功夫，而对学问则不成。人对学问、对道，往往是"无"而为有，"虚"而为丰，这是俗人。曾子压根儿就没觉得够过，没觉得有过，这是虚心。然但虚心不成，虚心甘于不成也不成，还要猛进。虚心是猛进的一个原因，肚子饿则需要食物之情绪更浓厚。学道、学文必先虚心，然后才能猛进。而猛进有进取之精神，又往往爆发，岂但教人扶东倒西！自己用功亦然。猛进则爆发而不能收敛，有进取之心则往往于人、于事多有抵牾。所以曾子赶快拿"犯而不校"补上，"犯"正是抵牾。

"犯而不校"，朱注："校，计较也。"何晏[①]注引汉人包咸[②]曰："校，报也，言见侵犯而不校之也。"

犯而不校，以前在中国颇有人实行。凡世人所谓"老好子""好人"，皆是犯而不校。但他们的犯而不校，的确没什么了不起，虽然他们也要有多年修养；但他们的修养不可佩服，因为他们的"不校"是消极怯懦，不能猛进，不能向前。这或者也不失为明哲保身之道，但这样人能进取向上、向前么？《论语》则不然。

犯而不校，在宗教上熟。宗教之经上可曾有一次教人着急、教人怒？如耶稣直到临死未曾怒过，还说叫人愤怒？佛经戒嗔，不但打你、

① 何晏（？—249）：三国时期魏玄学家，与王弼并称"王何"，著有《论语集解》《道德论》。
② 包咸（前7—65）：汉代经学家，曾注解《论语》，何晏《论语集解》所引包氏即包咸之说。

>> > 学道最忌诳语、骄傲。智者千虑，必有一失；愚者千虑，必有一得，故须"下问"。愚人之知，有时虽圣人有所不知也。图为明代石锐《轩辕问道图》。

骂你不能怒；甚至节节支解，亦不须有丝毫嗔恚之心。①《圣经》上说人打你右脸把左脸也送过去，这岂不与乡下"老好子"之"犯而不校"相同？其实，宗教上的"犯而不校"不是消极的，是积极的。余以为一个做大事业的人看是非看得很清楚，但绝不生气，无所用其恼。恼只能坏事，凡失败的人都是好发怒的人。三国刘备最能吃苦忍辱，故曰刘备为枭雄。（曹操为奸雄。）刘备只生过一回气——伐吴，结果一败涂地。在宗教上，在己是求道，对人为度人，都不能发怒。怒，对人、对己两无好处，还不用说怒是最不卫生的一件事。乡下"好人"是明哲保身，是怯懦、偷生苟活，不怒是不敢怒。宗教上所讲不怒，是"大勇"。罗曼·罗兰②提倡大勇主义，佛教提倡大雄，这还不仅是自制、克服自己。因为要做人、做事，我们都不能生气，不是胆怯、偷生苟活。"忿怒乃是对于别人的愚蠢加到自己身上的惩罚"，这话说得很幽默，可是很有道理，很有意思。这往上说，够不上大雄、大勇主义，但至少比乡下"老好子"好得多。这两句话是智慧，生气没惩罚别人，自己受罪。韩信受胯下之辱是大雄、大勇，但胆怯者不可以此为借口。一种宗教式的不计较与怯懦是两回事，宗教上不怒是道德。

一怒、一校，耗费精神、时间；而一切修养，皆需利用精神、时间。我不相信一个人在怒中能做出什么事来，气来时读书也读不进去。（等读进去了，气也没了。）越王勾践卧薪尝胆不是怒，是狠。怒如汽水，冒完沫就完。所以，"犯而不校"看怎么说。匹夫匹妇之勇，是你自己气死，人更痛快。

"昔者吾友尝从事于斯矣"，曾子真是虚心，不肯说自己。汉儒、宋儒皆指吾友为颜渊。未必是，也未必不是，总之都是孔门高弟。

---

① 《金刚经》："须菩提。如我昔为歌利王割截身体，我于尔时，无我相、无人相、无众生相、无寿者相。何以故？我于往昔节节支解时，若有我相、人相、众生相、寿者相，应生嗔恨。"

② 罗曼·罗兰（1866—1944）：法国思想家、文学家，著有长篇小说《约翰·克利斯朵夫》，剧本《爱与死的搏斗》，传记《名人传》等。

三 "唯"与"拈花微笑"

禅宗有语云:"丈夫自有冲天志,不向如来行处行。"(真净克文禅师语)[1] 禅宗呵佛骂祖,这才是真正学佛呢! 即使佛见了,也要赞成。

然则不要读古人书了? 但还要读。受其影响而不可模仿。但究竟影响与模仿相去几何? 小儿在三四岁就会模仿父母语言,大了后口音很难改过来;自然后天也可加以修改补充,但无论如何小时候痕迹不能完全去掉。读书读到好的地方,我们就立志要那样做,这也是影响。小儿之影响、模仿只因环境关系,无所为而为。而我们不然,只是环境不成,因为我们有辨别能力,能分辨是非、善恶、美丑、好坏。

但任何一个大师、他的门下高足总不成。是屋下架屋、床上安床的原故么? 一种学派,无论哲学、文学,皆是愈来愈渺小、愈衰弱,以至于灭亡。这一点不能不佩服禅宗,便是他总希望他弟子高于自己。禅宗讲究超宗越祖,常说:"见与师齐,减师半德。"(百丈怀海禅师语)[2] "减师半德",成就较师小一半。你便是与我一样,那么有我了还要你干么?

---

① 真净克文禅师(1025—1102):号云庵,北宋临济宗黄龙派高僧。死后赐号"真净",后人习称真净克文。《古尊宿语录》卷四十二记载:"(真净禅师)良久乃喝云:'昔日大觉世尊,起道树诣鹿苑,为五比丘转四谛法轮,唯憍陈如最初悟道。贫道今日向新丰洞里,只转个拄杖子。'遂拈拄杖向禅床左畔云:'还有最初悟道底么?'良久云:'可谓丈夫自有冲天志,不向如来行处行。'喝一喝下座。"

② 百丈怀海禅师(720—814):马祖道一弟子,时与西堂智藏、南泉普愿并称"三大士"。传法于洪州新吴界大雄山,因见岩峦峻极,故号百丈,人称百丈怀海。《五灯会元》卷三:"一日师谓众曰:'佛法不是小事。老僧昔被马大师一喝,直得三日耳聋。'黄檗闻举,不觉吐舌。师曰:'子已后莫承嗣马祖去么?'檗曰:'不然。今日因和尚举,得见马祖大机之用,然且不识马祖。若嗣马祖已后丧我儿孙。'师曰:'如是,如是。见与师齐,减师半德。见过于师,方堪传授。子甚有超师之见。'檗便礼拜。"

禅宗呵佛骂祖，「这才是真正学佛呢」，即使佛见了，也要赞成。图为明代丁云鹏《达摩拈花图》。

"见过于师，方堪传授"。僧人自当以佛为标准，而禅宗呵佛骂祖。没有一个老师敢教叛徒，只有禅宗。"狮子身中虫，还吃狮子肉。"[1] 这是很正大光明的事，不是阴险；虽然有时这种人是阴险、恶劣。阴险是冒坏，恶劣是恩将仇报。逢蒙学射于羿[2]，那也是"狮子身中虫，还吃狮子肉"，那即是阴险。还有猫教老虎，此故事不见经传，但甚普遍，这不行，这是恶劣、阴险。禅宗大师希望弟子比自己强，是为"道"打算，不是为自己想；只要把道发扬光大，没有我没关系。这一点很像打仗，前边冲锋者死了，后边的是要踏着死尸过去。有人说狮子是要把父母吃了本身才能强，狮子的父母为了强种，宁可让小狮子把自己吃了。大师门下即其高足都不如其自己伟大，只禅宗看出这一点毛病，而看是虽然看到了这一点，做却不易做到这一点。所以，禅宗到现在也是不绝而如缕了。

曾子乃孔门后进弟子，但自颜渊而后，最能得孔子道、了解孔子精神的是曾子。

> 子曰："参乎！吾道一以贯之。"曾子曰："唯。"（《论语·里仁》）

你的心便是我的心，你的话便是我要说未说出的话。"唯"字不是敷衍，是有生命的、活的，不仅两心相印，简直是二心为一。人说此一

---

[1] 《莲华面经》卷上："阿难，譬如师子命绝身死，若空、若地、若水、若陆所有众生，不敢食彼师子身肉，唯师子身自生诸虫，还自噉食师子之肉。阿难，我之佛法非余能坏，是我法中诸恶比丘，犹如毒刺，破我三阿僧祇劫积行勤苦所积佛法。"

[2] 《孟子·离娄下》："逢蒙学射于羿，尽羿之道，思天下唯羿为愈己，于是杀羿。"

"唯"字，等于佛家"世尊拈花，迦叶微笑"①那么神秘。孔门之有曾参，犹之乎基督之有彼得。有人说若无圣彼得，基督精神不能发扬光大，基督教不能发展得那么快。但总觉得曾子较孔子气象狭小，就是屋下架屋、床上安床的原故。

不但大师希望弟子不如他，这派非亡不可；即使是希望弟子纯正不出范围，也不成。愈来愈小，小的结果便是灭亡。天地间无守成之事，学如逆水行舟，不进则退。不但宗教、文学如此，民族亦然。日本便是善于吸收、消化、利用，所以暴发。人家是暴发，而我们是破落户。暴发户固不好，但破落户也不好。

有的大师老怕弟子胜过自己，其实你不成，显摆什么？成，自然不会显不着。"不用当风立，有麝自然香。"再一方面，弟子好，先生不是更好？只要心好，水涨船高。除非弟子不好，弟子真好，绝不会忘掉你的。

禅宗说离师太早不好，可是从师太久也不好。老有大师影子在前，便从小心成小胆。胆大，便妄为；胆小，便死的不敢动，活的不敢拿，结果不死不活。

曾子是小心而且有毅力。因为小心，所以能深思；因为有毅力，故能持久实行。而小心和毅力之间，还要加上一个意志坚强。所以孔门颜渊而下，所得以曾子为最多，此非偶然，因其知、仁、勇三种皆全。好在此，但病也在此。结果小心太多，成为不死不活之生活，坏事固然绝不做，可是好事也绝不敢做。这还是好的，再坏便成为好好先生，"乡愿，德之贼也"（《论语·阳货》）。

何以见出曾子小心？

---

① 《大梵天王问佛决疑经·拈华品》："尔时如来，坐此宝座，受此莲华，无说无言，但拈莲华。入大会中，八万四千人天时大众，皆止默然。于时长老摩诃迦叶，见佛拈华示众佛事，即今廓然，破颜微笑。佛即告言：'是也。我有正法眼藏、涅盘妙心、实相无相、微妙法门，不立文字，教外别传，总持任持，凡夫成佛，第一义谛。今方付属摩诃迦叶。'言已默然。"

"人之将死，其言也善。"（《论语·泰伯》）要想真观察、认识一个人，要在最快乐时看他，最痛苦时看他，得失取与之际看他。一个也跑不了。生死是得失取与之最大关头，小的得失取与还露出原形，何况生死？就算他还能装，也值得佩服了。

《论语·泰伯》曰：

> 曾子有疾，召门弟子曰："启予足，启予手。诗云：战战兢兢，如临深渊，如履薄冰。而今而后，吾知免夫，小子。"

曾子一生永在"战战兢兢，如临深渊，如履薄冰"（《诗经·小雅·小旻》）十二字之中，视、听、言、动，一准乎礼，这不容易。"而今而后，吾知免夫"，八个字沉甸甸的。临死还如此说，可见他一世小心，不易。

四 "三省吾身"与"直下承当"

《学而》中，第一章"子曰……"，第二章"有子曰……"，第三章"子曰……"，第四章"曾子曰……"。足以证明有子、曾子在孔门非同寻常。

余对有子无甚认识，只子游说过："有子之言似夫子。"（《礼记·檀弓上》）

言似夫子，行未必似；且似夫子，似则似矣，是则非是。余对曾子

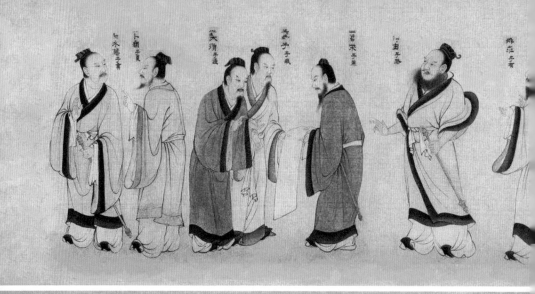

>>> 儒家讲正心、诚意、修身、齐家、治国、平天下。高处着眼，低处下手。图为唐代阎立本《孔子弟子像》（宋摹本）。

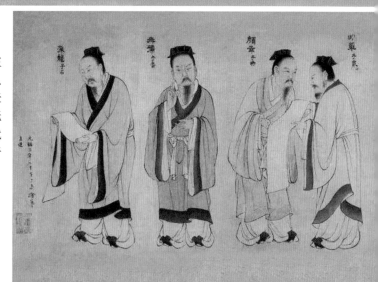

比较清楚，并非余对《论语》记曾子处特别注意，对有子便不注意，乃是一般读《论语》的都对有子摸不着。

余常说：着眼不可不高，下手不可不低。只向低处下手，不向高处着眼，结果成功必不会大；只向高处着眼，不向低处下手，结果根基不固。有子便如此。言似夫子——只向高处着眼，没有低处下手功夫。曾子才也许不高，进步也许不快，但用力很勤，低浅处下手，故亲切。

儒家讲正心、诚意、修身、齐家、治国、平天下。高处着眼，低处下手。最能表现此种精神、用此种功夫者，是曾子"吾日三省吾身"：

曾子曰："吾日三省吾身：为人谋而不忠乎？与朋友交而不信乎？传不习乎？"（《论语·学而》）

"日"字，下得好。"三省"是说以"为人谋""与朋友交""传"三事反观。"身"，定名曰"身"，并非身体之身。曾子所谓"身"，并非身体，乃是精神一方面，"身"说的是心、行。这真是低处着手。人为自己打算没有不忠实的，但为人呢？"为人谋而不忠乎？"十个人有五双犯此病。"与朋友交而不信乎？"说谎是人类本能，若任其泛滥发展就成为骗人，所以当注意。"传不习乎"，传，师所授；习，己所研。讲起来省事，说起来简单，但行起来可不容易。努力，努力，有几个真努力的？曾子是真想了，也真行了。缺点补充，弱点矫正，这是曾子反省目的。

但余讲此节，意不在此。

愈反省的人，愈易成为胆小、心怯；反之，愈是小心、胆怯的人，愈爱用反省功夫。余意以为：一方面用鞭拷问、鞭打自己灵魂，一方面还要有生活的勇气。能这样的人很少。曾子三省，就是自己鞭打自己灵魂。但往往拷打的结果，失去生活勇气了。这不行。我要拷打，但我还要有生活下去的勇气，怎么能好？怎么能向上、向前？

在这一点，仍举《论语》："季文子三思而后行。子闻之曰：'再，斯可矣。'"（《公冶长》）"三思"之"三"，一二三之三，三，多次也。三思后行，前怕狼后怕虎，疑神疑鬼，干不了啦！一个文人干不了什么事，余初以为乃因文人偏于思想，没有做事能力，其实便是文人太好三思后行，好推敲，这样做事不行。禅宗直下承当，当机立断，连"再"思都没有。

曾子有"三省"功夫，但还有生活勇气、做事精神。

平素用功要小心谨慎，否则根基不固，易成架空病，但是做人、做事需要大胆，若没大胆，不会做出大的事业来为人类、为自己。其实，为自己也就是为人类。

天下伟大的人，没有一个是"自了汉"的。中国儒家末流之弊，把君子讲成"自了汉"了。人不侵我，我不犯人，甚至人侵我，我亦不犯人，犯而不校。把自己藏在小角落里，这样也许天下太平，但现在世界不许人闭关做"自了汉"。

印度佛教到中国成为禅宗，禅宗末流也成"自了汉"。佛家精神是先知觉后知，自利、利他，自度、度他，所以做事业为自己，同时也是为人类。为他的成分愈多，所做事业也愈伟大，他的人格也愈伟大。

某杂志记有这样的事：天下最伟大的英雄是谁？有人提议用大英百科全书各名人传之长短为标准，观察结果以拿破仑传最长，于是人以拿破仑为最大英雄。但余意不然。拿氏虽非"自了汉"，但乃"自大汉"，自我扩张者。天下英雄皆犯此病，但没有一个这样的英雄是不失败的。自我愈扩张便是要涨裂的时候，自我扩张结果至涨裂为止。亚历山大、拿破仑，皆然。他们倒是想着做事，但他们之做事是为了过瘾——过自私的瘾。这种人是混世魔王，所谓"一将功成万骨枯"（曹松《己亥岁》）。这种人不是自了汉，是自大汉，但我们也不欢迎。

>>> 此所以为曾子，任重道远，不只是小心谨慎。三代而后，谁能这样？仅一诸葛亮。图为清代苏六朋《三顾茅庐》。

拂拭之為揭管此竊惟三代後稱純臣者
以諸葛相為最微特致治之略光被西土即
謹慎二字已為聖賢心學揭出淵源少陵謂
其伯仲伊呂良不誣也晴窗暇日漫綴數語
如公諒不河漢余言商巳未花朝弟何煜儀識

昭烈帝曰漢室傾頹姦臣竊命孤不度德量力欲信大義於天下而智術淺短遂用猖獗至於今日然志猶未已君謂計將安出

諸葛亮對曰自董卓以來豪傑並起跨州連郡者不可勝數曹操比於袁紹則名微而眾寡然操遂能克紹以弱為強者非惟天時抑亦人謀也今操已擁百萬之眾挾天子以令諸侯此誠不可與爭鋒孫權據有江東已歷三世國險而民附賢能為之用此可以為援而不可圖也荊州北據漢沔利盡南海東連吳會西通巴蜀此用武之國而其主不能守此殆天所以資將軍豈有意乎益州險塞沃野千里天府之國高祖因之以成帝業劉璋闇弱張魯在北民殷國富而不知存恤智能之士思得明君將軍既帝室之胄信義著於四海總攬英雄思賢如渴若跨有荊益保其巖阻西和諸戎南撫彝越外結好孫權內修政理天下有變則命一上將將荊州之軍以向宛洛將軍身率益州之眾出秦川百姓孰敢不簞食壺漿以迎將軍者乎誠如是則霸業可成漢室可興矣

一个伟大的人做事，比任何人都多；而自私心比任何人都小 ——
并非绝对没有自私心。

五 "托六尺之孤""寄百里之命"

曾子在孔子门下是能继承道统的，但只是小心谨慎不成。低处着
手，是为高处着眼做准备，如登楼，为了要上最高层，不能不从一二级
开始。我们既没有天才那么长腿，又不甘心在底下待着，非一步步向上
走不可。

"士不可以不弘毅……"，高处着眼。眼光多远，多精神，多高！再
想到他的"吾日三省吾身"，那是小学，这是研究院了。从初小一年级
到研究院相差甚远，然也是一级级升上来的。

再举一段更具体一点：

曾子曰："可以托六尺之孤，可以寄百里之命，临大节而不可夺
也。君子人与？君子人也。"（《论语·泰伯》）

先不用说这点道理、这点精神，这点文章就这么好，陆机《文赋》[①]
所谓"要辞达而理举，故无取乎冗长"。文章真好。一般说不完全，说
不透彻，是没懂明白。"君子人与"一句，可不要，但非要不可。此所

---

① 陆机（261—303）：西晋文学家，所著《文赋》为中国文学批评史上第一篇系
统阐述创作论的文章。

以为曾子，任重道远，不只是小心谨慎。三代而后，谁能这样？仅一诸葛亮。现在数谁呢？

曾子有点基本功夫，"吾日三省吾身"；然而他有他远大眼光，"士不可以不弘毅，任重而道远……"，真是读之可以增意气，开胸臆。

青年最怕意气颓唐，胸襟窄小。而增意气不是嚣张，开胸襟而非狂妄。增意气是使人不萎靡，青年人该蓬蓬勃勃；开胸襟是使人不狭隘，如此便能容、能进。曾子这几句真叫人增意气，开胸臆。

三省吾身，任重道远，合起来是苦行。然与禅宗佛门不同，他们是为己的，虽最早释迦亦讲度他。佛门"自度、度他，自利、利他"，儒家"己欲立而立人，己欲达而达人"（《论语·雍也》）。佛门及儒家到后来，路愈来愈窄，只有上半截——自度、自利，没有下半截——度他、利他。苦行是为己，而曾子苦行不是为己，"仁以为己任"。

要想活着，不免要常想到曾子这两句话："士不可以不弘毅"，"任重而道远"。至"可以托六尺之孤，可以寄百里之命"，真伟大起来了。

"六尺之孤"——国君（幼）；"百里之命"——国政。"临大节而不可夺"，梁皇侃[1]疏曰："国有大难，臣能死之，是临大节不可夺也。"（《论语义疏》）南朝北伐成功者，一桓温、一刘裕。桓温没造起反来，然亦一世跋扈；刘裕武功鼎盛，归而篡位，是亦变节（自变）。受外界压迫、影响而变节曰"夺"。此言国有大难，臣能死之，只说了一面。文天祥、史可法至今受人崇敬，便因临大难能死之。然家贫出孝子，国难显忠臣，何如家不贫、国无难？"愧无半策匡时难，唯余一死报君恩。"[2] 死何济于事？依然轻如鸿毛，不是重于泰山。不死而降不可，只死也不成。这点朱子感到了，他说：

---

① 皇侃（488—545）：南朝梁儒家学者、经学家，著有《论语义疏》10卷。

② 《明史纪事本末》卷八十《甲申殉难》记载："左副都御史施邦曜闻变恸哭，题辞于几曰：'愧无半策匡时难，但有微躯报主恩。'遂自缢。仆解之复苏，邦曜叱曰：'若知大义，毋久留我死。'乃更饮药而卒。"清初颜元《性理评》一文提及明亡惨祸有言："吾读《甲申殉难录》，至'愧无半策匡时难，唯余一死报君恩'，未尝不凄然泣下也！至览和靖祭伊川'不背其师有之，有益于世则未'二语，又不觉废卷浩叹，为生民怆惶久之。"

其才可以辅幼君，摄国政，其节即至于死生之际而不可夺，可谓君子矣。(《论语集注》)

单单注意"才"字，要有这本领。程子则不然，程子单注意节操。程子曰："节操如此，可谓君子矣。"(《论语集注》引程子语)曾子的话原是两面，前二句"托六尺之孤，寄百里之命"是积极的作为；后一句"临大节而不可夺"是消极的操守。真到国难，作为比操守还有用，可补救于万一；操守无济于事。

不是说不办坏事，是说怎么办好事；不是给人办事，是给自己办事。曹操求人才，便不问人品如何，只问有才能没有。曹操所杀皆无用之人，乱世无须如孔融、杨修等秀才装饰品。遇到曹操因死一人而哭的时候，那仅是真有才能的人。由此可见曹操是英雄。现在有操守固然好，而更要紧是有作为，"不患人之不己用，求为可用也"。鲁迅说三里路能走么？四斤担能挑么？[1]自己没能，发什么牢骚？"居则曰，不吾知也。如或知尔，则何如哉？"(《论语·先进》)所以朱子讲得好。朱子生于乱世，北宋之仇不能报，而现在局面又不能持久，故先言"才"。程子生于北宋，不理会此点，而且程子人太古板。伊川先生为侍讲，陪哲宗游园，哲宗折柳一枝，伊川责之。[2]其实，不折固然好，折也没关系，何伤乎？书呆子，不通人情，不可接近。北宋末洛蜀之争[3]，即程与东坡之争。东坡通点人情，看不起伊川。朱子乃洛派嫡系，而此点较程子强，即因所生时代不同。

正心、诚意、修身、齐家、治国、平天下。后世儒家只做到前三步。前三者是空言，无补；后几句是大言不惭。前三者不失为"自了

---

① 鲁迅《热风·随感录六十二》："我们应该趁他们活着的时候问他：诸公！……四斤的担，您能挑？三里的道，您能跑么？"

② 《宋史纪事本末》卷十："帝尝凭槛偶折柳枝，颐正色曰：'方春时和，万物发生，不当轻有所折，以伤天地之和。'帝领之。"

③ 洛蜀之争：指北宋元祐年间以二程（程颢、程颐）为代表的洛学与以二苏（苏轼、苏辙）为代表的蜀学因学术分歧而导致的政治斗争。

汉"，后者则成为妄人。《宗门武库》云：儒门淡薄，收拾不住，皆入佛门中来。[①]就算我们想做一儒家信徒，试问从何处下手？在何处立脚？只剩一空架子，而真灵魂、真精神早已没有了。

君子"可以托六尺之孤，可以寄百里之命"，如此则君子并非"自了汉"，还可以兴，可以活。

读《论语》上述曾子"可以托六尺之孤，可以寄百里之命"一段话，真可以唤起我们一股劲儿来，想挺起腰板干点什么。

六 "以友辅仁"与"为政以德"

曾子曰："君子以文会友，以友辅仁。"（《论语·颜渊》）

"以文会友，以友辅仁"，文 ── 友 ── 仁，"友"为上下二句连索。人与人之相联系，盖都因表现于外（表现于外者如礼仪、学问……）这一点，故曰"以文会友"。但并没做到此为止，因文而结合，而结合不为此，乃欲以"辅仁"。（现在是以利会友，以友取利。）

---

① 《宗门武库》系由宋代禅宗临济宗著名禅师大慧宗杲言说、弟子道谦纂辑的禅宗古德言行录。《宗门武库》载："王荆公一日问张文定公（张方平）曰：'孔子去世百年，生孟子亚圣，后绝无人，何也？'文定公曰：'岂无人？亦有过孔孟者。'公曰：'谁？'文定曰："江西马大师、坦然禅师、汾阳无业禅师、雪峰、岩头、丹霞、云门。'荆公闻举意，不甚解，乃问曰：'何谓也？'文定曰：'儒门淡薄，收拾不住，皆归释氏焉。'"

>>> 老子三原则是"慈""俭""不敢为天下先"。"不敢为天下先",是儒、道不同之一点。图为宋代李公麟《老子授经图》。

李公麟妙筆
賜牙勝水

道德經

子曰："苟正其身矣，于从政乎何有？不能正其身，如正人何？"（《论语·子路》）

季康子问政于孔子。孔子对曰："政者正也。子帅以正，孰敢不正？"（《论语·颜渊》）

季康子患盗，问于孔子。孔子对曰："苟子之不欲，虽赏之不窃。"（《论语·颜渊》）

季康子问政于孔子曰："如杀无道，以就有道，何如？"孔子对曰："子为政，焉用杀？子欲善而民善矣。君子之德风，小人之德草，草上之风，必偃。"（《论语·颜渊》）

此即为政治上个人主义。

然此与西洋不同，西洋只是竭力发展自己，不管好坏善恶；孔门个人主义乃自我中心，并非抹杀旁人，抹杀万物，不过以自己为中心就是了。修、齐、治、平的道理也由此而出。

也可以说这是政治上唯心主义。

若唯物是内旋，⊚，自外向内，自远而近，自物而心。唯物史观特别注意历史，同时非常注意环境背景，前者（历史）是纵的，后者（环境背景）是横的。他研究历史注重在演变，以古推今。而唯心无论在政治上、哲学上皆并非唯心就完了，涅槃是唯心的顶点。儒家唯心是外旋的，修、齐、治、平，并非自己成一"自了汉"便拉倒。

"子帅以正"，"帅"，跑在头里！这是儒家、道家不同之处。老子三原则是"慈""俭""不敢为天下先"（《道德经》六十七章）。"不敢为天下先"，是儒、道不同之一点，由此而成为杨朱[1]之"拔一毛而利天下

---

① 杨朱：战国初期魏国思想家，反对儒墨，主张贵生重己。

不为"①。"不为天下先"，是不为福首，不为祸始。而老子"不为天下先"有意思，他以为这样倒可替天下干点事；若"为天下先"，结果连我也掉在火里。"欲取故与""欲擒先纵"，老子"不敢为天下先"正所以为天下先。大家围着他转、跟着他跑，但不能露出痕迹；后来一转为消极、无作、无为，此非老子本意。如某妇遣女曰：慎勿为善。某女曰：然则为恶乎？母曰：善尚不可，欲恶乎？②此即老子"不敢为天下先"之一转为"无为"；至杨朱之"拔一毛利天下而不为"，乃老子三转。现在多是这种人，无为之人已很少，至于老子原意没人做到。只是口头不说，外表不显，其实心里是那么回事。

"子帅以正"，孔子心里想什么，口里说什么，这一点以勇气论，儒家超过道家；以聪明论，儒家不如道家。道，原则是对。你正？我还正呢！结果更不成。孔子为政是否自信？人强，你自信；你自信，人自信。

> 子适卫，冉有仆。子曰："庶矣哉！"冉有曰："既庶矣，又何加焉？"曰："富之。"曰："既富矣，又何加焉？"曰："教之。"（《论语·子路》）

> 子贡问政。子曰："足食，足兵，民信之矣。"子贡曰："必不得已而去，于斯三者，何先？"曰："去兵。"子贡曰："必不得已而去，于斯二者，何先？"曰："去食。自古皆有死，民无信不立。"（《论语·颜渊》）

冉有是想着做事的，近于事功。曾子精力多费在修养上，是向内

---

① 《孟子·尽心上》："孟子曰：'杨子取为我，拔一毛而利天下，不为也。墨子兼爱，摩顶放踵利天下，为之。'"
② 刘义庆《世说新语·贤媛》："赵母嫁女，女临去，敕之曰：'慎勿为好！'女曰：'不为好，可为恶邪？'母曰：'好尚不可为，其况恶乎！'"

的、个人的。再有是向外的，对大众有影响，故对政治留心。

一庶，二富，三教。"庶"（人口多），不是最终目的；要"富之"，最终"教之"。

"教"，连朱子都以为是立学校，此"教"未尝无立学校之意，但还不仅是知识；教未尝没有教育之意，但孔子尚非此意。孔子所谓教是"教以义方"（《左传》）。现在教育只教知识，不教以"义方"。"义"之为言，宜也；"方"之为言，向也，向亦有是非之意。明是非，知礼义，有廉耻。孔子盖以此较知识为尤重要，否则知识只使其成为济恶之工具。"教之"不仅立学校，立学校也不仅读书识字。

《子路》中第十三"子适卫，冉有仆"一章可与《颜渊》"子贡问政"章参看。

"子贡问政"一章，按文章次序：一食、二兵、三信；按重要分，则：一信、二食、三兵。精神不能脱离物质而独立，物质缺乏能造成人道德之堕落。犯法罪人多为物质缺乏的结果，穷生奸邪，富长良心。推而广之，扩而充之：以个人为出发点 ——→天下，以物质出发点 ——→精神。并非离开个人而能有天下，也不能离开物质而言精神。

> 子曰："为政以德，譬如北辰，居其所而众星共之。"（《论语·为政》）

现在只讲势力、人多势众，不讲修养。修养是个人的。现在团结若说为一个主义信仰，还要修养。现在人根本谈不到信仰，只是为势力而势力。

孔子之说法不行。一因现在时代不同，一因若曰个人做起，"俟河之清，人寿几何？"（《左传·襄公八年》子驷引《周诗》）所以孔老夫子显得迂阔。但若想根深蒂固，还非从个人精神修养下手不可，否则其兴也勃，其亡也忽。我们做事太书呆子气，不太世故。世故使人不能成为书呆子，而书呆子往往又不能使人去做事。现在是要成一种势力，而领导此势力的人必须有崇高人格修养才配做领袖。

"为政以德"，自己精神修养至完善境界便是德。"为政"是天下事，而曰"以德"，还是以个人作基础"而众星共之"。"居其所"是他的精神，"众星共之"，做成一种势力。而要造成一种势力，先要有纯洁、高尚人格才能永久。而往往有修养的人，无办事能力；能办事的人，无修养。

第三课

魏武诗与陈王[①]诗

---

① 曹植封陈王，谥号思，世称陈王
或陈思王。

曹公在诗史上作风与他人不同，因其永远是睁开眼正视现实。他人都是醉眼朦胧，曹公永睁着醒眼。诗人要欣赏，醉眼固可欣赏，但究竟不成。如中国诗人写田家乐、渔家乐，无真正体认，才真是醉眼。

　　一个诗人不必有思有情，主要有觉就照样可成诗人，而必有觉，始能有情思。

　　曹子建有觉而无情思，只是视觉敏感。其《赠白马王彪》虽也是视觉发达，却深刻而不肤浅。

曹公"奸雄"。(今人奸而不雄，是庸才、奴才。)

曹孟德在诗上是天才，在事业上是英雄，乃了不得人物。唐宋称曹孟德为曹公，称陶渊明为陶公，而李、杜后人皆不称公，非如此不能表现吾人对曹、陶之敬慕。(曹公、陶公所表现态度，"诗三百篇"中没有。)

曹公在诗史上作风与他人不同，因其永远是睁开眼正视现实。他人都是醉眼朦胧，曹公永睁着醒眼。诗人要欣赏，醉眼固可欣赏，但究竟不成。如中国诗人写田家乐、渔家乐，无真正体认，才真是醉眼。

欣赏别人的痛苦是一种变态、残忍；还有一种是白痴，毫无心肝。文学上变态固可怕，但白痴更可怕。这种人便毫无心肝，不要说思想，根本便没感觉。欣赏田家乐者盖皆此种人。

人摔倒把他扶起来，只要出于本心，不求名利，这是好人；若有他心，便不成。若有见人摔倒解恨，这也是汉子。若见人摔倒光看着，是白痴。鲁迅先生所写阿Q便近于白痴。若走过不管，如孟子之言"虽闭户可也"(《孟子·离娄下》)。而中国人只看着，下巴垂下[1]。欣赏田家乐、渔家乐之人，庶几乎近之矣。若自己做了田家、渔家，还能乐吗？

要说拿别人痛苦当作自己享乐，这也要点胆量，有点狠劲。如张献忠，据说他睡觉时床头悬一人，以刀砍之，鲜血封目然后眠。此种变态

_____

[1]　叶嘉莹此处有按语：意谓麻木不仁。

心理，非人之可能。

天才、英雄是"非常"，心理变态也是"非常"。真正的天才、英雄大概也是"心理变态"。而变态很难讲。常态以何为准？若以天才为准，则我们都低能，"不够数"。那么，你能说天才是"变态"？

屈原、曹、陶、李、杜诸人，写诗亦只是瓜熟蒂落，水到渠成，自然而然。天才，那是从我们看是天才。余有近作："少陵西蜀那知老，元亮东篱不自高。"此二句上句说老杜，下句言渊明。上句用《论语》"不知老之将至云尔"（《述而》），盖工部五十岁后拼命创作，一年作出五卷之多（然全集仅二十卷）；我们千载而下看陶公，了不得，而陶渊明盖"不自高"。凡自己做事若自觉清高，那他心里就混浊；自觉风雅，那他心里就庸俗。

按时代，曹在前，陶第二，杜第三。在文学价值上，盖亦然。

曹操诗传下来虽不多，但真对得起读者。

若人能开自己玩笑是真正幽默家，这要能欣赏自己苦痛才行。（开人玩笑不算，欣赏别人苦痛不算好汉。）如曹公之《苦寒行》：

> 北上太行山，艰哉何巍巍。
> 羊肠坂诘曲，车轮为之摧。
> 树木何萧瑟，北风声正悲。
> 熊罴对我蹲，虎豹夹路啼。
> 溪谷少人民，雪落何霏霏。
> 延颈长叹息，远行多所怀。
> 我心何怫郁，思欲一东归。
> 水深桥梁绝，中路正徘徊。
> 迷惑失故路，薄暮无宿栖。
> 行行日已远，人马同时饥。
> 担囊行取薪，斧冰持作糜。
> 悲彼东山诗，悠悠使我哀。

曹公《苦寒行》诗发皇，而一点也不竭蹶，真是坚苦卓绝，不向人示弱。曹公之能如此，亦时势造英雄。

果戈理[①]《塔拉斯·布尔巴》写哥萨克老英雄布尔巴，其子在华沙的刑场受刑，濒死之际呼唤父亲，布尔巴在围观的人群中应答儿子的那声呼唤："我听着呢！"说"听着呢"，不怕敌人捉拿，这才真是汉子。这一点曹公有时如此，不是醉眼朦胧，也不是残忍，真是坚苦卓绝。打折胳膊袖子里藏，打掉牙齿肚子里咽，不向人示弱。曹公是不示弱，然还不是向袖子里藏，不是向肚子里咽。

"北上太行山"一诗之最后两句"悲彼东山诗，悠悠使我哀"，写痛苦而音节真好。"悲彼""我哀"两个双声字，用得好。

"三百篇"富弹性，至曹孟德，四言则有锤炼，以气力胜。其《步出夏门行》：

> 老骥伏枥，志在千里。
> 烈士暮年，壮心不已。
>
> （《龟虽寿》）
>
> 日月之行，若出其中。
> 星汉灿烂，若出其里。
>
> （《观沧海》）

可以此八句代表曹诗。曹操四句写大海，曰"中"、曰"里"，将大海之雄壮阔大写出。（看大家诗，不能吹毛求疵。）然仍不如"三百篇"之有弹性，含不尽之意见于言外，言有尽而意无穷。陶似较曹有情韵，然弹性仍不及"三百篇"。此非后人才力不及前人，恐系静安先生所谓

---

① 果戈理（1809—1852）：俄国 19 世纪批判现实主义作家，著有戏剧《钦差大臣》、长篇小说《死魂灵》、中篇小说《塔拉斯·布尔巴》等。

朝来还盛阁大局秋气
清江山真可爱车本有
馀情为象征心会微觉
入眼明现坤留恭本羊
应怪怪楹
壬申初夏
孝思先生正 蔡嘉之颖

>>> "日月之行，若出其中。星汉灿烂，若出其里。"这四句写大海，曰"中"、曰"里"，将大海之雄壮阔大写出。图为清代蔡嘉《观沧海》。

"运会"（风气），乃自然之演变。

The style is the man himself.[①]

Style，作风、风格；stylish，特样的。

白居易《新乐府》——"天宝末年时世妆"（《上阳白发人》）。西洋称作家叫 stylist，或译为文体家。近代如周氏兄弟[②]，亦 stylist。而最近真不成，没有一个人是 stylist。某人自称我是中国最老文学家，而"老"之可贵在有智慧，写了一辈子就没有 style，根本不是文学家，新也许新。鲁迅作风明快，其做事即快刀斩乱麻。

Style，不但难翻，而且难讲。如曹、陶、杜之不同，即各人 style（风格、风度）不同。

普通都以为韵文表现情感，余近以为韵文乃表现思想。中国后来诗人之所以贫弱，便因思想贫弱。一切议论、批评不见得全是思想，因为不是他那个人在说话，往往是他身上"鬼"在说话。"鬼"——传统精神。不是思想，是鬼在作祟。

余之所谓思想，乃是从生活得来的智慧，以及对生活所取的态度。既不能禁止思想，就要使思想"转"出点东西来，不使之成为胡思乱想。

凡作品包括（一）情感、（二）思想、（三）精神。前二者打成一片，而在诗中表现出来的作风即作者之精神。情感加思想等于作风，而作者精神即从作风中表现出来。

曹、陶、杜三人各有其思想，其对人生取何种态度，如何活下去，各不相同。

曹、陶、杜三人各有其作风，三人各有其苦痛。普通说苦痛偏于外界，悲哀偏于精神。而二者互为因果。假设没有外界苦痛，悲哀从哪儿来呢？

---

① 法国文艺理论家布封（Buffon）1753 年在其题名《风格论》的演讲中提出"The style is the man himself"，即"风格即人"。

② 叶嘉莹此处有按语：指鲁迅与周作人。

一个活人生在现世，外界苦痛就造成他内心的悲哀。曹操《短歌行》有句："对酒当歌，人生几何。譬如朝露，去日苦多。"其后又言："月明星稀，乌鹊南飞。绕树三匝，何枝可依。""月明星稀"，该休息了，然而"乌鹊"还要"南飞"；想要休息，但"绕树三匝，何枝可依"，就没地方可歇。你有气力，还是飞；没力气了，一头摔死也可以——这才是真正悲哀。普通人以为伤感是悲哀，而曹公不是伤感。

杜甫亦能吃苦，可是老杜有点花招了。魔术戏法，不是真的，不过假得可爱。老杜在愁到过不去时开自己玩笑，在他的长篇古诗中总开自己个玩笑，完事儿一笑了之，无论多么可恨、可悲的事皆然。不过老杜老实，大概是无意。（西洋小说中写一乞儿，临死尚与狗开玩笑。）常人在暴风雨中要躲躲，老杜尚然，而曹公则决不如此。

渊明前有曹公，后有工部。渊明有时也避雨，不似曹公坚苦，然也不如杜之幽默。但他也有一把伞、一个屋檐、一棵树，那就是大自然和酒。

曹、陶、杜三人中，老杜生活最苦，他并不甚倔，常受人帮忙。人不能与社会绝缘，所以老杜有时也和无聊人在一起。而渊明没有，因为他还有几亩地。然而也还是不行——还乞食。我们再看看老曹，没人帮他忙，只有自己干。天助自助者，非常时代造就出此非常人。生于乱世，只有自己挣扎。弄好，成功了；弄不好，完了。所以三人中最寂寞者仍为孟德。其思想、行为不易为人所了解、同情，其艰难也无人可代为解决。陶、杜生活固难还易解决，我想，人间是有好人，人心仁心，爱帮人忙的。帮忙来了看我们接受不接受了。陶与杜皆接受。而孟德悲哀，无人可替他解决困难，别人不能帮他忙。刘备是幸福的，他有诸葛武侯么！交给武侯没错。而老曹交给谁？他多疑——想不疑都不成，谁能帮他忙？

曹公在历史上、诗史上皆为了不起人物。第一先不用说别的，只其坚苦精神，便为人所不及。陶诗中亦有坚苦，杜甫亦能吃苦。一个人若不能坚苦便是脆弱，如此则无论学问、事业、思想，皆无成就。但只说曹公坚苦，盖因陶、杜虽亦有坚苦精神，然不纯：杜有幽默，陶有自然与酒。而曹公只有坚苦。这一点鲁迅先生近似之。然陶、杜之悲哀亦有老曹所无者。有时他不愿接受的帮忙——"嗟来之食"——他也得接受。孟子说："呼尔而与之，行道之人弗受；蹴尔而与之，乞人不屑也。"（《孟子·告子上》）帮陶、杜者，未必是"嗟来""蹴尔"，可以说人心都有仁心，有温暖，但是"受人者常畏人，与人者常骄人"（《孔子家语》），吃人嘴短，拿人手软。鲁迅先生写赔大换小，而写收买洋元且翻复查看，神气大了，谁叫你求他破小呢？买卖当如此，一来一往不一样。

曹公有铁的精神、身体、神经，但究竟他有血有肉，是个人。他若真是铁人，我们就不喜欢他了，我们所喜欢的还是有感觉、有思想的活人。我们不喜欢铁人、金人、石人、玉人……

某杂志有文章说，若声音小听不见，但若太强也听不见。这话对。作者精神太集中、太强，我们也失去听力。

一个诗人不必有思有情，主要有觉就照样可成诗人，而必有觉，始能有情思。

曹子建有觉而无情思。子建《美女篇》虽写情思而情不真、思不深。诗人必须能代言，中国人顶糟是连自己也不知怎么回事，顶多知有己而不知有人，谈何"代言"？因不知有人，《美女篇》写美女写糟了。曹子建知道自己，故写《赠白马王彪》好。

《赠白马王彪》全诗七章：

> 谒帝承明庐，逝将归旧疆。
>
> 清晨发皇邑，日夕过首阳。
>
> 伊洛广且深，欲济川无梁。
>
> 泛舟越洪涛，怨彼东路长。

顾瞻恋城阙，引领情内伤。

太谷何寥廓，山树郁苍苍。
霖雨泥我涂，流潦浩纵横。
中逵绝无轨，改辙登高冈。
修坂造云日，我马玄以黄。

玄黄犹能进，我思郁以纡。
郁纡将何念，亲爱在离居。
本图相与偕，中更不克俱。
鸱枭鸣衡轭，豺狼当路衢。
苍蝇间白黑，谗巧令亲疏。
欲还绝无蹊，揽辔止踟蹰。

踟蹰亦何留，相思无终极。
秋风发微凉，寒蝉鸣我侧。
原野何萧条，白日忽西匿。
归鸟赴乔林，翩翩厉羽翼。
孤兽走索群，衔草不遑食。
感物伤我怀，抚心长太息。

太息将何为，天命与我违。
奈何念同生，一往形不归。
孤魂翔故域，灵柩寄京师。
存者忽复过，亡没身自衰。
人生处一世，去若朝露晞。
年在桑榆间，影响不能追。

自顾非金石，咄唶令心悲。

心悲动我神，弃置莫复陈。
丈夫志四海，万里犹比邻。
恩爱苟不亏，在远分日亲。
何必同衾帱，然后展殷勤。
忧思成疾疢，无乃儿女仁。
仓卒骨肉情，能不怀苦辛。

苦辛何虑思，天命信可疑。
虚无求列仙，松子久吾欺。
变故在斯须，百年谁能持。
离别永无会，执手将何时。
王其爱玉体，俱享黄发期。
收泪即长路，援笔从此辞。

　　曹子建作风华丽，此篇乃别调。华丽是眼官视觉。曹子建视觉特别
发达，可以其所作乐府为代表。曹子建无深刻思想，只是视觉锐敏。

　　左拉①，有眼官的盛宴——眼吃。曹子建与左拉不同，曹子建是
"富吃"，左拉是"穷吃"；曹子建所见是物象，左拉所见是人生；物象
是外表，人生是内相；所见是外表，故所写是肤浅的；所见是内相，故
所写是深刻的。《赠白马王彪》虽也是视觉发达，却深刻而不肤浅，便
因其有切肤之痛。然而也仍是功过各半：功——深刻；过——小我色
彩过重，只知有己，不知有人。

　　一个诗人，特别是一个伟大天才诗人，应有圣佛"众生有一不成

---

① 左拉（1840—1902）：法国19世纪作家，自然主义文学流派领袖，著有《卢
贡—马卡尔家族》《三名城》《四福音书》等。

>> > 华丽是眼官视觉。曹子建视觉特别发达，可以其所作乐府
为代表。图为东晋顾恺之根据曹植《洛神赋图》所作的绘画作品
（宋摹本）。

佛我誓不成佛""我不入地狱谁入地狱"之精神。出发点是小我、小己，而发展到最高便是替全民族、全人类说话了，"有释迦、基督担荷人类罪恶之意"（王国维《人间词话》）。

曹子建在自我抒写方面，此篇有最大成功。《诗经》曰"驾言出游，以写我忧"（《邶风·泉水》），后世之自我抒写诗人，无论有意、无意，皆不能脱离其自身范围，一脱离便不是诗了。

诗人之伟大与否，当看其能否沾溉后人、子孙、帝王万世之业。老曹思想精神沾溉后人，增长精神，开扩意气。而意气开扩不可成为狂妄，精神增长不可成为浮嚣。曹子建有时不免狂妄浮嚣。子建是修辞沾溉后人。以修辞论，《赠白马王彪》亦非他篇所及。诗人只有真情不成，还要有才力、学力以表现。

全诗分七章，七即一，分为清楚，合为统一，七章皆有线索，似分实合。（有的诗段落似合而实分。）

章法——篇的组织。麻雀虽小，五脏俱全。余之《苦水诗存》中《旅途四首》，章法即受《赠白马王彪》影响。

句法——句的构成。在此方面《古诗十九首》高山仰止，可望而不可即。

字法——字的选择，字的位置。如"死、亡、卒"，此用字不同；如"宜其死"曰"其死也宜哉"，此位置不同。

在章法、句法、字法上，用功是由勉强得自然。而勉强要自己勉强自己，不是别人勉强自己。

曹子建诗工于发端，《赠白马王彪》好在不工于发端。

首章"谒帝承明庐，逝将归旧疆。清晨发皇邑，日夕过首阳……"，"旧疆"，指鄄城。首四句之句形：————'————'接下二句"伊洛广且深，欲济川无梁"句形：＿＿＿＿＿，＿＿＿＿＿，发端数句好，如旅行纪程，不是诗，但是好，徐徐写来，力气不尽。此诗发端虽不工，而到底不懈，乃曹子建代表作。

此前数句一直向前，至"顾瞻恋城阙，引领情内伤"则向回一顾。

"泛舟越洪涛"，用"过大波"，便不成，"越洪涛"三字字音洪大。该洪大便得洪大，该纤细便得纤细。若写"坐在明月里"（冰心《繁星》），这便是说海；说海写"坐在火炉边"，便不成；"火炉边"，当是说童年的梦幻。

"怨彼东路长"，一"怨"字，去声，便远；说"恨彼东路长"，便不好；"愁彼东路长"简直不成。"恨"，也是去声，但纤细短促。每个字有每个字的音色，色是眼见，百闻不如一见，听着这个声音不如看着这个声音。如老谭唱《碰碑》①，过门儿一拉，如见塞外风沙。

第二章"太谷何寥廓"，"寥"，远；"廓"，深。

"山树郁苍苍"，"树"原为动词，何以不用"山木"？"木"字形太简单。"郁"，只言其形象、气象。（"光被四表"（《尚书·尧典》），即气象。清儒以为"光"通"横"。）"苍苍"，是其形态。

"霖雨泥我涂"，"泥"，去声，动词。老杜诗："年年至日长为客，忽忽穷愁泥杀人。"（《冬至》）

"中逵绝无轨"，何以用"中逵"不用"中路""中道"？说"逵"便断，"逵"字有断绝之感。"怨彼东路长"，说"东逵长"，便不行。

"修坂造云日"，若说"长坂造云日"，便不成。

"我马玄以黄"，"黄"，病也。诗必有凝练处，不如此不稳，顿之则山安；然仅如此则气不畅（黄山谷诗便如此），故又必有生动之句，导之则泉注，如此则不滞。故"修坂造云日"下便接"我马玄以黄"。

"我思郁以纡"，"郁"，积也；"纡"，屈也。"我思郁以纡，亲爱在离居"，"最是相逢赢得处，还君珠泪双倾"，离别常多相会少。犹有相逢一面缘，然又如何？"如何？谴情情更多"（孙光宪《思帝乡》），逆情调（指情调之逆叙）。

于此说说音调。《赠白马王彪》前两章阳韵、阳声，情调慷慨，音

_____

① 老谭：即京剧演员谭鑫培。

节高亢，色彩鲜明。自下章"玄黄犹能进"以后，一变而为沉郁、暗淡、沮丧。于此可知诗之音调与韵尾的关系，阳声字显得长，韵长；阴声字短；入声字更短。音节变换，有长短高下；变换固然，而须要得当，变换与节制是二为一。鲁迅先生《在酒楼上》写南方酷雪中山茶开放，赫赫如火，愤怒而傲慢。[1]京剧《五人义》中周文元对小校尉说，你对着我脚尖磕三个头，叫三声老叔，你就滚球蛋。若如此，没劲；头必是一个一个地磕，老叔必是一声一声地叫，才有劲。[2]此即变换与节制。《赠白马王彪》"太谷"一章高亢，"玄黄"一章沉郁，"踟蹰"一章鸣咽，"太息"一章涕泣哀怨。（涕泣不是悲伤，是哀怨。人到无泪时只是心酸，比痛哭还难受。）

《赠白马王彪》诗情足够，故不露竭蹶之势。（老杜有时亦竭蹶。）

---

[1] 鲁迅《彷徨·在酒楼上》："倒塌的亭子边还有一株山茶树，从暗绿的密叶里显出十几朵红花来，赫赫的在雪中明得如火，愤怒而且傲慢，如蔑视游人的甘心于远行。"

[2]《五人义》：戏曲传统剧目，叙明末魏忠贤诬陷忠良，遣校尉至苏州逮捕周顺昌。五义士颜佩韦、周文元、马杰、沈扬、杨念如求赦不得，怒而大闹苏州。其中第五场周文元与小校尉对白：（周文元白）这也不难，你对着我脚尖，磕三个头，叫我三声老叔，你就滚球蛋。（小校尉白）叫我与你磕头？（周文元白）磕头。（小校尉白）磕头，咱们就磕头。（周文元白）磕罢。（小校尉磕头。小校尉白）一个啦。两个啦。三个啦。（周文元白）你叫。（小校尉白）叫，老叔，老叔，老叔。（周文元白）滚罢。

第四课

说陶诗 ①

---

① 叶嘉莹 1990 年代重读笔记，于陶诗一册之前有题辞："顾先生讲书有时只是借他人酒杯浇自己块垒，隔此数十年重读笔记，体会更深。"

余不敢说真正了解陶诗本体，所讲只是陶诗给余之印象。譬如人所知之粉笔，未必即为其本体，而只为吾人自视觉所得之印象。对人之认识亦然。往古来今所谓文学批评者，盖皆如此，皆是印象，而非本体。

余读陶集四十年，仍时时有新发现，自谓如盲人摸象①。陶诗之不好读，即因其人之不好懂。陶之前有曹，之后有杜，对曹、杜觉得没什么难懂，而陶则不然。

---

① 《义足经》："过去久远，是阎浮利地有王，名曰镜面。时敕使者，令行我国界，无眼人悉将来至殿下。使者受敕即行，将诸无眼人到殿下，以白王。王敕大臣：'悉将是人去示其象。'臣即将到象厩，一一示之，令捉象，有捉足者、尾者、尾本者、腹者、肋者、背者、耳者、头者、牙者、鼻者，悉示已，便将诣王所。王悉问：'汝曹审见象不？'对言：'我悉见。'王言：'何类？'中有得足者言：'明王，象如柱。'得尾者曰：'如扫帚。'得尾本者言：'如杖。'得腹者言：'如。'得肋者言：'如壁。'得背者言：'如高岸。'得耳者言：'如大箕。'得头者言：'如臼。'得牙者言：'如角。'得鼻者言：'如索。'便复于王前共诤讼象，谛如我言。"

一　陶公之"调和"

陶公懂人生，爱谈老子，明白主客（反客为主）。

陶公调和。什么是调和？我们觉得这世界还可以住，不是我们理想的那么好，也不像我们所想的那样坏。陶公在心理一番矛盾之后，生活一番挣扎之后，才得到调和。陶公的调和不是同流合污，不是和稀泥，不是投降，不是妥协。鹅卵石之光圆，非天生，是在水中被水冲激又与石互相摩擦而成。现在世上之老世故、机灵鬼，皆如此，他没有个性思想了，这是可怕的，这并不是调和。老杜也曾挣扎、矛盾，而始终没得到调和，始终是一个不安定的灵魂。所以在老杜诗中所表现的挣扎、奋斗精神比陶公还要鲜明，但他的力量比陶并不充实，并不集中。

陶渊明与老杜不同。

佛教反对"昏散"。"昏散"这两字实在可怕。"昏"，一点灵明之气也没有了；"散"，一点集中也没有了。身体劳动可治精神昏散。老杜身体也许比陶渊明还健康，但他力量绝不如陶渊明集中。如打拳之人，力量并不比常人大，但他能集中。我们精神、力量也许不太大，但要能集中便大了。老杜即便不"昏"，也是"散"了。

"去昏散病，绝断常坑。"——佛教话头。佛教所谓"话头"便是"格言"，唯句法与我们常用的不同。

>>> 陶渊明懂人生，爱谈老子，明白主客（反客为主）。陶公调和。陶公在心理
一番矛盾之后，生活一番挣扎之后，才得到调和。陶公的调和不是同流合污，不是
和稀泥，不是投降，不是妥协。图为宋代佚名《柳阴高士图》。

去"昏"方有聪明，去"散"方能集中。

与"断"相对的是"常"，此与句中"断常"之"常"不同，乃长久之意，"断常"之"常"乃"俗"之意。世俗的情感是传统的，传统的便不是真的，自己没有真知灼见，只是人云亦云，故须"断"。自己运用自己思想，便是"非常"。故学道之人要"去昏散病，绝断常坑"。

道心、诗心、文心是一个，都不能"断"，一"断"便完了。《论语》所说"造次必于是，颠沛必于是"（《里仁》），造次（造次便是仓促）、颠沛必于是，岂非"常""长久""恒"，那便"非断"。

陶渊明对这八个字算做到了。①但佛家如此是要成佛做祖，而陶公之如此并非要成佛做祖，是想做人。其实要想做一个像样的、不含糊的人，便须如此。

现代人有健康的吗？余自以为是病态。人若常和疯人在一起便疯了，所以精神病院的看护要常换。在现在的世界、国家、社会，我们身心都有点不正常。

某人说："没事别骂街，有什么用呢？"这话倒对。青年之慷慨激昂、标奇立异是没用的，而且伤脑筋，不卫生，结果除非自杀。想找新鲜事，绝不会新鲜——晚上出太阳，不也就成白天了？太奇了，还怎么和别人一起生活？

要常常反省，自己有多少能力，尽其在我去努力。与外界摩擦渐少，心中矛盾也渐少，但不是不摩擦，也不是苟安偷生，是要集中我们的力量去向理想发展。时常与外界起冲突，那就减少自己努力的力量。孟子说："人有不为也，而后可以有为。"（《孟子·离娄下》）这两句讲得很多，今借以为前说之证。

世界是大的，事情是多的，我们又不是大天才，只要找点小工作尽力去做，便也对得起这世界了。担粪的人不挑水，挑水的人不担粪，专心自己工作，这便是有所不为然后可以有为。挑水的便好好挑水，担粪

---

① 叶嘉莹此处有按语：此言有真知。

的便好好担粪，不但视为职业，而且视为天职。一件事便要做到理想地步，决不贪多再做别的。吃饭尚要一口口吃，何况别的！

中国诗一说便是病态的，写爱情简直把爱情糟蹋了。外国人写爱情写得很神圣，或很严肃，或很平常。陶公诗可以把它讲神圣了，讲严肃了，但绝非平常。余所讲，是余头脑中之印象。

陶渊明把别的都搁下了，都算了，但这正是不搁下，不算了。陶诗是健康的，陶公是正常的。而别人都不正常——标奇立异，感慨牢骚。陶公不如此。无论从纵的历史还是从横的社会看，但凡痛哭流涕、感慨牢骚的人，除非不真，若真，不是自杀，便是夭亡，或是疯狂。痛哭感慨是消耗，把精力都消耗了，还能做什么？陶渊明不为此无益之事。

人生精力有限、时间不多，要腾出工夫做些有益之事。"不作无益害有益"（《尚书·旅獒》），是俗话，也是真话。

"倚南窗以寄傲，审容膝之易安"（《归去来兮辞》），陶公实际积极进取，唯在享受上只"容膝"而已。

中国说"乐天知命"（《易传·系辞传》），这是好的，这便是有所不为然后可以有为。现在国家破碎，该做的太多了，但能都做吗？最好只抓住一样，这就行了，便是所谓不含糊的人。陶渊明想做县官就做，不想做就去，这便是陶公之伟大处，便是他不含糊之处。

What、Why、How（什么、为什么、怎么办）。诗人只有前两个 W，故诗人多是懦弱无能的。后一个 W，如何办，是哲人的责任。第三个 W，非说理不可，此最是破坏诗之美。如：

> 人生如归云，空行杂徐疾。
> 薄暮俱到山，各不见踪迹。
>
> （陈简斋《晚晴》）

此在宋诗可为代表，而已不似诗矣，此近于哲人之说理。现在我们所要的不是 What、Why，而是 How，不必说食为民天，要的是食。

我们读《离骚》，不要只看其伤感，要看其烦懑。此即因没有办法，找不到出路——How，故强者感到烦懑，而弱者则感到颓丧。于此不得不说老杜伟大，其表现有在中国传统诗人以外的东西（某种民族差精神。诗人乃自然，不可全归罪于诗人）：

> 南使宜天马，由来万匹强。
>
> 浮云连阵没，秋草遍山长。
>
> 闻说真龙种，仍残老骕骦。
>
> 哀鸣思战斗，迥立向苍苍。
>
> （《秦州杂诗二十首》其五）

此与"枯木无枝不受寒"（陈简斋《十月》）不同。曹操有诗云：

> 老骥伏枥，志在千里，
>
> 烈士暮年，壮心不已。
>
> （《步出夏门行·龟虽寿》）

老杜盖曾最受孟德影响，无论有意无意。"老骥伏枥"不过壮心未已而已，至"哀鸣思战斗"简直待不住了，真是发皇。而古人诗多含蓄。诗人不能想办法，诗人之不行，其命定如此，诗人是又不能又不行。老杜"思战斗""哀鸣"也只是"迥立向苍苍"而已，曹孟德是有办法，如其诗中所表现的：

> 山不厌高，水不厌深。
>
> 周公吐哺，天下归心。
>
> （《短歌行》）

曹操，临死还给人想办法；诸葛亮，死人替活人想办法。做领袖不难，难于得人；得人不难，难于知人；知人不难，难于任人。王敦虽奸臣，意志甚强，不论事迹，精神可佩服。特殊人有特殊办法，非吾辈凡夫所可取法。

陶渊明是有办法的。渊明是平凡的伟大，其《闲情赋》所写是陶之烦恼。其文表面似颓丧，实非颓丧，连表面也不颓丧。"采菊东篱下"（《饮酒二十首》其五），是陶之功行圆满，好而不敢举，不敢说真懂。"种豆南山下"（《归园田居五首》其三）一首：

> 种豆南山下，草盛豆苗稀。
> 晨兴理荒秽，带月荷锄归。
> 道狭草木长，夕露沾我衣。
> 衣沾不足惜，但使愿无违。

学做人便当是此办法，有一分心，专一分心；有一分力，尽一分力。愿为全人类做事是对，而从何做起？先要自己的事尽力去做，就是替全世界做事了。此是渊明积极精神，且有确实办法。故：

曹，英雄中的诗人；

杜，诗人中的英雄；

陶，诗人中的哲人。

英雄的办法是特殊的，不可学。哲人不然，哲人所想办法，皆人人可行的办法，其中无特殊，谁都会，而不易办到。（吾辈凡夫多是既不能为曹之英雄，又不如陶之有操守、有作为。）

将办法写入诗而还成为诗，即如"种豆南山下"。此因渊明天才过人，学力亦不可及。老杜学不甚深，精神可佩服，有力。陈简斋学问有，而近于佛，非儒家精神。

自《闲情赋》可看出陶用功、蜕化痕迹。

一个人无论怎样调和，即使是圣、是佛，也有其烦恼。佛是烦恼，耶稣是苦痛。他不烦恼、苦痛，便不慈悲了。

一个大思想家、宗教家之伟大，都有其苦痛，而与常人不同者，便是他不借外力来打破。或问赵州和尚："佛有烦恼么？"曰："有。"曰："如何免得？"曰："用免作么？"①这真厉害。

平常人总想免。

人对烦恼苦痛，可分三等：

第一等人，不去苦痛，不免烦恼，"不断烦恼而入菩提"（《维摩诘经》）。烦恼是人的境界，菩提是佛的境界，唯佛能之。烦恼、苦痛在这种人身上，不是一种负担，而是一种力量、动机。释迦、基督、孔子皆然。孔子说"吾已矣夫"（《论语·子罕》）、"吾衰也久矣"（《论语·述而》），其实他不"已"、不"衰"，他不认输，临死还干呢！而孔子身上还有个"凡"与我们接近，释迦、基督太伟大，令人可怕。孔子还说"已"、说"衰"，而释迦、基督便不说。

第二等人，能借外来事物减少或免除苦痛烦恼。如波特来尔②有一篇散文诗《你醉吧》，不只是酒，或景致，或道德，或诗，不论什么，总之是醉。中国说"醉心"于什么，这便是波特来尔所谓"醉"。

第三等人，终天生活于痛苦烦恼中，整个被这种洪流所淹没。佛说"苦海"，真是苦海；说"奈何"，真是奈何。他自己也不知是怎么回事，这种人真是"无明"。

诗人不是宗教家，很难不断烦恼入菩提；而又非凡人，苦恼实不可免。于是要减免、要解除，所以多逃之于酒。杜诗若按实际讲，便是他把现在所有精力一并集中。基督说，这杯虽是苦酒，但也喝下

---

① 《古尊宿语录》卷十三："师上堂云：'……佛即是烦恼，烦恼即是佛。'问：'佛与谁人为烦恼？'师云：'与一切人为烦恼。'云：'如何免得？'师云：'用免作么？'"

② 波特来尔（1821—1867）：今译波德莱尔，法国19世纪著名诗人，象征派诗歌先驱，现代派诗歌奠基人，著有诗集《恶之花》、散文诗集《巴黎的忧郁》。

去了。①

诗人、哲人是郑重生活的人，他们追求的是美，而得到的也许是丑；所追求的是完整，而得到的也许是破碎；所求是调和，所得也许是矛盾。人既非佛，如何能"二六时②中杂念不生"！陶诗亦然。

余劝同学如在实际生活或思想上得不到调和，则须注意"变化"。人要对付实际生活，所说"变化"，就是要"转"它而不为所"转"，如赵州和尚所言"汝被十二时辰使，老僧使得十二时"③。或问曰："我尝闻人言赵州桥，但来此只见略彴。"赵州曰："你只认得赵州桥，不认得略彴。"问之，曰："赵州桥度驴度马，略彴度人。"④赵州和尚不但能说、能想，而且能行，此人言语犀利，见道甚明，自谓"老僧除二时粥饭是杂用心处，除外更无别用心处"。

我辈生活是"被十二时辰使"，心为物使，不能使物。心杀境则圣，境杀心则凡。一个诗人该是不"被十二时辰使"，而要"使得十二时"。譬如"变化"，我们就活在"变化"中，但我们要"使"它，不可为它所"使"，不要成为"变化"的奴隶。但这只有造时势之英雄或能如此。而吾辈为庸人（常人），圣贤仙佛，非常人也。仙佛不说，要做一个造时势的英雄，但世上有几个这样的人？这次大战也只是几个人支持着。真是可怕，世界只掌握在圣贤、仙佛、造时势的英雄此三类人手中，吾辈既非此等人，如何能不为"变化"所使？而诗人能之。

诗人观察变化、描写变化。生活变化甚至摧残了我们的生命，但我们仍要看你怎样把它压倒，怎样把它摧残。孔子周游列国归而作《春

---

① 《新约全书·约翰福音》记载：由于门徒犹大的出卖，耶稣即将面临死亡。面对前来抓捕自己的祭司长和法利赛人，耶稣命令彼得收刀入鞘，并且说："我父所给我的那杯，我岂可不喝呢？"

② 二六时：犹言一整天、整日整夜。中国古代将一昼夜分十二时辰，昼夜各六个时辰，故称"二六时"。

③ 《五灯会元》卷四："问：'十二时中如何用心？'师曰：'汝被十二时辰使，老僧使得十二时。'"

④ 《五灯会元》卷四："问：'久向赵州石桥，到来只见略彴。'师曰：'汝只见略彴，且不见石桥。'曰：'如何是石桥？'师曰：'度驴度马。'曰：'如何是略彴？'师曰：'个个度人。'"略彴，小木桥、独木桥。

秋》，亦此本领。当你能看它，能写它时，就是你心作得它主时；若不能作它的主，便不能看、不能写了。故要正眼看得它，作得它主。人写兴奋感情只能写概念，便因没正眼去看，故不能描写。

吾人不能"二六时中不生杂念"，故亦不能得到调和，而且若一人先得到调和，恐怕倒可怕了。老杜也没有调和，他是变化。陶亦然。

"波澜誓不起，妾心古井水。"（孟郊《烈女操》）"井水"只能是"古井"，若为河，水流，自力起波；风来，外力起波。井水，无自力、外力，但若有人打水呢？古井，没人打。"二六时中不生杂念"，这是个什么人？处的是什么境界？柳子厚游记有一篇写某小潭山川泉林之美，而结曰"以其境过清，不可久居，乃记之而去"（《小石潭记》）。这种境界真是可怕，你待得住么？（韩、柳无论诗文皆可抗衡，韩以奇伟胜，而精微处不及柳，韩之修养不够。柳也躁，但他倒霉，躁不起来了。）我们在事业上不是英雄，我们在社会上不能做圣贤，在某种境界不能做仙佛。我们凡人也是悲哀。

余自以为讲得不明白，但提出问题使人自己去想更好。

二　陶诗之真

西方有个故事，说一人在白天中打灯笼，在雅典市上乱转。或问之说，找一找还有个像人的没有？[①] 中国诗人都不大像人，不用说是幽灵，

———————

　　① 　此故事系犬儒学派第欧根尼之典故。第欧根尼愤世嫉俗，曾于白天提一灯笼穿过市井街头，遇到谁即往谁的脸上照。问他何故如此，第欧根尼回答："我想试试能否找出一个真正诚实的人。"

便是神佛也不成。余以为神佛还有他人的一面。

中国诗人一大毛病便是不能跳入生活里去，所以一读其诗便觉得离生活远了。余近来常说，曹、陶、杜其相同点便是都从生活里磨炼出来，如一块铁，经过锤炼始能成钢。别的诗人都有点逃脱，纵使是好铁，不经锤炼也不是全钢，所以总是有点"幽灵似的"。曹、陶、杜三人之所以伟大、非常，其实是平常，就是他们在实际生活中确实磨炼了一番才写诗。

但一块好铁才经得起炉火锤炼，若是木头或坏铁，纵不成灰，也不能成钢。中国诗人不肯跳进去，固然是胆小，但也正是他的聪明。这样的诗人我常怀疑他若跳进生活之火炉，若他还能吟风弄月，还算好汉，大概怕也不能了吧！

为诗人之困苦是不能跳进生活火炉不成，而跳进去毁了也不成。连老杜晚年诗都有点枯窘，身无片瓦，不如陶颇有余裕。

别人写真，一点也不觉他真，陶写真，真真！

古今中外之诗人所以能震烁古今流传不朽，多以其伟大，而陶之流传不朽，不以其伟大而以其平凡。他的生活就是诗，也许这就是他的伟大处。

陶渊明过田园生活，极平凡，其平凡之伟大与曹公不平凡之伟大同。法之莫泊桑、俄之契柯夫，人谓为平凡之伟大。此种伟大比非常及怪奇之伟大更伟大。法国波特来尔乃怪奇之人（作有《恶之花》），中国李贺亦以奇胜，此易引人注意。平凡不易引人注意，而平凡之极反不平凡，其主要原因是能把诗的境界表现在生活里。

陶诗平凡而伟大，简单而神秘。吾辈不能做到。

从何说陶诗？——贯道。

《论语·里仁》篇有云：

> 子曰："参乎！吾道一以贯之。"曾子曰："唯。"子出。

曾参据说是孔子最小之弟子。释迦拈花，迦叶微笑，如何便如此放心大胆相信？此盖纯自然而然，一点勉强没有。（文章应做到如此。）学文、学道皆从勉强来，圣门用功皆从勉强得之。学道从勉强来，而得道、悟道要一点勉强也没有，入"勉强"，出"自然"。"是法平等，无有高下"（《金刚经》），即"一以贯之"。一切法皆佛法，必到"一以贯之"，然后哲理与诗法合二为一。否则，说理只是说理，不成为诗。诗可以说理，唯不可有一分勉强，否则是散文——其实，若勉强连散文也写不成。真正得道圣贤所说理皆是诗，大诗人成功即是哲人。

陶渊明写诗是如此，是"一以贯之"，凡是人生皆可入诗：

> 亲戚共一处，子孙还相保。
> 觞弦肆朝日，樽中酒不燥。
> 缓带尽欢娱，起晚眠常早。
>
> （《杂诗八首》其四）

> 悦亲戚之情话，乐琴书以消忧。
>
> （《归去来兮辞》）

——人有此情而不肯如此写。

> 弱子戏我侧，学语未成音。
> 此事真复乐，聊用忘华簪。
>
> （《和郭主簿二首》其一）

——此好处便在平凡。老杜《羌村三首》：

> 娇儿不离膝，畏我复却去。
>
> （其二）

>> > 陶渊明之流传不朽，不以其伟大而以其平凡。他的生活就是诗，也许这就是他的伟大处。他过田园生活，极为平凡。图为宋代陈居中《桃源仙居图》（上）、明代陆治《桃花源图》（中）、清代李世倬《陶渊明田园诗意图》（下）。

此人之常情，常情也就是至情，但老杜表现得不好，字句不圆①。"弱子戏我侧，学语未成音。"读了以后，可不是吗？但谁这样写了？老杜便不成，老杜勉强。他深入了没有浅出，尤其"畏我复却去"一句。

一个大诗人使用语言最自由，也最美满，能创造。既写后人之认可，亦写前人之不敢，一切大诗人、大艺术家盖皆如此。

中国诗传统精神不说丑恶之事（丑，形；恶，神、心），陶诗不然。

"披褐守长夜，晨鸡不肯鸣"（《饮酒二十首》其十六）——说"寒"；

"饥来驱我去，不知竟何之"（《乞食》）——说"饥"；

"造夕思鸡鸣，及晨愿乌迁"（《怨诗楚调示庞主簿邓治中》）——说"赶快活完了事"。

诗是人生的反映，我们从前人诗中虽不能见到现在生活，至少可见到古人生活。美与善是人生色彩，丑与恶也是人生色彩。

世上生活一般事常是你认为好的，他不来；等来了，又跑了；等你以为好时，他早跑了。先不用说人世间一切事物一切境界，你觉得不好，他老跟你不走；你觉得好的，他老不来；或等你觉得好，就该保不住了。

我们看世上一般人，在世上有所成就的，都是他有所"获得"。即以升官发财而论，亦是获得，而你不知他的获得是以最大牺牲换来的——为钱六亲不认。先不论其结果，他牺牲了，而他也知足，没人格也不要紧。向上、向前的人，在物质上也知足；知足、知止，然后有精神工作。凡有所成就的都在某个条件上有知足、知止，不是完全知足、知止，完全知足、知止，那不死了吗？而陶渊明可怜，是连最低的温饱都没得到：

三旬九遇食，十年著一冠。

（《拟古九首》其五）

---

① 叶嘉莹此处有按语：即不圆润。

人皆以为陶知足、知止，其实陶不是无所为（平声）、无所为（去声）的人。老子亦然。老子主柔，柔能克刚，主退还是所以进，如《孝经·诸侯章》云"高而不危，所以长守贵也；满而不溢，所以长守富也"。有人说老子是阴谋家，但我们不取其机谋而取其智慧，则老子也未始不是圣人。孔子说"吾今日见老子，其犹龙乎"（龙，变化莫测。《史记·老子伯夷列传》），盖亦有所见而云。然老子的确有其经验、思想。有人只有经验，而无思想，所以也不成其为智慧。而机谋常常是损人利己；至于智慧，利己了，可也不见得不利人。

当然，若按耶稣教义，则老子是阴谋家；但若按世谛来看，便是智慧。释迦、基督是损己利人；老子不是无我，"我"的观念很强。老子讲慈[①]，而与佛、耶之慈爱不同，佛之慈悲、基督之博爱是无所为而为；而老子有所为，他的慈是理智的。佛、耶之不爱不可，是心里觉得不可；老子是觉得不慈不可，可能是从理智出发，以为世上人与人关系必如此不可。佛、耶是心，老子是"势"。生在现在科学发明时代，老子学说该研究一下。

陶渊明亦有其悲哀，他把他的生活范围缩到极小，然而即此极小限度亦不能使其得到满足。站到柔的地位未能克刚，站在退的地位也没能进取，机会、能力不够，二者盖兼而有之。"满而不溢"，只剩下"不溢"；"高而不危"，只剩下"不危"。然即此"不溢""不危"一点，亦不常能得到，不常能守住，这是他的痛苦、悲哀。悲哀尚使人能忍受，悲哀久了成为痛苦，便为常人所不能忍受。

有人能压倒痛苦，如拼命工作。能这样的人在世谛上是了不起的，老当益壮，穷且益坚。依赖宗教还是第二义。真正的信仰者并非求上帝保佑、教主提拔，而是把自己交给上帝、教主，如此便可得到安心。而中国人从古宗教情绪便不浓厚，一般人信佛是迷信，不是信仰。如此看

---

① 《道德经》六十七章："我有三宝，持而宝之：一曰慈，二曰俭，三曰不敢为天下先。夫慈，故能勇；俭，故能广；不敢为天下先，故能成器长。今舍慈且勇，舍俭且广，舍后且先，死矣。夫慈，以战则胜，以守则固。天将救之，以慈卫之。

来，中国人也许不是没有宗教情绪，而是有却没得到正当发展。第三条路是麻醉，其一是酒；其次是自然（与鹿豕游，与木石伍），这是非人生活。一个人要安身在人群里，脚跟要立在地上，不能跑到酒里去立脚。虽然自己觉得很风雅，其实非人生活。

陶渊明没有宗教信仰（谢灵运是虔诚佛教徒，知识很多），但他以工作克服痛苦，是有心无力，陶身体不好。

> 代耕本非望，所业在田桑。
>
> （《杂诗八首》其八）

别的田园诗人是站在旁观地位，而陶是自己干，所以说"代耕本非望"。陶渊明写"晨兴理荒秽，带月荷锄归"（《归田园居五首》其三），也还是象征多而写实少，那么他是骗人么？不是，不是，他做事向来认真。就算这是象征，他也确过此种生活，否则他写向前、向上，何必多用"耕""田"字眼？不但陶诗，任何人诗皆可用此去分析，他好用某种字眼，必是于此种生活熟悉。

或谓陶乃田园诗人、躬耕诗人。

中国第一个写田园的诗人当推陶渊明。这一方面是革新，一方面是复古（"三百篇"中有写田园之诗）。余以田园诗人之称归之陶，尚不因此，另有两点原因：

其一是身经。自己下手，不是旁观，与唐之储光羲、王维、韦应物等人不同，彼等虽亦写田园，而不承认其为田园诗人。虽有许多文人只是旁观者，而旁观亦有多种：一种旁观是冷酷的裁判，判断力甚强。中国无此种诗人，鲁迅先生似之，而他有时热得厉害。一种是热烈的欣赏。前者是要发现人类的罪恶，后者是要赞扬人类的美德；前者对黑暗，后者对光明。又一种是如实的记录。此点与近代写实派颇相似。这三种在文学家中都是好的。陶渊明不属于前三种，而是写自己本身经验，不只是技能上的、身体上的，而且是心灵上的，故非旁观者。王、韦等人写田园，则是不切实，油滑。

其二是**理想**。陶之田园诗是本之心灵经验写出其最高理想，如其"种豆南山下"一首（《归园田居五首》其三）。"晨兴理荒秽，带月荷锄归"，明明说草、说锄、说月，都是物，而其写物，是所以明心。

所谓"心物一如"，心——内，精神；物——外，物质；如——真，真理。平常心与物总是不合，所谓不满意，皆由内心与外物不调和。大诗人最痛苦的是内心与外物不调和，在这种情形下出来的是真正的力。外国诗人好写此种"力"，中国诗人好写"心物一如"之作，不是力，是趣。一是生之力，一是生之趣，然此生之力、生之趣与生之色彩非三个，乃一个。生之力与生之趣亦二而一，无力便无趣，唯在"心物一如"时多生"趣"，心、物矛盾时则生"力"。

"风与水搏，海水壁立，如银墙然。"是矛盾，是力，也是趣。由苦而得是力，由乐而得是趣，然在苦中用力最大，所得趣也最深。坐致、坐享，都不好，真正的乐是由苦奋斗而得。

陶渊明躬耕，别的田园诗人都是写田园之美，陶渊明写田园是说农桑之事。西洋田园诗人华滋华斯[①]，也只是欣赏田园之美。

田园诗实亦不可包括陶渊明诗，田园诗人、田园诗，不足以尽其人、其诗。

陶之躬耕是出于本心呢，还是出于"势"呢？这一点我还不敢确定，倘若说是出于本心，但从他的作品、传记中看不出来，而其"势"非躬耕不可。陶渊明躬耕就算十分认真努力，他的身体也不许可。他在《与子俨等疏》中说：

> 病患以来，渐就衰损。亲旧不遗，每以药石见救，自恐大分将

---

① 华滋华斯（1770—1850）：今译华兹华斯，英国浪漫主义先驱诗人，湖畔派领袖，著有长诗《序曲》。

有限也。
•••

陶渊明年寿若干，史无明证，颜延之《陶徵士^①诔并序》云年六十三；或曰以诗考之，当年七十六，总之年岁不太小。他辞官时年四十一，假定他躬耕从四十一起，《与子俨等疏》作时自谓"年过五十"，至少不及六十，那么当时他躬耕不过十余年便已自言不利："渐就衰损"。（"病患以来，渐就衰损"二句造句和"弱子戏我侧，学语未成音"一样好。）工作不成，故不得不逃之于自然与酒。而陶究竟与其他诗人不同，故拉出"前修"来——"何以慰吾怀，赖古多此贤"（《咏贫士七首》其二），"谁云固穷难，邈哉此前修"（《咏贫士七首》其七）。

《古诗十九首》有云：

> 人生天地间，忽如远行客。
>
> （《青青陵上柏》）

天，先天；始，无始。

人的一生往往是事情未来前，胡思乱想；既来了，乱七八糟；已过了，悠悠忽忽。人生活最好不想。不想，一种是醉生梦死，行尸走肉，此为吾所不取；一种是拼命工作，而忘掉生活。

哲学家是生活中的艺术家，哲人最爱而且最喜欢解决生死问题。佛说吾辈凡人沉沦在生死海中。所谓解决生死、了生死（了，有二解：一是明白，一是解决），宗教是解决生死，吾辈不能，只有沉沦其中。

"人生天地间，忽如远行客。"这是诗人中的哲人。哲人观察人生的结果——"忽如远行客"。西洋有人说，在我活时没有死，在我死时没有活，不用怕。孔子说"未知生焉知死"（《论语·先进》），在未死之

---

① 徵士：指不接受朝廷徵辟的隐士。

>> > "人生天地间,忽如远行客。"这是诗人中的哲人。哲人观察人生的结果
——"忽如远行客"。图为清代费丹旭《桃花源》。

前，是"如远行客"；走不动躺下了，完了。但没有到家呀！宗教讲的是到家，吾辈凡人不讲到家，只有走。如山中结伴旅客，遇瘴气，越走伴越少，但你不能管，只有走。人生没有完成，没有成熟，活到百岁若不死还有长进。到死为止，可并不是到死会成熟。

初以为中国人太不文学；后以为不哲学，也不然；今又以为不科学。对了，中国人不严肃，不科学。一个人吃东西、读书、做事，都不要弄得疲乏伤力，这不但妨碍人身体健康，而且也减少兴趣。

"忽如远行客"，理想是家，虽到不了，然而永远在追求，无论在全人类或个人都是如此。

> 人生如归云，空行杂徐疾。
>
> 薄暮俱到山，各不见踪迹。
>
> （陈简斋《晚晴》）

此四句用客观说明，而思想偏于消极，为什么说"如归云"不说"出山云"？没有《古诗十九首》有力。人生只有走，没有到家。

"人生天地间，忽如远行客"，是说明，是批评；是文学的，也是科学的，如化学之分析，还有是非喜怒之可言吗？[①] 所以，有时哲人也和科学家一样，破坏完整而割裂分析之，只是表现说明一个"真"。水是H_2O，这与你赞成不赞成、喜欢不喜欢没关系，它就是这样。

---

① 叶嘉莹此处有按语：此数句指"人生天地间，忽如远行客"，仍有感情。

三 陶诗与酒

不但近世人，人生支离破碎，因循苟且，自古而然。偷生苟活，十个有九个如此。然生命是宝贵的，而又这样短促，偷生苟活是敷衍。人最不可敷衍自己，敷衍人还可以，老敷衍自己就要完。不偷生苟且，先从不敷衍自己入手。有几个人不草率，无论胸襟、作为都光明磊落？不草率，光明磊落，这样人世才不荒凉寂寞。

人对失败所取态度应如诸葛武侯，"鞠躬尽瘁，死而后已"（《后出师表》），而在中国能如此者甚少。还有一种就是失败了否定外物，吃不着葡萄说酸。再有一种就是否定自我，否定外物亦不易，于是自己打自己，如阿Q。否定外物，外物现在，越得不到越觉好，又加一层失败。否定自己，根本抹杀，倒也是清源正本之法，但活着不是死么？又不能麻木，所以否定自我也得不到成功。于是再假借外物，《赤壁赋》所谓"唯江上之清风与山间之明月，耳得之而为声，目遇之而成色，取之无尽，用之不竭"。但这还不成，你住在江上吗？你住在山间吗？打鱼的住在江上了，而未必能欣赏清风；砍柴的住在山里了，而未必能欣赏明月。要欣赏还要有那种欣赏心情。这也不易做到，于是需要麻醉。富贵寿考、吉祥如意，此盖皆为理想，不能得到。理想不能成为事实，这是失败，于是需要麻醉，即使不能无我，至少可忘我。所以古今中外诗人都爱酒。

法国恶魔派诗人波特来尔有散文诗——《你醉吧》^①：

> 永远地陶醉吧，
>
> 这就是一切，

---

① 《你醉吧》，盖用今亚丁之译文。

永远而唯一的一切。

为了不去感到时间那可怕的沉重
——它折断了您的肩膀
　　并把您向地下弯曲。
您应该没有幻想地去陶醉。

醉于何物？
——美酒、诗歌，
　　还是德性，
　　随您便，但是——
　　快陶醉吧！

如果有时在宫殿的石阶下，
在沟壑的草丛中，
在您房间呆滞的孤独里，
醉意减弱或消失了，
——您醒了过来……

那么请您去问问，
　　问风、问浪；
　　问星、问鸟、问钟表；
　　问所有在逃遁、呻吟的；
　　问所有在滚动、歌唱的；
　　问所有在高谈、鸣叫的：
　　——"什么时辰了？"

那么，风、浪、星、鸟、钟

便回答您说：

"是陶醉的时间了！

"为了不做时间的

愚昧糊涂的奴隶，

快陶醉吧！

永远地陶醉吧！

"醉于美酒？醉于诗歌？还是醉于道德？

随您便，

但是请您快陶醉吧。"

忘掉世间一切，甚至忘了自己本身，这就是醉。醉的方法有很多，文学、艺术、宗教、道德、事业，但这也非人人可能，其简而易举、雅俗共赏者唯有酒，连野蛮民族都有酒。

诗人多好饮酒。何也？其意多不在酒。

陶诗篇篇说酒，然其意岂在酒？凡抱有寂寞心的人皆好酒。世上无可恋念，皆不合心，不能上眼，故逃之于酒。

陶诗《饮酒二十首》第一首：

忽与一觞酒，日夕欢相持。

这就是有寂寞心的人对酒的一点欢喜。这样看，陶渊明虽为儒家，然亦不免此。如此，更可明其"寄酒为迹"①之意。寄酒为迹，迹在外，

① 萧统《陶渊明集序》："有疑陶渊明诗篇篇有酒。吾观其意不在酒，亦寄酒为迹者也。"

>>> 陶诗篇篇说酒，然其意岂在酒？凡抱有寂寞心的人皆好酒。世上无可恋念，皆不合心，不能上眼，故逃之于酒。图为明代孙克弘《销闲清课图卷·薄醉》。

薄醉

内——真，外——迹。

"一艺成名"，若是为了生活，这没有什么了不得。

庄子言：技也，近乎道矣。[1]

如王羲之写字，一肚子牢骚不平之气（失败的悲哀），都集中在字上了；八大山人[2]的画亦然。在别的方面都失败了，然而在这方面得到极大成功。假如分析其心理，这就是一种"报复"心理。在哲学、伦理学上讲，报复不见得好；但若善于利用，则不但可"一艺成名"，甚且"近乎道矣"。

天下最厉害之事莫过于报复。"怨毒之于人，甚矣哉！"（司马迁《史记·伍子胥列传》）"怨"可矣，而曰"怨毒"。对人世取报复态度可造成多种人：一种是混世魔王，如希特勒，幼年受苦甚多；张献忠在四川杀人也是报复，幼年曾在此受辱。然而，也可能造就王右军、八大山人、太史公。

右军一生苦痛得很，他思想、见解都好，作有《誓墓文》，辞官不作时誓祖墓曰：若真为官，祖宗不以为子孙。[3]他事业失败了，而写字成功了。世上一切给人掣肘、破坏，而这方面你们无从掣肘、无从破坏。不用说学右军学不好，你没有他那种愤慨。

太史公《史记》也是个"迹"。一肚皮愤恨，不但苦痛悲哀，简直是仇恨。如写汉高祖，真是草头皇帝，几如子贡所说"纣之不善，不如是之甚也"（《论语·子张》）。好文章其实也没什么了不得，只是说出点

---

① "技近乎道"，庄子无是说，疑为依据《庄子》有关技、道言论提炼而得。《庄子·养生主》有言："道也，进乎技矣。"《庄子·天地》有言："故通于天者，道也；顺于地者，德也；行于万物者，义也；上治人者，事也；能有所艺者，技也。技兼于事，事兼于义，义兼于德，德兼于道，道兼于天。"

② 八大山人（约1626—1705）：即朱耷，明宗室后裔，明亡后一度为僧。八大山人为其晚年所用之号，寓意深刻。盖其画作署名时，常把"八大"和"山人"竖着连写，前二字连写似"哭"字，又似"笑"字，而后二字连写则似"之"字，合之则为"哭之笑之"，即哭笑不得之意。

③ 王羲之《誓墓文》："自今之后，敢渝此心，贪冒苟进，是有无尊之心而不子也。子而不子，天地所不覆载，名教所不得容。信誓之诚，有如皦日！"

真格的来。以《史记》之失"真"，而在艺术上得到极大成功。

曹孟德若事业失败，其诗一定更成功。[①]

陶渊明诗中之酒，亦"迹"也。而此与寻常怨毒者、报复者不同，即在某一时候得到调和，冲淡了，然而偶然也仍不免圭角锋芒也。

或曰陶诗和平，犹不足信。陶渊明心中有许多不平事，所差的是自己不愿把自己气死。人不生气除是橡皮人、木头人，而诗人是有血有肉而且感觉最锐敏的人，与一般俗人往来何能不生气？而又不甘于为俗人气死，所以喝酒、赋诗。其和平之作不是和平，而是悲哀；至于慷慨之作，则根本非和平，如其《咏荆轲》。朱子曰："陶渊明诗，人皆说是平淡，据某看他自豪放，但豪放得来不觉耳。"（《朱子语类》卷一百四十）所以有人说，心气不平和时读陶诗，更不平和。

《饮酒二十首》小序云：

> 余闲居寡欢，兼比夜已长，偶有名酒，无夕不饮。顾影独尽，忽焉复醉。既醉之后，辄题数句自娱，纸墨遂多，辞无诠次。聊命故人书之，以为欢笑尔。

陶渊明之散文为魏文帝后第一人。魏晋散文好，如《水经注》《颜氏家训》《世说新语》。陶渊明文品高，不是甜，而有神韵。甜则易俗，甜俗，易为世人所喜。陶渊明文章好，而切忌滑口读过，是玩味的；柳子厚也是玩味的，不宜朗诵。陶公相传作《续搜神记》，其中《桃花源记》一篇，文笔真写得好。此盖珠混鱼目之法。余以为《续搜神记》非陶公作，陶盖不肯作此。零碎见到陶公之散文及诗前小序，瓜熟蒂落，水到渠成，这一点便为人所不及。

"余闲居寡欢"，一上来便不调和。陶绝非脾气平和之人，又加"兼比夜已长"，这样活不了，只有两条路：不为屈子之沉江，只有逃之于

---

① 叶嘉莹此处有按语：我也如此想。

酒。陶之"偶有名酒，无夕不饮"，与有酒为仙、无酒学佛不同，"为仙""学佛"那是无主张，与陶毫厘相差，天地悬隔，如曹操之与伊尹。

对亡者纪念，提起来是光华灿烂，想起来是伤感凄凉。人都说陶渊明冲澹，自余观之，他亦有其伤感、悲哀、愤慨。抒情诗中不有伤感气氛几不可能，如吃河豚须去毒，但去毒太净就不香了。抒情诗中之伤感盖即如烟、酒、河豚之毒，去之则不美。陶公《饮酒二十首》，除一点哲理外，仍不外伤感、悲哀、愤慨。

"闲居寡欢""比夜已长"，人最怕的是无聊寂寞，此盖一事之两面：工作若为其兴趣所在，如此方可不感到寂寞无聊。陶既不能为生活而奔波，又找不到有兴趣所在之工作；若能有朋友说说还好，但一个人思想愈深、感觉愈敏、情感愈真，愈不易得到一知心之友，这样高人不易得。有某人求余赠言，余问："说假的说真格的？"答："当然说真的。"余曰："你出若不能做一个宋江，就做一个喽啰。"而苦的是一般有思想、有感觉、有性情的人，他既不能跟人跑，也找不到人跟他跑。

从前以为陶必有与常人不同处，但今觉其似与老杜一鼻孔出气。他心中时而是乌鸦的狂噪，时而是小鸟的歌唱；时而松弛，时而紧张。但以之评其诗则不可，他诗还没有这么大差异，只是时而严肃，时而随便；时而高兴，时而颓唐；时而松弛，时而紧张。

对别人诗，有人喜欢，有人不喜欢；有的喜欢，有的不喜欢。而对渊明，没人说不好。他的诗中只能说某几篇最好，但不能说某篇不好。

> 运生会归尽，终古谓之然。
>
> 世间有松乔，于今定何间。
>
> 故老赠余酒，乃言饮得仙。
>
> 试酌百情远，重觞忽忘天。
>
> 天岂去此哉，任真无所先。
>
> 云鹤有奇翼，八表须臾还。

自我抱兹独，僶俛四十年。

形骸久已化，心在复何言。

此陶公《连雨独饮》，敢情陶在饮酒时有此种趣味，盖真得酒中趣者。这就是艺术家和哲学家和宗教家不同处。

我们的苦恼皆从尘俗中得来，而饮酒可摆脱——"天岂去此哉，任真无所先。"（"哉"，或本作"幾"。此二句不好解。）老杜写高了兴，有时来一句，什么也不是，可是是老杜。陶似不应有此种句。陶举重若轻；老杜倒能举重，而不能若轻；白乐天不能举重，脸红脖粗真泄气。（白乐天写诗讨懒，老杜便不然。）若老杜写"饮得仙"，则"字向纸上皆轩昂"（韩愈《卢郎中云夫寄示送盘谷子诗两章歌以和之》）。

余虽说为人生而艺术，但当创作、欣赏到极得意处，便忘了人生，只想它是文艺不是？是美不是？中国人说文人"玩物丧志"（《尚书·旅獒》），而西洋说文人"不道德"。有人说这不对，是"无道德"。无道德是零，不道德是负，二者不同。这纵不是强辩，也是诡辩，如此岂非说文学与道德不相干？（但尚不敢如此说。）酒不见得是好，但要喝就喝出个味儿；人生不见得都是好的，但既生活就要观察、就要尝出个滋味来。此与宗教家、科学家之要消灭世界上某种事物不同。

客观去看，文学不但允许一部分罪恶存在，而且还要去观察、欣赏、享受它。"月黑杀人地，风高放火天"[1]，比那无聊文人饮酒看花还不道德，它之存在，便因其得到其中意、味、趣。"月黑杀人地""饮中仙"，宗教不承认，而文学承认。

陶公《饮酒二十首》，第一首"衰荣无定在"，为二十首之总起，述饮酒之故：

---

[1]　此二句盖见于元代籛然子《挏掌录》，字句略有出入："欧阳公与人行令，各作诗两句，须犯徒以上罪者。一云：'持刀哄寡妇，下海劫人船。'一云：'月黑杀人夜，风高放火天。'"

衰荣无定在，彼此更共之。

邵生瓜田中，宁似东陵时。

寒暑有代谢，人道每如兹。

达人解其会，逝将不复疑。

忽与一觞酒，日夕欢相持。

　　其意若叹：世事多变化，不若酒中之有真味也。人世无常（此"常"与前所云之"常"［平常］不同，此"常"是永恒），除哲学、文学、艺术外，在人世中最易得到的是酒，虽不见得从中能得到永恒，而至少可忘掉无常。

　　诗必使空想与实际合二为一，否则不会亲切有味。故幻想必要使之与经验合二为一，经验若能成为智慧则益佳。陶诗耐看耐读，即能将经验变为智慧。

　　老杜诗嗡嗡地响，陶则不然。陶诗如铁炼钢，真是智慧，似不使力而颠扑不破。陶集中不好者少，如其"衰荣无定在，彼此更共之。邵生瓜田中，宁似东陵时"，好！

　　英唯美派诗人沃尔特·佩特说喜欢碧玉般燃烧着的火焰，虽燃烧而是沉静的。[1]老杜是大块的煤，而尚嫌句法有点作态、拿捏，山东人叫作"做势"。西洋总使点劲，中国似自然而然。陶渊明更自然，陶诗尚朴，更自然，毫无作态。"衰荣无定在，彼此更共之"是说理，是散文，而写成诗了。深刻、严肃，而表现得自在。

　　陶渊明真好，而其好处尚不在乎此。

　　《饮酒二十首》第一首言"衰荣"，第二首言"善恶"：

---

　　① 沃尔特·佩特（1839—1894）：英国19世纪后期文学家、文艺批评家，倡导"为艺术而艺术"，著有哲理小说《享乐主义者马利乌斯》、文艺批评论文集《文艺复兴：艺术与诗的研究》。在作为唯美主义宣言的《文艺复兴：艺术与诗的研究》一书结论部分，佩特写道："我们生命中真实的东西，经过精炼，成为闪闪发光的磷火……这种强烈的、宝石般的火焰一直燃烧着，能保持这种心醉神迷的状态，这是人生的成功。"

积善云有报，夷叔在西山。

善恶苟不应，何事空立言。

九十行带索，饥寒况当年。

不赖固穷节，百世当谁传。

"积善云有报"，"善恶苟不应，何事空立言"。《易传》有云："积善之家必有余庆，积不善之家必有余殃。"（《文言传》）《书经》有云："谦受益，满招损。"（《大禹谟》）为世人说法，不得不有"报"，儒、佛皆然，耶教天堂、地狱亦然。无论哲学、宗教皆讲"报"，而在世法，有时证明"报"是不可靠的，因善有时恶报，恶有时善报。"善有善报，恶有恶报"，这不可能，就不可靠，就不可信。但难道因此就不做好人吗？还要做。无所为（去声）而为（平声），这是最高的境界，但也就是最苦的境界。人吃苦希望甜来，但甜不一定来，而且还一定不来；但还要吃苦，这便是热烈、深刻。但陶写来还是平淡。无论多饿，无论遇见多爱吃的东西，也还要一口口慢慢吃；人说话、作文也还要一句句慢慢说，不必激昂慷慨说，不也可以说出来吗？

伯夷、叔齐，该说夷、齐，而陶诗说"夷叔"，"夷叔在西山"，没关系。"不赖固穷节，百世当谁传"，"君子固穷"（《论语·卫灵公》），"固"即"素贫贱"之"素"，就是为吃苦而吃苦。

"道"，用此字者甚多，往平实说，实即生活下去之态度与方法，此即道。（漫天要价，就地还钱，商人之道。）

《饮酒二十首》之第三首：

道丧向千载，人人惜其情。

有酒不肯饮，但顾世间名。

所以贵我身，岂不在一生。

一生复能几，倏如流电惊。

鼎鼎百年内，持此欲何成。

　　首句首字"道"紧接前首之"固穷节"，此"固穷节"盖即其"道"。"向千载"，"向"，近也。"道丧向千载，人人惜其情"，"惜其情"，旧注："惜情以为别用，不用之于道也。"[①]余以为此注不甚佳，但另外又无更佳之讲法。"有酒不肯饮，但顾世间名"，道，在我；名，在人。而古今人多舍其在我而求其在人。衣求舒适，而人穿衣求别人看。"鼎鼎百年内，持此欲何成"，此指"不饮酒"而"顾名"，即不求其在我而求其在人。现在唱戏老求别人叫好，所以演不好。西洋某剧家说自己演戏不要管观众那些傻子。凡舍其在我而求其在人，无一可靠。

　　《饮酒二十首》之第四首：

栖栖失群鸟，日暮犹独飞。

徘徊无定止，夜夜声转悲。

厉响思清远，去来何依依。

因值孤生松，敛翮遥来归。

劲风无荣木，此荫独不衰。

托身已得所，千载不相违。

　　"去来何依依"之"何依依"，一作"何所依"，亦通。一个人理想太高或生活不得意，总觉得自己是孤独寂寞，得不到帮助同情。帮助同情盖亦人之所为万物之灵，碰也许碰着，但不可去找，可遇而不可求；自己来则可，去找别人则不可。其实天地间成功、失败、帮助、同情，可把它看淡一点，都是可遇而不可求。理想最高的人，没人跟他抱同一理想，他走的路须人伴他一同走。如走高山，越来伴儿越少，回头

---

① 明黄文焕《陶诗析义》卷三："'惜'字搜出病根，留情以为别用，故不复用之于道。"

看看，没人，孤单。孤单是当然，爬一个山看看人就少一点，最后也许只剩一个人了。陶比之于"失群鸟"，盖亦有此感。要高要远，当然要认真努力，自然不肯休息，也不想休息，但人心得有所寄托。人最可怕是无聊，但什么是无聊？即精神得不到寄托时。某人说，世界上有一人爱我，我就能活下去；反之若能爱人亦可。如既无人爱又不爱人，便失去生活勇气。（如寡妇守其独子，失去便不能生存。）我们信仰宗教，也是找寄托；求吃饱饭，也是寄托；张献忠杀人，也是寄托。中国人好打牌，有一个人很有希望，但后来什么都不干，只打牌，便因其失去寄托。

陶诗中说此"失群鸟"，"因值孤生松，敛翮遥来归"。松在中国是清高象征①，故"敛翮遥来归"。"劲风无荣木，此荫独不衰"，"荫"，不是枝叶，但因叶而有。"荫不衰"，松不为环境所屈服。鸟象征人，松是其寄托。"衰荣"不可靠，"善恶"没有报，所寄托者"固穷"。（若真正"固穷"，该连酒也不要。）西洋人说要想打破无聊，只有努力去工作。这比"积善之家必有余庆，积不善之家必有余殃"数句更可靠一点，真实性更大。然此事说起容易，做起很艰难，想起也很可怕。工作，有几人在真正努力工作？工作，想起来真可怕，什么时候算完——"死而后已"。那么，人生是罚下吃苦力来了？但圣贤通人情，陶亦然。"日暮犹独飞""因值孤生松""托身已得所"，很平常，而可爱、可敬亦因此故。好逸而恶劳，人之情也，但破除无聊还只有去工作，所以工作和休息有连带关系。

余自谓如盲人引路，可别人不知瞎子苦痛，还要向瞎子问路。而瞎子虽不识路，但还要走下去。余日常读书写字，也无从说起，真没的可说。人工作，努力到要疲劳为止，或疲劳为止，无论练字、读书皆然。一天写两千字，练得筋疲力尽，三天就停止，完了，还不如一天只写二十字，还没尽兴，明儿再说吧。人工作不要把自己弄得厌烦了，疲倦

---

① 叶嘉莹此处有按语：不只清高且劲直。

>> > 陶诗中说此"失群鸟","因值孤生松,敛翮遥来归"。松在中国是清高象征,故"敛翮遥来归"。"劲风无荣木,此荫独不衰","荫",不是枝叶,但因叶而有。"荫不衰",松不为环境所屈服。鸟象征人,松是其寄托。图为清代赵震《松荫观瀑图》。

松陰觀瀑畫

文太史本昔為鴻城余氏所
藏不輕示人惟顧國姻丈
傾臨兩幅與題後余已無人父
不知落於誰手且不知尚在
否裒婚文若波早年承先人
之壽今門父唐秦春與寒同
之壽春時曾緬臨一册見贈凡
十餘楨矣

肯山先生賭愛收藏尤喜二册由
其郭寄詳屬繪發就顧母
布置略為展放從橫劫剖
雜命但去古遠甚不復有廬山面
目高希賞鑒之餘為我
教而正之是則溪章焉
无锗丁丙相月長洲趙惟誠

了。勉强，值得恭敬，而且有时也该勉强；但勉强不是正常，是反常。虽然有时也要抻一抻自己的劲。

陶之"固穷"是勉强。① 知命，安命，不是消极，是积极的，而此积极是艺术的、科学的，心不别落。这话不是没出息。

好逸恶劳，我们要在其中斟酌出一个劳逸相当的路子来，这是哲学，也是科学。陶渊明讲"固穷"，讲"躬耕"，这是劳；但也要休息，什么是休息——酒。人也并不反对休息。

《饮酒二十首》之第九首：

> 清晨闻叩门，倒裳往自开。
> 问子为谁欤，田父有好怀。
> 壶浆远见候，疑我与时乖。
> 褴缕茅檐下，未足为高栖。
> 一世皆尚同，愿君汩其泥。
> 深感父老言，禀气寡所谐。
> 纡辔诚可学，违己讵非迷。
> 且共欢此饮，吾驾不可回。

写田父来访。"褴缕茅檐下，未足为高栖。一世皆尚同，愿君汩其泥"，乃设为田父相劝之辞。"深感父老言，禀气寡所谐。纡辔诚可学，违己讵非迷。且共欢此饮，吾驾不可回"，乃陶公答辞。"禀气"，犹言禀性。"谐"，和、同。余以为同学吸收力强而思索力弱。对上下四旁都要想到。陶公"禀气寡所谐"，我们也这样成吗？不成。"纡辔诚可学"之"纡辔"，犹孟子所谓"诡遇"（《孟子·滕文公下》）②，屈己以从人

---

① 叶嘉莹此处有按语：此语得加解释。
② 《孟子·滕文公下》御者王良谓赵简子之言曰："吾为之范我驰驱，终日不获一；为之诡遇，一朝而获十。《诗》云：'不失其驰，舍矢如破。'我不贯与小人乘，请辞。"诡遇，不按规矩射猎禽兽，喻指不以正道猎取名利。

之意。舍己为人是牺牲，屈己从人是世俗，二者不同。世间多为后者，而前者少。"违己讵非迷"之"迷"，惑也。

陶有的诗其"崛"不下于老杜，如其"且共欢此饮，吾驾不可回"。然此仍为平凡之伟大，念来有劲。常人多仅了解"悠然见南山"，非真了解。

孔子曰："富而可求也，虽执鞭之士，吾亦为之；如不可求，从吾所好。"（《论语·述而》）杨恽《报孙会宗书》："人生行乐耳，须富贵何时？"杨恽与孔子"从吾所好"不同，孔子有吃苦忍辱，杨恽只是放纵。而陶渊明真是儒家精神，比韩愈、杜甫通。陶渊明圆通冲澹，而所说仍不及孔子缓和。陶究竟是诗人，孔子"从吾所好"是伟大哲人之诗人态度。

《饮酒二十首》之第十首：

> 在昔曾远游，直至东海隅。
> 道路迥且长，风波阻中涂。
> 此行谁使然，似为饥所驱。
> 倾身营一饱，少许便有余。
> 恐此非名计，息驾归闲居。

此为譬说。譬说深入（思想）浅出（表现），经济。陶曾为刘牢之[①]参军。"倾身营一饱，少许便有余"之"倾身"，犹言尽力。[②]"恐此非名计"，"名计"之"名"，即"名言"之"名"。

《饮酒二十首》之第十一首：

---

① 刘牢之（？—402）：东晋名将，桓玄掌权时被夺兵权，拜征东将军、会稽太守，后自缢而死。刘牢之"一人而三反"，为后世诟病。
② 叶嘉莹此处有按语：倾身比尽力更有过之。"力"，人所有之一部分而已；"身"，则人之全体。

> 颜生称为仁，荣公言有道。
>
> 屡空不获年，长饥至于老。
>
> 虽留身后名，一生亦枯槁。
>
> 死去何所知，称心固为好。
>
> 客养千金躯，临化消其宝。
>
> 裸葬何足恶，人当解意表。

"颜生称为仁"，"称"，去声。"客养千金躯"，"客养"，谓不以其道，客者，非主之意。陶诗真沉痛，真严肃，真好。"人当解意表"，"表"，外。人读书、听讲皆当"人当解意表"。俗说要找一年麻烦是盖房，找一天麻烦是请客。讲书如解剖，如化学分析。譬如一鸟，看其飞，听其叫，岂不甚好？而一解剖之便无活鸟矣。人听讲要把死鸟再听活了。

《饮酒二十首》之第十二首：

> 长公曾一仕，壮节忽失时。
>
> 杜门不复出，终身与世辞。
>
> 仲理归大泽，高风始在兹。
>
> 一往便当已，何为复狐疑。
>
> 去去当奚道，世俗久相欺。
>
> 摆落悠悠谈，请从余所之。

汉张挚，字"长公"；后汉杨伦，字"仲理"。杨伦讲授大泽中，弟子至千余人。"达则兼善天下，穷则独善其身"，前者成人，后者成己。成己然后始能成人，不能成人，便当成己。成己，近于佛之"自利"；成人，近于佛之"利他"。是哲学的，也是艺术的。佛是因果的，先后的；儒家则也是因果，但也是相互的。佛必要利他、牺牲，儒则不能成人则成己。陶此诗所表现是儒家精神，而不是宗教精神，不是牺牲。

《饮酒二十首》之第十三首：

> 有客常同止，取舍邈异境。
> 一士长独醉，一夫终年醒。
> 醒醉还相笑，发言各不领。
> 规规一何愚，兀傲差若颖。
> 寄言酬中客，日没烛当秉。

"有客常同止，取舍邈异境"，此二句"似诗的散文"（西洋有散文的诗）。平常说写诗写成散文，诗不高，其实还是其散文根本就不高。陶诗为诗中散文最高境界。"发言各不领"，"领"，悟、会、了解。"醒醉还相笑"，世间皆然；"发言各不领"，这是人生最大悲哀。"规规一何愚，兀傲差若颖"，"规规"，清醒；"兀傲"，醉；"差"，比较之辞；"颖"，特出。以陶渊明之严肃（如诗曰"吾驾不可回"），而有时要做糊涂，应把两者参成一个——小事糊涂，大事不糊涂。天下没有一个人本身没有矛盾的。

平常写诗都是伤感、悲哀、牢骚，若有人能去此伤感、悲哀、牢骚而仍能写成好诗真不容易，如烟中之毒素，提出之后味也便减少了；若仍能成为诗，那是最高的境界。文艺将来要发展成为没有伤感、悲哀、牢骚，而仍能成为好的文学作品。

《饮酒二十首》之第十四首：

> 故人赏我趣，挈壶相与至。
> 班荆坐松下，数斟已复醉。
> 父老杂乱言，觞酌失行次。

不觉知有我，安知物为贵。

悠悠迷所留，酒中有深味。

　　"班荆坐松下"，"班荆"，布草。"悠悠迷所留，酒中有深味"，"迷所留"，"留"，佛所说"住"，俗谓之停顿。人之身体、精神必有所"住"。喝酒之后还有所停顿，但仍是"迷所留"，的确在天地间而忘掉在天地之间了。这是佛家涅槃、法喜、"禅悦"境界。做人、治事、治学，若不达此境界不会成功。反正要"悠悠迷所留"，此中"有深味"才行。不是无所留，不是没味，是有所留，有深味，而不自知。

　　《饮酒二十首》之第十五首"贫居"：

贫居乏人工，灌木荒余宅。

班班有翔鸟，寂寂无行迹。

宇宙一何悠，人生少至百。

岁月相催逼，鬓边早已白。

若不委穷达，素抱深可惜。

　　"贫居乏人工，灌木荒余宅"，"荒"字真用得好。使用文字大家有同样的方便，而我们看不出是修养不到。陶是瓜熟蒂落，水到渠成。"宇宙一何悠，人生少至百"，"悠"，（一）久，时间，（二）远，空间。此处为"久"意，表示时间。"若不委穷达，素抱深可惜"，"委"，弃。若不能将"穷达"二字抛开，这样活着真可惜。陶公真是多情人，说尽众生烦恼，佛之烦恼。陶能"委穷达"，而曰"深可惜"，为一般人可惜。[1] 士、君子、士大夫、读书人，陶渊明才真当得起。他伤感、悲哀、牢骚，我们允许，因为他是为众生如此，哀众生之痛苦。读陶渊明诗不能只看"采菊东篱下，悠然见南山"一面。

　　————————————

　　① 叶嘉莹此处有按语：亦是先生自己一番体验。

《饮酒二十首》之第十七首：

> 幽兰生前庭，含薰待清风。
>
> 清风脱然至，见别萧艾中。
>
> 行行失故路，任道或能通。
>
> 觉悟当念还，鸟尽废良弓。

"行行失故路，任道或能通"，"道"，人各有道，如人各有其生活方法。"觉悟当念还，鸟尽废良弓"二句，说尽人生。你不要气。冬日则饮汤，夏日则饮水，你也气么？冬天的公园就很少人去，你何必生气？世上事根本就如此，理智一点好了，伤感牢骚何必？

第三句真好，"脱"字轻妙。若用"突"，突然至，胡涂得很。可惜"见别萧艾中"一句也是说明了。

《饮酒二十首》之第十九首：

> 畴昔苦长饥，投耒去学仕。
>
> 将养不得节，冻馁固缠己。
>
> 是时向立年，志意多所耻。
>
> 遂尽介然分，拂衣归田里。
>
> 冉冉星气流，亭亭复一纪。
>
> 世路廓悠悠，杨朱所以止。
>
> 虽无挥金事，浊酒聊可恃。

"畴昔苦长饥，投耒去学仕"，"耒"，农器。"将养不得节，冻馁固缠己"，"将"，亦养也。"是时向立年，志意多所耻"，三十而立，"志意多所耻"，真沉痛。文人到无耻就成了文痞，就完了。

诗之好坏不以难懂易懂而分优劣。"知足更励前，知止以不止"——

>>> 陶公《饮酒二十首》越写越有力、越响。读《饮酒》诗，与其说陶公是诗人，不如说是散文家；与其说是文人，不如说是思想家；与其说是思想家，不如说是……图选自清代石涛《渊明诗意册》。

余近作《和陶公饮酒诗》第十九首中句。老子曰："知足不辱，知止不殆"（《道德经》四十四章），余之意为因"知足"而更向前，因"知止"才能不止，即孟子"人有不为也，而后可以有为"（《孟子·离娄下》）之意。

《饮酒二十首》之第二十首：

> 羲农去我久，举世少复真。
> 汲汲鲁中叟，弥缝使其淳。
> 凤鸟虽不至，礼乐暂得新。
> 洙泗辍微响，漂流逮狂秦。
> 诗书复何罪，一朝成灰尘。
> 区区诸老翁，为事诚殷勤。
> 如何绝世下，六籍无一亲。
> 终日驰车走，不见所问津。
> 若复不快饮，空负头上巾。
> 但恨多谬误，君当恕醉人。

陶公《饮酒二十首》越写越有力、越响。

读陶公《饮酒》诗，与其说陶公是诗人，不如说是散文家；与其说是文人，不如说是思想家；与其说是思想家，不如说是……

四 陶诗之平淡

陶诗比之杜诗总显得平淡了，如泉水与浓酒。浓酒刺激虽大，而一会儿就完，反不如水之味永。陶诗若比之曹诗是平凡多了，但平凡中有其神秘。

陶诗"譬如食蜜，中边皆甜"（《四十二章经》），之所以"中边皆甜"，即因平淡而有韵味，平凡而又神秘。一切韵味皆从平淡中来。曹、杜诗其中有句，纵不致摇头亦不能点头，漠然而已。

平淡而有韵味，平凡而又神秘，此盖为文学最高境界。陶诗盖作到此地步了。

激昂慷慨，深刻了，好吧？激昂慷慨恐怕还是"客气"（孟子所谓"浩然之气"盖"主气"），如啤酒、汽水之冒沫。人日日在空气中，而从不感觉其存在，它"冒沫"吗？不。鱼生于水，而人游泳纵好亦是"客气"，客气不能持久。

热烈，深刻了，不得了吧？而这也不可靠，至少是反常。常、非常、反常，三者中后二者往往相近为一。无论多么非常、反常的，总有个"常"在；而且非常、反常不可为法。热烈是非常，到某种时间、某种场合、对某事物热烈。

热烈是一种消耗，这种情感平常禁不起，盖亦不能持久。至于深刻，我们顶爱讥笑人肤浅、不深刻，其实自己想一想，这种深刻也是不正常的。在困苦、艰难、变乱、压迫甚至摧残之下，这人才能深刻，就如同山上的树。平地之树木与山间之松柏，人谓山间畸形之松曰"奇古"，曰"偃盖"①，其实因平地之树木得地利，根直下故枝亦直上；山中

---

① 杜甫《题李尊师松树障子歌》："阴崖却承霜雪干，偃盖反走虬龙形。老夫平生好奇古，对此兴与精灵聚。"《艺文类聚》卷八八《抱朴子》："天陵偃盖之松，太谷倒生之柏，皆为天齐其长，地等其久。"唐段成式《酉阳杂俎》卷十八《木篇》："松命根下遇石则偃盖，不必千年也。"

树木根不得直下，故枝亦不能正常发育，且因山风劲烈之摧折，故形成此非常之形。知此为不自然，即知文人之深刻亦为不自然也，是受了摧残压迫。[①]

英雄造时势，时势造英雄。其实造时势是英雄，英雄亦还为时势所造。一切热烈、深刻之人亦皆为时势所造。曹公太伟大了，杜工部亦然。李义山诗美，黄山谷诗苦。在我们读山谷诗时，总觉与之相近。

陶公没受过摧残压迫吗？也受过。而读起来总觉得不如曹、杜之热烈、深刻。此为先天抑人力修养？盖二者兼而有之。

"采菊东篱下，悠然见南山。"（《饮酒二十首》其五）

千古名句，也是千古的谜。究为何意，无人懂。悠然的是什么？若作见鸡说鸡、见狗说狗，岂非小儿？更非渊明。"采菊东篱下，悠然见南山"，可以说是把小我没入大自然之内了，是与大自然合而为一。人或以为此句乃抬头而见南山就写出来，其实绝不然，绝非偶然兴到、机缘凑泊之作。人与南山平时已物我两忘，精神融洽，有平时酝酿的功夫，适于此时一发之耳。素日已得其神理，偶然一发，此盖其酝酿之功也。

人着急是没用的，着急对事实盖没有多大帮助。我们把事情看得平淡一点，这并不是残忍。要说残忍，还有比天地更残忍的么？而人以为是平常。什么是平常？看惯了就平常。如刽子手杀人亦然。少所见，多所怪——见骆驼云马肿背。把事情该看得平淡一点，自然一点，一切不得不然之事亦皆自然而然，在环境条件下也就自然而然如此了。

我们伤感悲哀，是因我们看到其不得不然，而不知其即自然而然。知其为不得不然，但并非麻木懈怠，不严肃，而是我们的感情经过理智的整理了。陶盖能把不得不然看成为自然而然。[②]

古今哲人会批评生活，了解生活，认识生活，但这种人在世上对生活是一个旁观者，不能深入生活核心，是一个最不会生活的人。这一点文学家、艺术家亦然。这样说对之并非轻视。一个哲学家往往是诗人，

---

① 叶嘉莹此处有按语：慨乎言之。
② 叶嘉莹此处有按语：此语亦极为深入有得。

>>> "采菊东篱下,悠然见南山。"千古名句,也是千古的谜。究为何意,无人懂。它可以说是把小我没入大自然之内了,是与大自然合而为一了。人或以为此句乃抬头而见南山就写出来,其实绝不然,绝非偶然兴到、机缘凑泊之作。图为宋代赵令穰《陶潜赏菊图》。

此等人无论在何种社会状况下总归是有闲阶级。而真正活在生活的核心的人是无闲的。

人世一切学问皆从看、见得来，尤其是见（见解、真知灼见）。禅宗好问"你见了什么"，"看"是第一步，"见"是观察的结果、观察的所得。"尽信书，则不如无书"（《孟子·尽心下》）。哲学家也许看到生活核心，然绝未生活到生活的核心。一个哲人、诗人，至少在他创作时是旁观者，也许当他未创作前是一个活在生活核心者，但到他写时，便已撤出到人生阵线之外了。

观察人生、批评人生（"批评"不如改为"说明"），批评是有是非善恶之见。而中国诗没有，不但无善恶，且无喜乐，这是顶好的修养，也许是中国的中庸吧。所以中国士大夫阶级都会这一手（涵养，十年读书，十年养气①），不过涵养结果成橡皮国民了，如阿Q然。但那是流弊。应该不是无是非、无善恶之见，是不生是非善恶之见；不是无喜怒哀乐之情，是不发喜怒哀乐之情。

"喜怒哀乐之未发，谓之中；发而皆中节，谓之和。"（《中庸》一章）喜怒哀乐发就完了吗？不，那不是艺术。鲁迅先生说："世上如果还有真要活下去的人们，就先该敢说，敢笑，敢哭，敢怒，敢骂，敢打！"（《华盖集·忽然想到（五）》）那是近代思想。他不是不懂中庸，懂得很深而反说，他有他的意思。人做到"和"已不易，而中国人所谓"道"、所谓"圣"是"未发谓之中"，既能"中"，那么"发"之自然"和"。鲁迅说"敢说，敢笑，敢哭，敢怒，敢骂，敢打"，可没说乱说、乱笑、乱哭、乱怒、乱骂、乱打呀！

诗人感情要热烈，感觉要锐敏，此乃余前数年思想，因情不热、感

---

① 《晨报副刊》1926 年 2 月 1 日发表李四光致该报主编徐志摩的书信，反驳鲁迅所言其任京师图书馆副馆长月薪五百元一事，信末写道："我听说鲁迅先生是当代比较有希望的文士。中国的文人，向来有作'捕风捉影之谈'的习惯，并不奇怪。所以他一再笑骂，我都能忍受。不答一个字。暗中希望有一天他自己查清事实，知道天下人不尽像鲁迅先生的镜子里照出来的模样。到那个时候，也许这个小小的动机，可以促鲁迅先生作十年读书，十年养气的工夫。也许中国因此可以产生一个真正的文士。"

不敏则成常人矣。近日则觉得，除此之外诗人尚应有"诗心"。"诗心"二字含义甚宽，如科学家之谓宇宙，佛家之谓道。有诗心亦有二条件，一要恬静（恬静与热烈非二事，尽管热烈，同时也尽管恬静），一要宽裕。这样写出作品才能活泼泼的。感觉锐敏固能使诗心活泼泼的，而又必须恬静宽裕才能"心"转"物"成诗。一方面说活泼泼的，一方面说恬静，而二者非二事。若但为恬静宽裕而不活泼，则成为死人，麻木不仁，必须二者打成一片。

老杜诗好而有的躁，毛躁得很，即因感觉太锐敏（不让蚊子踢一脚）。陶渊明则不然。二人皆写贫病，杜写得热烈锐敏，陶则恬静中热烈，如其《拟古九首》其三：

> 仲春遘时雨，始雷发东隅。
>
> 众蛰各潜骇，草木纵横舒。
>
> 翩翩新来燕，双双入我庐。
>
> 先巢固尚在，相将还旧居。
>
> 自从分别来，门庭日荒芜。
>
> 我心固匪石，君情定如何。

陶渊明房子被火焚，再建成，燕子复来。欢喜与凄凉并成一个，在此心境中写出的诗。陶写诗总不失其平衡，恬静中极热烈。末二句"我心固匪石，君情定如何"，与燕子谈心，凄凉已极而不失其恬静者，即因音节关系。音节与诗之情绪甚相关。陶诗音节和平中正，老杜绝不成。至如"暗飞萤自照，水宿鸟相呼"（《倦夜》）二句，乃杜诗中最好的，不多见，虽不能说老杜诗之神品，而亦为极精致者。若心躁不但不能"神"，连"精"都做不到。

或谓陶渊明乃隐逸诗人。[1]此不足以尽括渊明。余所见渊明是积极

---

① 钟嵘《诗品》卷中："每观其文，想其人德。世叹其质直。至如'懒言醉春酒'、'日暮天无云'，风华清靡，岂直为田家语邪？古今隐逸诗人之宗也。"

的、进取的，如其《咏荆轲》之"雄发指危冠，猛气冲长缨"，"凌厉越万里，逶迤过千城"，"其人虽已没，千载有余情"，枝节固非全体，而不能说枝节不属全体。

或曰陶渊明诗冲澹、恬澹（冲，和；恬，安静），恬澹偏于消极，而陶是积极的。如其《荣木》末章云：

> 先师遗训，余岂云坠！
> 四十无闻，斯不足畏。
> 脂我名车，策我名骥；
> 千里虽遥，孰敢不至！

其《荣木·自序》又云："荣木，念将老也。日月推迁，已复九夏；总角闻道，白首无成。"故陶诗之冲澹，其白如日光七色，合而为白，简单而神秘。

人皆谓杜甫为诗圣。若在开合变化、粗细兼收上说，固然矣；若在言有尽而意无穷上说，则不如称陶渊明为"诗圣"。

以写而论，老杜可谓诗圣；若以态度论之，当推陶渊明。老杜是写，是能品而几于神，陶渊明则根本是神品。

《人间词话》引昭明太子评陶诗语："抑扬爽朗，莫之与京"，引王无功称薛收[①]《白牛溪赋》："嵯峨萧瑟，真不可言"。文学要有此两种气象。老杜有时是嵯峨萧瑟，李白是抑扬爽朗；白乐天若是抑扬爽朗，韩退之就是嵯峨萧瑟；李贺当然并非抑扬爽朗，嵯峨萧瑟近之矣；苏东坡若是抑扬爽朗，黄山谷就是嵯峨萧瑟。他们不过有时如此。真够得上抑扬爽朗的只有陶渊明。这四个字要自己去感觉。

---

① 薛收（591—624）：字伯褒，薛道衡之子，蒲州汾阴（今山西万荣）人。初唐"十八学士"之一，有文集 10 卷。

第五课

《文选》讲论

梁昭明太子萧统的《文选》所选为历代著名的文章，从所选可看出选者的去取褒贬，可看出选者的立场、观点、世界观。

《文选》对后人的影响很大。唐时已很崇尚《文选》，杜甫"熟精文选理"（《宗武生日》），韩愈所谓"非三代两汉之书不敢观"（《答李翊书》）也是针对《文选》而言。到清朝有"选学"，读《文选》成为一门学问。没有一个知识分子不读《文选》，直到"五四"。

所谓"选学妖孽，桐城谬种"①者，以其过重美观、不重实用。其实，美观、实用二者，皆是"雅洁"，殊途而同归。古典，雅洁乃其特色，如《论语》"非曰能之，愿学焉"（《先进》）。雅洁，不但文言，白话亦须如此。然流弊乃至于空泛，只重外表，不重内容，缺少言中之物。实际说来，文章既无不成其为"物之言"，又无不成其为"言之物"。

---

① 《新青年》第二卷第六号《通信》栏发表有钱玄同的《致陈独秀函》，其中有语云："具此识力，而言改良文艺，其结果必佳良无疑。唯选学妖孽，桐城谬种，见此又不知若何咒骂。虽然，得此辈多咒骂一声，便是价值增加一分也。"之后，"选学妖孽，桐城谬种"成为反对旧文学的流行用语。

一　李陵（少卿）《答苏武书》

　　子卿足下：勤宣令德，策名清时，荣问休畅，幸甚幸甚。远托异国，昔人所悲，望风怀想，能不依依！昔者不遗，远辱还答，慰诲勤勤，有逾骨肉。陵虽不敏，能不慨然！

　　自从初降，以至今日，身之穷困，独坐愁苦，终日无睹，但见异类。韦韝毳幕，以御风雨。膻肉酪浆，以充饥渴。举目言笑，谁与为欢？胡地玄冰，边土惨裂，但闻悲风萧条之声。凉秋九月，塞外草衰。夜不能寐，侧耳远听，胡笳互动，牧马悲鸣，吟啸成群，边声四起。晨坐听之，不觉泪下。嗟乎子卿！陵独何心，能不悲哉！与子别后，益复无聊。上念老母，临年被戮；妻子无辜，并为鲸鲵。身负国恩，为世所悲。子归受荣，我留受辱，命也何如！身出礼仪之乡，而入无知之俗，违弃君亲之恩，长为蛮夷之域，伤已！令先君之嗣，更成戎狄之族，又自悲矣！功大罪小，不蒙明察，孤负陵心，区区之意，每一念至，忽然忘生。陵不难刺心以自明，刎颈以见志，顾国家于我已矣。杀身无益，适足增羞，故每攘臂忍辱，辄复苟活。左右之人，见陵如此，以为不入耳之欢，来相劝勉。异方之乐，只令人悲，增忉怛耳。嗟乎子卿！人之相知，贵相知心。前书仓卒，未尽所怀，故复略而言之。

昔先帝授陵步卒五千，出征绝域，五将失道，陵独遇战。而裹万里之粮，帅徒步之师，出天汉之外，入强胡之域。以五千之众，对十万之军，策疲乏之兵，当新羁之马。然犹斩将搴旗，追奔逐北，灭迹扫尘，斩其枭帅。使三军之士，视死如归。陵也不才，希当大任，意谓此时，功难堪矣。匈奴既败，举国兴师，更练精兵，强逾十万。单于临阵，亲自合围。客主之形，既不相如；步马之势，又甚悬绝。疲兵再战，一以当千，然犹扶乘创痛，决命争首，死伤积野，余不满百，而皆扶病，不任干戈。然陵振臂一呼，创病皆起，举刃指虏，胡马奔走，兵尽矢穷，人无尺铁，犹复徒首奋呼，争为先登。当此时也，天地为陵震怒，战士为陵饮血。单于谓陵不可复得，便欲引还。而贼臣教之，遂便复战。故陵不免耳。

昔高皇帝以三十万众，困于平城，当此之时，猛将如云，谋臣如雨，然犹七日不食，仅乃得免。况当陵者，岂易为力哉？而执事者云云，苟怨陵以不死。然陵不死，罪也；子卿视陵，岂偷生之士，而惜死之人哉？宁有背君亲，捐妻子，而反为利者乎？然陵不死，有所为也，故欲如前书之言，报恩于国主耳。诚以虚死不如立节，灭名不如报德也。昔范蠡不殉会稽之耻，曹沫不死三败之辱，卒复勾践之仇，报鲁国之羞。区区之心，切慕此耳。何图志未立而怨已成，计未从而骨肉受刑，此陵所以仰天椎心而泣血也。

足下又云：汉与功臣不薄。子为汉臣，安得不云尔乎？昔萧樊囚絷，韩彭菹醢，晁错受戮，周魏见辜，其余佐命立功之士，贾谊亚夫之徒，皆信命世之才，抱将相之具，而受小人之谗，并受祸败之辱，卒使怀才受谤，能不得展。彼二子之遐举，谁不为之痛心哉！陵先将军，功略盖天地，义勇冠三军，徒失贵臣之意，到身绝域之表。此功臣义士所以负戟而长叹者也！何谓不薄哉？

且足下昔以单车之使，适万乘之虏，遭时不遇，至于伏剑不顾，流离辛苦，几死朔北之野。丁年奉使，皓首而归。老母终堂，生妻去帷。此天下所希闻，古今所未有也。蛮貊之人，尚犹嘉子之节，况为天下之主乎？陵谓足下，当享茅土之荐，受千乘之赏。闻子之归，赐不过二百万，位不过典属国，无尺土之封，加子之勤。而妨功害能之臣，尽为万户侯，亲戚贪佞之类，悉为廊庙宰。子尚如此，陵复何望哉？且汉厚诛陵以不死，薄赏子以守节，欲使远听之臣，望风驰命，此实难矣。所以每顾而不悔者也。陵虽孤恩，汉亦负德。昔人有言："虽忠不烈，视死如归。"陵诚能安，而主岂复能眷眷乎？男儿生以不成名，死则葬蛮夷中，谁复能屈身稽颡，还向北阙，使刀笔之吏，弄其文墨邪？愿足下勿复望陵！

嗟呼子卿！夫复何言！相去万里，人绝路殊。生为别世之人，死为异域之鬼，长与足下生死辞矣！幸谢故人，勉事圣君。足下胤子无恙，勿以为念，努力自爱。时因北风，复惠德音。李陵顿首。

《昭明文选》卷第四十一"书上"载《答苏武书》。

作文章需理论、法度，然"徒法不足以自行"（《孟子·离娄上》），亦须"修辞立其诚"（《易传·文言传》），"临文不讳"（《礼记·曲礼上》）。

文章华丽易，苦辣难。

文章中《左氏传》《史记》《前汉书》，真好。

《左氏传》甜，而甜得有神韵，好。（平常人甜，品易低下。）韵文有神韵，易；散文有神韵，难。欧阳修文章有时颇有神韵。其《伶官传序》：

呜呼！盛衰之理，虽曰天命，岂非人事哉？……夫祸患常积于忽微，而智勇多困于所溺，岂独伶人也哉！

>>> 李陵《答苏武书》，十足悲苦，又有一点辩白，而病亦在此。人与人之间原用不着辩白、解释，相信好了，不相信活该。以悲苦心情写辩白言辞，所得是愤慨。愤慨、悲苦，无用。悲苦虽也没用，但还好；愤怒是火，足以自燃，且为无效之燃烧，是徒然的浪费。余赞成悲苦，因为悲苦（悲苦不是悲哀）是一种基础。人应能忍受悲苦，翻过来，则可以之为基础而有伟大成功。图为宋代陈居中《苏李别意图》。

道理并不深，而有神韵，平淡而好。Charming，媚人的、可爱的，日本译为"爱娇"。文章写甜了时可如此。甜则易俗，然甜俗易为世人所喜。陶渊明文品高，不是甜，而有神韵。

《史记》是辣，尤其《项羽本纪》。辣不是神韵，是深刻。写《高祖本纪》，高祖虽成功，然处处表现其无赖；项羽虽是失败，而处处表现出是英雄。英雄多不是被英雄打倒，而是被无赖打倒。

《汉书》是苦，蔓荽菜，咬春①之柳花菜。

近代人文章，周作人是甜，鲁迅先生是辣，而《彷徨》中《伤逝》一篇则近于苦矣。

李陵《答苏武书》，十足悲苦，又有一点辩白，而病亦在此。人与人之间原用不着辩白、解释，相信好了，不相信活该。以悲苦心情写辩白言辞，所得是愤慨。

愤慨、悲苦，无用。悲苦虽也没用，但还好；愤怒是火，足以自燃，且为无效之燃烧，是徒然的浪费。余赞成悲苦，因为悲苦（悲苦不是悲哀）是一种基础。人应能忍受悲苦，翻过来，则可以之为基础而有伟大成功。诚如《孟子·尽心上》所云"独孤臣孽子，其操心也危，其虑患也深"。（"危"，不敢安闲。）

李陵文章之首段、二段一连叙出七个"悲"字，第二段更有"陵独何心，能不悲哉"一语，自己说出悲来，读者更须于其中咀嚼出苦味，方不负此文章。

第二段"胡地玄冰"，"玄"字用得好。冰必连底冻，始呈玄色（青黑色）；薄冻，则白色。方苞有一篇文章写宁古塔，写得好。李陵"边土惨裂，但闻悲风萧条之声"，亦写得好。

外界动人者：声、色。动，缘于耳、目。声自声，色自色，原与人无关，而由于耳、目，遂能动人，东坡《赤壁赋》所谓"耳得之而为声，目遇之而成色"。写声应使人如闻其声，写色应使人如见其色。能，

---

① 咬春：立春节俗，即在立春日吃象征春意的菜蔬食品，以示迎春。

则是成功；否，则是失败。感人显著，莫过于色；而感人之微妙，莫过于声。瞎子比聋子聪明，贝多芬，虽聋而为大音乐家，盖有"心耳"。（悲氏一生悲苦。）

《文选》卷四十有繁钦《与魏文帝笺》。繁，音婆。繁钦，字休伯。魏文帝有《答繁钦书》（魏文帝集无单行，在《全上古三代秦汉三国六朝文》及《汉魏六朝百三名家集》中皆有），二书即讨论声、色，且为人之声、色，讨论歌女、艺伎、歌舞。文人对声、色感觉特别锐敏。

人人未必天生有文人天才，然人人几乎可以修养成文人。魏文帝天才不太高，而修养超过魏武、陈王。真正第一个为文学而文学的开山宗师是魏文帝。《左传》《史记》虽是散文，而终究是史。杨恽《报孙会宗书》、李陵《答苏武书》、司马迁《报任少卿书》等，文章好，而其意不在"文"。

分析、欣赏。所有的文学，若去做综合的欣赏，是文学的；若去分析，是科学的。"文"，加上一"学"字，亦是科学的矣，如植物、植物学。

魏文帝天才虽浅，修养功深，故敢作《典论·论文》，颇自负。其《典论·自序》文章亦好，而《文选》何以不选？人写自己愤慨、悲哀，皆能成好文章。没有写自己骄傲写得好的，而《典论·自序》好；还有就是尼采《我怎么这么聪明》。魏文帝及尼采，脑子特别清楚。文章美，第一要以清楚为基础。如写字，首要横平竖直；作文，首要清楚。此虽非"美"，而是"白"。（儒家所谓"白受采"，一切"采"是一切美德，而必先有"白"。）

昭明之不选《答繁钦书》，盖昭明有一点儿头巾气。昭明评渊明"《闲情》一赋，白璧微瑕"（《陶渊明集序》），[①] 东坡讥昭明曰："小儿强作解事。"（《题文选》）[②] 魏文帝《答繁钦书》，较露骨耳，盖昭明没看

---

① 萧统《陶渊明集序》："白璧微瑕，唯在《闲情》一赋。"
② 苏轼《题文选》："渊明《闲情赋》正所谓《国风》好色而不淫，正使不及《周南》，与屈宋何异？而统乃讥之，此乃小儿强作解事者。"

懂。（而昭明选傅毅［字武仲］^①《舞赋》，读时觉上古舞是使人精神向上的。近代跳舞使人堕落。）

曹氏父子，武帝诗好，文帝文好，陈王稍差。萧氏父子（梁武帝萧衍、昭明太子萧统、简文帝纲、元帝绎），昭明太子不及武帝衍，且不及简文帝纲。（欲知末路文人情况，可读简文帝传及其文。简文帝没过过一天太平日子。）六朝短赋（小品赋）当以萧氏父子所作为佳，而昭明不及其两位令弟梁简文帝萧纲、梁元帝萧绎。纲、绎二人写声、色，真写得好。

盈天地之间皆声、色也，与吾人"缘"最密切。若对声、色无亲密感，不能做精密观察。如此则连普通人都不够，何能做文人？魏文帝文写声、色偏于享乐、阴柔。李陵此文所写偏于悲苦的、阳刚的，而写得真清楚。

读文章要立住脚，不能顺流而下。李陵以下数句写得好：

> 凉秋九月，塞外草衰。夜不能寐，侧耳远听，胡笳互动，牧马悲鸣，吟啸成群，边声四起。

初听风声、草声沙沙一片；再细听，其中还有区别。"侧耳远听"数句，越听越远，如石入水之波，越荡越大越远。

汉魏六朝人无论诗文，凡写景皆有中心。后人远近层次不清，故不易见佳。不要站在事物外而去描写。

散句易于散漫，故白话文不能增长人意气。（唱戏中"京白"是京白，而绝非京话。白话文不是白话。）排句整饬，然排句玩熟了，易成滥调，当注意。为文须用排句以壮其"势"，用散句以畅其"气"。故李陵《答苏武书》之文字骈散兼行：

---

① 傅毅（？—约90）：东汉辞赋家，作品以描写歌舞场面之《舞赋》最为著名。

海上翰羊十九年 黄滔翁诗俞滌烦直章大年书

>>> 凉秋九月，塞外草衰。夜不能寐，侧耳远听，胡笳互动，牧马悲鸣，吟啸成群，边声四起。图为清代俞明《苏武牧羊图》。

身出礼仪之乡，而入无知之俗，违弃君亲之恩，长为蛮夷之域，伤已！令先君之嗣，更成戎狄之族，又自悲矣！

恰是孙过庭《书谱》所云："导之则泉注，顿之则山安。"
其后，李陵又言：

功大罪小，不蒙明察，孤负陵心，区区之意，每一念至，忽然忘生。陵不难刺心以自明，刎颈以见志，顾国家于我已矣。杀身无益，适足增羞，故每攘臂忍辱，辄复苟活。

"愧无半策匡时难，唯余一死报君恩。"（《明史纪事本末》记施邦曜语）李陵一句"顾国家于我已矣"，真是心死、死心。若能翻出身来，即忠君死义、败子回头，大放光明；否则，万世不得翻身。"大死底人却活时如何？"（赵州从谂禅师语）[①]

置之死地而后生，才是真活。李陵降北时是想活，而降了是活不了。大死的人想活而活不起来，身体虽活而精神上戴上枷梏，实是大死。鲁迅先生说："虽生之日，犹死之年。"（《朝花夕拾》小引）

读文不但要看其技术，犹当看其所抱文心。余有《书〈老学庵笔记〉李和儿事后》一首七绝：

秋风瑟瑟拂高枝，白裕单寒又一时。
炒栗香中夕阳里，不知谁是李和儿。

伍子胥说："吾日暮途远，吾故倒行而逆施之。"（《史记·伍子胥列传》）如此是活到邪路去了。"日暮途远，倒行逆施"，虽是鲁莽灭裂，

---

① 《碧岩录》："赵州问投子：'大死底人却活时如何？'投子云：'不许夜行，投明须到。'"

不可为法，而大可同情。自信不足，方欲取信于人；然自信不足，何能取信于人？但说不做，何能令人信？如伍子胥"倒行逆施"，虽非道德君子，然敢作敢为，尚不失为"磊落英雄"。一篇《答苏武书》，李陵无一句如此。

《答苏武书》一方面是辩白，一方面是负气。辩白不足取，负气处尚可观。作辩论文字，不能授人以柄，与人以隙。（鲁迅先生《热风》可看。）

李陵《答苏武书》或谓是六朝人伪作，此不可信。即使非李陵，亦必汉人作。文气发皇，绝非魏晋以后人所能有。盖汉人为文，亦好大喜功也。魏晋文章清新，与其谓为春天雨后草木发生，勿宁谓为北方秋天雨后晴明气象，天朗气清，天高气爽。六朝文章成熟，尤其在技术方面（修辞）。李陵《答苏武书》既非魏晋清新，又非六朝成熟，而颇有发皇之气。

二　杨恽（子幼）《报孙会宗书》

恽材朽行秽，文质无所厎，幸赖先人余业，得备宿卫。遭遇时变，以获爵位，终非其任，卒与祸会。足下哀其愚蒙，赐书教督以所不及，殷勤甚厚。然窃恨足下不深唯其终始，而猥随俗之毁誉也。言鄙陋之愚心，则若逆指而文过，默而自守，恐违孔氏各言尔志之义。故敢略陈其愚，唯君子察焉！

恽家方隆盛时，乘朱轮者十人，位在列卿，爵为通侯，总领从官，与闻政事。曾不能以此时有所建明，以宣德化。又不能与群僚同心并力，陪辅朝庭之遗忘，已负窃位素飡之责久矣。怀禄贪势，不能自退，遂遭变故，横被口语，身幽北阙，妻子满狱。当此之时，自以夷灭不足以塞责，岂得全其首领，复奉先人之丘墓乎？伏唯圣主之恩，不可胜量。君子游道，乐以忘忧；小人全躯，说以忘罪。窃自念过已大矣，行已亏矣，长为农夫以没世矣。是故身率妻子，戮力耕桑，灌园治产，以给公上。不意当复用此为讥议也。

　　夫人情所不能止者，圣人弗禁。故君父至尊亲，送其终也，有时而既。臣之得罪，已三年矣。田家作苦，岁时伏腊，烹羊炮羔，斗酒自劳。家本秦也，能为秦声。妇赵女也，雅善鼓琴，奴婢歌者数人，酒后耳热，仰天抚缶而呼呜呜。其诗曰："田彼南山，芜秽不治。种一顷豆，落而为萁。"人生行乐耳，须富贵何时？是日也，拂衣而喜，奋袖低昂，顿足起舞，诚淫荒无度，不知其不可也。恽幸有余禄，方籴贱贩贵，逐什一之利。此贾竖之事，汙辱之处，恽亲行之。下流之人，众毁所归，不寒而慄。虽雅知恽者，犹随风而靡，尚何称誉之有？董生不云乎："明明求仁义，常恐不能化民者，卿大夫之意也；明明求财利，常恐困乏者，庶人之事也。"故道不同不相为谋。今子尚安得以卿大夫之制而责仆哉？

　　夫西河魏土，文侯所兴，有段干木、田子方之遗风，禀然皆有节概，知去就之分。顷者足下离旧土，临安定。安定山谷之间，昆夷旧壤，子弟贪鄙，岂习俗之移人哉！于今乃睹子之志矣。方当盛汉之隆，愿勉旃，无多谈。

《昭明文选》卷第四十一"书上"载《报孙会宗书》。

东坡云："万人如海一身藏。"（《病中闻子由得告不赴商州三首》其一）

人总得有个信仰，虽然自己也许不觉得。一个人若对自己不忠实，绝不会对人忠实；若不会为自己做事，绝不会为人做事。善于欺人的人，时时在欺骗他自己。人必得有信仰，无论信仰什么都不要紧。杨恽明知全身免祸、明哲保身的道理而故犯，只是不甘心。武断、盲从，都是暗于知人心。我们应当通人情、知人心。

郑板桥说："聪明难，糊涂尤难，由聪明而转入糊涂尤难。"（郑板桥题书《难得糊涂》）鲁迅先生留日回来，在"五四"以前装糊涂，装得很好。但"五四"以后，写起文章来，就不是那样了。时代是最不客气的试金石。如巴金、张资平的小说，懵事有余，传世则不足。鲁迅先生的小说也许懵事不成，但足以传世。

庸人自扰。糊涂该打倒，世界上一切事都让糊涂人弄坏了。聪明也要不得，我们要的是智慧。聪明可以做成智慧，但智慧可以生出艺术哲学，聪明不成。最好是由聪明转入糊涂，但聪明人多不肯，明知故犯。鲁迅先生《阿Q正传》署名巴人，大家议论这是谁。人在旁边议论纷纷，鲁迅先生仍坐在他的公事桌边，毫不动声色。（鲁迅先生说笑话，自己绝不笑。）

唐人故事说，一人为其世伯所训，诫其勿浮动苛薄，于此时有持刺李过庭者谒老人。老人忘其为某人之子，正寻思间，彼曰：当是李趋的儿子。[1]（《论语》有"鲤趋而过庭"。）俗曰"忍俊（儁）不禁"，此之谓也。这是明知故犯。杨恽就这样把命玩掉了。五臣注：

> 恽见废，内怀不服。其后有日蚀之变，人告恽"骄奢不悔过，日蚀之咎，此人所致"，下廷尉按验，又得与会宗书，宣帝恶之，

---

[1] 赵璘《因话录》："唐姚岘有文学而好滑稽，遇机即发。仆射姚南仲，廉察陕郊。岘初释艰服后见，以宗从之旧。延于中堂，吊罢，未语及他事。陕当两京之路，宾客无时。门外忽投刺云：'李过庭。'南仲曰：'过庭之名甚新，未知谁家子弟？'左右皆称不知。又问岘知之乎，岘初犹俯首颦眉，顷之，自不可忍，敛手言曰：'恐是李趋儿。'南仲久方悟而大笑。"刺，名帖，犹如今之名片。

遂腰斩之。

要晓得作者文心，方才不致对作品曲解、误解，才懂得作者何以如此写。

第一段"恽材朽行秽，文质无所底，幸赖先人余业，得备宿卫"，几句写来，清清楚楚，干干净净，结结实实。后人的文章在"结实"方面，往往不及秦汉魏晋。

先生好打牌，学生说："先生打牌呀？"先生说："书房里安可打牌！再说也没牌呀。"——越说越泄气。这样作文章不成，和"一读之欲呕再读之昏昏睡去矣"（李涵秋《文字感想》）①一样。

中国的祖先崇拜替代了宗教的情绪。（男性中心也是从祖先崇拜里来。）《孝经》（《孝经》是汉人的伪作）有语云："身体发肤，受之父母，不敢毁伤，孝之始也。"（《开宗明义章》）《礼记》云："战阵无勇，非孝也。"（《祭义》）对不起自己不要紧，怕对不起祖宗。斯提尔纳说："I am my own God." 真是"自我"。尼采亦长此说。中国无此极端之说。

第二段"当此之时，自以夷灭不足以塞责，岂得全其首领，复奉先人之丘墓乎？伏唯圣主之恩，不可胜量"，此数句，先抑后扬。"陵也不才，希当大任，意谓此时，功难堪矣"（李陵《答苏武书》），先扬后抑。欲擒故纵、欲抑先扬，在擒时、抑时固须用十二分力；纵时、扬时亦不可轻轻放过。

---

① 鲁迅《热风·"以震其艰深"》："上海租界上的'国学家'，以为做白话文的大抵是青年，总该没有看过古董书的，于是乎用了所谓'国学'来吓呼他们。《时报》上载着一篇署名'涵秋'的《文字感想》，其中有一段说：'新学家薄国学为不足道故为钩辀格磔之文以震其艰深也一读之欲呕再读之昏昏睡去矣！'领教。我先前只以为'钩辀格磔'是古人用他来形容鹧鸪的啼声，并无别的深意思；亏得这《文字感想》，才明白这是怪鹧鸪啼得'艰深'了，以此责备他的。但无论如何，'艰深'却不能令人'欲呕'，闻鹧鸪啼而呕者，世固无之，……呕吐的原因决不在乎别人文章的'艰深'，是在乎自己的身体里的，大约因为'国学'积蓄得太多，笔不及写，所以涌出来了罢。"李涵秋（1874—1923），民国初年鸳鸯蝴蝶派代表作家，著有小说《广陵潮》。1922年9月14日，于《时报》副刊《小时报》发表《文字感想》一文，抨击新文学。

句子不一定是骈句、偶句、排句，而只要整齐、凝炼。整齐是形式，凝炼是精神，我们要的是凝炼。安如磐石，稳如泰山，垂绅正笏。然不可只看其形式，当以心眼观其精神，否则如泥胎木偶矣。

姚鼐《登泰山记》有句"苍山负雪明烛天南望晚日照城郭汶水徂徕如画"，今课本点句或作："苍山负雪，明烛天南，望晚日照城郭，汶水、徂徕如画。"非也。前句乃七字："苍山负雪明烛天，南望晚日照城郭，汶水徂徕如画。"不像散文的散文句，特别有劲。"南望晚日照城郭，汶水徂徕如画"（盖汶水、徂徕，在泰山南），几句似词。而文中喜此句，涩。

茶、咖啡、可可之香皆在涩。加糖不为减少苦味，为增加其涩味，可欣赏品尝。

李陵《答苏武书》太单调，只是气盛。韩愈言"气盛则言之短长与声之高下者皆宜"（《答李翊书》），然此易成油滑，要有涩味。《汉书》有点儿涩，此对"滑"而言。"气盛言宜"之文在六朝并不难得（无论何代，只要略有修养，作者皆可做到），然六朝长处不在此，当注意其涩。

涩比滑好，滑是病；其实涩亦病，而亦药，可以治滑。现在文章连"滑"也够不上。涩与凝炼有关，但凝炼不等于涩。《汉书》比《史记》凝炼，但不生动。（读《史记》注意其冲动，而不是叫嚣。注意其短篇。《史记》是天才，不易学，《汉书》可以学而得。）

《报孙会宗书》"当此之时"以下数句，既凝炼又生动，宽猛相济，刚柔相济。

无论是弄文学还是弄艺术，皆须从六朝翻一个身，韵才长，格才高。

刘师培（申叔）《中古文学史》，从汉至齐梁作得好，只是死在六朝内了。鲁迅先生死了又出来了，活了。

>>> 庄子云，化臭腐为神奇。要在平凡中发现神奇，又要在神奇中发现平凡。无论何种学问，皆当如此做，始非"世法"。图为明代周臣《北溟图》。

庄子云，化臭腐为神奇。①要在平凡中发现神奇，又要在神奇中发现平凡。无论何种学问，皆当如此做，始非"世法"。在我身上发现人，在人身上发现我；而"世法"，人、我分别太清。杜牧之诗云："睫在眼前长不见，道非身外更何求。"（《登池州九峰楼寄张祜》）此正如朱熹评孟子所说"是亦不思而已矣"（《孟子精义》）。"心外无物，物外无心"，心即物，物即心。（物兼有事、物而言，things。）

杨恽"窃自念"以下数句，其行文之起伏如图：

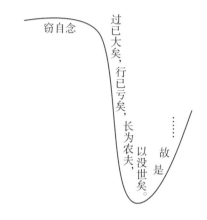

天外奇峰即眼前的山，常人用"世眼观物"，近则迈越，远则不及。特出的人既能看到天外，又能看到眼前。

文本无法，文成而法立，有法便是印板文字。吾人作文须能赋之以灵魂。

永嘉禅师语："生死事大，无常迅速。"②稍一差池，便是来生；故当心眼明澈，能摄能放。

---

① 《庄子·知北游》："是其所美者为神奇，所恶者为腐朽。臭腐复化为神奇，神奇复化为臭腐。"

② 永嘉禅师（665—713）：字明道，号玄觉，唐代禅师。因为浙江永嘉人，人称永嘉玄觉。《坛经·机缘品》："觉曰：'生死事大，无常迅速。'师曰：'何不体取无生，了无速乎？'曰：'体即无生，了本无速。'师曰：'如是，如是。'"

写字当注意长、短、远、近、俯、仰、迎、拒。宋人论诗眼，五言诗第三字，七言诗第五字，传神在此。（《孟子·离娄上》曰："存乎人者，莫良于眸子。"故重见。）散文亦然，亦须"眼"，而其"眼"无定，故最难讲，技术之养成最要紧。

第三段"夫人情所不能止者……不知其不可也"数句，是楔进去的，真好，有劲。此数句过渡，骈而不骈，不骈而骈，然又须能断。摄与放，断与骈，非二，不可死于句下。

"人情"，放之四海而皆同，传之万世而不变者，是常。贫贱之极多流为盗贼，其行可诛，其心可悯。李陵只替自己说话，还没说明白；杨恽代天下人说话。

此段结之曰："故道不同不相为谋。今子尚安得以卿大夫之制而责仆哉？"

末段"愿勉旃"，"旃"，之焉。

三 曹丕（子桓）《与朝歌令吴质书》

五月十八日，丕白：季重无恙。涂路虽局，官守有限，愿言之怀，良不可任。足下所治僻左，书问致简，益用增劳。每念昔日南皮之游，诚不可忘。既妙思六经，逍遥百氏，弹棋闲设，终以六博，高谈娱心，哀筝顺耳。驰骋北场，旅食南馆，浮甘瓜于清泉，沉朱李于寒水。白日既匿，继以朗月，同乘并载，以游后园，舆轮徐动，参从无声，清风夜起，悲笳微吟，乐往哀来，怆然伤怀。余顾而言，斯乐难常，足下之徒，咸以为然。今果分别，各在一方。元瑜长逝，化为异物，每一念至，何时可言！

方今蕤宾纪时，景风扇物，天气和暖，众果具繁。时驾而游，北遵河曲，从者鸣笳以启路，文学托乘于后车。节同时异，物是人非，我劳如何！今遣骑到邺，故使枉道相过。行矣自爱。丕白。

《昭明文选》卷第四十二"书中"载《与朝歌令吴质书》。

魏文帝曹丕——中国文学批评与散文之开山大师。

前所讲诸篇，文章好，而其中皆有说理。魏文帝之《与吴质书》（五月十八日）只是抒情，虽散文而有诗之美，可称散文诗。

中国文字整齐、凝练，乃其特长。如四六骈体，真美，为外国文字所无。可是整齐、凝练，结果易走向死板，只余形式而无精神。

文帝之《与吴质书》虽整齐、凝练，而又有弹性、有生气、有生命。鲁迅先生文章即整齐、凝练中有弹性、有生气。而如明清八股无弹性、无生气。《答苏武书》《报孙会宗书》则有弹性、少凝练。

人与文均须有情操。曹子桓此文真有情操。情，情感；操，纪律中有活动，活动中有纪律，即所谓操。意志要能训练感情，可是不能无感情。如沈尹默先生论书诗句所言："使笔如调生马驹。"（《论书诗》）李陵做人、作文皆少情操，《答苏武书》太不能"调"。曹子建满腹怨望之气，诗文让人读了不高兴。

魏文帝《与吴质书》之开端，寒暄、感旧："涂路虽局，官守有限，愿言之怀，良不可任。足下所治僻左，书问致简，益用增劳。"

"妙思"数句，音节好（不关平仄），且有层次："妙思六经，逍遥百氏，弹棋闲设，终以六博。高谈娱心，哀筝顺耳。"

六朝时人性命不保，生活困难。文人敏感，于此时读书真是"苦行"，而于"苦行"中能得"法喜"（禅悦）。别人视为苦，而为者自得其乐。人在安乐中生出，不了解人生；人在苦行中生出，才能真正了解人生。

太平时文章，多叫嚣、夸大；六朝人文章静，一点叫嚣气没有。

沈约《宋书》最可代表六朝作风。人皆谓六朝文章浮华，而沈约《宋书》虽不失六朝风格，然无浮华之病。

六朝人字面华丽、整齐，而要于其中看出他的伤心来。《世说新语》《水经注》《洛阳伽蓝记》（伽蓝为梵文音译，庙），皆可看。北魏杨衒之作《洛阳伽蓝记》漂亮中有沉痛，杨衒之写建筑、写佛教，实写亡国之痛，不可只以浮华视之。（老年人说伤心事与说高兴事同，实最大沉痛。）

若以叫嚣写沉痛感情，必非真伤心。要拿伤心换人同情，必将伤心换为寂寞心，从寂寞中生出一种东西，才能打动人心弦。魏文帝虽贵为天子，而真抱有寂寞心，真敏感，如清代早亡之纳兰性德[1]。

谈话最融洽时是心的接触，故曰"高谈娱心"，下字实在好。

"哀筝顺耳"，"哀"，五臣注："哀筝，谓筝声清也。"清，即凄清之清。"顺耳"，五臣注："所欲则奏，故曰顺耳。"此乃世法，甚肤浅。筝"哀"，故能"顺耳"，哀与顺有关。（喜剧是浮浅。）"顺耳"，实声音与灵魂已交响。

公教之赞美歌[2]、佛教之梵呗[3]，皆此故，以音乐表现最高精神。平日谈话虽有音，亦有字，字有字义。乐则仅有音，以音之高下、长短、疾徐表现灵魂的最高境界，此乃语言、文字所不能表现。故每宗教皆曰救

---

① 纳兰性德（1654—1685）：清代词人，被况周颐誉为"国初第一词人"，著有《侧帽集》《饮水词》。

② 赞美歌：基督教举行奉贤仪式或布道之后所演唱的歌曲，通常以《圣经》文字为歌词。

③ 梵呗：亦称赞呗、梵乐、梵音等，佛教举行宗教仪式时在佛菩萨前所唱颂歌。后泛指传统佛教音乐。

灵魂，所谓净土、天堂，皆最高境界，然此究离人太远。儒家大同，是要在尘世上实现净土。罪恶中见出天堂，地狱中见出天堂，此皆最高境界。孔子亦注意乐，"乐云乐云，钟鼓云乎哉"（《论语·阳货》）。可见，音乐可与灵魂交响，岂非顺耳？

"文章本天成，妙手偶得之。"此放翁《文章》诗句，诗不好，道理是。那么，"哀筝顺耳"（平、平、去、上），瞎猫碰上死老鼠吗？——死猫连死老鼠都碰不上。

创作是快乐，而讲出来难。创作只是心一动便出来了。知、行乃二事。

"驰骋北场，旅食南馆，浮甘瓜于清泉，沉朱李于寒水"，"旅食南馆"之"旅"，有"不当居而居"之义。古诗"井上生旅葵"（汉乐府《十五从军征》），或曰旅葵者，葵不当生于此而生于此谓之旅，盖暂居非常居也。

六朝骈文贵上下句不重复，"浮甘瓜于清泉，沉朱李于寒水"二句嫌复。且人多用之，陈陈相因，了无生气。

《韩非子》曾记晋平公之言曰："莫乐为人君，唯其言而莫之违。"（《难一》）然乐与哀又与权位何干？接下，魏文帝即云：

> 白日既匿，继以朗月……舆轮徐动，参从无声，清风夜起，悲笳微吟，乐往哀来，怆然伤怀。

真有音节之美，而音节之美不关平仄。"清风夜起，悲笳微吟，乐往哀来，凄然伤怀"四句，比之李陵《答苏武书》"牧马悲鸣，吟啸成群，边声四起。晨坐听之，不觉泪下"，先别其异同，然后可言优劣。李陵是扛枪杆的，是愤慨；文帝是沉静的，是敏感。愤慨、沉静，汉魏两朝之文章分野即在此。

汉人文章使"力"。（胡适先生以为汉人文章除王充《论衡》外，无思想。①）盖汉人注意事功，思想亦基于事实，是"力"的表现。总欲有所作为，向外的多。至魏文帝曹丕不是"力"，而是"韵"。"力"与"韵"皆非思想，然"韵"盖与"感"有关。"感"有二种：一为感情，心灵的（灵、心）；一为感觉，肉体的（肉、物）。佛说"六根（六触）"：眼、耳、鼻、舌、身、意。前五根属于肉，后一根属于灵。"韵"与感觉、感情有关。"月""笳""风"，眼、耳、身，一感，心一动（意），则"乐往哀来，怆然伤怀"。

"乐往哀来，怆然伤怀"，是无名悲哀。多怀善感，在此处或尚非多怀，实是善感——酒阑灯地人散。

"余顾而言，斯乐难常，足下之徒，咸以为然。"

得意时心满意足而不骄傲，不得意时羡慕人而不嫉妒；而又非不要好、不上进。得意时自然心满意足而不骄傲。"余顾而言"，将其得意及身份皆写出。

《阅微草堂笔记》，腐。

《聊斋志异》，贫。不是无才气、无感觉、无功夫、无思想，而是小器。贫，此盖与人品有关。

行文至末尾，叙修书之情形：

> 方今蕤宾纪时，景风扇物，天气和暖，众果具繁。时驾而游，北遵河曲，从者鸣笳以启路，文学诓乘于后车。节同时异，物是人非，我劳如何！今遣骑到邺，故使枉道相过。行矣自爱。

---

① 胡适《王充的论衡》一文指出："他（王充）的哲学的宗旨，只是要对于当时一切虚妄的迷信和伪造的假书，下一种严格的批评。凡是真有价值的思想，都是因为社会有了病才发生的，王充所谓'皆起人间有非'。汉代的大病就是"虚妄"。汉代是一个骗子时代。那二百多年之中，也不知造出了多少荒唐的神话，也不知造出了多少荒谬的假书。……王充对于这种虚妄的行为，实在看不上眼。……《论衡》现存八十四篇，几乎没有一篇不是批评的文章。"王充（27—96？），东汉思想家、文学家，著有《论衡》。

写文章要有中心，讲照应。文章行文须如常山之蛇，击首而尾应、击尾而首应①；常山之蛇，首尾相应，牵一发而动全身。此番文字作结，一一叙出"方今之游"：时——"方今蕤宾"、事——"时驾而游"、地——"北遵河曲"、人——"从者""文学"（文学之臣），正呼应昔日"南皮之游"，点明"物是人非"之慨，诚如所言"常山之蛇，首尾相应"。

文章要力的表现、动的姿态（气象峥嵘），如岑参诗句"风头如刀面如割"（《走马川行奉送封大夫出师西征》），但要"诚"。凡诚的表现都好，只要不是故意自显，应是内心的要求，是"诗法"，不是"世法"。西洋所说"生命的跳舞"，the dance of life，即余所谓"力的表现、动的姿态"，东坡所谓"气象峥嵘"②。力——内，动——外。内在的力（生命），文字的技术（节奏），二者缺一不可。如：

西海之曲东海东，阴云惨淡卷阴风。

交河骨朽草自白，战地血殷花倍红。

跳舞是"力"，是"动"，而且有节奏、步伐；溜冰虽有技术而无节奏。有节奏即有纪律——情操。情是热烈的，而操是有节奏的、有纪律的。使热烈的人感情合乎纪律，即诗之最高境界。

魏文帝感情极热烈而又有情操，且是用极冷静的理智驾驭（支配、管理）极热烈的情感，故有情操、有节奏。此需要天才，也需要修养。功深养到，学养功深。

---

① 《孙子兵法》："故善用兵者，譬如率然。率然者，常山之蛇也，击其首则尾至，击其尾则首至，击其中则首尾俱至。"原以"常山之蛇"喻指用兵之法，强调军队各部分之间接应配合，后转以喻指行文之法。
② 周紫芝《竹坡诗话》："东坡尝有书与其侄云：'大凡为文，当使气象峥嵘，五色绚烂，渐老渐熟，乃造平淡。'"

四　嵇康（叔夜）《与山巨源绝交书》

康白：足下昔称吾于颍川，吾常谓之知言。然经怪此意，尚未熟悉于足下，何从便得之也？前年从河东还，显宗、阿都说足下议以吾自代，事虽不行，知足下故不知之。足下傍通，多可而少怪，吾直性狭中，多所不堪，偶与足下相知耳。间闻足下迁，惕然不喜，恐足下羞庖人之独割，引尸祝以自助，手荐鸾刀，漫之膻腥，故具为足下陈其可否。

吾昔读书，得并介之人，或谓无之，今乃信其真有耳。性有所不堪，真不可强。今空语同知有达人，无所不堪，外不殊俗，而内不失正，与一世同其波流，而悔吝不生耳。老子、庄周，吾之师也，亲居贱职；柳下惠、东方朔，达人也，安乎卑位。吾岂敢短之哉！又仲尼兼爱，不羞执鞭；子文无欲卿相，而三登令尹，是乃君子思济物之意也。所谓达能兼善而不渝，穷则自得而无闷。以此观之，故尧舜之君世，许由之岩栖，子房之佐汉，接舆之行歌，其揆一也。仰瞻数君，可谓能遂其志者也。故君子百行，殊涂而同致，循性而动，各附所安。故有处朝廷而不出，入山林而不反之论。且延陵高子臧之风，长卿慕相如之节，志气所托，不可夺也。

吾每读尚子平、台孝威传，慨然慕之，想其为人。少加孤露，母兄见骄，不涉经学。性复疏懒，筋驽肉缓，头面常一月十五日不洗，不大闷痒，不能沐也。每常小便，而忍不起，令胞中略转乃起耳。又纵逸来久，情意傲散。简与礼相背，懒与慢相成，而为侪类见宽，不攻其过。又读庄老，重增其放。故使荣进之心日颓，任实之情转笃。此由禽鹿少见驯育，则服从教制；长而见羁，则狂顾顿缨，赴蹈汤火。虽饰以金镳，飨以嘉肴，逾思长林而志在丰草也。

阮嗣宗口不论人过，吾每师之，而未能及。至性过人，与物无伤，唯饮酒过差耳。至为礼法之士所绳，疾之如雠，幸赖大将军保持之耳。吾不如嗣宗之贤，而有慢弛之阙；又不识人情，闇于机宜；无万石之慎，而有好尽之累。久与事接，疵衅日兴，虽欲无患，其可得乎？

又人伦有礼，朝廷有法，自惟至熟，有必不堪者七，甚不可者二：卧喜晚起，而当关呼之不置，一不堪也。抱琴行吟，弋钓草野，而吏卒守之，不得妄动，二不堪也。危坐一时，痹不得摇，性复多虱，把搔无已，而当裹以章服，揖拜上官，三不堪也。素不便书，又不喜作书，而人间多事，堆案盈机，不相酬答，则犯教伤义，欲自勉强，则不能久，四不堪也。不喜吊丧，而人道以此为重，己为未见恕者所怨，至欲见中伤者，虽瞿然自责，然性不可化，欲降心顺俗，则诡故不情，亦终不能获无咎无誉如此，五不堪也。不喜俗人，而当与之共事，或宾客盈坐，鸣声聒耳，嚣尘臭处，千变百伎，在人目前，六不堪也。心不耐烦，而官事鞅掌，机务缠其心，世故繁其虑，七不堪也。又每非汤武而薄周孔，在人间不止，此事会显世教所不容，此甚不可一也。刚肠疾恶，轻肆直言，遇事便发，此甚不可二也。以促中小心之性，统此九患，不有外难，当有内病，宁可久处人间邪！又闻道士遗言，饵术黄精，令人久寿，意甚信之；游山泽，观鱼鸟，心甚乐之。一行作吏，此事便废，安能舍其所乐，而从其所惧哉！

夫人之相知，贵识其天性，因而济之。禹不偪伯成子高，全其节也；仲尼不假盖于子夏，护其短也；近诸葛孔明不偪元直以入蜀，华子鱼不强幼安以卿相。此可谓能相终始，真相知者也。足下见直木必不可以为轮,曲者不可以为桷,盖不欲以枉其天才,令得其所也。故四民有业,各以得志为乐,唯达者为能通之,此足下度内耳。不可自见好章甫,强越人以文冕也;己嗜臭腐,养鸳雏以死鼠也。吾顷学养生之术,方外荣华,去滋味,游心于寂寞,以无为为贵。纵无九患,尚不顾足下所好者,又有心闷疾,顷转增笃,私意自试,不能堪其所不乐。自卜已审,若道尽途穷则已耳。足下无事冤之,令转于沟壑也。

吾新失母兄之欢,意常悽切。女年十三,男年八岁,未及成人,况复多病,顾此恨恨,如何可言!今但愿守陋巷,教养子孙,时与亲旧叙阔,陈说平生,浊酒一杯,弹琴一曲,志愿毕矣。足下若嬲之不置,不过欲为官得人,以益时用耳。足下旧知吾潦倒粗疏,不切事情,自惟亦皆不如今日之贤能也。若以俗人皆喜荣华,独能离之,以此为快,此最近之,可得言耳。然使长才广度,无所不淹,而能不营,乃可贵耳。若吾多病困,欲离事自全,以保余年,此真所乏耳,岂可见黄门而称贞哉!若趣欲共登王途,期于相致,时为欢益,一旦迫之,必发其狂疾,自非重怨,不至于此也。

野人有快炙背而美芹子者,欲献之至尊,虽有区区之意,亦已疏矣,愿足下勿似之。其意如此,既以解足下,并以为别。嵇康白。

《昭明文选》卷第四十三"书下"载《与山巨源绝交书》。

"苟富贵,无相忘"(《史记·陈涉世家》),故山涛荐嵇康。

嵇叔夜好锻。凡有思想、有感觉的人,其嗜好、其习惯皆是有意的、自觉的、象征的。世上许多事无法改善,硬得和铁一样,怎样能拿来放到火里烧一烧,用钳锤在砧子上凿一凿,炼得它软得如同面条子一样,要它怎样便怎样,岂不痛快!

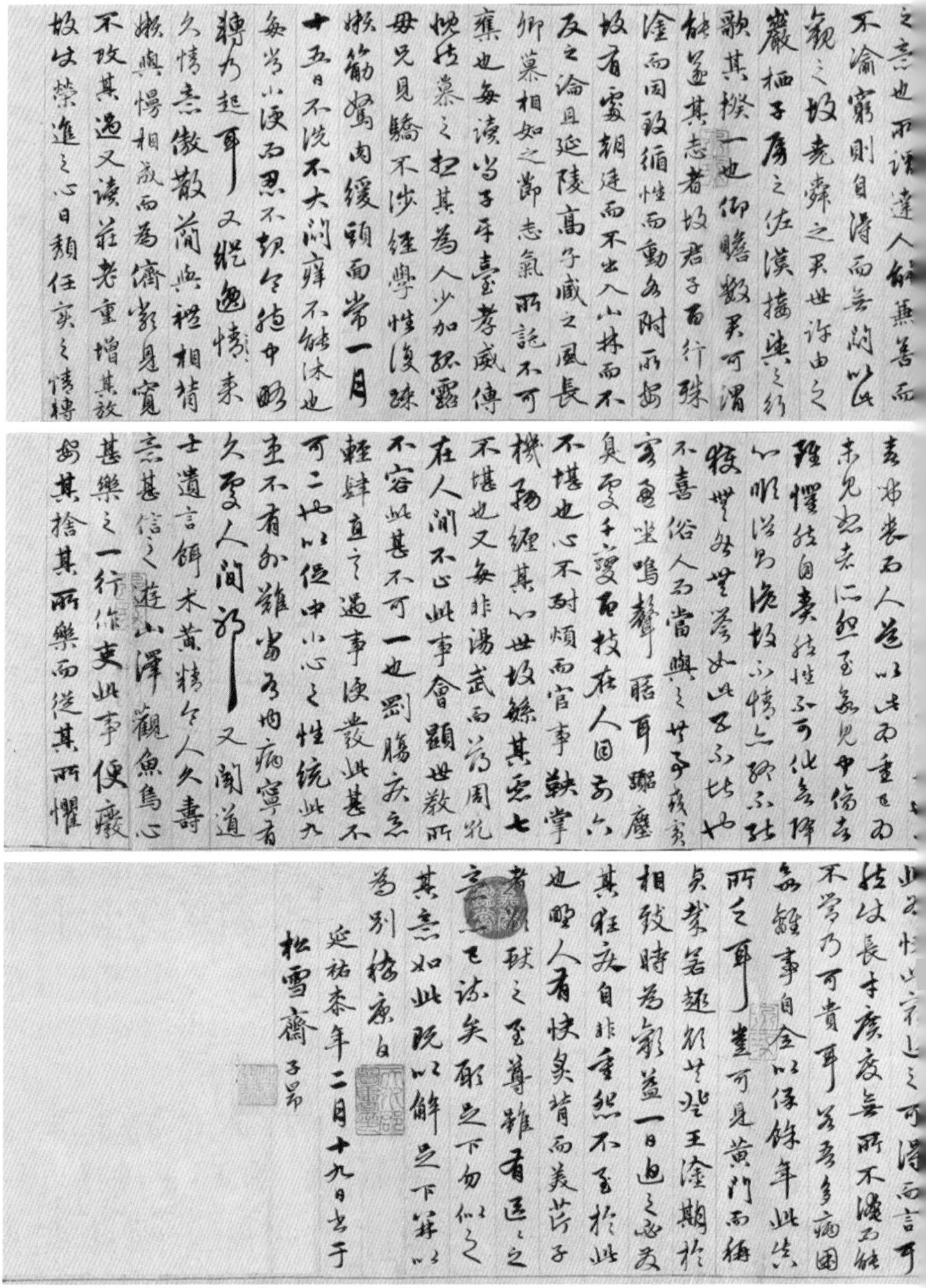

>> >《昭明文选》卷第四十三“书下”载《与山巨源绝交书》。图为元代赵孟頫所书《与山巨源绝交书》。

稽州夜叙山巨源绝交书

康白：足下昔称吾于颍川，吾尝
谓之知言。然经怪此意尚未熟
悉于足下，何从便得之也。
前年从河东还，显宗、阿都
说足下议以吾自代，事虽不
行，知足下故不知之。足下傍通，
多可而少怪，吾直性狭中，多所不堪，偶
与之相知耳。间闻足下
迁，惕然不喜，恐足下羞庖人之独
割引尸祝以自助，手荐鸾
刀，漫之膻腥，故具为足下陈
其可否。吾昔读书，得并介之
人，或谓无之，今乃信其真
有。性有所不堪，真不可强，
今空语同知有达人无所不堪，
外不殊俗，而内不失正，与一世同
其波流，而悔不生，正可老子、
庄周之师也，亲居贱职，柳
下惠、东方朔达人也，安乎卑
位，吾岂敢短之哉。又仲尼兼爱，
不羞执鞭，子文无欲卿相，而三
登令尹，是乃君子思济物之意也，
所谓达能兼善而不渝，穷则自得而无闷，
以此观之，故尧、舜之君世，许由
之岩栖，子房之佐汉，接舆之行歌，
其揆一也，仰瞻数君，可谓能遂
其志者也，故君子百行，殊途而同致，
循性而动，各附所安，故有处朝廷
而不出，入山林而不反之论，且延陵
高子臧之风，长卿慕相如之节，志
气所托，不可夺也，吾每读尚子平、
台孝威传，慨然慕之，想其为人，
加少孤露，母兄见骄，不涉经学，
性复疏懒，筋驽肉缓，头面常一月十五
日不洗，不大闷痒不能沐也，每常小便
而忍不起，令胞中略转乃起耳，

故又纵逸来久，情意傲散，
简与礼相背，懒与慢相成，
而为侪类见宽，不攻其过，
又读庄、老，重增其放，故使荣进之心日颓，
任实之情转笃，此犹禽鹿，少见驯育，
则服从教制，长而见羁，则狂顾顿缨，
赴蹈汤火，虽饰以金镳，
飨以嘉肴，逾思长林而志在
丰草也，阮嗣宗口不论人过，
吾每师之，而未能及，至性过人，
与物无伤，唯饮酒过差耳，
至为礼法之士所绳，疾之如仇，
幸赖大将军保持之耳，吾不
如嗣宗之贤，而有慢弛之阙，
又不识人情，暗于机宜，无万
石之慎，而有好尽之累，久与事
接，疵衅日兴，虽欲无患，其可得乎，
又人伦有礼，朝廷有法，自惟至
熟，有必不堪者七，甚不可者
二，卧喜晚起，而当关呼之不置，
一不堪也，抱琴行吟，弋钓
草野，而吏卒守之，不得妄动，二
不堪也，危坐一时，痹不得摇，
性复多虱，把搔无已，而当裹以章服，
揖拜上官，三不堪也，

我夫人之相知，贵识其天性因
而济之，禹不偪伯成子高，全其
节也，仲尼不假盖于子夏，护其
短也，近诸葛孔明不逼元直以入蜀，华子鱼不强幼安
以卿相也，此可谓能相终始，真相
知也，足下见直木不可以为轮，曲木不
可以为桷，盖不欲以枉其天才，令
万物各得其所也，故四民有业，各
以得志为乐，唯达者为能通之，此足下度
内耳，不可自见好章甫强越人
以文冕也，己嗜臭腐，养鸳雏
以死鼠也，吾顷学养生之术，
方外荣华，去滋味，游心于寂寞，
以无为为贵，纵无九患，尚不顾
足下所好者，又有心闷疾，顷转
增笃，私意自试，不能堪其所
不乐，自卜已审，若道尽涂穷
则已耳，足下无事冤之，令
转于沟壑也，吾新失母兄
之欢，意常凄切，女年十三
男年八岁，未及成人，况复
多病，顾此悢悢，如何可言，

169

黄山谷曰："士大夫处世，可以百为，唯不可俗，俗便不可医也。"（《书缯卷后》）子弟们处世，可以百为，唯不可真，一真便行不通。

鲁迅《野草·立论》讲一个故事：小儿弥月，汤饼会[①]客（饼、面、饵，有甜味的）。客见小儿，或曰将来做官，或曰将来发财。一客谓将来要死的，主人怒捆之。前二人皆假话，后者乃实话却被打。鲁迅接着说：我不想说谎恭维人，也不想说真话挨打。文中老师回答："那么，你得说：'啊呀！这孩子呵！您瞧！多么……阿唷！哈哈！Hehe！he，hehehehe！'。"

周作人说，这年头里尽说我爱你不成，最好说天气，还不与人相干。然而天气好坏在个人也有不同处，所以只好"今天天气哈哈哈"。[②]

俗云，打人别打脸，揭人别揭短。此是与世无患、与人无争。又云，西瓜皮打秃子，王八盖刻格子。此则情理难容。

鲁迅先生有与嵇叔夜相似处，他们专拿西瓜皮打秃子的脸，所以到处是仇敌。（鲁迅《魏晋风度及文章与药及酒之关系》，收于《而已集》，北新有活页。）老杜写李白：

不见李生久，佯狂真可哀。

世人皆欲杀，吾意独怜才。

（《不见》）

---

① 汤饼会：旧俗小儿出生三日或满月，设筵招待亲友，中有一道汤饼，故谓之"汤饼筵"，或谓之"汤饼会"。后则演变为寿辰之用，成为对长寿的预祝。所谓汤饼，即汤面。

② 周作人《看云集·哑巴礼赞》："语云：'病从口入，祸从口出。'说话不但于人无益，反而有害，即此可见。一说话，话中即含有臧否，即是危险，这个年头儿。人不能老说'我爱你'等甜美的话，——况且仔细检查，我爱你即含有我不爱他或不许他爱你等意思，也可以成为祸根。哲人见客寒暄，但云'今天天气……哈哈哈！'不再加说明，良有以也，盖天气虽无知，唯说其好坏终不甚妥，故以一笑了。"

其实李白尚不至如此，嵇叔夜才真是如此，就因为他爱说真话，好揭人的短处，戳破人的纸老虎。（其实一年三百六十日，百年三万六千场，人都是护着短处生活，人就是在虚伪中鬼混。个人是在护短中生活，社会是在虚伪中过活。）世上一般人都是讳疾忌医。你揭人的短，戳破人的虚伪，虽是求真，却行不通。这样人有四字送他："愤世疾邪"。这样人看着人都不顺眼，别人看了他也不会顺眼，"你眼中的人，就是人人眼中的你自己"。

然愤世疾邪的人是世上不可少的。这与无聊的名士、狂人截然不同。后者骂世是自我出发，自命不凡，嫌人不称他是天才。这种名士、文人，要说杀就该杀，他们一不如意便使酒骂座。无以名之，只好名曰疯狗，既是疯狗，还是打杀为妙。然要像嵇康、鲁迅他们，说真话，是社会的良医，世人欲杀，哀哉！

为文不可不会利用骈句，此乃中国文字特长，而不可用死。

骈句，parallel sentence，不一定是四六对句。如汪中（容甫）[1]自述："俯仰异趣，哀乐由人。"（《经旧苑吊马守真》）汪中为人做秘书，故云。此乃四六骈句，较为自由。骈句意思"对"，句法不甚"对"。又如《礼记·礼运》：

> 货，恶其弃于地也，不必藏于己；力，恶其不出于身也，不必为己。

这是骈句，不是对句。

凡骈句多为警句（佳句），可为格言、座右铭；对句则分量上差。曹丕《典论·论文》：

> 贫贱则慑于饥寒，富贵则流于逸乐。遂营目前之务，而遗千载

---

① 汪中（1744—1794）：清代骈文中兴代表人物，《哀盐船文》为其骈文绝作。

之功。

此亦骈句，且字数较整齐。（上古则纯朴，from hand to mouth，糊口度日，目前之务。）欧阳修《五代史·伶官传序》："夫祸患常积于忽微，而智勇多困于所溺。"

人有所嗜，必为之累；佛无所溺，故曰大雄、大勇、大智。欧氏此二句是骈句，近于格言，而非警句。欧氏又有："仕宦而至将相，富贵而归故乡。"（《相州昼锦堂记》）

此亦骈句，亦近于格言，而亦非警句。读书要看警句，必有与一己之心相合者。

格言是教训，没有感情。如朱用纯[①]《朱子家训》："黎明即起，洒扫庭除。"（第一章）警句有哲理，凡哲理多带有感情。格言没有感情，是干枯，不是严肃。《礼记》"货，恶其弃于地也，不必藏于己；力，恶其不出于身也，不必为己"二句，也许带有教训意味，然而又有些"劝"的意味。教训不必有感情；劝，要有感情色彩，才能感动人心。古圣先贤悲天悯人之心，是多么大的感情。

文中散句过多，易于散漫。后人文章散漫，多因不会用骈句。鲁迅、周作人的白话文都有骈句。白话文不是白话，如同京剧中的"京白"不是"京话"，京话是散行，京白便有骈句、有锤炼了。而鲁迅、周作人并非有意如此，一写便如此，且便该如此。如《论语》，孔子以为话便该如此说，理便该如此讲。凡自以为了不起的人，都是很肤浅的人。用骈句成心也不成，须瓜熟蒂落，水到渠成，是人工而又要自然。如空手入白刃，必须纯熟，稍一生疏，便害事不浅。然亦不可过熟，过熟易成滥调。熟，易致于烂，乃因不用心；若用心，熟不至烂熟。在有心无心之间来了，便因极熟。

骈文又不可用死。

---

① 朱用纯（1627—1698）：明末理学家，著有《四书讲义》《朱子家训》等。

骈散，即骈中带散。文用散句，文气流畅。

上所举《典论·论文》"贫贱则慑于饥寒，富贵则流于逸乐"二句是骈；"遂营目前之务，而遗千载之功"二句是骈散。"遂营目前之务"是因，"而遗千载之功"是果。杜甫诗：

> 朝回日日典春衣，每日江头尽醉归。
> 酒债寻常行处有，人生七十古来稀。
>
> （《曲江二首》其二）

此后二句不但"骈"，简直是"对"，但是上下的，不是平行的；字句是平行，意思是上下，亦骈中带散。义山诗：

> 露如微霰下前池，风过回塘万竹悲。
> 浮世本来多聚散，红蕖何事亦离披。
>
> （《七月二十九日崇让宅宴作》）

"浮世"二句亦骈中带散。义山学老杜而比老杜还美，且美中有力。柳子厚"纷红骇绿"（《袁家渴记》），自己骈。

散——流动，如水；骈——凝炼，如石。只散不好，只骈亦不成，应骈散相间。大自然中无美过水与石者，而中国人最能欣赏水与石之美。

处世不可真，而文人是表现性情的，必须真。"世人皆欲杀"，不必世人杀，亦必自杀。"若使忧能伤人，此子为不得永年矣"（孔融《论盛孝章书》），岂但忧能伤人，凡感情皆能伤人。现在世上真没有真的感情了，诗人以不说强说、不笑强笑为苦，世人以不说强说、不笑强笑为本分，将本性已剥削殆尽。

不但忧愤能伤人，欢乐亦能伤人，除非不是真欢喜。每日欢喜，摇散精神，如日消雪。然此与夫子所谓"乐天知命"①、与颜回"不改其乐"②之"乐"不同。夫子、颜回之乐，如花之开、水之流，不是摇散精神，是生长，即禅家所谓法喜，即西洋宗教所谓ecstasy。一人写一快乐的人，说，我今天真高兴，我的心如氢气球一样——一碰就崩了。这是摇散精神。凡真的感情都是侵蚀人的生命的。忧能伤人，只说到一面。故佛教、道教皆要人压制感情，感情是学道的对头、魔头。而学文必须助长之不可。这两面不是不能调和，而终有点儿抵触。学文要助长感情，才能有创作表现；学道必须打倒之，才能有真我、真乐。文人有真性情、真感情，不必世人欲杀，便足以自杀。西洋说文人是蜡烛，由两头点起来，比别人加一倍亮，而不能延长，以其加一倍消耗。

第一段从"足下昔称吾于颍川"至"故具为足下陈其可否"，是开端，而关系、性情、近日事情都说清楚了。写文当如此。

第二段"得并介之人"，"并"，狂、进取，好帮人忙，好做事；"介"，狷，有所不为，不帮人忙，然亦不妨碍人。"并""介"在一句，自己骈。"或谓无之，今乃信其真有耳"，"无""有"，亦骈。

骈散不在字数、句法，有似骈而非骈、似非骈而实骈者。如：

① 《列子·仲尼》："仲尼闲居，子贡入侍，而有忧色。子贡不敢问，出告颜回。颜回援琴而歌。孔子闻之，果召回入，问：'若奚独乐？'回曰：'夫子奚独忧？'孔子曰：'先言尔志。'曰：'吾昔闻之夫子曰："乐天知命故不忧"，回所以乐也。'孔子愀然有间曰：'有是言哉，汝之意失矣。此吾昔日之言尔，请以今言为正也。汝徒知乐天知命之无忧，未知乐天知命有忧之大也。今告若其实：修一身，任穷达，知去来之非我，亡变乱于心虑，尔之所谓乐天知命之无忧也。曩吾修《诗》《书》，正礼乐，将以治天下，遗来世；非但修一身，治鲁国而已。而鲁之君臣日失其序，仁义益衰，情性益薄。此道不行一国与当年，其如天下与来世矣？吾始知《诗》《书》、礼乐无救于治乱，而未知所以革之之方。此乐天知命者之所忧。虽然，吾得之矣。夫乐而知者，非古人之所谓乐知也。无乐无知，是真乐真知。故无所不乐，无所不知，无所不忧，无所不为。《诗》《书》、礼乐，何弃之有？革何为乎？'颜回北面拜手曰：'回亦得之矣。'"
② 《论语·雍也》："子曰：'贤哉，回也！一箪食，一瓢饮，在陋巷，人不堪其忧，回也不改其乐。贤哉，回也！'"

子曰：“富贵而可求也，虽执鞭之士，吾亦为之；如不可求，从吾所好。”（《论语·述而》）

美而艳。（《左传》）

陶渊明“纡辔诚可学，违己讵非迷。且共欢此饮，吾驾不可回”（《饮酒二十首》其九）、杨恽“人生行乐耳，须富贵何时”（《报孙会宗书》），与孔子“从吾所好”不同。孔子有吃苦忍辱的精神，杨恽只是放纵。儒家“修其天爵而人爵从之”（《孟子·尽心上》），“天爵”，可，是情势；“人爵”，能，是能力。六朝时陶渊明大诗人真是儒家精神，比韩愈、杜甫通。陶渊明够圆通、冲淡了，而所说仍不及孔子缓和。陶究竟是诗人，负气得很（士多有志，斯固然矣）；孔子“从吾所好”，是伟大哲人、诗人态度。

道德是内心的约束，礼法是外身的约束。由身的放纵、礼法的约束，便可看出其精神已散漫懈怠。“坐如钟，立如松”是礼法，如此精神才能集中。而“礼法岂为吾辈设”[①]？六朝人就犯这劲，不可为法。然若替他做心理分析，则亦自有其故。鲁迅先生以为乃由愤激生出之矣，世人讲道德、仁义，都是假面具，所以有志之士（血性人）便故意不守礼法。[②]世事不坏于真小人，而坏于伪君子。《水浒》一百单八人是真强盗，而不是伪君子。鲁智深是大诗人，“人生行乐耳”，“从吾所好”。六朝人对礼法不敬，已成无理由的了。鲁迅论魏晋人，六朝已是末流，故不论。

---

① 《晋书·阮籍传》：“籍嫂尝归宁，籍相见与别。或讥之，籍曰：‘礼岂为我设邪！’”

② 鲁迅《而已集·魏晋风度及文章与药及酒之关系》：“因为魏晋时代所谓崇尚礼教，是用以自利，那崇奉也不过偶然崇奉，如曹操杀孔融，司马懿杀嵇康，都是因为他们和不孝有关，但实在曹操司马懿何尝是著名的孝子，不过将这个名义，加罪于反对自己的人罢了。于是老实人以为如此利用，亵渎了礼教，不平之极，无计可施，激而变成不谈礼教，不信礼教，甚至于反对礼教。”

魏武帝比始皇还狠、还辣。蜀、吴二敌手比六国厉害，若是始皇，或者还教二人给灭了。做皇帝不得不摧残、收拾文人，当时文人受老曹收拾最厉害，故志士必激愤而反抗。到晋初司马氏父子，则成"害人之心不可有，防人之心不可无"。（人不可太忠厚，司马炎忠厚，其子惠帝傻。）

嵇叔夜反对司马氏父子。然何不"外不殊俗，而内不失正"，外圆内方？都知有这样人，嵇叔夜自己也说了，可自己做不到。

"而悔吝不生耳"，"悔吝"，犹言悔恨。《易传·系辞》言"吉凶悔吝生于动"，此乃中国最早人生哲学。"好事不如无"（云门文偃禅师语）[1]，亦是人生哲学。

悔吝，天下无悔吝之人，一种是阿Q式人物，不算。一种是理想人物，所做过事无不对者，圣贤事无不可对人言。常人岂但不敢对人言，简直怕敢想。另一种则是英雄，如曹操一流人物，错就错了，我负责任，决不后悔。我们既不像阿Q那样糊涂，又没有圣贤那样健全人格，又不能像英雄那样坚决，真是平凡的悲哀，具是凡夫。而人味（人情味）最充足的还是那种有平凡的悲哀的"具是凡夫"。圣贤真来了，你和他一起舒服吗？神仙更了不得，英雄也令人害怕，还是"具是凡夫"令人可亲了。

王静安云："人生过处唯存悔，知识增时只益疑。"（《六月二十七日宿硖石》）

以诗论不佳，以内容论可取，上句是，下句可商量。"知识增时只益疑"，还是不是真知识？静安先生治哲学，对人生总之是想过的。"外

---

① "好事不如无"：云门文偃禅师多次使用的禅语。《云门广录》卷中《垂示代语》载："上堂云：'乾坤侧，日月星辰一时黑，作么生道？'代云：'好事不如无。'"又"或云：'古人道：人人尽有光明在，看时不见暗昏昏，作么生是光明？'代云：'厨库三门。'又云：'好事不如无。'"卷下《堪辨》载："师问僧：'还有灯笼么？'僧云：'不可更见也。'师云：'猢狲系露柱。'代云：'深领和尚佛法深心。'代前语云：'好事不如无。'"

不殊俗，而内不失正"，已是难事，"与一世同其波流，而悔吝不生"，更难！

宋真宗时，宰相王旦临殁不著朝服，衣着僧衣，可见其后悔之心，遗命以僧服入殓。[1] 又明末吴伟业[2]临死，作《贺新郎·病中有感》词，言"竟一钱、不值何须说"，可见其后怕。不降清也罢，降就降了，何必后悔？与一世同其波流，而悔吝生了，不成。

曹操是担荷；叔夜所说是达人，如行云流水，是"随喜"；老子、庄周、柳下惠、东方朔只是完成自我。完成自我一类人易成玩世不恭。常人有人格的分裂，自己骂自己，反对自己，常人一做坏事而有内心牵涉。仲尼、子文[3]是牺牲自己济世，释、耶都是。老子、庄周无所作为。济世，有所作为；玩世不能做什么，而完成自我，自己一点不受屈；释迦是自己受苦，真伟大。干事的人非是牺牲自己不可，不像圣贤豪杰。现在人，事做不好，就因其但想升官发财、完成自我。

叔夜两种都不能学，玩世不能圆，济世又不能完全无我，我的意识太强，不能牺牲。（自得，自失，爽然自失。）

庄子以为人得自天，唯足以能全。得于天者不当破坏，故赞美婴儿是天是全。庄子对婴儿是物格，儿科医生对婴儿是格物。物格不见得真懂，只是"于我心有戚戚焉"（《孟子·梁惠王上》）。"戚戚"是心动了，喜欢的人不见得是好。"吾每读尚子平、台孝威传，慨然慕之"，可见心如何戚戚，心动。老子是机心，庄子无机心，六朝乃末流。

"且延陵高子臧之风，长卿慕相如之节，志气所讬，不可夺也"以上，历举前贤事迹而加以说明。

以下第三段，乃自述。

---

① 吴处厚《青箱杂记》卷一："王旦遗命，剃发，以僧服殓，家人不欲，止以缁褐一袭纳诸棺而已。"

② 吴伟业（1609—1671）：明末清初诗人，与钱谦益、龚鼎孳并称"江左三大家"。其诗以七言歌行最能自成一体，世称"梅村体"。

③ 子文：春秋时楚国令尹，曾自毁其家以纾楚国之难。

太行之陽修竹林昔賢非此閒
登臨汪山以枝遠蹟在空有清
風傳至今晉人曠逹尚玄語章
置槽法相妙玉神州陸沉二百
年青時壹但住彛甫
甲辰冬仲長玄成二日
若舟沈宗騫畫

美丽、简明，六朝文兼之。简明乃美丽之本。如嵇叔夜此段中所言："简与礼相背，懒与慢相成。"

二句简明、美丽。至若李谔[①]所言："连篇累牍不出月露之形，积案盈箱唯是风云之状。"（《上隋高祖革文华书》）

廿字一个意思。又有一段文字：

夫人莫大于为善，为善莫大于修庙，而尤莫大于修二郎庙。夫二郎者，乃大郎之弟、三郎之兄，而老郎之子也。庙有树一株，人皆曰树在庙前，余独谓庙在树后。是为记。（《二郎神庙碑记》）[②]

像《二郎神庙碑记》，多数作家都不免堕坑落堑。读鲁迅文章，是使死尸站起来看见自己的腐烂，[③]锤炼，坚实，有弹性。

散文是因果相生，纵的；骈文是并列的，如汉瓦当文"延年益寿"、周铜盘铭"富贵吉祥"。散，因果相生；骈，甲乙并立，不但无因果关系，简直无关。"简与礼相背，懒与慢相成"二句，寓散于骈。"少见驯育，则服从教制；长而见羁，则狂顾顿缨，赴蹈汤火"，数句寓骈于散，是因果相生；"虽饰以金镳，飨以嘉肴，逾思长林而志在丰草也"，亦寓骈于散，因果相生。以上二长句以图示：

① 李谔：隋代学者、文学家，其《上隋高祖革文华书》反对文华辞藻，提倡复古。
② 此文盖为晚清淮阳县令韩好古手笔。
③ 鲁迅《坟·娜拉走后怎样》："为了这希望，要使人练敏了感觉来更深切地感到自己的苦痛，叫起灵魂来目睹他自己的腐烂的尸骸。"

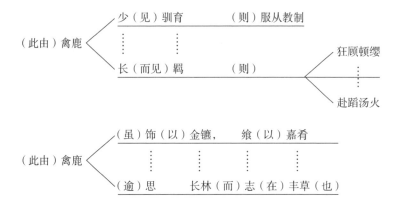

"狂顾顿缨，赴蹈汤火"二句，本可对而不对。凡物反常必贵，而反常又可为妖，差以毫厘，谬以千里。反常而须看不出。

"骈"，唯中国有，刘师培《中古文学史》所谓"华夏所独"[1]。韩愈"文起八代之衰"（苏轼《潮州韩文公庙碑》），改骈为散，而如《原道》："博爱之谓仁，行而宜之之谓义，由是而之焉之谓道。"仍是骈。苦苦思之，骈、散二者应同时并用。柳子厚深于六朝，其《种树郭橐驼传》："虽曰爱之，其实害之；虽曰忧之，其实仇之，故不我若也。"不但骈，不但能把诗的情调融入散文，且能将诗的格律、形式融入散文。韩、柳文实乃寓骈于散，寓散于骈；方散方骈，方骈方散；即骈即散，即散即骈。

六朝的骈文与唐之"四六"不同，"四六"太匠气。而六朝末庾信已匠气，只注意骈，没有散了。其最大的毛病是好用代字，如写桃用"红雨"，写柳用"灞岸"。始作俑者，其无后乎？用代字固不始于庾子山，而庾子山用得最多。庾氏境遇可怜，写《哀江南赋》应能动人，而人读后只觉其美，文字华丽，不觉其感情真挚，外有所余者而内有所不足。美男子，美女子，试问去掉其美，还有什么！应从内生出光彩，不

---

① 刘师培《中古文学史·概论》："此一则明俪文律诗为诸夏所独有，今与外域文学竞长，唯资斯体。"

是从外面涂上。

骈文成为"四六"，实是骈文的堕落。

"不诚无物"（《中庸》廿五章），"不打诳语"，作文以诚。

嵇康《与山巨源绝交书》，事既不足为训，文亦不足为法。仅"此由禽鹿少见驯育，则服从教制；长而见羁，则狂顾顿缨，赴蹈汤火。虽饰以金镳，飨以嘉肴，逾思长林而志在丰草也"一节好。只是"诚"，可取，可爱。

谎与诚非二事，文人最善于说谎。《大学》言"正心，诚意，修身，齐家，治国，平天下"，文人没有下半截功夫，主要是正心、诚意。文人有思想、有感觉、有感情，而无能力、无作为。嵇氏在文中第五段历述"有必不堪者七，甚不可者二"，说不成，真是不成。文人若不能正心、诚意，从根坏起，便不可救药了。文人说谎亦自正心、诚意出发，是虚伪，不是欺骗。

虚伪是文学艺术，欺骗是罪恶。文学艺术从说谎来，而心是"诚"。"大藏"中有《佛说百喻经》，每段故事后皆说明此故事是何用意。（有人标点《百喻经》，改名为《痴花鬘》，删去其说明。[1]）如：

> 昔有一人，有二百五十头牛，常驱逐水草随时喂食。时有一虎，啖食一牛。尔时牛主即作念言："已失一牛，俱不全足，用是牛为？"即便驱至深坑高岸，排著坑底，尽皆杀之。凡夫愚人亦复如是。受持如来具足之戒，若犯一戒，不生惭愧清净忏悔，便作念言："我已破一戒，既不具足，何用持为？"一切都破无一在者。如彼愚人尽杀群牛无一在者。

前为故事，后为说明。文人则不然，只说故事，不做说明。各子书

---

① 《百喻经》单行本有 1914 年金陵刻经处刻本，分上下两卷，系鲁迅断句。1926年王品青校订此书，改名为《痴花鬘》，于上海北新书局铅字印行，鲁迅作题记。

亦好说故事，皆是诚，借说谎达意。且一个人若不诚，说谎也不会。

人最好没有感觉，没有血性，像阿Q似的，否则自取苦恼。人是好管闲事的，即如圣贤之悲天悯人，亦岂非好管闲事？

嵇叔夜"七不堪、二不可"，概言之如下：

七不堪：（一）喜晚起；

（二）行吟弋钓（爱自然）；

（三）不拘形迹；

（四）不喜作书；

（五）不喜吊丧；

（六）不喜俗人；

（七）心不耐烦。

二不可：（一）非汤武而薄周孔；

（二）刚肠疾恶，轻肆直言。

嵇叔夜是任性纵情，不愿受约束限制，不能勉强；而社会是束缚，是勉强。用两大剪子修理庭树之办法，则叔夜不得有；若一切任之亦可，而又知其不可，此叔夜之所以痛苦。耳不闻不厌，目不见不烦，难奈者有耳目在也。害人之心不可有，防人之心不可无；害人之心是机心，防人之心何尝不是机心？人自欺犹可，欺人难容；自杀尚可，杀人难容。（其实自杀也不该。）人有时活着要有点自欺，如此还有活着的勇气。六不堪、七不堪，是真不堪，欲入世首须打破此二关。而高洁如蝉，又有何用？人须入世，而不得不磨练。若有感觉，谅人情则多事矣。

文章可分为两类：一类，为读诵（朗诵）的文章；一类，为玩味（欣赏）的文章。前者念着好，而往往说理不周，是音乐的，可以催眠。中国字方块、独体、单音，很难写成音乐性，而若于此中写出音乐性，便成功了。

三代两汉散文著作是有音乐性的；文章发展到六朝，有音乐性，而是用骈；至韩愈退之始能用散文写出音乐性。韩愈是革新也是复古，日光下无新事。凡革新的事情，其中往往有复古精神。若只提倡革新，其中没有复古精神，是飘摇不定的；若只提倡复古，其中没有革新精神，是失败的。韩退之有革新精神，有复古意义。退之文不见得好，而有独到之处。"文起八代之衰"（苏轼《潮州韩文公庙碑》），此语至少有一部分是对的。

陶渊明文章好，而切忌滑口读过，是玩味的；柳子厚文也是玩味的，不宜朗诵，眼看心惟，不可用口。柳子厚山水游记出自《水经注》，而与《水经注》不同。《水经注》是自然而然，如生于旷野沃土之树木；柳氏游记是不自然的，如生于石罅瘠土中的树木，臃肿蜷曲；柳氏游记是受压迫的，如生于严厉暴虐父母膝下的子女；《水经注》条达畅茂，即如生于慈爱贤明父母之下的子女。生于石罅瘠土中之树木折枝偃抑，是病态的。《水经注》是健康的，柳子厚游记是病态的，何能滑口读过？

文章无论读诵（音乐）的，还是玩味（造形）的，没有一个好的造形是不会有很深意义的，不能动人。六朝文是偏于音乐的，若更能值得人玩味，便是了不起的文章，如《洛阳伽蓝记》《水经注》。

鲁迅先生文章是病态的，胡适说理文章条达畅茂，而抒情写景不成，胡先生过不掩功。《归震川文集》[①]肤浅，而条达畅茂。条达畅茂的文章是富于音乐性的，而易成为滥调。

内容——言中之物，须看，了解（看不能只一遍）。凡说理周密、思想深刻之文章，多不宜朗诵。文气、作风——物外之言，须读，欣赏。欣赏不是了解。如看花，不必知其名目、种类，而不妨碍我们欣赏。而有时欣赏所得之了解，比了解之了解更了解。欣赏非了解，但其为了解或在寻常了解之上。

---

① 《归震川文集》：明代中期唐宋派散文家归有光之文集。

文人所了解的有时为植物学家、科学家所不能了解的。柳子厚山水游记之好，便因其看到了、了解了别人所未见到、未了解的东西。

"气盛则言之短长与声之高下者皆宜"（韩退之《答李翊书》），魏文帝文章宜看，气舒则言之长短与声之高下亦皆宜。苏辙说"气可以养而致"（《上枢密韩太尉书》），而养气要读，而且要整篇整段读，不可一句一句读。"群居终日，言不及义，好行小慧，难矣哉！"（《论语·卫灵公》）说话顶碍学道、学文。"难矣"，难于为仁为道了。

《与山巨源绝交书》第二段中有"外不殊俗，而内不失正"之语，嵇叔夜自己承认办不到。嵇氏说：

> 今但愿守陋巷，教养子孙，时与亲旧叙阔，陈说平生，浊酒一杯，弹琴一曲，志愿毕矣。

说到"教养子孙"，厨川白村曾说，日本是幼儿天堂，而是母亲地狱。①

"浊酒一杯，弹琴一曲"，不是坏人心术，而是堕人志气，可是真舒服。潦倒，不整饬。人之吃苦是为了愉快，宗教上苦行也是为了精神上愉快、灵魂上自由。（但人享受上太舒服，精神上常不自由。）天下没有为吃苦而吃苦的。"一箪食，一瓢饮，在陋巷，人不堪其忧，回也不改其乐"（《论语·雍也》），此语句子很长，而真好：（一）思想丰富，（二）修辞技巧好。

日人小泉八云②《论读书》说：大文章要速读得其气势，小文章要细

---

① 厨川白村《出了象牙之塔·从灵向肉和从肉向灵》："日本是称为'儿童的天国'的——但因此也就是'母亲的地狱'，——从婴儿时代起，父母就过于照料，所以无论到什么时候，孩子总没有独立心，达了丁年以上，还靠着父母养赡，不以为意。"厨川白村（1880—1923），日本大正时期文艺评论家，著有《出了象牙之塔》《苦闷的象征》《文艺思潮论》等。
② 小泉八云（1850—1904）：19世纪学者、作家，英人，后归化日本，更名小泉八云。著有《日本：一个解释的尝试》《文学的解释》等。

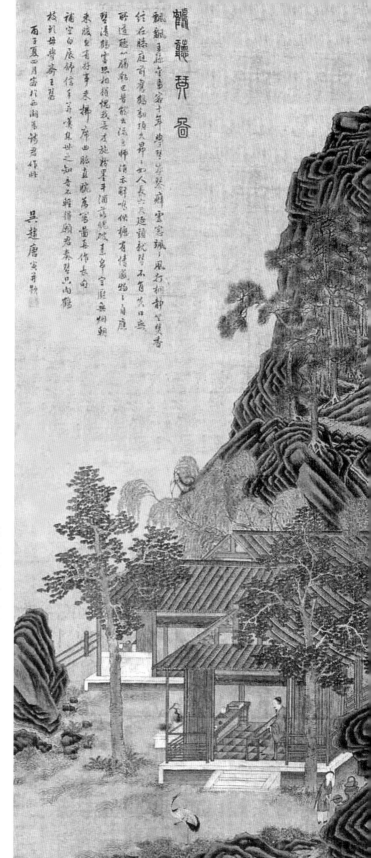

《鶴聽琴圖》

飄飄五株宜書画宿十年學琴茉茉麻雲窝城々風行桐郁々焚香
行在聽庭前覓鶴和頂大昂々如人笑天延頭秋琴不負笑口奏
聯遙聽此鴻郁起耆歆太迷惠師瀋永舒帜帜楷有傳藏物々月庭
碧湍鶴雲照相親悅我之才旋粉墨丰浦殇晥惠皁宣眉朱無烟靭
来䮠々看好事茶拂序曲脉真晚葛写當玉作長向
補空白辰舒信丰茶慎呉世之知香石蚼鲭婀君奏碧只肉鶴
枝乳毋學齋王碧

丙子夏四月宿作西澗蕖諸君作峰

吴越唐寅并勍

>> > "浊酒一杯，弹琴一曲"，不是坏人心术，而是堕人志气，可是真舒服。潦倒，不整饬。人之吃苦是为了愉快，宗教上苦行也是为了精神上愉快、灵魂上自由。（但人享受上太舒服，精神上常不自由。）天下没有为吃苦而吃苦的。图为明代唐寅《鹤听琴图》。

读得其滋味，读完之后要合上书想我们所得到的印象。《与山巨源绝交书》是大文章，以下讲小文章《重答刘秣陵沼书》。

五 刘峻（孝标）《重答刘秣陵沼书》

刘侯既重有斯难，值余有天伦之戚，竟未之致也。寻而此君长逝，化为异物，绪言余论，蕴而莫传。或有自其家得而示余者，余悲其音徽未沫，而其人已亡；青简尚新，而宿草将列，泫然不知涕之无从也。虽陈骊不留，尺波电谢，而秋菊春兰，英华靡绝。故存其梗概，更酬其旨。若使墨翟之言无爽，宣室之谈有征，冀东平之树，望咸阳而西靡；盖山之泉，闻弦歌而赴节。但悬剑空垅，有恨如何！

《昭明文选》卷第四十三"书下"载《重答刘秣陵沼书》。

文章有的痛快淋漓（老杜诗痛而不快），有的蕴藉缠绵，有的晦涩艰深。蕴藉不是半吞半吐，不是含糊，不是想做不做，也不是做而不肯干，而是适可而止。《史记》有思想，《左传》无思想，只可欣赏其纯文艺。《左氏传》《公羊传》《谷梁传》皆蕴藉，《世说新语》蕴藉。后世宋人笔记近之，陆游《入蜀记》、范成大《吴船录》皆好。蕴藉是自然；痛快、晦涩皆是力，一用力放，一用力敛。鲁迅先生文章骂人真是痛快淋漓，周作人先生文章是蕴藉。鲁迅先生文章虽非保养品，而是防腐剂。（三代而后，诸葛亮盖第一蕴藉人物。司马懿曰，诸葛是真名士也。[1]三国司马懿真是诸葛亮知己。）

嵇叔夜是魏晋人，《与山巨源绝交书》是魏晋文，刘孝标此文是六朝文。六朝文华丽，不易蕴藉，而此文收得真蕴藉，一点也不觉得秃，不觉其不足。

沈尹默《题儿岛氏[2]所作〈中国文学史〉》云：

> 莫从高古论风雅，体制何曾有故常。
> 寂寞心情谁会得，齐梁中晚待平章。

人皆以为六朝至齐梁、唐至中晚是衰落，不然。

刘孝标作《重答刘秣陵沼书》时，刘沼已死。活人给死人写信，不是无聊，必是寂寞。人写东西，有人赞成固然好，有人反对也好，最怕无响应。孝标所作，沼虽不赞成，而究竟还有人反对，今沼一死，无人言之。刘孝标《重答刘秣陵沼书》真是寂寞心情。

禅家有"颂语"云：

> 彩云影里神仙现，手把红罗扇遮面。
> 急须著眼看仙人，莫看仙人手中扇。

---

① 晋裴启《语林》载："诸葛武侯与宣王在渭滨，将战，宣王戎服莅事，使人观武侯，乃乘素舆，着葛巾，持白羽扇，指麾三军，众军皆随其进止。宣王闻而叹曰：'可谓名士矣！'"

② 儿岛氏：儿岛献吉郎。儿岛献吉郎（1866—1931），日本汉学家，著有《中国文学史》《中国文学史纲》《中国文学考——韵文考》《中国诸子百家考》等。

（佛鉴勤和尚语）^①

此意即《庄子》所谓"用志不分，乃凝于神"（《达生》）。人类最大的盲目、最大的痛苦莫过于看着这个想着那个。人凡在专一之时，都是一颗寂寞心。青年、中年不甘于寂寞，老年则甘于寂寞，而人在寂寞中未始不有一点小小受用——寂寞中心是静的，可以做事，可以思想。能做轰轰烈烈事业之人，多是冷静的人。

沈兼士先生诗云："轮困胆气唯宜酒，寂寞心情好著书。"

在文人来说，寂寞心是文人的静的功夫。要静，必须清净，由净得到静，而有所受用。有人以为至此而已，余以为由净得到静、有所受用，还当有所作为。余常说"天下药多饭少"，清导有余，滋补不足，故当有所作为。鲁迅先生文章若不如炮亦如锥，而本人满面是寂寞。鲁迅先生寂寞心情寂寞得阴森森的，怕人。天机最敏、生机最旺时读此种作品是否合适？可惜的是鲁迅先生不早十年写《呐喊》《彷徨》，如今"夕阳无限好，只是近黄昏"（李商隐《登乐游原》），如菊花，虽好，终不免凄凉。

《重答刘秣陵沼书》一文，全文仅一百四十八字。

自"刘侯既重有斯难"至"蕴而莫传"为第一部分，写答书之由；

自"或有自其家得而示余者"至"泫然不知涕之无从也"为第二部分，承上义；

自"虽隙驷不留"至"更酬其旨"为第三部分，述答书之旨；

自"若使墨翟之言无爽"至"闻弦歌而赴节"为第四部分，述希望；

<hr/>

① 宋代道行《雪堂行拾遗录》载："圆悟在五祖为座元，有僧请益风穴'语默涉离微，如何通不犯'因缘。偶佛鉴来，悟曰：'勤兄可为颂出，布施他。'鉴即颂曰：'彩云影里神仙现。手把红罗扇遮面。急须著眼看仙人。莫看仙人手中扇。'悟深喜之。"佛鉴勤和尚（1059—1117），名慧勤，北宋临济宗杨岐派代表人物。徽宗赐号"佛鉴"，世称佛鉴慧勤。与佛眼清远、佛果克勤并称"法演下三佛"。

末二句，写幻灭。

写文章先要清顺，文章一坑一块不成，成浆子也不成，清顺又要有顿挫。（胡适之文清顺，流利有余，顿挫不足，有物内之言，也能表现，只是少文章美。）此文"寻而"后有四个短句：

> 此君长逝，化为异物，绪言余论，蕴而莫传。

"绪"，《文选》五臣注曰："遗也。""绪言"与"余论"同义，而必须如此写，此中国方块字声音的必然现象。若只说"绪言"，改为"绪言蕴而莫传"，六字句，便顿挫不足矣。六朝文多四字一读，有顿挫。顿挫好，而有时少年不易做到，少年文字，气象峥嵘。少年老成，老年颠狂，真无道理。

写文章首先要流利，然后始可求顿挫。文章尺幅有千里之势，尤其短篇要如此。《公羊》《谷梁》短，《左氏传》长，而读《公羊》《谷梁》并不觉其短，全在顿挫，个个字锤炼而出。此在曹子桓已最成熟，六朝乃汉末遗风，承其余绪。六朝人坚刚不如曹子桓，而优美容或过之。

刘氏此文多处用典。一般用典是偷懒，而杰出的天才用之不在此列，他用典给我们的是象征，是暗示。用典有两种：其一，for example；其二，for indication。For example 是抄录，例如嵇叔夜《与山巨源绝交书》中举"元直入蜀"一段。For indication 是暗示，我们要知道原来典故，然后在文章中别人一说，我们想起从前印象，如此才成为象征。文中"尺波电谢"之"谢"有拒绝接受之意。而花开花谢，人死，亦谢也。中国一切都是象征。象征，symbol，是符号。外国除形的象征外，还有声的象征。汉字有形、音、义，形、音、义皆有象征，中国戏曲之勾脸是象征，不是野蛮。而此文整个文章是象征，刘氏此文象征寂寞心，不然何必给死人写信？即因活人便无一知己。（司马懿知诸葛最深，知之极故恨之深，因处在敌位。）

"一个死人要不活在活人的心上，是真的死了。"所谓"三不朽"——立德、立功、立言（立德，思想；立功，事业；立言，文章）——是瞎说，必须能活在活人心上才算没死，否则纵使有书在也是死了，如《王文成公全书》虽在，王氏在中国是死了，而在日本却还活着。[1]烈士殉国、人之守节，便因死人活在活人心上。

"音徽未沫，而其人已亡；青简尚新，而宿草将列，泫然不知涕之无从也。"

数句写来，真是动人，真是悲哀。

文中言刘秣陵文章真是："秋菊春兰，英华靡绝。"

此二句出自屈原《九歌·礼魂》："春兰兮秋菊，长无绝兮终古。"《九歌》中祀神，"传芭兮代舞"，女巫传花而舞，春兰、秋菊，是各时有各时美好的东西。现在祀神一点象征也没有，象征唤起人的精神。刘氏此二句虽自《九歌》来，而意义不同，不是说花开不谢，人永不死。人总是要死的，春兰秋菊是生命的延续。生的延续，是自然的。（一人长生，是该死的。）五臣注此二句曰："言文章之美，如兰菊英妙之华，永无绝也。"

文章美真是"春兰秋菊"二句。人死而文章不死，精神不死，给人的影响永存。《九歌》及刘氏此文用春兰秋菊，虽意义不同，但皆是唤起精神，给予暗示。

俗谓六朝文浮华——浮而不沉，华而不实。（沉实要有内容、有思想、有感觉。深刻的思想，锐敏的感觉，有一样即有内容。）近来余觉得此评不对。六朝文章美，有内容，沉痛得很。"秋菊春兰，英华靡绝"二句，沉痛第一。人是死了，虽然书还在，然究竟能看到兰菊之美的有几人？能欣赏兰菊之美的有几人？能有几人真能知道花之美？花开给我们看，真是冤枉！它对得起我们，我们对不起它！"时见此一株花，与梦

---

[1] 王文成公：即王守仁，文成为其谥号。南明亡后，朱之瑜远渡日本，将阳明学传至日本，至今影响犹存。

相似"，此南泉语陆亘言。① 南泉俗家姓王，真是大师。此言美丽、沉痛、深刻。秋菊春兰，人人说好，而人人看此一株也与梦相似。

> 虽隙驷不留，尺波电谢，而秋菊春兰，英华靡绝。故存其梗概，更酬其旨。

"虽""而""故"，用得真好。可惜活人虽是活着的，而死人是死了；活人虽有"存其梗概，更酬其旨"之心（酬，报也，答也），而死人未必有知，故有下面一段：

> 若使墨翟之言无爽，宣室之谈有征，冀东平之树，望咸阳而西靡；盖山之泉，闻弦歌而赴节。

墨家重鬼神。"墨翟之言无爽，宣室之谈有征"，谓魂而有灵，死而有知。"冀东平之树，望咸阳而西靡"，李善注："《圣贤冢墓记》曰：东平思王冢在东平。无盐人传云：思王归国京师，后葬，其冢上松柏西靡。"此处善注有误，"思王归国京师"，当作"王归国思京师"。（参看胡克家《文选考异》）"东平之树，望咸阳而西靡；盖山之泉，闻弦歌而赴节"，亦神而有灵之意。鬼神之事，我们不论有没有，只论信不信。人最大的快乐、安定是信、信仰，最痛苦是希望而不相信。希望是痛苦的，不是快乐的；是动摇的，不是安定的。安定虽非积极快乐，而是消极快乐。鲁迅先生《彷徨·伤逝》写希望而害怕，即因希望而无定。刘氏此文写"若使""墨翟之言""宣室之谈"，"冀""东平之树""盖山之

---

① 南泉（748—834）：号普愿，唐代禅宗高僧，与百丈怀海、西堂智藏并称为马祖门下"三大士"。晚年卓锡池州南泉山，弘化一方，人称南泉普愿或南泉禅师。陆亘（764—834），字景山，吴郡（今江苏苏州）人。南泉晚年传法池州之时与陆亘关系密切。《景德传灯录》卷八："陆亘大夫向师道：'肇法师甚奇怪，道万物同根，是非一体。'师指庭前牡丹花云：'大夫，时人见此一株花如梦相似。'陆罔测。"

>>> "秋菊春兰，英华靡绝。"人总是要死的，春兰秋菊是生命的延续。生的延续，是自然的。人死而文章不死，精神不死，给人的影响永存。图为元代钱选《八花图》（局部）。

泉"，是希望而不相信，是最痛苦的。

　　刘氏此文在表现上真好。表现是自然，作者是无心的自然流露，而读者是有意的领会；表现不是暴露。诗人见到花想到美人，禅师见到花悟到禅机，而花本无意，诗人、禅师见到花，说是便都是，说不是便都不是。陆机《文赋》谓："石韫玉而山辉，水怀珠而川媚。""韫""怀"与表现正是两面，"韫""怀"是作者无心流露，"山辉""川媚"则是读者有意领会，山无意于辉，水无意于媚。无心流露、有心领会是遇合，是机缘，佛与基督尚不能说法使所有人感动，何况凡人？（而其实遇合、机缘，原是极简单的事。）刘氏写此文若真正绝望，一了百了，也就完了。有希望是痛苦，孝标有此等希望而痛苦，是"石韫玉""水怀珠"，其文章的表现力自然如彼之凝重。

骈文到凝重已不易，而做到凝重只做到一半，最难的是要使人感到颤动。此在作者做到是最大成功，在读者领会是最大欢喜。（律诗凝重，老杜律诗《春望》"国破山河在，城春草木深"，凝重而颤动。）

文之结束二句，向死者赠剑。死者无知，则不必赠剑；死者有知，则赠剑死者可知。今明知死者虽无知而还要"悬剑空垅"，真是"有恨如何"，令人颤动！故开头余即说：此文收得真蕴藉，一点也不觉得秃，不觉其不足。

六 李康（萧远）《运命论》

夫治乱运也，穷达命也，贵贱时也。故运之将隆，必生圣明之君。圣明之君，必有忠贤之臣。其所以相遇也，不求而自合；其所以相亲也，不介而自亲。唱之而必和，谋之而必从，道德玄同，曲折合符，得失不能疑其志，谗构不能离其交，然后得成功也。其所以得然者，岂徒人事哉？授之者天也，告之者神也，成之者运也。

夫黄河清而圣人生，里社鸣而圣人出，群龙见而圣人用。故伊尹，有莘氏之媵臣也，而阿衡于商。太公，渭滨之贱老也，而尚父于周。百里奚在虞而虞亡，在秦而秦霸，非不才于虞而才于秦也。张良受黄石之符，诵三略之说，以游于群雄，其言也，如以水投石，莫之受也；及其遭汉祖，其言也，如以石投水，莫之逆也。非张良之拙说于陈项，而巧言于沛公也。然则张良之言一也，不识其所以合离？合离之由，神明之道也。故彼四贤者，名载于篆图，事应乎天人，其可格之贤愚哉？孔子曰："清明在躬，气志如神。嗜欲将至，有开必先。天降时雨，山川出云。"诗云："唯岳降神，生甫及申；唯申及甫，唯周之翰。"运命之谓也。岂唯兴主，乱亡者亦如之焉。幽王之惑褒女也，衅始于夏庭。曹伯阳之获公孙强也，征发于社宫。叔孙豹之暱竖牛也，祸成于庚宗。吉凶成败，各以数至。咸皆不求而自合，不介而自亲矣。

昔者，圣人受命河洛曰：以文命者，七九而衰；以武兴者，六八而谋。及成王定鼎于郏鄏，卜世三十，卜年七百，天所命也。故自幽厉之间，周道大坏，二霸之后，礼乐陵迟。文薄之弊，渐于灵景；辩诈之伪，成于七国。酷烈之极，积于亡秦；文章之贵，弃于汉祖。虽仲尼至圣，颜冉大贤，揖让于规矩之内，闾阎于洙、泗之上，不能遏其端；孟轲、孙卿体二希圣，从容正道，不能维其末，天下卒至于溺而不可援。夫以仲尼之才也，而器不周于鲁卫；以仲尼之辩也，而言不行于定哀；以仲尼之谦也，而见忌于子西；以仲尼之仁也，而取仇于桓魋；以仲尼之智也，而屈厄于陈蔡；以仲尼之行也，而招毁于叔孙。夫道足以济天下，而不得贵于人；言足以经万世，而不见信于时；行足以应神明，而不能弥纶于俗；应聘七十国，而不一获其主；驱骤于蛮夏之域，屈辱于公卿之门，其不遇也如此。及其孙子思，希圣备体，而未之至，封己养高，势动人主。其所游历诸侯，莫不结驷而造门；虽造门犹有不得宾者焉。其徒子夏，升堂而未入于室者也。退老于家，魏文侯师之，西河之人肃然归德，比之于夫子而莫敢间其言。故曰：治乱，运也；穷达，命也；贵贱，时也。而后之君子，区区于一主，叹息于一朝。屈原以之沉湘，贾谊以之发愤，不亦

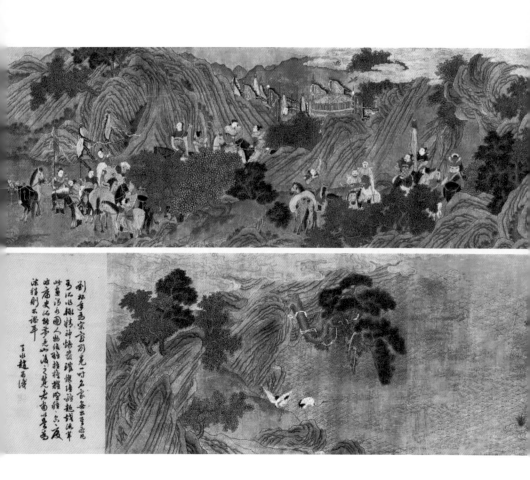

>>> 子夏曰："死生有命，富贵在天。"故道之将行也，命之将贵也，则伊尹、吕尚之兴于商周，百里、子房之用于秦汉，不求而自得，不徼而自遇矣。图为宋代刘松年《渭水飞熊图》。

过乎！

　　然则圣人所以为圣者，盖在乎乐天知命矣。故遇之而不怨，居之而不疑也。其身可抑，而道不可屈；其位可排，而名不可夺。譬如水也，通之斯为川焉，塞之斯为渊焉，升之于云则雨施，沉之于地则土润。体清以洗物，不乱于浊；受浊以济物，不伤于清。是以圣人处穷达如一也。夫忠直之迕于主，独立之负于俗，理势然也。故木秀于林，风必摧之；堆出于岸，流必湍之；行高于人，众必非之。前监不远，覆车继轨。然而志士仁人，犹蹈之而弗悔，操之而弗失，何哉？将以遂志而成名也。求遂其志，而冒风波于险途；求成其名，而历谤议于当时。彼所以处之，盖有算矣。子夏曰："死生有命，富贵在天。"故道之将行也，命之将贵也，则伊尹、吕尚之兴于商周，百里、子房之用于秦汉，不求而自得，不徼而自遇矣。道之将废也，命之将贱也，岂独君子耻之而弗为乎？盖亦知为之而弗得矣。凡希世苟合之士，蘧蒢戚施之人，俛仰尊贵之颜，逶迤势利之间，意无是非，赞之如流；言无可否，应之如响。以窥看为精神，以向背为变通。势之所集，从之如归市；势之所去，弃之如脱遗。其言曰：名与身孰亲也？得与失孰贤也？荣与辱孰珍也？故遂絜其衣服，矜其车徒，冒其货贿，淫其声色，脉脉然自以为得矣。盖见龙逄、比干之亡其身，而不惟飞廉、恶来之灭其族也。盖知伍子胥之属镂于吴，而不戒费无忌之诛夷于楚也。盖讥汲黯之白首于主爵，而不惩张汤牛车之祸也；盖笑萧望之跋踬于前，而不惧石显之绞缢于后也。

故夫达者之算也，亦各有尽矣。曰：凡人之所以奔竞于富贵，何为者哉？若夫立德必须贵乎？则幽、厉之为天子，不如仲尼之为陪臣也。必须势乎？则王莽、董贤之为三公，不如杨雄、仲舒之闚其门也。必须富乎？则齐景之千驷，不如颜回、原宪之约其身也。其为实乎？则执杓而饮河者，不过满腹；弃室而洒雨者，不过濡身；过此以往，弗能受也。其为名乎？则善恶书于史册，毁誉流于千载；赏罚悬于天道，吉凶灼乎鬼神，固可畏也。将以娱耳目、乐心意乎？譬命驾而游五都之市，则天下之货毕陈矣。褰裳而涉汶阳之丘，则天下之稼如云矣。椎纷而守敖庾、海陵之仓，则山坻之积在前矣。扱衽而登钟山、蓝田之上，则夜光玙璠之珍可观矣。夫如是也，为物甚众，为己甚寡，不爱其身，而啬其神。风惊尘起，散而不止。六疾待其前，五刑随其后。利害生其左，攻夺出其右，而自以为见身名之亲疏，分荣辱之客主哉？天地之大德曰生，圣人之大宝曰位，何以守位曰仁，何以正人曰义。故古之王者，盖以一人治天下，不以天下奉一人也。古之仕者，盖以官行其义，不以利冒其官也。古之君子，盖耻得之而弗能治也，不耻能治而弗得也。原乎天人之性，核乎邪正之分，权乎祸福之门，终乎荣辱之算，其昭然矣。故君子舍彼取此。若夫出处不违其时，默语不失其人，天动星迴而辰极犹居其所，玑旋轮转，而衡轴犹执其中，既明且哲，以保其身，贻厥孙谋，以燕翼子者，昔吾先友，尝从事于斯矣。

《昭明文选》卷第五十三"论三"载《运命论》。

人有"命"，人所生的时代、环境、风气即其命运，能摆脱当时风气的，非妖怪即英雄。（文章风气亦然。）

命——由生到死，长；时——偶然，短。

"运命"，"运"，天地运流（自然的）；"命"，人命（人为的）。

对所谓运命的认识有三种：

（一）神的。一切由神主宰。

（二）自然的（玄学的。玄学，非科学，亦非哲学）。"莫之为而为""莫之致而至"（《孟子·万章上》），不相信有神的主宰，也不相信自己的把握，即如《庄子》所云："适来，夫子时也；适去，夫子顺也。"（《养生主》）

（三）科学的（近代的）。

Fate，运命；fatalist，运命论者。西洋之 fatalist 多是悲观的，以为人在天地间是最渺小的，短短的生命，小小的身体，无论你是圣贤、英雄，终归于死，凡事之不可挽回者皆归于命。

中国古代墨家事鬼神，不是为鬼而事鬼，是为人；儒家敬鬼神而远之，也是为人；神道设教，也仍是为人。《论语·颜渊》篇子夏曰："死生有命，富贵在天。"

子夏之原意谓多活不必欢喜，早死也不必悲哀。我们应把死生富贵之心抛开，做点儿别的事情，活一天干一天，把心地打扫干净。"死生有命，富贵在天"八个字，颇似佛之扫除妄念。方生方灭是妄念，妄念把人的精力凌迟了。精神的专一从统一做起，平常人只注意生命、富贵，要扫除妄念，精修胜业。儒家并非真相信运命，没有纯神的运命论，中国传统的运命论是自然的、玄的，我们要用智慧、思想对传统道德进行新评价。

王阳明提出"知行合一"，认为"知"了便能行。其实"信"了也能"行"，不"行"还是不"信"。

苏东坡有一文，说自己纵步力疲，就林止息，虽未至目的地而曰"此间有甚么歇不得处"。[①]如我们夏天走路，忽然遇到有树荫清泉的地方，喝点儿泉水休息休息，岂不舒服？走长途日暮途穷忽遇乡村野店，吃点儿饭，喝三杯酒，一觉好睡，岂不舒服？舒服么？舒服。而到家么？没到。庄子是只此而止，不求到家，而孔子则不然。《论语·宪问》曰：

> 子路宿于石门。晨门曰："奚自？"子路曰："自孔氏。"曰："是知其不可而为之者与？"

"知其不可而为之"——此晨门评夫子者。对晨门之评，胡适曾说："认得这个真孔丘，一部《论语》都可废。"（《尝试集·孔丘》）"知其不可而为之"，不是傻，是伟大。孔子所言"知命"是不妄求、不妄为，而不是不求、不为。

---

① 苏轼《记游松风亭》："余尝寓居惠州嘉祐寺，纵步松风亭下，足力疲乏，思欲就林止息，望亭宇尚在木末，意谓是如何得到？良久忽曰：'此间有甚么歇不得处？'由是如挂钩之鱼，忽得解脱。若人悟此，虽兵阵相接，鼓声如雷霆，进则死敌，退则死法，当甚么时也不妨熟歇。"

丁酉秋七月仿元人意
鄞湖蒋莲写於浴桐小館

>>> 苏东坡有一文，说自己纵步力疲，就林止息，虽未至目的地而曰"此间有甚么歇不得处"。图为清代蒋莲《东坡啖荔图》。

《运命论》之开篇三句曰："夫治乱运也，穷达命也，贵贱时也。"

此是一段之总起，同时并为全篇之大旨。

文章的层次与系统不同，层次只是文字上的功夫，中国文章无层次而有系统，有中心思想。文章的中心思想，作"论"，需点明；作"纪"，可暗示；作"史"只是要真实、生动，不要用自己意见去征服别人，只把事实点出，自然形成别人的意见。《左氏传》并不点明中心思想，尤其末后"君子曰"①。作论则不同，贾谊《过秦论》之结尾说："一夫作难而七庙隳，身死人手，为天下笑，何也？仁义不施而攻守之势异也。"陆士衡的《辨亡论》仿之，大旨亦置于最后，此种写法冒险。《运命论》将一篇大旨置于篇首。

《运命论》首三句总起之后，"故运之将隆"至"必有忠贤之臣"数句为前提；"其所以相遇也"至"谗构不能离其交，然后得成功也"数句为发挥；"其所以得然者"至"成之者运也"数句为结束。（"道德玄同"，"玄同"，默契，不言而喻。"曲折合符"，"曲折"，指心思。"其所以得然者"，"然"，如此。此处"然"，指以上发挥之部分。）

文中用故实，在纯文学中是为求美，在议论文是举例作证。连用典故，行文上要有排比，其顺序或依时代，或依事类。文章当用排比而又不可堆砌，"导之则泉注，顿之则山安"（孙过庭《书谱》），文如水流山立。《过秦论》即如此。排比与堆砌，真如鲁迅所谓：肉麻与有趣，相去一间耳。②散文中之排比，或有因果相生，有因果相生则不显堆砌。如韩愈《原道》开篇即曰：

博爱之谓仁，行而宜之之谓义，由是而之焉之谓道，足乎己无待于外之谓德。

---

① 《左传》行文末尾处常有一段议论文字，以"君子曰"开头。"君子曰"实为《左传》对所载人物史事发表评论的一种独特形式。

② 鲁迅《朝花夕拾》后记："人说，讽刺和冷嘲只隔着一张纸，我以为有趣和肉麻也一样。"

如此排比而绝无堆砌。以修辞论，此胜过《运命论》开头之前三句。

文人是冒险的。凡事皆有分际、限度。文人创作时觉得不这样写不成，此非对读者而言，是自己心里觉得不如此写不行，而写出之后由读者一看，有分际、有限度，如悬崖勒马，要分际恰好，离太远让人觉得没劲，而过了掉下去，摔死了。太史公、老杜有时皆不免"过"，《汉书》是不够，只有《左传》真了不得。

作文如蜂酿蜜，当博采。文章之表现当动人，使人相信。而读文章，若只注意形式、音节之美，则容易受其蛊惑而忽略其内容。当以近代头脑读古人书。古文形式、音节好，而说理未必是。若孙过庭《书谱》中论学书："有学而不能者矣，未有不学而能者也。"形式、音节、说理，须均好。即领袖之用人才亦如是："有求而不得者矣，未有不求而得者也。""求则得之，舍则失之。"（《孟子·尽心上》）领袖不是作威作福的，是为造福人群的。"以一人治天下，不以天下奉一人"，人溺己溺，人饥己饥。不得已而求其次，领袖亦当以事业为前提，不可以个人福利为前提。此非一手一足之力，故必有辅佐。明思宗云："朕非亡国之君，诸臣皆亡国之臣也。"① 就凭这句话，思宗便是亡国之君。弈棋下子，脚步一乱，求生反死。思宗求治太急，用人不专，知人不明，人才求而不得，盖亦由知人不明。

《论语》中孔子曰："学而时习之。"学，由勉强而得自然的过程谓之学。上智，不学而能；下愚，学而不能；我们是学然后勉强而得。只觉勉强，不得自然，是功夫不到；只有自然，没有勉强，不是天才就是不长进；由勉强得自然是大自在。如练拳的式子是不舒服的，功夫练到家

---

① 龚炜《巢林笔谈》卷下载："明怀宗言：'朕非亡国之君，诸臣皆亡国之臣。'甚矣，其自恕也！孟子曰：'不信仁贤，则国空虚。'又曰：'不用贤则亡。'皆专责其君之词也。崇祯朝，未尝无仁贤，而信之不专，用之不久，则债事之小人日益进，而国亡矣。此所谓虽有善者，亦末如何之候，而概责之曰'诸臣皆亡国之臣'哉！且亦思用此亡国之臣者谁乎？奈何其不自反也？故帝之贤，贤在死社稷，而言乎亡国，则不得但诿罪于诸臣。"明怀宗，即亡国之君明思宗朱由检，清廷改其庙号为"怀宗"。

则自在舒服；禅宗戒律束缚人，而大师则行所无事。老杜的律诗亦然。（现在的诗无格律，倒自由，可是也未能好。）自由要不妨害他人自由，自由便是很严的戒律。高深的地方不是玄，若"玄"，不是欺骗便是偷懒；或者以为玄乃高妙，实是不肯追求。即俗之迷信，亦有象征意味：红，象征吉，如花如火，是发皇；白，象征哀，如霜如雪，是冷静。禅家有"透网金鳞"之话头：

> 僧问："透网金鳞以何为食？"师曰："罗笼不肯住，呼唤不回头，并非不落网，而要透出去。"[①]

出家是要半路出家，"并非不落网，而要透出去"。透网之金鳞，是穿透罗网穿梭式一直向前。而平常人活了不肯死，死了不肯活，落入罗网就透不出去。"死"的人却如何得"活"？生，有生命、生活二义，今所谓"死"是生活的死，则虽生命存在亦犹死也。透网金鳞，得大自在，而并非成为余故乡所谓"没事人儿"[②]了。"没事人儿"，就是有生命而没有生活。透网金鳞还要精修猛进，人不可不吃饭，而不可吃饱了便成"没事人儿"。吃饭也许艰难，但绝不是伟大。

文章应有：（一）义理（内容），（二）文字美。

英人谓英国文章至沃尔特·佩特则"盛服大殓，寿终正寝"。此言虽不能说不严肃，但也很刻薄，也很公平，便因生命、生活都没有了。文字弹性的大小便是活动力的大小，六朝文便近于"盛服大殓"。而刘孝标《重答刘秣陵沼书》乃士大夫"盛服"而未"大殓"，生命力毫不减少。曹子桓文亦然。

---

① 《五灯会元》卷十五载奉先深禅师事："师同明和尚到淮河，见人牵网，有鱼从网透出。师曰：'明兄，俊哉！一似个衲僧相似。'明曰：'虽然如此，争如当初不撞入网罗里！'师曰：'明兄，你欠悟在。'明至中夜方省。"宋·道行《雪堂行拾遗录》载："僧曰：'有问透网金鳞以何为食？'答曰：'罗笼不肯住，呼唤不回头。'"

② 没事人儿：方言俗语，"没"读如"mú"。亦可说"没事身儿"，甚之曰"不觉没事身儿"，其深意即没有感觉的人。

文人写作所用语言，所走的有两条路：一是从旧书本子上学得，另一则活的语言。退之虽称"文起八代之衰"（苏轼《潮州韩文公庙碑》），而"非三代两汉之书不敢观"（《答李翊书》），尚非活的语言，与六朝文路子同，唯标准不同耳。余对"史""汉"、《庄子》只是理智上觉得好，理智、感情都觉得好的是曹子桓、鲁迅，清峻峭厉，而鲁迅走的也是古典派。韩退之革新是复古；鲁迅先生是跳过"八家"回到《文选》，是"白话"而不是活的语言；《海上花列传》《九尾龟》[①]是用当时活的语言写的。

---

　　① 《海上花列传》，韩邦庆所著；《九尾龟》，张春帆所著，二者均为清代叙述上海青楼妓院生活的狭邪小说，均为吴方言小说。

第六课

王维诗

王维，字摩诘，有《辋川集》。（释迦法舍下有维摩诘，乃印度得道居士，曾闻如来说法，说有《维摩诘经》，又名《净名经》，甚好。）

一　摩诘诗之表现

王维有诗云："一生几许伤心事，不向空门何处销。"（《叹白发》）

唐人尚有诗句"投老欲依僧"。（宋人举此句，或对以"急则抱佛脚"。人以为不"对"，曰："去头去脚则对矣。"①）别人弄禅、佛，多落于"知解"；王维弄禅，是对佛境界之"感悟"。别人的诗是讲道理，其表现于诗是说明，尤其是苏东坡。如苏之"溪声便是广长舌，山色岂非清净身"（《赠东林总长老》），讲死了，因为确有此"舌"、此"身"可用"溪声""山色"说明者，绝非佛之广长舌、清净身。佛之广长舌、清净身虽不可说，然可领会。世上许多事情不许说，许懂。（某僧见一大师来，不下禅床，一抖袈裟曰："会否？"曰："不会。"曰："自小出家身已懒，见人无力下禅床。"②）

① 刘攽《中山诗话》："王丞相嗜谐谑。一日，论沙门道因曰：'投老欲依僧。'客遽对曰：'急则抱佛脚。'王曰：'"投老欲依僧"，是古诗一句。'客亦曰：'"急则抱佛脚"，是俗谚全语。上去"投"下去"脚"，岂不的对也？'王大笑。"

② 《五灯会元》卷四载赵州从谂禅师事："真定帅王公携诸子入院，师坐而问曰：'大王会么？'王曰：'不会。'师曰：'自小持斋身已老，见人无力下禅床。'王尤加礼重。翌日令客将传语，师下禅床受之。侍者曰：'和尚见大王来，不下禅床。今日军将来，为甚么却下禅床？'师曰：'非汝所知。第一等人来，禅床上接。中等人来，下禅床接。末等人来，三门外接。'"

>> > 王维有诗云："一生几许伤心事，不向空门何处销。"别人弄禅、佛，多落于"知解"；王维弄禅，是对佛境界之"感悟"。图为元代赵雍（款）《七贤过关图》。

清代姚鼐《今体诗钞》曰：右丞能备三十二相。[1]三十二相即一相，即无相。

在表现一点上，李、杜不及王之高超。杜太沉着，非高超；李太飘逸，亦非高超，过犹不及。杜是排山倒海，李是驾凤乘鸾，是广大神通，佛目此为邪魔外道，虽不是世法，而是外道。佛在中间。自佛视之，圣即凡，凡即圣，其分别唯在迷、悟耳，悟了即圣，迷了即凡。此二相即是一相，即是无相。

太白是龙，如其"问余何事栖碧山，笑而不答心自闲。桃花流水窅然去，别有天地非人间"（《山中问答》），"李白乘舟将欲行，忽闻岸上踏歌声。桃花潭水深千尺，不及汪伦送我情"（《赠汪伦》）等绝句，虽日常生活，太白写来皆有仙气。杜甫诗如"两个黄鹂鸣翠柳，一行白鹭上青天"（《绝句》），笨，笨得好，笨得出奇，笨得出奇的好。老杜真要强，酸甜苦辣，亲口尝遍；困苦艰难，一力承当。"两个黄鹂鸣翠柳"是洁，"一行白鹭上青天"是力（真上去了）；"窗含西岭千秋雪"是洁，"门泊东吴万里船"是力，而后面两句之"洁"、之"力"与前面两句有深浅层次之分。王右丞则是"蚊子上铁牛，全无下嘴处"（药山惟俨禅师语）[2]。

王摩诘诗法在表现一点上，实在高于李、杜。说明、描写皆不及表现，诗法之表现是人格之表现，人格之活跃，要在字句中表现出作者人格。如王无功"树树皆秋色，山山唯落晖。牧童驱犊返，猎马带禽归"（《野望》）数语，不要以为所表现是心外之物，是心内。"树树皆秋色，山山唯落晖"表现王无功之孤单、寂寞，故曰"相顾无相识，长歌

---

① 姚鼐《今体诗钞序目》："右丞七律，能备三十二相而意兴超远，有虽对荣观，燕处超然之意，宜独冠盛唐诸公。"

② 药山惟俨禅师（751—834）：唐代禅宗南宗青原系高僧，曹洞宗始祖之一。因卓锡澧州药山，人称药山惟俨。《五灯会元》卷五载："师禀命恭礼马祖，仍伸前问。祖曰：'我有时教伊扬眉瞬目，有时不教伊扬眉瞬目，有时扬眉瞬目者是，有时扬眉瞬目者不是。子么生？'师于言下契悟，便礼拜。祖曰：'你见甚么道理便礼拜？'师曰：'某甲在石头处，如蚊子上铁牛。'祖曰：'汝既如是，善自护持。'侍奉三年。"

怀采薇"，令人起共鸣。于此，可悟"心外无物，物外无心"。即白居易
"转轴拨弦三两声，未成曲调先有情"，"东船西舫悄无言，唯见江心秋
月白"（《琵琶行》），亦是即心即物，即物即心，是一。

王摩诘《出塞作》：

> 居延城外猎天骄，白草连天野火烧。
> 暮云空碛时驱马，秋日平原好射雕。
> 护羌校尉朝乘障，破虏将军夜渡辽。
> 玉靶角弓珠勒马，汉家将赐霍嫖姚。

"出塞行"，乃唐人特色。王右丞出塞诗，特色中又有特色。

"无人相，无我相，无众生相，无寿者相。"（《金刚经》）

佛是出世法，无彼此是非，说伤心皆不伤心，说欢喜皆不欢喜。王
诗亦然，故曰"三十二相即一相，即无相"。老杜诗"黄昏胡骑尘满城，
欲往城南望城北"（《哀江头》），"铁马长鸣不知数，胡人高鼻动成群"
（《黄河二首》其一），是笑话而严肃，是"抵触"。王摩诘是调和，无
憎恨，亦无赞美。

唐人诗不但题前有文章，题后有文章，正面文章尤能在咽喉上下
刀。读诗应注意正面之描写表现。王维《出塞作》之诗句非不知其为敌
人，忘其为敌人。王维即在生死关头仍有诗的欣赏：

> 万户伤心生野烟，百僚何日更朝天。
> 秋槐叶落空宫里，凝碧池头奏管弦。

诗有长题曰："菩提寺禁，裴迪来相看，说逆贼等凝碧池上作音乐，
供奉人等举声便一时泪下，私成口号诵示裴迪。"在此情此景中，应见

>> > 白居易"转轴拨弦三两声,未成曲调先有情","东船西舫悄无言,唯见江心秋月白"(《琵琶行》),亦是即心即物,即物即心,是一。图为明代文徵明描绘《琵琶行》诗意的《浔阳送别图》。

其悲哀、伤感，而王维写来仍不失诗的欣赏。如法国蒙德[①]《纺轮的故事》，写一王后临死时在刀光中看见自己的美，亦是生死关头有诗的欣赏。

再看放翁绝句二首：

志士山栖恨不深，人知已是负初心。

_____

① 蒙德（1841—1909）：今译为孟代，《纺轮的故事》为其所著童话集。

不须先说严光辈，直自巢由错到今。

（《杂感》其一）

故旧书来访死生，时闻剥啄叩柴荆。

自嗟不及东家老，至死无人识姓名。

（《杂感》其九）

人在真生气、真悲哀时不愿人劝慰。Let it alone！青年人应当负气，放翁至老负气，又有是非——此乃诗中是非——有作者偏见，未必即真是非，然绝非"戏论"，有一部分真理。有许多好笑的事情无足道、无足取而可爱。问别人家事皆知，问自己屋里事，十个有五双不知。谁个背后无人说，谁个人前不说人？文人诗人爱表现自己，而不愿人批评，是矛盾。是与非不并立，人与我是冲突。

上述放翁二绝句中，此种等死心情颇似西洋犬儒学派。放翁年老后，在需要休息时，内心得不到休息，有爱，有愤怒。鲁迅先生说：憎与爱是人之两面，不能憎也就不能爱。[①]憎与爱不但是孪生，简直是一个。放翁诗看来是憎，而同时表现放翁心中是有爱的，是热烈的。如其《书愤》：

早岁那知世事艰，中原北望气如山。

楼船夜雪瓜洲渡，铁马秋风大散关。

塞上长城空自许，镜中衰鬓已先斑。

出师一表真名世，千载谁堪伯仲间。

其他诗人多不注意事功，放翁颇注意事功，至其老年仍有诗云"当

---

① 鲁迅《且介亭杂文二集·七论"文人相轻"——两伤》："能杀才能生，能憎才能爱，能生与爱，才能文。"

时哪信老耕桑"（《雪夜感旧》），可见其早年颇有志！诗没有什么了不得，而其态度、心情很难在其他人诗中发现。其"偏见"虽有时可笑，而可爱。文学批评不是说文学中的真理、真是非，只是文人在此发表"偏见"。

放翁诗与王右丞大不同，如右丞《送别》：

> 山中相送罢，日暮掩柴扉。
> 春草明年绿，王孙归不归。

右丞诗之后二句出自楚辞"王孙游兮不归，春草生兮萋萋"（《招隐士》），楚辞中春草是今年生，王孙至少是去年已出门，至少已是一年。楚辞二句是事后写——草生以后所写；王氏二句乃事前写——草未生之前所写。王诗味长如饮中国清茶，清淡而悠美，唯不解气；放翁诗带刺激性，如咖啡。王维写的无人我是非、喜怒哀乐。

人说右丞诗三十二相，即一相。对，是佛相，是无相。佛说：

> 若以色见我，以声音求我，是人行邪道，不能见如来。（《金刚经》）

"色"是色相外表，佛是广长舌，发海潮音，如何非色、非相？然不可以此求之。读右丞诗应做如是观。右丞高处到佛，而坏在无黑白、无痛痒。送别是悲哀的，而右丞"送别"仍不失其度。放翁诗虽偏见，究是识黑白、识痛痒，一鞭一条痕。放翁诗魔力大，痛快亦其一因。右丞诗如《竹里馆》：

> 独坐幽篁里，弹琴复长啸。
> 深林人不知，明月来相照。

真是无黑白、无痛痒，自觉不错，算什么诗？无黑白、无痛痒，结果必至不知惭愧。佛说：

惭耻之服，于诸庄严最为第一。(《遗教经》)

（心）制之一处，无事不办。(《遗教经》)

右丞学佛只注意寂灭、涅槃、法喜、禅悦，而不知"惭耻之服，于诸庄严最为第一"。

右丞七古《桃源行》：

渔舟逐水爱山春，两岸桃花夹古津。

坐看红树不知远，行尽青溪忽值人。

山口潜行始隈隩，山开旷望旋平陆。

遥看一处攒云树，近入千家散花竹。

樵客初传汉姓名，居人未改秦衣服。

居人共住武陵源，还从物外起田园。

月明松下房栊静，日出云中鸡犬喧。

惊闻俗客争来集，竞引还家问都邑。

平明闾巷扫花开，薄暮渔樵乘水入。

初因避地去人间，及至成仙遂不还。

峡里谁知有人事，世中遥望空云山。

不疑灵境难闻见，尘心未尽思乡县。

出洞无论隔山水，辞家终拟长游衍。

自谓经过旧不迷，安知峰壑今来变。

当时只记入山深，青溪几曲到云林。

春来遍是桃花水，不辨仙源何处寻。

中国诗人唯陶渊明既高且好，即其散文《桃花源记》一篇，亦真高、真好。右丞写之于诗，为冷饭化粥，不易见好。如右丞之结句——"春来遍是桃花水，不辨仙源何处寻"，搔首弄姿，常人以此为有诗味，非也。此无黑白、无痛痒。老杜、放翁对桃源不游，必有悲哀；而右丞写来不知悲喜。不著色相与不动声色不同，不动声色是"雄"（英雄、奸雄），不著色相是"佛"。而世人说话有时预备好了，一滑即出，右丞此诗即未免滑口而出。

唐代王、孟、韦、柳①皆学陶，写大自然，虽有深浅之分，大致不差，其高处后人真不可及。如右丞《奉寄韦太守陟》：

> 荒城自萧索，万里山河空。
>
> 天高秋日迥，嘹唳闻归鸿。
>
> 寒塘映衰草，高馆落疏桐。
>
> 临此岁方晏，顾景咏悲翁。
>
> 故人不可见，寂寞平陵东。

右丞诗以五古最能表现其高，非右丞善于五言古，盖五言古宜于此境界。七言宜于老杜、放翁一派。王维此诗高，而亦无人我欢悲，乃最高最空境界。

以上所举放翁、右丞二人之诗，可代表中国诗之两面。若论品高、韵长，不著色相，当是右丞诗；放翁诗是真，而韵不长。如花红是红，而止于此红；白是白，而止于此白，既有限，韵便非长。右丞诗，红，不仅只是红；白，不仅只是白，在红、白之外另有东西，韵长，其诗格、诗境（境界）高。而高与好恐怕并非是一个东西，这是另一问题。古书中所谓"高人"，未必是好人，也未必于人有益。高是可以的，高尽管

---

① 王、孟、韦、柳：盛唐王维、孟浩然与中唐韦应物、柳宗元之合称。

高，而不可以即认此为好，不可止于高，中国诗最高境界莫过这一种。放翁写巢、由应是"高"，而其诗不高。放翁所表现不是高，不是韵长，而是情真、意足（"意足"二字见静安《人间词话》）[1]，一掴一掌血，一鞭一条痕。（今山东、河南方言，掴读乖。）

放翁诗无拼凑，真是咬着牙说。此派可以老杜为代表。杜诗其实并不"高"。杜甫，人推之为"诗圣"，而老杜诗实非传统境界，老杜乃诗之革命者。诗之传统者实在右丞一派，"春草明年绿，王孙归不归"，皆此派。中国若无此派诗人，中国诗之玄妙之处则表现不出，简单而神秘之处则表现不出；若无此种诗，不能发表中国民族性之长处。此是中国诗特点，而不是中国诗好点。"名士十年无赖贼"（清舒铁云《金谷园》），人谓中国人乃橡皮国民，即此派之下者，如阿Q即然。

放翁一派诗好在情真、意足，坏在毛躁、叫嚣。右丞写诗是法喜、禅悦，故品高韵长。右丞一派顶高境界与佛之寂灭、涅槃息息相通，亦即法喜、禅悦，非世俗之喜悦。（善言名理。）写快乐是法喜，写悲哀亦是法喜。如送别是寂寞、悲惨，而右丞写来亦超于寂寞、悲惨之上，使人可以忍受。人谓看山谷字如食蝤蛑，使人发"风"（不是"疯"）；[2]放翁诗读久，亦可使人发风。（人不能只有躯干四肢，要有神气——"风"。没有神气，便没有灵魂。灵是看不见的，神是表现于外的。）读右丞诗则无此病。

右丞不但写大自然是法喜、禅悦，写出塞诗亦然。如其《陇西行》：

十里一走马，五里一扬鞭。

都护军书至，匈奴围酒泉。

---

[1] 王国维《人间词话》："词最忌用替代字。美成《解语花》之'桂华流瓦'，境界极妙，惜以'桂华'二字代'月'耳。……盖语妙则不必代，意足则不暇代。"

[2] 胡仔《苕溪渔隐丛话》前集卷四十九："元祐文章世称苏黄，然二公当时争名，互相讥诮。东坡尝云：'黄鲁直诗文如蝤蛑、江珧柱，格韵高绝，盘飧尽废。然不可多食，多食则发风动气。'"

关山正飞雪，烽火断无烟。

右丞虽写起火事，然心中绝不起火（若叫老杜、放翁写，必定要发风），此点颇似法国写实派作家。此种小说当读一读。然其中莫泊桑还不成，莫泊桑、福楼拜有点飘，不如读都德①的小说，如其所作《水灾》（见《译文》杂志）。右丞诗与西洋小说写实派相近者在不动感情，不动声色。此声、色须是活着的，有生命的。其"明月松间照"岂非色？其"清泉石上流"岂非声？而右丞是不动声色，是《诗》所谓"不大声以色"（《大雅·皇矣》）。

有——非有无——无，三个阶段。右丞诗不是"无"，而是"非有无"。老杜写诗绝不如此，乃立体描写，字中出棱，"字向纸上皆轩昂"（韩愈《卢郎中云夫寄示送盘谷子诗两章歌以和之》），此须是感觉。若问王右丞之"居延城外猎天骄，白草连天野火烧"一首是否"字向纸上皆轩昂"？曰：否，仍是不动声色，不大声以色。老杜与此不同，如其《古柏行》："大厦如倾要梁栋，万牛回首丘山重。"

余赞成诗要能表现感情、思想，而又须表现得好。言中之物，物外之言，要调和，都要好。右丞诗是物外之言够了，而言中之物令人不满。姑不论其思想，即其感情亦难找到。如"秋槐叶落空宫里，凝碧池头奏管弦"，亦不过是伤感而非悲哀，肤浅而不深刻。伤感是暂时的刺激，悲哀是长期的积蓄，故一轻一重。诗里表现悲哀，是伟大的；诗里表现伤感，是肤浅的。屈原、老杜诗中所表现的悲哀，右丞是没有的。

法国写实派作家与右丞又有不同，同是不动感情，而其所以不动者不同。日本芥川龙之介②小说写母爱之伟大，其不动声色是强制感情；

---

① 都德（1840—1897）：法国19世纪现实主义小说家，著有《小东西》《达拉斯贡城的达达兰》《柏林之围》《最后一课》等。

② 芥川龙之介（1892—1927）：日本近代作家，著有《罗生门》《竹林中》《鼻子》等。

一声孤雁
千秋月大
雪三更细
林作
秋云山亿

闻山雪夜斋
丙中二月春日

>>> 王维不
但写大自然是法
喜、禅悦，写出
塞诗亦然。如其
《陇西行》中：
"十里一走马，
五里一扬鞭。都
护军书至，匈奴
围酒泉。关山正
飞雪，烽火断无
烟。"图为清代
余集《关山雪
夜图》。

都德写《水灾》亦是强制感情。右丞诗不是制，而是化。制，还是有；化，便是无了。制，是不发；化，便欲发也无了。西洋写实派之制是"入"，右丞之化是"出"。都德冷静而描写深刻，然究竟是"入"，是外国；与右丞之冷静而是"出"不同。王无功之《野望》一首五律，亦是"字向纸上皆轩昂"，而制的力量不小，真是克己，不容易。如马师六辔在手，纵非指挥如意，亦是驾驭有方。无功不老实，"树树皆秋色，山山唯落晖。牧童驱犊返，猎马带禽归"四句，本是外物与之不调和，而写出是调和。诗中写丑，然须化丑为美，写不调和可化为调和，此艺术家与事实不同之处。王无功写与世人之抵触、矛盾，而笔下写出来是调和。这样作风，其结果最能表现"力"。心里是不调和，而将其用极调和的笔调写出，即是力。

中国所谓"诛心"，即西洋所谓心的分析，其实不可靠，而必须有此功夫。心理分析大师佛罗伊德曾对莎士比亚加以分析，如其分析莎士比亚创作《哈梦雷特》[①]《马克卑斯》[②]所抱之心理。心的分析顶玄，然非如此不可。王右丞心中极多无所谓，写出的是调和，心中也是调和，故韵长而力少。从心理分析说，右丞五律《辋川闲居赠裴秀才迪》与王无功《野望》二者可比较读之。右丞其诗云：

> 寒山转苍翠，秋水日潺湲。
>
> 倚杖柴门外，临风听暮蝉。
>
> 渡头余落日，墟里上孤烟。
>
> 复值接舆醉，狂歌五柳前。

王无功的《野望》亦是写秋天，亦是写寂寞，而一调和，一不调和。无功有所谓，摩诘无所谓，不动声色，不动感情，且是"化"。

---

① 《哈梦雷特》：今译为《哈姆雷特》。
② 《马克卑斯》：今译为《麦克白》。

二 摩诘诗与"心的探讨"

一切文学的创作皆当是"心的探讨"。中国多只注意事情的演进，而不注意对办事人之心的探讨，故无心的表现。前曾说对文学的批评是偏见，不是定理，但非一无可取。因偏见乃是自己心的探讨、表现。

除缺少心的探讨而外，中国文学缺少"生的色彩"。生可分为生命和生活二者：

$$生\begin{cases} \text{life} & 生命（因） & 一世一命 \\ \text{live} & 生活（缘） & \end{cases}$$

缺少生的色彩，或因中国太温柔敦厚、太保险、太中庸（简直不中而庸了），缺少活的表现、力的表现。

如何才能有心的探讨、生的色彩？则须有"物的认识"。然既曰"心的探讨"，岂非自心？"力的表现"，岂非自力？既为自心、自力，如何是物？此处最好利用佛家语——"即心即物"。科学注意分析，即为得到更清楚的认识。自己分析自己、探讨自己的心时，则心便成为物，即今所谓"对象"（与自己的心成对立）。物不能离心，若人不见某物时，照唯心派的说法，则此物不在；若能想起，则仍是心了。

I think therefore I am. （我思故我在。）

天下没有不知道自己怎样生活而知道别人怎样活着的人。不知自心，如何能知人心？名士十年"窝囊废"，窝囊废，连无赖贼都算不上。孔子、释迦、耶稣皆是能认识自己的，故能了解人生。首须"反观"——认识自己，后是"外照"——了解人生。不能反观就不能外照，亦可说不能外照就不能反观，二者互为因果。文学、哲学皆然。物即心，心即物，内外一如，然后才能有真正受用，真正力量。诗人的同情、憎恨皆从此一点出发，皆是内外一如。若是漠然则根本不能跟外物发生联系，便不能一如，连憎恨也无有了。

王维诗缺少心的探讨，此中国诗之通病。散文中《左传》《史记》《世说》，小说中《红楼》《水浒》，尚有心的过程的探讨。中国君子明于礼义，而暗于知人心。至于生的色彩，王维不是没有，可也不浓厚。王无功"树树皆秋色，山山唯落晖。牧童驱犊返，猎马带禽归"四句内外一如，写物即写其心——寂寞、悲哀、凄凉、跳动的心，后二句"牧童驱犊返，猎马带禽归"真是生的色彩。摩诘诗中少此色彩，即其《出塞作》一首，亦立自己于旁观地位，"暮云空碛时驱马"，便只是旁观，未能将物与心融成一片，也未能将心放在物的中间。"暮云空碛时驱马"，旁观，如照相机然；王无功则是画。一为机械的，一为艺术的。即其《观猎》之"风劲角弓鸣，将军猎渭城。草枯鹰眼疾，雪尽马蹄轻"四句，亦只是"观"，不能将心物融合，故生的色彩表现不浓厚。王维此四句不如王无功"猎马带禽归"一句。若以此论，王维则不是调和，是漠然（没心），纵不然，至少其表现不够——画是自己人格的表现，照相只是技术的表现。

余所谓"物的认识"，是广义的，连心与力皆在内。王摩诘诗中有"物的认识"，但只是世法的物，其诗减去世法的物的认识便没有东西了。东坡《书摩诘蓝田烟雨图》评王摩诘：

味摩诘之诗，诗中有画；观摩诘之画，画中有诗。

此二语不能骤然便肯，半肯半不肯。"诗中有画"，而其诗绝非画可表现，仍是诗而非画；"画中有诗"，而其画绝非诗可能写，仍是画而非诗。东坡二语，似是似，是则非是。然摩诘诗自有其了不起处，如其：

>> > 放翁、右丞二人之诗，可代表中国诗之两面。若论品高、韵长，不著色相，当是右丞诗；放翁诗是真，而韵不长。如花红是红，而止于此红；白是白，而止于此白，既有限，韵便非长。右丞诗，红，不仅只是红；白，不仅只是白，在红、白之外另有东西，韵长，其诗格、诗境（境界）高。图为清代潘恭寿《王维山居诗意图》。

"日落江湖白，潮来天地青。"（《送邢桂州》）此是"物的认识"。若无此等功夫，何能写出此等句子？二句似画而绝非画可表现，日、潮能画，其"落"、其"来"如何画？画中诗亦然，仍是画而非诗。王右丞一切"高"的诗，皆做如是观。

　　普通所谓美，多是颜色，是静的美；另一种美是姿态，是动的美。王维诗"暮云空碛时驱马，秋日平原好射雕"二句是动的美。其"日落江湖白，潮来天地青"二句亦不仅是颜色美，而且是姿态美，动的美，"日落""潮来"，岂非动？《左传》用虚字传神，摇曳生姿，而《左传》仍不如《论语》。"见贤思齐焉，见不贤而内自省也"（《论语·里仁》），结得住，把得稳。《左传》尚可以摇曳生姿赞之，《论语》则不敢置一辞矣。禅宗"丈夫自有冲天志，不向如来行处行"（真净克文禅师语）不是摇曳生姿，是气焰万丈，遇佛杀佛，遇祖杀祖，遇罗汉杀罗汉，不但不跟脚后跟，简直从头顶上迈过。气焰万丈，长人志气，而未免有点爆、火炽。孔子之"见贤思齐焉"精神，积极与禅宗同，而真平和，只言"齐"，"过之"之义在其中。（不可死于句下，然余此解厌故喜新。）

孔子是有力量的。然"学如逆水行舟，不进则退"（《增广贤文》）——不仅学，一切事皆然，不进则退——日光下没新鲜事，人不能在天地间毁灭一点什么，也不能在天地间创造（增加）一点什么。后来儒家飘飘然，没劲，故不行。陶渊明在儒家是了不起的，实在是儒家精神。后世儒家思想差是不差，但同样的话总说就没劲了。

> 王荆公一日问张文定公（张方平）曰："孔子去世百年，生孟子亚圣，后绝无人，何也？"文定公曰："岂无人？亦有过孔孟者。"公曰："谁？"文定曰："江西马大师、坦然禅师、汾阳无业禅师、雪峰、岩头、丹霞、云门。"荆公闻举意，不甚解，乃问曰："何谓也？"文定曰："儒门淡薄，收拾不住，皆归释氏焉。"公欣然叹服。后举似①张无尽，无尽抚几叹赏曰："达人之论也。"（宗杲禅师《宗门武库》）

自佛教入中国后，影响有二：其一，是因果报应之说影响下层社会；同时，今之俗语亦尚有出自佛经者，如"异口同声"出《观普贤经》，"皆大欢喜"见《金刚经》，"五体投地"（《楞严经》）亦然。又其一，是佛家对士大夫阶层之影响。中国庄、列②之说主虚无，任自然，其影响是六朝文人之超脱。至唐代王、孟、韦、柳所表现的超脱精神，乃六朝而后多数文人之精神。（后来文人成为无赖文人者，不是真超脱了。）超脱是游于物外，王维的"明月松间照，清泉石上流"（《山居秋暝》），若只向"明月""松间""清泉""石上"去找就不对了，"明月""清泉"之外，尚有东西。即如"暮云空碛时驱马，秋日平原好射

---

① 举似：谓以言语举示他人或以物与人。似，犹言与。
② 庄、列：即庄子、列子。

雕"在王诗中算是"着迹"，然若与老杜比，仍是超脱。老杜是游于物之内，即写物之外，亦着迹。在表现超脱一点，孟浩然较王维更超脱。王维凡心未退，孟浩然可说是炉火纯青，功夫更深。此功夫不但指写实，乃指实生活而言。如孟浩然之诗句"微云淡河汉，疏雨滴梧桐"，此类句子是王维诗中找不到的，比王维的"日落江湖白，潮来天地青"更超脱，真是"不大声以色"。王、孟相比，孟浩然真是超脱，王维有时尚不免着迹。

抚今追昔乃人类最动感慨的，然孟浩然之《与诸子登岘山》抚今追昔，感慨而仍与旁人不同：

> 人事有代谢，往来成古今。
> 江山留胜迹，我辈复登临。
> 水落鱼梁浅，天寒梦泽深。
> 羊公碑尚在，读罢泪沾襟。

孟襄阳布衣终身，虽超脱而人总是人。他的"不才明主弃，多病故人疏"（《归故园作》），这两句真悲哀。知识要用到实生活上，实际诗便是实生活的反映。知识要与实生活打成一片，如此方是真懂。俗说"百日床前无孝子"，孟氏多病，"故人"之"疏"尚不止于孟氏之病，故人皆贵，谁肯来往？"多病故人疏"，这五个字，多少感慨，多少悲哀，以孟之超脱而有此句子，亦人情之不免。"羊公碑尚在，读罢泪沾襟"二句，亦悲哀；而前四句"人事有代谢，往来成古今。江山留胜迹，我辈复登临"，真自然，如水流花开，流乎其所不得不流，开乎其所不得不开，此真佛教精神加以庄、列思想而成。在六朝以前，如"三百篇""十九首"绝不如此，"三百篇""十九首"是老实、结实，佛教精神与庄、列思想相合是学术上的"结婚"，产生此一种作品。

余希望同学看佛学禅宗书，不是希望同学明心见性，是希望同学取其勇猛精进的精神。细中之细是佛境界，故曰精进；儒门淡薄（如上所举王荆公与张文定公的对话所言），没有勇猛精进，故较禅宗淡薄。

"生的色彩"，要在诗中表现出生的色彩。王、孟、韦、柳四人中，柳有生的色彩，其他三人此种色彩皆缺少，淡薄。唐诗人中，老杜、商隐皆生活色彩甚浓厚。人的生活写进诗作，如何能使生的色彩浓厚起来？中国六朝以后诗人生的色彩多淡薄，近人写诗只是文辞技巧功夫，不能打动人心。今当变之。在此大时代，写出东西后有生的色彩，方能动人。

如何能使生的色彩浓厚？于此老僧①不惜以口说之。

欲使生的色彩浓厚，第一，须有"生的享乐"。此非世人所谓享乐，乃施为，生的力量的活跃。人做事要有小儿游戏的精神，生命力最活跃，心最专一。第二，须有"生的憎恨"。憎恨是不满，没有一个文学艺术家是满意于眼前的现实的，唯其不满，故有创造；创造乃生于不满，生于理想。憎恨与享乐不是两回事，最能有生的享乐，憎恨也愈大，生的色彩也愈强。有憎就有爱，没有憎的人也没有爱。"世界微尘里，吾宁爱与憎"（李商隐《北青萝》），不然。今所讲乃爱憎分明，憎得愈强，爱得愈强，爱得有劲，憎也愈深。此外第三，还要有"生的欣赏"。前二种是真实生活中的实行者，仅只此二种未必能成文人、诗人，前二者外更要有生的欣赏，然后能成大诗人。在纸篇②外更要有真生活的功夫，然后还要能欣赏。因为太实了，便不能写了，写不出来，不得不从生活中撤出去欣赏。不能钻入不行，能钻入不能撤出也不行。在人生战场上要七进七出。

---

① 老僧：顾随自谓。
② 纸篇：指写出的作品。

中国自上古至两汉是生与力的表现，六朝是文采风流。古人写诗是不得已，后人写作是得已而不已，结果不着边际，不着痛痒，吆喝什么不是卖什么的。往好说是司空表圣①《诗品》所说"超以象外，得其圜中"，self-center，自我中心。文人是自我中心，然自己须位在中心才成："得其圜中"是"入"，西洋人只做到此，中国人则更加以"超以象外"。"超以象外"并非拿事不当事做，拿东西不当东西看，而有拿事不当事、拿东西不当东西的神气，并非不注意，而是熟巧之极。"胜固欣然，败亦可喜"（苏轼《观棋》），即"超以象外，得其圜中"，而绝非拿事情不当事情。不是不认真，而是自在。西洋人认真而不能得自在，中国真能如此的人亦少。

> 欲持一瓢酒，远慰风雨夕。
> 落叶满空山，何处寻行迹。
>
> （韦应物《寄全椒山中道士》）

> 秋气集南涧，独游亭午时。
> 回风一萧瑟，林影久参差。
>
> （柳宗元《南涧中题》）

韦、柳此等诗句，"超以象外，得其圜中"，由认真而得自在。韦之"落叶满空山，何处寻行迹"二句，是写相思，而超相思之外。柳子厚诗写愁苦，而结果所写不但美化了，而且诗化了。（常人写愁苦不着痛痒，写杀头都不疼。）说愁苦是愁苦，而又能美化、诗化，此乃中国诗最高境界，即王渔洋所谓"神韵"。写什么是什么，而又能超之，如此高则高矣，而生的色彩便不浓厚了，力的表现便不充分了，优美则有

---

① 司空表圣：即司空图。司空图（837—908），晚唐诗人、诗论家，著有《二十四诗品》。

余，壮美则不足。壮美必有生与力始能表现，如项王之《垓下歌》，真壮。欲追求生的色彩、力的表现，必须有"事"，即力即生。

三　摩诘诗之静穆

王维诗中禅意、佛理甚深，与初唐诸人不同。唐初陈子昂、张九龄、"四杰"①，尚气，好使气，此气非孟子所谓"浩然之气"（《孟子·公孙丑上》），此气乃感情的激动。初唐诸诗人之如此，第一因其身经乱离，心多感慨；第二则是朝气，因初唐经南北朝后大一统，是真正太平的，人有朝气（欢喜），蓬勃之气。故人自隋入唐，经乱离入太平，一方面有感情之冲动，一方面有朝气之蓬勃。但不能以此看王维诗。王维乃诗人、画家，且深于佛理，深于佛理则不许感情之冲动，亦无朝气之蓬勃，统辖其作风者，乃静穆。

王维受禅家影响甚深，自《终南别业》一首可看出：

中岁颇好道，晚家南山陲。

兴来每独往，胜事空自知。

行到水穷处，坐看云起时。

偶然值林叟，谈笑无还期。

---

① "四杰"：初唐王勃、杨炯、卢照邻、骆宾王之合称。"四杰"中，王、杨长于五律，卢、骆长于歌行。

放翁"山重水复疑无路，柳暗花明又一村"（《游山西村》）与王维《终南别业》之"行到水穷处，坐看云起时"颇相似，而那十四字真笨。王之二句是调和，随遇而安，自然而然，生活与大自然合而为一。

生——道

人——自然

生即道，人与大自然合而为一。陶诗"采菊东篱下，悠然见南山"（《饮酒二十首》其五）亦然，偶然行至"东篱下"，偶然"采菊"，偶然"见南山"，自然而然，无所用心。王维之"行"并非意在"到水穷处"，而"到水穷处"亦非悲哀；"坐看"亦非为看"云起"，看到"云起时"亦非快乐。只是自然而然，人与自然合而为一。

天下值得欢喜的事甚多，而常忽略过去。禅宗故事讲一弟子闻饭熟而拍掌大笑，师问之，曰："肚饥得饭吃，故大喜。"师以为得道。[①]晚上一觉好睡亦舒服事，而有谁拍掌大笑？人生常感到愤慨、不满足，于是羡慕、嫉妒，此真如大毒蛇来咬人心。每节佛经末后皆有"诸弟子皆大欢喜""信受奉行"等字，真好！"信受奉行"之前必为"皆大欢喜"，欢喜则无"隔"心。有时理智上命令人做事，而心中不欢喜，勉强之事不能持久。不必拍掌大笑，只要自己心中觉得受用、舒服即可。令人大笑之事只是刺激，佛不要刺激，甘于平淡而欢喜。如慈母爱子相处，不觉欢喜，真是欢喜，然后知"采菊东篱下，悠然见南山"是多大欢喜，而不是哈哈大笑。"行到水穷处，坐看云起时"二句亦然。"山重水复"十四字太用力，心中不平和。诗教温柔敦厚，便是教人平和。王此二句或即从陶诗二句来。

---

① 《五灯会元》卷九载沩山灵祐禅师事："师在法堂坐，库头击木鱼，火头掷却火抄，拊掌大笑。师曰：'众中也有恁么人？'遂唤来问：'你作么生？'火头曰：'某甲不吃粥肚饥，所以欢喜。'师乃点头。"

　　>>> 王维受禅家影响甚深，自《终南别业》一首可看出。其中"行到水穷处，坐看云起时"二句是调和，随遇而安，自然而然，生活与大自然合而为一。图为清代王翚（款）《辋川图》，描绘了王维终南别墅的全景。

宋人诗中有两句似王氏二句且比之好，而很少被人注意，即陈简斋《题小室》："炉烟忽散无踪迹，屋上寒云自黯然。"才说炉烟散尽，即接上"寒云"，意境好，唯"黯然"二字太冷，境象亦稍狭小、枯寂耳。（庄子"薪尽火传"[1]，意似"炉烟接云"。）

王摩诘诗是蕴藉含蓄，什么也没说，可什么都说了：

> 独坐悲双鬓，空堂欲二更。
> 雨中山果落，灯下草虫鸣。
> 白发终难变，黄金不可成。
> 欲知除老病，唯有学无生。
>
> （《秋夜独坐》）

"无生"，道是长生，无生指佛。"雨中山果落，灯下草虫鸣"，是静，不是死静，是佛的境界，佛讲"寂灭"而非"断灭"。王维盖深于佛理，"灭"乃四谛之一（谛，真理之意）。"断"是止，是死，佛非如此。佛讲寂灭，既非世俗盲动，又非外教断灭，"雨中山果落"二句即然。又孟浩然《与诸子登岘山》：

> 人事有代谢，往来成古今。
> 江山留胜迹，我辈复登临。

二十个字，道尽人生世界，而读之如不着力，此点亦可说为是寂灭，不是断灭。但王、孟所用酝酿蕴藉功夫，我们不能用了。"长安居，大不易"（张固《幽闲鼓吹》）[2]，自古而然，于今为然。这真苦而又有趣，凡不劳而获的皆没趣。现在时代不能用蕴藉之功夫而还要用。

---

① 《庄子·养生主》："指穷于为薪，火传也，不知其尽也。"
② 张固《幽闲鼓吹》："白尚书应举，初至京，以诗谒著作顾况，顾睹姓名，熟视白公曰：'米价方贵，居亦弗易。'"

此外还须注意，王维其描写多为客观的。陈子昂、张九龄二人之好乃主观之抒写，非客观的描写。（抒写——主观，描写——客观。）此非绝对的，不是说初唐便无客观描写，王维便无主观抒写；唯陈、张之抒写、王之描写较显著耳。

印象是死的，外物须能活在心中再写。有的诗人所写外间景物不曾活于心中。人或说文学是重现 re-appeme[①]，余以为文学当为重生。无论情、物、事，皆为 re-naissance，复活，重生。看时是物，写时非物，活于心中；或见物未立即写，而可保留心中，写时再重生。故但为客观，虽描写好，而尔为尔，我为我，不相干。人以陶（渊明）、谢（灵运）并称，余对陶自然不敢置一辞，而谢不见得好，乃客观的描写。若说陶为诗人，则谢为诗匠。王维以山水诗名，多客观的描写，而余不喜欢。如《蓝田山石门精舍》（精舍，学佛处）："安知清流转，偶与前山通。"算是诗，也是二三流诗，不能算高。描写倒曲折，而诗人的诗心本不是曲折的。

王维、孟浩然、储光羲等写田园，是写实的、客观的：

> 开轩面场圃，把酒话桑麻。
> 待到重阳日，还来就菊花。
> （孟浩然《过故人庄》）

说田园只是田园，场圃只是场圃。陶渊明写"种豆南山"一事，象征整个人生所有的事。王维是写实的，陶渊明是象征的；王维是狭隘的，陶渊明是普遍的。

王维之《渭川田家》，余最不喜欢：

> 斜光照墟落，穷巷牛羊归。

---

① re-appeme：与下句中 re-naissance，皆为法文。

野老念牧童，倚杖候荆扉。

雉雊麦苗秀，蚕眠桑叶稀。

田夫荷锄立，相见语依依。

即此羡闲逸，怅然吟式微。

不喜欢其沾沾自喜。人应能发现自己之短处，在自己内心发现悲哀，才能有力量。世俗所谓欢喜是轻浮，悲哀是实在，佛所谓欢喜是真实。必发现自己之短处，才能有长进、有生活的力量。沾沾自喜者，故步自封。余是入世精神，受近代思想影响，读古人诗希望从其中得一种力量，亲切地感到人生的意义，大谢及王维太飘飘然。山水诗作此必此诗，诗外无诗，无余味。孟浩然"微云淡河汉，疏雨滴梧桐"亦无人生，而余喜欢，即因孟写得深，王浅。

诗人多自我中心，自我中心的路径有两种：一吸纳的，二放射的。如厅堂中悬一盏灯，光彩照到即为光明，光所不及便是黑暗，愈近愈明，愈远愈暗。

吸纳——静；放射——动。

一个诗人的诗也有时是吸纳，有时是放射。王摩诘五律《秋夜独坐》是吸纳的。"雨中山果落，灯下草虫鸣"，所见所闻岂非外物？但诗是向内的。读老杜诗便没这种感受，而王维《观猎》一首像老杜，是向外的：

风劲角弓鸣，将军猎渭城。

草枯鹰眼疾，雪尽马蹄轻。

忽过新丰市，还归细柳营。

回看射雕处，千里暮云平。

好！岂止不弱，简直壮极了。"月黑杀人地，风高放火天"，月不黑、风不高，也能杀人放火；而月黑风高，这样更有劲。若天日晴和打猎也没劲，看花游山倒好。鹰马弓箭，天上风劲，地下草枯，打猎更好。此诗是向外的，"横"得像老杜，但老杜的音节不能像摩诘这么调和，老杜放射，向外，而有时生硬。老杜写得了这么"横"，写不了这么调和；别人能写得调和，写不了这么"横"。（老杜诗偏于放射，义山学杜最有功夫，但又绝不相同者：杜的自我中心是放射的，动的；义山的自我中心是吸纳的，静的。老杜，向外，壮美；义山，向内，优美，如其《无题》"身无彩凤双飞翼，心有灵犀一点通"。）王维《观猎》，伟大雄壮，乃其时露才气处。然写此必有此才（才气是天生），否则不能有此句。

右丞诗以五古最能表现其高，并非右丞善于五言古，盖五言古宜于表现右丞之境界；七言宜于老杜、放翁一派。

王维《渭城曲》：

> 渭城朝雨浥轻尘，客舍青青柳色新。
> 劝君更尽一杯酒，西出阳关无故人。

此首送别诗亦写景，而末二句够味儿。沈归愚以为乃王劝其友人语，余以为乃其友人语，二者相较，此意为恰。送别诗中《送綦毋校书弃官还江东》亦好，因其亦旁人事。我眼中之人便是人眼中之我。

姚鼐谓王摩诘有三十二相（《今体诗钞》）。（佛有三十二相，乃凡心凡眼所不能看出的。）摩诘不使力，老杜使力。工即使力，出之亦为易；杜即不使力，出之亦艰难。

欲了解唐诗、盛唐诗，当参考王维、老杜二人。几时参出二人异同，则于中国之旧诗懂过半矣。

第七课

太白古体诗散论

一诗人成功与天时、地利、人和有关。老杜生当"天宝之乱"，正足以成其诗；李白豪华，亦其天时、地利、人和。

一个成功者自己理想要很高，要有立脚点，而又须与社会俗人能接触。凡能成功者多有一点俗，不如此不能成功。群众是一个很强健的身体，天才是一个极聪明的脑子。太白是天才。太白天才不为世人所认识——"世人皆欲杀，我意独怜才"（杜甫《不见》），此非标榜、恭维，真是从心坎中流出。（李、杜诗才皆高，杜甫赠李白诗甚多而且好。）平凡的社会最足以迫害伟大的天才，如孔子、基督。

人生得一知己可以无憾，太白除老杜外，明皇亦其知己。明皇有才，青年时曾平"韦后之乱"，且能诗。如其《经邹鲁祭孔子而叹之》有云："夫子何为者，栖栖一代中。地犹邹氏邑，宅即鲁王宫。叹凤嗟身否，伤麟怨道穷。今看两楹奠，当与梦时同。"

明皇是天才天子，太白受知于帝，其诗何能不豪华？

一 高致

世之论李杜者每曰太白复古，工部开今：太白之古乃越六朝而上之，虽古实亦新。太白《古风》似古并不古，没什么了不得，才气有余，思想不足。中国诗向来不重思想，故多抒情诗。且吾国人对人生入得甚浅，而思想必基于人生，不论出世、入世，其出发点总是人生。入世者如《论语》，"为学"与"为政"相骈，为己为人，欲改变人生；出世者则若庄、列，亦因见人生痛苦，欲脱离之。孔子不言"道"，而庄子必言"道"。吾国诗人亦未尝不自人生出发，只入得不深，感得不切，说得不明。太白诗思想既不深，感情亦不甚亲切。如其"处世若大梦，胡为劳其生"（《春日醉起言志》）一首，即思想不深，情感不切，可为其坏的方面代表。汉魏诗如《古诗十九首》、曹氏父子诗，思想虽浅而感情尚切。

太白诗号称有"高致"。王静安说：

> 诗人对宇宙人生，须入乎其内，又须出乎其外。……入乎其内，故有生气；出乎其外，故有高致。（《人间词话》）

身临其境者难有高致，以其有得失之念在，如弈棋然。太白唯其

未临其境者难有高致，以其有得失之念在，如弈棋然。太白唯其入人生不深，故有高歌。图为清代华嵒《竹溪六逸图》

入人生不深，故有高致。然静安"出乎其外"一语，吾以为又可有二解释：一者，为与此事全不相干，如皮衣拥炉而赏雪，此高不足道；二者，若能著薄衣行雪中而尚能"出乎其外"，方为真正高致。情感虽切而得失之念不盛，故无怨天尤人之语。人要能在困苦中并不摆脱而更能出乎其外，古今诗人仅渊明一人做到。（老杜便为困苦牵扯了。）陶始为"入乎其中"，复能"出乎其外"：

> 敝庐交悲风，荒草没前庭。
>
> 被褐守长夜，晨鸡不肯鸣。
>
> （《饮酒二十首》其十六）

"交"者，四面受风也。此写穷而并不怨尤，寒酸表现为气象态度，怨尤乃心地也。一样写寒苦，陶与孟东野绝不同。孟东野《答友人赠炭》：

> 驱却坐上千重寒，烧出炉中一片春。
>
> 吹霞弄日光不定，暖得曲身成直身。

"暖得曲身成直身"，亲切而无高致。陶入于其中，故亲切；出乎其外，故有高致。太白则全然不入而为摆脱，故虽复古而终不能至古，仅字面上复古而已。其《古风》五十九首中好的皆为能代表太白自己作风的，而非能合乎汉魏作风的。如其《古风》第一首言：

> 我志在删述，垂辉映千春。
>
> 希圣如有立，绝笔于获麟。

"我志在删述"，"删"指孔子删诗书、定礼乐，"述"亦指孔子"述而不作"；又曰"绝笔于获麟"，不明其意所在，乃说大话而已。孔子有中心思想，太白无有，凭什么亦"绝笔于获麟"？太白有时狂，老杜亦有。杜诗："致君尧舜上，再使风俗淳。"（《奉赠韦左丞丈二十二韵》）"许身一何愚，窃比稷与契。"（《自京赴奉先县咏怀五百字》）此亦说大话。但自此亦可看出李杜二人之不同：李但言文学，杜志在为政。太白的高致是跳出、摆脱，不能入而复出；若能入污泥而不染方为真高尚，太白做不到。

太白诗表现高致，有时用幻想。高——幻想；下——人生。而吾国人幻想不高，"下"又不能抓住人生核心。诗人缺乏此种抓住人生核心的态度，勉强说杜工部尚有此精神，他人皆有福能享、有罪不敢受，不能看见整个人生。人生是一，此一亦二，二生于一。欲了解一，须兼容二；摆脱一，则不成二，亦不成一矣。

对人生应深入咀嚼始能深，"高"则须有幻想，中国幻想不发达。常说"花红柳绿"，花，还他个红；柳，还他个绿，是平实，而缺乏幻想。无论何民族，语言中多有Ля①之音，而中国没有。Ля音颤动，中国汉语无此音，语音平实。平实如此可爱，亦如此可怜。（是命运？）中国幻想不发达，千古以来仅屈原一人可为代表，连宋玉都不成。汉人简直老实近于愚，何能学《骚》？后之诗人亦做不到，但流连诗酒风花，不高不下何足贵？而此种诗车载斗量。屈子之后，诗人有近似《离骚》而富于幻想者，不得不推太白。

盛唐李白有幻想而与屈原不同，有高致而与渊明不同。屈之幻想本乎自己亲切情感，人谓之爱国诗人。屈之爱国，非只口头提倡，乃真切需要，如饥之于食。此幻想本乎此真切不得已之高尚情感（思想），有根；太白幻想并无根，只有美，唯美。屈原诗无论其如何唯美，仍为人生的艺术；太白则但为唯美，为艺术而艺术，为作诗而作诗。为人生的

---

① Ля：俄文字母，卷舌音。

艺术有根，根在人生。太白有幻想与屈不同，太白有高致与陶不同，故其诗亦不能复古到汉魏。

欲了解太白诗高致，须参其"郑客"一首（即《古风》第三十一）：

> 郑客西入关，行行未能已。
> 白马华山君，相逢平原里。
> 璧遗镐池君，明年祖龙死。
> 秦人相谓曰，吾属可去矣。
> 一往桃花源，千春隔流水。

读书须真正尝味。末四句是高致而跳出人生。

二 诗之叙事

太白有《经下邳圯桥怀张子房》：

> 子房未虎啸，破产不为家。
> 沧海得壮士，椎秦博浪沙。
> 报韩虽不成，天地皆振动。
> 潜匿游下邳，岂曰非智勇。
> 我来圯桥上，怀古钦英风。
> 唯见碧流水，曾无黄石公。

石田翁晩年止丹臺
春曉圖挹雄渾油
家非间诗華墨臨
其大概
井炎

>>> 李白真有好的地方，如《经下邳坯桥怀张子房》："见碧流水，曾无黄石公。"此二句，真好，讲不出来。图为清代钱杜《临沈周丹台春晓图》。

叹息此人去，萧条徐泗空。

此与前一首"郑客"相近，皆叙事而未能诗化。

吾国叙事诗甚少，不知是否吾国人不喜之或不能之，或中国文字叙事不便？此诸原因盖有连带关系，盖叙事非有弹性不可。如太史公《项羽本纪》，可称立体描写。"廿五史"以文论，太史第一，写人、写事皆生动，一字做多字用[1]。叙事用散文尚易，诗则体太整齐。

唐人诗抒情、写景最高，上可超过汉魏六朝，下可超越宋元明清。唐代虽小诗人，只要是真诗人，皆能写，抒情、写景甚好。《长恨歌》叙事，失败了，废话多，而不能在咽喉上下刀。如写贵妃之死，但曰"六军不发无奈何，宛转蛾眉马前死"，真没劲。

说话为使人懂，且令人生同感。太白《经下邳圯桥怀张子房》之"天地皆振动"，读之不令人感动。若老杜之诗句"观者如山色沮丧，天地为之久低昂"（《观公孙大娘弟子舞剑器行》），字字如生铁铸成，而用字无生字，句法亦然，小学生皆可懂，而意味无穷，似天地真动。李则似无干。李白才高，惜其思想不深。哲人不能无思想，而诗人无思想尚无关，第一须情感真切，太白则情感不真切。老杜不论说什么，都是真能进去，李之"天地皆振动"并未觉天地真动，不过为凑韵而已。必自己真能感动，言之方可动人。写张子房必写其别人说不出来之张子房之精神始可。李白"岂曰非智勇"，若此等句谁不能说？

《经下邳圯桥怀张子房》前数句叙事亦失败，不能诗化。即再低一步，叙事须令人明白。而若李之"郑客"一首，叙事真不能令人明白。

　　君子深造之以道，欲其自得之也。自得之，则居之安；居之安，则资之深；资之深，则取之左右逢其原。（《孟子·离娄下》）

---

[1] 一字做多字用：即一字含多义。

"资"，倚靠、倚赖。学诗、学道之方法、态度相近，取之左右，不逢其原，则诸多窒碍，自不能头头是道。

诗可用典，而须能用典入化，不注亦能明白始得。如陈后山之"一身当三千"（《妾薄命》），用白乐天《长恨歌》"后宫佳丽三千人，三千宠爱在一身"二句，不读白诗则不懂陈诗，用典如此，真不通矣。而太白真有好的地方，如《经下邳圯桥怀张子房》："唯见碧流水，曾无黄石公。"

此二句，真好，讲不出来。吾人亦可以有此意，而绝写不出这样的诗。太白盖以张子房自居，而无神仙黄石公教授兵法。"唯见碧流水"句在现在，"曾无黄石公"一句则扬到千载之前，大合大开。开合在诗里最重要，诗最忌平铺直叙。（不仅诗，文亦忌平铺直叙。鲁迅先生白话文上下左右，龙跳虎卧，声东击西，指南打北；他人文则如虫之蠕动。叙事文除《史记》外推《水浒传》，他小说若《列国志》等叙事亦如虫之蠕动。）再者，曰"碧"、曰"黄"，水固"碧"矣，黄石公何曾"黄"？且根本无黄石公，而太白说出来、写出来便好。若曰"唯有一水在，不见古仙人"，此等诗一日要一百首也得，太普通。而太白曰"碧"、曰"流"，便令人如见。

《经下邳圯桥怀张子房》之末两句"叹息此人去，萧条徐泗空"，亦高。意思虽平常，而太白表现得真好。死并不吓人，奈何以死感之？"报韩虽不成，天地皆振动"二句即如此。感人必有过于"死"者。末两句字字有生命、有弹性，比老杜"天地为之久低昂"还飘洒。

三 诗之散文化

太白《远别离》乃仿古乐府《古别离》之作。《远别离》所写乃娥皇、女英：

> 远别离，古有皇、英之二女，乃在洞庭之南，潇湘之浦。海水直下万里深，谁人不言此离苦。日惨惨兮云冥冥，猩猩啼烟兮鬼啸雨，我纵言之将何补。皇穹窃恐不照余之忠诚，雷凭凭兮欲吼怒。尧舜当之亦禅禹，君失臣兮龙为鱼，权归臣兮鼠变虎。或云尧幽囚、舜野死，九疑联绵皆相似，重瞳孤坟竟何是。帝子泣兮绿云间，随风波兮去无还。恸哭兮远望，见苍梧之深山。苍梧山崩湘水绝，竹上之泪乃可灭。

太白七言古，用古乐府题目，实则徒有其名而无其实。故其诗虽分七古、乐府两种，实则皆七言古风。后之诗人虽亦用长短句写古风，而皆不及太白，即技术不熟。李之长短句长乎其所不得不长，短乎其所不得不短，比七言、五言定句还难，若可增减则不佳矣；而其转韵，亦行乎所不得不行，止乎所不得不止。

太白诗一念便好，深远。远——无限；深——无底。《远别离》不但事实上为"远别离"，在精神上亦写出"远别离"来。纯文学上描写应如此，但有实用性、无艺术性不成其为文学。一切艺术皆从实用来，如古瓷碗，其本身原为实用，后则加美于其身上，实用性渐少，艺术性渐多。

诗是一种美文，而最低要交代清楚。太白此首开端交代得清楚："远别离，古有皇、英之二女，乃在洞庭之南，潇湘之浦。"然文学须能使人了解后尚能欣赏之，即在清楚之外更须有美。太白在写事实清楚之外，更以上下左右情景为之陪衬：

> 海水直下万里深……日惨惨兮云冥冥，猩猩啼烟兮鬼啸雨……雷凭凭兮欲吼怒。

此乃文学上的加重描写。

天地间一切现象没有不美的，唯在人善写与不善写耳。如活虎不可欣赏，而画为画便可欣赏。静安先生分境界为优美、壮美，壮美甚复杂，丑亦在其内。中国人有欣赏石头者，此种兴趣，恐西洋人不了解。（如西洋人剪庭树，不能欣赏大自然。）人谓石之美有三要：皱、瘦、透，然合此三点岂非丑、怪？凡人庭院中或书桌上所供之石，必为丑、怪，不丑、不怪，不成其美。[①]诗人根本即怪（在世眼上看，不可通）。

太白此诗亦并不太好，将散文情调诗化。"说取行不得底，行取说不得底。"（洞山禅师语）[②]"取"，乃助动词，无意义。"说不得底"，乃最微妙、高妙境界，虽不能说而能行。会心，有得于心。由所见景物生出一个东西，说不得而是有。如父母之爱说不出而行得了。莫泊桑的老师福楼拜曾告诉他说，若想做一文学家就不允许你过和常人一样的生活。

---

① 陶宗仪《说郛》卷十六《渔阳公石谱》："元章相石之法有四语焉：曰秀，曰瘦，曰雅，曰透，四者虽不能尽石之美，亦庶几云。"清郑燮《题画石》："米元章论石，曰瘦、曰皱、曰漏、曰透，可谓尽石之妙矣。东坡又曰：'石文而丑。'一'丑'字，则石之千态万状皆从此出。彼元章但知好之为好，而不知陋劣之中有至好也。东坡胸次，其造化之炉冶乎？"

② 洞山禅师（807—869）：名良价，唐代著名禅师，禅宗曹洞宗开山之祖。因居于江西洞山传法，世称洞山良价或洞山。《五灯会元》卷四载："（洞）山又问其僧：'大慈别有甚么言句？'曰：'有时示众曰：说得一丈，不如行取一尺。说得一尺，不如行取一寸。'山曰：'我不恁么道。'曰：'和尚作么生？'山曰：'说取行不得底，行取说不得底。'（云居云：'行时无说路，说时无行路。不说不行时，合行甚么路？'洛浦云：'行说俱到，即本分事无，行说俱不到，即本分事在。'）"

太白之咏娥皇、女英，暗指明皇、贵妃。马嵬之变，作成长恨，不得不责明皇国政之付托非人。^①《远别离》之意在"君失臣兮龙为鱼，权归臣兮鼠变虎"二句，凡做领袖者首重知人，然后能得人、能用人。明皇以内政付国忠，军事付安禄山，即不知人。

四　诗之美

"诗言志"（《尚书·尧典》）。言志者，表情达意也。详细分起来，"志"与"意"不同；合言之，则"志"与"意"亦可同。诗无无意者，然不可有意用意。宋人诗好用意、重新（新者，前人所未发者也）。吾人作诗必求跳出古人范围，然若必认为有"意"方为好诗，则用力易"左"。诗以美为先，意乃次要。屈子"吾令羲和弭节兮，望崦嵫而勿迫。路曼曼其修远兮，吾将上下而求索"（《离骚》），意固然有，而说得美。说得美，虽无意亦为好诗，如孟浩然"微云淡河汉，疏雨滴梧桐"。然有时读一首写悲哀的诗，读后并不令读者悲哀，岂非失败？盖凡有所作，必希望有读者看；真有话要写，写完总愿意人读，且愿意引起人同感，如此才有价值。然如李白之《乌夜啼》，读后并不使人悲哀，岂其技术不高，抑情感不真？此皆非主因，主因乃其写得太美。

黄云城边乌欲栖，归飞哑哑枝上啼。

机中织锦秦川女，碧纱如烟隔窗语。

---

① 叶嘉莹此处有按语：此诗实作于马嵬之变以前，但亦有以为暗指马嵬事件者。

停梭怅然忆远人，独宿孤房泪如雨。

诗原为美文，然若字句太美，则往往字句之美遮蔽了内中诗人之志，故古语曰："信言不美，美言不信。"（《老子》八十一章）此话有一部分可靠。然如依此说，则写好诗的有几个是全可信的？一个大诗人说的话并不见得全可靠，只看它好不好而已。如俄国小说家契柯夫亦曾语其妻曰：吾为文人，说话不全可靠。契柯夫，旧俄时代以短篇小说著名，人称之为"俄国莫泊桑"，实则契柯夫比莫泊桑还伟大，其所写小说皆是诗。对社会各样人事了解皆非常清楚，如此易损害其诗心，然至契柯夫则抱了一颗诗心。莫泊桑暴露人世黑暗残酷，令人读了觉得其人亦冷酷。而契柯夫是抱了一颗温柔敦厚的心，虽骂人亦是诗。

有时诗写悲哀，读后忘掉其悲哀，仅欣赏其美。太白《乌夜啼》即如此。首句"黄云城边乌欲栖"所写景物凄凉，而字句间名词、动词真调和；次句"归飞哑哑枝上啼"，如见其飞，如闻其啼。此二句谓为比亦可，谓之兴亦可。"比"者，谓乌尚栖何人不归？"兴"者，则谓此时闻乌啼而已。"碧纱如烟隔窗语"句真好。诗固然要与理智发生关系，而说好是与幻想发生关系，"碧纱如烟隔窗语"句即由幻想得来。"黄云""归飞""碧纱"此三句是诗，另"机中""停梭""独宿"三句乃写实。因欣赏"黄云"等三句之美，遂忘其独宿空房之悲。"泪如雨"何尝不悲？唯令人忘之耳。

诗之美与音节、字句皆有关。诗之色彩要鲜明，音调要响亮。太白《乌夜啼》之"黄云"二字，若易为"暮云"，意思相同而不好，即因不鲜明，不响亮。清赵执信（秋谷）[①]有《声调谱》《秋谷谈龙录》，指示古风之平仄，比较而归纳之。然此书实不可据。近体诗有平仄，古诗无平仄，而亦有音节之美。如太白"黄云城边乌欲栖，归飞哑哑枝上啼"二

---

① 赵执信（1662—1744）：清代诗人、诗论家，著有《饴山诗集》《声调谱》《谈龙录》等。

句，平平平平平仄平，平平平平平仄平，非律诗之格律，却有音节之美。格律乃有法之法，追求诗之美乃无法之法。

《金刚经》有言："说法者无法可说，是名说法。"其实所谓诗法便非诗法。太白此二句，就不可讲。

《诗经·王风》有《君子于役》：

> 君子于役，
> 　不知其期。
> 　　曷至哉。
> 鸡栖于埘，
> 　日之夕矣，
> 　　羊牛下来。
> 君子于役，
> 　如之何勿思。

余写旧诗不主分行分段，而此首如此写好。

太白一首《乌夜啼》先不点题，此则开端便言"君子于役"，点出题来，此首如此写好。"曷至哉"三字，味真厚。傍晚时思之最甚，平常日暮则归，故日暮不归则思人之情愈厚。若吾人写必先说"日之夕矣"，再接"曷至哉"，而此诗将"日之夕矣"加于"鸡栖于埘""羊牛下来"之间，好。心中但思君子，忽见"鸡栖于埘"，因知"日之夕矣"，再远望见"羊牛下来"。且"羊牛"二字比"牛羊"好，"羊"字在中间，似一起，太提，不好。绝对是"羊牛下来"。或曰：羊行快故在牛前。如此解，便死了。"如之何勿思"亦好。比太白之《乌夜啼》"怅然""泪如雨"高得多，味厚。

美文，字形的审美。诗中用字，须令人如闻如见。若作者不能使人见，是作者之责；作者写时能见，而读者不能见，是读者对不起作者。

太白《乌夜啼》之"黄云城边"如见，"归飞哑哑"亦如见，亦如闻；《诗》之《君子于役》"羊牛下来"读其音如见丫形，若曰"牛羊下来"，则读其音如见ㄣ形，下不来矣。

五　诗之议论

李白有《宣州谢脁楼饯别校书叔云》诗。谢脁，字玄晖，南齐人。人称小谢，谢康乐是大谢。

诗之开端云："弃我去者昨日之日不可留，乱我心者今日之日多烦忧。"

人读宋诗者多病其议论太多，于苏、辛词亦然，而不知唐人已开此风。太白此诗开端即用议论，较"三百篇""十九首"相差已甚大矣。文学中之有议论、用理智，乃后来事。诗之起，原只靠感情、感觉。后人诗词之有议论乃势所必至，理有固然。如老杜之《北征》，前幅写路景，真是诗；中幅写到家，亦尚好；至后幅之写朝政，已为议论。人但知攻击宋人，而不知唐之李、杜已然。曹、陶已较"十九首"有议论，"十九首"亦较《诗》《骚》有议论。因人是有理智、有思想的，自然不免流露出来。

太白之"弃我去者昨日之日不可留，乱我心者今日之日多烦忧"二句好，但似散文。至"长风万里送秋雁，对此可以酣高楼"二句则高唱入云。诗中不能避免唱高调，唯须唱得好。渊明亦不免唱高调，如"不赖固穷节，百世当谁传"调真高，"固穷"实非容易之事。至其《乞食》

之"衔戢知何谢，冥报以相贻"，真可怜。"不赖固穷节，百世当谁传"，二句亦议论，同一意思让后人写必糟，陶是充满鼓动，有真气、真力，故其表现之作风（精神）不断。而"冥报以相贻"句真可怜，一顿饭何至如此？可见其"固穷"亦唱高调。曹孟德亦唱高调，如其《步出夏门行》之：

老骥伏枥，志在千里。

烈士暮年，壮心不已。

（《龟虽寿》）

日月之行，若出其中。

星汉灿烂，若出其里。

（《观沧海》）

皆唱高调，而唱高调亦须中气足，须唱得好。"说取行不得底，行取说不得底"（洞山禅师语），说容易，做不容易。

别人唱高调乃理智的，至太白则有时理智甚少。"宣州谢朓楼"首二句是理智，"长空"二句非理智而是诗，是诗人感觉。夏伏之后忽见秋高气爽之天气，心地特别开朗，一闻雁阵，对此真可以酣高楼矣。"可以"二字用得有劲，"雁"亦美。

太白诗与小谢有渊源，可自太白此诗内看出其佩服小谢。人喜欢什么即易受其影响。李白称小谢为"谢公"，诗云"临风怀谢公"（《秋登宣城谢朓北楼》）；又称小谢为"谢将军"，如"空忆谢将军①"（《夜泊牛渚怀古》）。小谢集名《宣城集》，其中有句："大江流日夜，客心悲未央。"（《暂使下都夜发新林至京邑赠西府同僚》）所用之字颇似太白，响。响在一、三、五字，此乃唐法，六朝或已有。律诗尤如此。如老杜

---

① 此处"谢将军"指东晋谢尚，非谢朓。系顾随误记。

"乱云低薄暮，急雪舞回风"（《对雪》），李白"唯见碧流水，曾无黄石公"数句，皆受小谢影响。

李白此《宣州谢朓楼饯别校书叔云》比《将进酒》好，以其对谢宣城有爱好。

六　豪气与豪华

《将进酒》与《远别离》最可代表太白作风。

太白诗第一有豪气，出于鲍照[①]且驾而上之。但豪气不可靠，颇近于佛家所谓"无明"（即俗所谓"愚"）。一有豪气则易成为感情用事，感情虽非理智，而真正感情亦非豪气。因真正感情是充实的、沉着的，豪气则颇不充实、不沉着，易流于空虚、浮飘。如其："功名富贵若常在，汉水亦应西北流。"（《江上吟》）汉水原向东南流，不能向西北流，故功名富贵不能长在。太白此二句，豪气，不实在，唯手腕儿玩得好而已，乃"花活"，并不好，即成"无明"，且令读者皆闹成"无明"。

"聪明"一词，耳听为聪，目见为明。而吾人普通将智慧亦叫聪明，谓心之感觉锐敏如耳之闻、目之见。然余以为尚有第二种解释，即吾人之聪明有许多是从耳闻目见得来。耳闻目见，眼睛比耳朵更重要，而在造型艺术家眼尤重要，若音乐家则重在耳。但大音乐家贝多芬（与歌德同时），作《月光曲》交响乐，晚年耳聋，所作最好的乐谱自己都听不

---

① 鲍照（414—466）：南朝宋诗人，与谢灵运、颜延之合称"元嘉三大家"。曾任临海王刘子顼前军参军，故世称鲍参军。

见，谱成后他人演奏，请他坐在台上，他见人鼓掌，始知乐曲成功，可见耳之重要不及眼。人若无目比无耳更苦，盲诗人虽可成为诗人，但总是可怜。俗语亦曰"耳闻不如目见"，即耳闻时仍须目见。

佛经说"如亲眼见"佛，又说"必须亲见始得"，极重"见"字。佛在千百年前所说"亲见"、必须"亲眼见"佛，如何能"见"？如舜之崇拜尧，卧则见尧于墙，食则见尧于羹。此"见"比对面之见更真实、更切实。想之极，不见之见，是为"真见"，是"心眼之见"，肉眼之见不真切。常言念佛，念佛非口念，须心在佛，念之诚，故见之真。若念之不诚，岂但学道不成，学什么都不成。儒家说"念兹在兹"（《尚书·大禹谟》），何必念始在？不可以"念兹"为因，"在兹"为果，若以为"念"可以"在"则非矣。"念兹在兹"应标点为"念兹，在兹"，念必在兹，不念亦在兹。舜若非念尧之诚，何能见之羹、墙？

对诗必须心眼见，此"见"即儒家所谓"念"。听谭叫天唱《碰碑》，他一唱我们一听即如见塞外风沙，此乃用"心眼"见。读老杜之"急雪舞回风"（《对雪》）亦须见，如真懂此五字，虽夏日读之亦觉见飞雪。酒令中有险语："八十老翁攀枯枝，井上辘轳卧婴儿，盲人骑瞎马，夜半临深池。"[1]不只是说、读，须见，见老翁攀枯枝、婴儿卧辘轳、盲人瞎马、夜半临池。太白"黄云城边"二句，须真看见，真听见。必须如此，始能了解诗；人生如此，始能抓住人生真谛。懂诗须如此，写诗亦须如此。

学文学者对文学亦应有真切感觉、认识、了解，不可人云亦云。对用字亦应负责任。如谓某人"无恶不作"，其言外意亦可解为某人善亦可为，不如说"无作不恶"，如此则某人绝不能为善矣。平常讲"念兹在兹"一语亦如"无恶不作"，易产生言外意。若余讲则是"无作不恶"，语意更为清楚明白。

---

① 刘义庆《世说新语·排调》："桓南郡与殷荆州语次，因共作了语……次复作危语。桓曰：'矛头淅米剑头炊。'殷曰：'百岁老翁攀枯枝。'顾曰：'井上辘轳卧婴儿。'殷有一参军在坐，云：'盲人骑瞎马，夜半临深池。'"

诗中有时用譬喻。譬喻乃修辞格之一种，譬喻最富艺术性。（商务出版有《修辞格》一书。）如，歇后语"小葱拌豆腐 —— 一清二白"，若但言"一清二白"，使人知而未见；曰"小葱拌豆腐 —— 一清二白"，则令人如见，说时如令人亲见其清楚。具体描写可使人如见 —— 用心眼见，用诗眼见。

譬喻即为使人如见，加强读者感觉。诗更须如此。如太白《将进酒》首云：

> 君不见黄河之水天上来，奔流到海不复回；君不见高堂明镜悲白发，朝如青丝暮成雪。

一说即令人如见。诗好用比兴（譬喻），即为的令人如见。"君不见黄河之水天上来，奔流到海不复回。君不见高堂明镜悲白发，朝如青丝暮成雪"，皆是助人见。

晋左思太冲、宋鲍照明远、唐李白太白，皆不见用。此三人说话皆不思索冲口而出，皆有豪气。有豪气始能进取。孔子谓："狂者进取，狷者有所不为也。"（《论语·子路》）豪气如烟酒，能刺激人神经，而不可持久。豪气虽好，诗人之豪气则好大言，其实则成为自欺，故诗人少成就。有豪气能挺身吃苦固然好，凡古圣先贤、哲人、诗人之言，皆谓人为受苦而生。佛说吃苦忍辱，必如此始为伟大之人。而诗人多为不让蚊子踢一脚的，即因其虽有豪气而神经过敏，神经过敏（nervous）成为歇斯底里（hysteria）。老杜《醉时歌》曰："但觉高歌有鬼神，安知饿死填沟壑。"此等处老杜比太白老实。太白过于夸大 ——"千金散去还复来"—— 人可以有自信而不能有把握。然若"朝如青丝暮成雪"，虽夸大犹可说也，至"会须一饮三百杯"则未免过矣。

太白诗有时不免俚俗。唐代李、杜二人，李有时流于俗，杜有时流于粗（疏）。凡世上事得之易者，便易流于俗（故今世之诗人比俗人还

>>> 譬喻即为使人如见，加强读者感觉。诗更须如此。如李白《将进酒》首云："君不见黄河之水天上来，奔流到海不复回；君不见高堂明镜悲白发，朝如青丝暮成雪。"一说即令人如见。图为清代黄慎《将进酒》。

俗）。太白盖顺笔写去，故有时便不免露出破绽，"岑夫子，丹丘生，将进酒，杯莫停。与君歌一曲，请君为我倾耳听"（《将进酒》）一韵皆俗。

所谓俗，即内容空虚。只要内容不空虚，不管内容是什么都好。如《石头记》，事情平常而写得好，其中有一种味。《水浒》之杀人放火，比《红楼》之吃喝玩乐更不足为法，不可为训，而《水浒》有时比《红楼》还好。若《红楼》算能品，则《水浒》可曰神品。《红楼》有时太细，乃有中之有，应有尽有；《水浒》用笔简，乃无中之有，余味不尽。《史》《汉》之区别亦在此。《汉书》写得兢兢业业，而《史记》不然，《史记》之高处亦在此，看着没有，而其中有。鲁迅先生译厨川白村的《出了象牙之塔》和《苦闷的象征》，谈人生、谈文学，厨川白村乃为人民而艺术的文学家，他也认为内容应有力量方可成好的作品。[①]

文学比镜子还高，能显影且能留影。文学是照人生的镜子，而比照相活。文学作品不可浮漂，浮漂即由于空洞。太白诗字面上虽有劲而不可靠，乃夸大，无内在力。《将进酒》结四句"五花马，千金裘，呼儿将出换美酒，与尔同销万古愁"，初学者易喜此等句，实乃欺人自欺。原为保持自己尊严，久之乃成自欺，乃自己麻醉自己，自求心安。

太白诗豪华而缺乏应有之朴素。豪华、朴素，二者可以并存而不悖（妨），而但朴素之诗又往往易失去诗之美。

---

① 厨川白村《苦闷的象征》第一《创作论》："我想试将平日所想的文艺观——即生命力受了压抑而生的苦闷懊恼乃是文艺的根柢，而其表现法乃是广义的象征主义这一节，现在就借了这新的学说，发表出来。"

七　秀雅与雄伟

有书论西洋之文学艺术有两种美：一为秀雅（grace），一为雄伟（sublime）。实则所说秀雅即阴柔，所说雄伟即阳刚。前者为女性的，后者为男性的，亦即王静安先生所说优美与壮美。[①]前者纯为美，后者则为力。但人有时于雄伟中亦有秀雅，壮美中亦有优美。直若一味颟顸，绝不能成诗。如老杜之"国破山河在，城春草木深"（《春望》），即在雄伟中有秀雅，壮美中有优美。

今录李白诗两首，可证明秀雅与雄伟这两种美：

> 小小生金屋，盈盈在紫微。
>
> 山花插宝髻，石竹绣罗衣。
>
> 每出深宫里，常随步辇归。
>
> 只愁歌舞散，化作彩云飞。
>
> 　　　　　　　　　　（《宫中行乐词八首》其一）

> 骏马似风飙，鸣鞭出渭桥。

---

① 王国维 1904 年在《叔本华之哲学及教育学说》一文中指出："而美之中，又有优美与壮美之别。今有一物，令人忘利害关系而玩之而不厌者，谓之曰优美之感情。若其物直接不利于吾人之意志，而意志为之破裂，唯由知识冥想其理念者，谓之曰壮美之情。"1907 年《古雅之在美学上之位置》一文中再次论述："而美学上之区别美也，大率分为二种：曰优美，曰宏壮。……要而言之，则前者由一对象之形式，不关于吾人之利害，遂使吾人忘利害之念，而以精神之全力沉浸于此对象之形式中。自然及艺术中普通之美，皆此类也；后者则由一对象之形式越乎吾人知力所能驭之范围，或其形式大不利于吾人，而又觉其非人力所能抗，于是，吾人保存自己之本能，遂超乎利害之观念外，而达观其对象之形式，如自然中之高山大川、烈风雷雨，艺术中之伟大宫室、悲惨之雕刻象、历史画、戏曲、小说等皆是也。"至 1910 年，王国维在《人间词话》一书中指出："有有我之境，有无我之境。……无我之境，人唯于静中得之。有我之境，于由动之静时得之。故一优美，一宏壮也。"

弯弓辞汉月，插羽破天骄。

阵解星芒尽，营空海雾消。

功成画麟阁，独有霍嫖姚。

（《塞下曲六首》其三）

前一首乃太白奉诏而作，写一年少宫女。"小小生金屋，盈盈在紫微。"中国字是给人一个概念，而且是单纯的；外国西洋字给人概念是复杂的，但又是一而非二。如"宫"与"building"，中国字单纯，故短促；外国字复杂，故悠扬。中国古代为补救此种缺陷，故有叠字，如《诗经》中之"依依""霏霏"，此诗中之"小小""盈盈"。（好懂，不好讲。）第三句"山花插宝髻"之"山花"二字真好，是秀雅。而何以说"山花"，不说"宫花"？太富贵不好，太酸也不好，愈是富贵之家名门小姐，愈穿得朴素，愈显得华贵。固然名门贵族受过好的教养的人，也有喜欢红、绿的，红、绿也好，只嫌太浓了。"生金屋""在紫微"，而"插山花"，好，只因"山花"多是纤细的，女性之美便在纤细，可见其品性，同时更显出其高贵、俊雅。"宝髻"则富贵，乃矛盾的调和。"石竹绣罗衣"，何以不绣牡丹？亦取其秀雅、纤细。还不说这是唐朝风气，即使宫中绣牡丹，太白也绝不会写"牡丹绣罗衣"。唐人爱牡丹，何以女人不绣牡丹？不绣牡丹而绣石竹，盖由于女人纤细感觉，以为牡丹不免粗俗。此使人联想到老杜之"野花留宝靥，蔓草见罗裙"（《琴台》），真没办法，笨人便是笨。杨小楼①演戏便是秀雅、雄伟兼而有之，老杜不秀，有点像尚和玉②，翻筋斗简直要转不过身来。凌霄汉③写文章说杨小楼，谓"轻""盈"二字兼而有之。有人轻而不盈，有人盈而不

---

① 杨小楼（1878—1938）：京剧演员，工武生，有"武生宗师"之美誉。
② 尚和玉（1873—1957）：京剧演员，尚派武生创始人，武技以稳准扎实见长。
③ 凌霄汉（1888—1961）：戏剧评论家，曾开设剧评栏目《凌霄汉阁评剧》，主编《剧学月刊》。

轻，马连良[①]便是轻而不盈，小楼便是秀雅、雄伟兼而有之，尚和玉唱戏其实翻筋斗也翻过来了，但总觉得慢。老杜便如此。老杜《琴台》二句写卓文君，逝去之女性，用"留"，用"见"，用多么大力气；太白用"插"，用"绣"，便自然。然事有一利便有一弊，太白自然，有时不免油滑；老杜有力，有时失之拙笨。各有长短，短处便由长处来，太白"每出深宫里，常随步辇归"便太滑。"只愁歌舞散，化作彩云飞"，真美，真好。或曰乃用巫山神女典，余以为不必，盖其歌舞之美只"彩云"可拟比，人间无物可比，而一点其他意义没有，只是美。老杜《得弟消息》，一字一泪，一笔一血，真固然真，但美还是太白美。

太白写此诗也没什么深的思想感情，奉诏而作，是用适当字句将其美的感觉表示出来，无思想感情可云，只是美的追求。此即唯美派，只写美的感觉。但美女写成唯美作品尚易，太白《塞下曲》亦用唯美写法。还不用说"五月天山雪，无花只有寒。笛中闻折柳，春色未曾看"数句，且看前所举之《塞下曲》其三，在沙场、战场上还写出美的作品，此太白之所以为太白。杜之"挽弓当挽强，用箭当用长。射人先射马，擒贼先擒王"（《前出塞九首》其六），怎么那么狠？太白"骏马似风飙，鸣鞭出渭桥"，多么自然；"弯弓辞汉月"，真美（以弓开如满月为象征）；"插羽破天骄"，真自在。（匈奴自谓天之骄子，亦犹德国自谓为上帝之选民。）"阵解星芒尽，营空海雾消"十字，合起来便是天地清朗。末二句"功成画麟阁，独有霍嫖姚"，没什么。

"宫中"一首可算是完全优美，"塞下"一首雄伟中有秀雅，秀雅中有雄伟，此方为文学中完全境界。

---

① 马连良（1901—1966）：京剧演员，"四大须生"之首，创立柔润、潇洒的"马派"艺术风格。

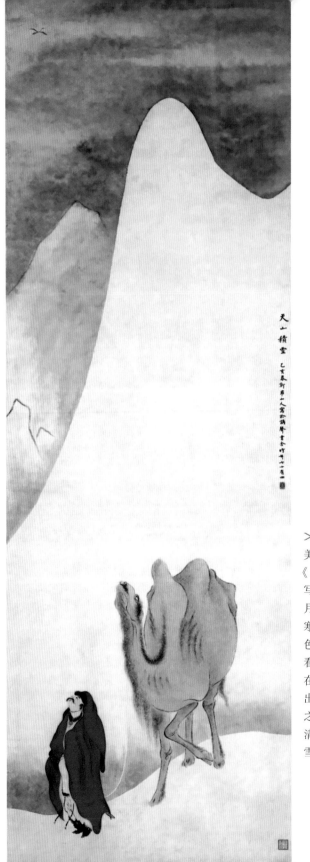

天山积雪

乙亥春新罗山人写松诸峰青令邨十二月一

>> > 美女写成唯美作品尚易，李白《塞下曲》亦用唯美写法。还不用说"五月天山雪，无花只有寒。笛中闻折柳，春色未曾看"数句，且看《塞下曲》其三，在沙场、战场上还写出美的作品，此李白之所以为李白。图为清代华嵒《天山积雪图》。

八 "小家子"与"大家子"

作品的机械的格律与作品的生气、内容并不冲突，且可增助诗之生气、内容，亦犹健全的身体与健全的精神。前曾谈及诗之格律，今言其生气、内容。

盛唐崔颢[①]有《黄鹤楼》诗：

> 昔人已乘黄鹤去，此地空余黄鹤楼。
> 黄鹤一去不复返，白云千载空悠悠。
> 晴川历历汉阳树，芳草萋萋鹦鹉洲。
> 日暮乡关何处是，烟波江上使人愁。

早于崔颢的沈佺期有《龙池篇》：

> 龙池跃龙龙已飞，龙德先天天不违。
> 池开天汉分黄道，龙向天门入紫微。
> 邸第楼台多气色，君王凫雁有光辉。
> 为报寰中百川水，来朝此地莫东归。

金圣叹评《龙池篇》曰：

> 看他一解四句中，凡下五"龙"字，奇绝矣；分外又下四"天"字，岂不更奇绝耶？后来只说李白《凤凰台》乃出崔颢《黄鹤楼》，我乌知《黄鹤楼》之不先出此耶？（《选批唐才子诗》）

---

① 崔颢（704?—754）：盛唐诗人，其《黄鹤楼》豪爽俊利，寄情高远。

诗中之"解"犹文中之节、之段，金圣叹说唐诗律诗多分二解^①，人说其腰斩唐诗。

文章有文章美，有文章力。若说文章美为王道、仁政，你觉得它好，成；不觉得它好，也成。文章力则不然，力乃霸道，我不要好则已，我要叫你喊好，你非喊不可。某老外号"谢一口"，只卖一口，你听了，非喊好不可。诗中续字之方法，不仅有文章美，且有文章力。

李白《登金陵凤凰台》：

> 凤凰台上凤凰游，凤去台空江自流。
> 吴宫花草埋幽径，晋代衣冠成古丘。
> 三山半落青天外，二水中分白鹭洲。
> 总为浮云能蔽日，长安不见使人愁。

金圣叹评曰：

前解：人传此是拟《黄鹤楼》诗，设使果然，便是出手早低一格。盖崔第一句是"去"，第二句是"空"，去如阿閦佛国，空如妙喜无措也。今先生岂欲避其形迹，乃将"去""空"缩入一句。既是两句缩入一句，势必句上别添闲句，因而起云"凤凰台上凤凰游"，此于诗家赋、比、兴三者，竟属何体哉？……"江自流"，亦只换"云悠悠"一笔也。妙则妙于"吴宫""晋代"二句，立地一哭一笑。何谓立地一哭一笑？言我欲寻觅吴宫，乃唯有花草埋径，此岂不欲失声一哭？然吾闻伐吴，晋也，因而寻觅晋代，则亦既衣冠成丘，此岂不欲破涕一笑？此二句，只是承上"凤去台空"，极写人世沧桑。然而先生妙眼妙手，于写吴后偏又写晋，此是其胸中实实看破得失成败，是非赞骂，一总只如电拂。我恶乎知甲子兴

---

① 二解：即前解、后解。前解首联、颔联，后解颈联、尾联。

之必贤于甲子亡，我恶乎知收瓜豆人之必便宜于种瓜豆人哉？

后解：前解写凤凰台，此解写台上人也。（《选批唐才子诗》）

金氏讲"吴宫""晋代"两句好，失败的固花草埋径，成功的也衣冠成丘。金氏讲此二句有哲学味。"甲子兴""甲子亡"，武王伐纣在甲子日。金圣叹真聪明，可惜是传统思想——泄气。外国人打气，中国人泄气。金圣叹是天才，能打破传统精神；然又恨其传统精神太深，恨其不生于现代。金圣叹非能造时势之英雄，而又恨其不能生于现代，成为时势所造之英雄。

据云李白登黄鹤楼欲赋诗，因见崔颢之《黄鹤楼》，遂罢，曰："眼前有景道不得，崔颢题诗在上头。"（辛文房《唐才子传》卷一）此为一点美德。中国人要面子，可是顶不要脸，古人则反之。现代人真不要脸，可是要别人留面子。李白"凤凰台"诗未必有意学崔，然亦未必不学。金氏所言"人传此是拟《黄鹤楼》诗，设使果然"，金氏"设使"二字，下得好。人不可死心眼儿，掉在地上连滚都不会。

人要以文学安身立命，连精神、性命都拼在上面时，不但心中不可有师之说，且不可有古人，心中不存一个人才成。学时要博学，作时要一脚踢开。若不然，便如金氏所云"出手早低一格"。余叔岩戏好而不成，以其心中有老谭。他学得真好，不够九成九，也够八成五。但如此，似老谭则似矣，却没有余叔岩了。老师喜欢学生从师学而不似师，此方为光大师门之人。故创作时心中不可有一人，用功时虽贩夫走卒之言皆有可取，而创作时脑中不可有一人。读书不要受古人欺，不要受先生影响，要自己睁开一双眼睛来，拿出自己感觉来。看书眼快也好，上去便能抓住；但若慌，抓不住，忽略过去，便多少年也荒过去。一个读书人一点"书气"都没有，不好；念几本书处处显出我读过书来，也讨厌。

然读书与创作是两回事，有人尽管书读得多，创作未必好，因为创

>>> 李白"凤凰台"诗未必有意学崔，然亦未必不学。金圣叹所言"人传此是拟《黄鹤楼》诗，设使果然"，金氏"设使"二字，下得好。图为清代冯宁《金陵图》（局部）。

作不必懂得很多道理，只要本着自己感觉感情，有天才，便能写得出很好作品。而且古时书很少，屈原读过几本书都成问题，他所用的典故，并非得之于书，而是民间传说。谁能那么大胆，那么不识羞，说自己是天才呢？但人各有所长，不必自暴，也不必自弃。余自谓写诗乃"玩儿票"，有时间、有精力要作白话文[①]，次是写曲，再次写词，最不成时才是写诗。

崔颢"昔人已乘黄鹤去，此地空余黄鹤楼"，李白将"去""空"混入一句——"凤去台空江自流"，固经济矣，无奈小气了。不该花的不花，但该花的不可不花。太白此句较之《黄鹤楼》二句，太白是"小家子"，崔颢是"大家子"。且崔颢"昔人已乘黄鹤去""黄鹤一去不复返"，"黄鹤"所代表的多了，代表高远……；而李白"凤去台空江自流"，试问有何意思？

九 写实与说理

李白《鹦鹉洲》：

> 鹦鹉来过吴江水，江上洲传鹦鹉名。
> 鹦鹉西飞陇山去，芳洲之树何青青。
> 烟开兰叶香风暖，岸夹桃花锦浪生。
> 迁客此时徒极目，长洲孤月向谁明。

---

① 白话文：此指学术文章。

"迁客"，离京城在外者。唐都长安，京城长安，乃名利所在，人喜居于此。此诗七、八句伤感。金圣叹评曰：

> 此必又拟"黄鹤"，然"去"字乃直落到第三句，所谓一蟹不如一蟹矣。赖是"芳洲"之七字，忽然大振……只得七个字，一何使人心杳目迷，更不审其起尽也。（《选批唐才子诗》）

李白之"芳洲之树何青青"句，好；金氏之评，亦好。前举李白"凤凰台"诗"三山半落青山外"句亦好，你说没有，又的确是有；说有，又很辽远。

诗中有两件事非小心不可。

第一为写实。

既曰写实，所写必有实在闻见；既写之便当写成，使读者读之也如实闻实见，才可算成功。如白乐天，不能算大诗人，而他写《琵琶行》《霓裳羽衣歌》，真写得好。有此本领才可写实，但写到这地步也还不成。老杜诗有的写得很逼真，但会有什么意思？如"圆荷浮小叶，细麦落轻花"（《为农》）。（前句当说"小荷浮圆叶"。）老杜之诗有的没讲儿，他就堆上这些字来，让你自己生成一个感觉。诗原是使人感觉出个东西来。它本身成个东西，而使读者读后又能另生出个东西来。可是读者别长舌苔，长了舌苔尝不出味儿来，作者不负责任。"圆荷浮小叶"，不管它文法，自己成个东西。老杜将"圆荷""细麦"的神气写不出来，不行；只能将它写出来自成一东西，但读者另外生不出东西来，还不成。听讲亦然，听后最好将先生所讲忘了，自己另生出一些东西来。故写实不是那些东西，不成；仅是了，也还不成。New-realizm，新写实主义。旧写实主义便是写什么像什么，如都德、福楼拜、莫泊桑。诗的写实必是新的写实派。所以只说山青水绿、月白风清不成，必须说了使人听了另生一种东西。而此必从旧写实作起，再转到新写实。

第二是说理。

有人以为文学中不可说理，不然。天下没有没理的东西，天下岂有无理的诗？不过说理真难。平常（普通）说理是想征服人，使人理屈词穷，这是最大的错误。因为别人不能心服，最不可使被教者有被征服的心理，故说理绝不可是征服人。以力服人，非心服也；即以理服人，也非心服也。如读《韩非子》，尽管理充足，却不叫人爱。说理不该是征服，该是感化、感动；是说理而理中要有情。一受感动，有时没理也干，舍命陪君子，交情够。没理有情尚能动人，况情理兼至，必是心悦诚服。

故写实，必是新写实；说理，不可征服，是感动。而李白此诗"鹦鹉来过吴江水""鹦鹉西飞陇山去"，算什么？用得上金圣叹评"凤凰台"诗所说"此于诗家赋、比、兴三者，竟属何体哉"！人有家住太行者，有诗曰："人见太行悲，我见太行喜。不是喜太行，家在太行里。"而一人家住窟窿山，亦仿之而诗云："人见窟窿悲，我见窟窿喜。不是喜窟窿，家在窟窿里。"太白"鹦鹉"之拟"黄鹤"，亦如此。金氏以为太白此诗病在"去"字"落到第三句"，还不然，只是因它里面没东西。而"芳洲之树何青青"句，真好；金圣叹之批"只得七个字，一何使人心杳目迷，更不审其起尽也"数句，也真好，真对得起太白。"芳洲之树何青青"句，没理而好，是写实，而同时使人心泉活泼泼的，便是好。为什么？这是诗，因为他将人生趣味提出来了，使人读了觉生之可爱，这便是好作品。

不好的作品坏人心术、堕人志气。坏人心术，以意义言；堕人志气，以气象言。文学虽不若道德，而文学之意义极与道德相近。唯文学中谈道德不是教训，是感动。文学应不堕人志气，使人读后非伤感、非愤慨、非激昂，伤感最没用。如《红楼》便是坏人心术，最糟是"黛玉葬花"一节，最堕人志气，真酸。见花落而哭，于花何补？于人何益？几时中国雅人没有黛玉葬花的习气，便有几分希望了。吸大烟者明知久烧是不好，而不抽不行；诗中伤感便如嗜好中的大烟，最害人而最不容易去掉。人大概如果不伤感便愤慨了，这也不好，这是"客气"。客气，不是真气。要做事，便当努力做事，愤慨是无用的。有理说理，有力办事，何必伤感？何必愤慨？一个文学家不是没感情，而不是伤感，不是愤慨，但这样作品真少。伤感、愤慨、激昂，人一如此，等于自杀；而若不如此，便消极了，也要不得；消极要不得，不消沉可也不要生气。有人说生气是你对你自己的一种惩罚。非伤感、非愤慨、非激昂，要泛出一种力来才行。"芳洲之树何青青""池塘生春草"（谢灵运《登池上楼》），自自然然一种生意，有力而非勉强。勉强是不能持久的，普通有力多是勉强，非真力。

好的诗句除平仄谐调外，每字皆有其音色。"芳洲之树何青青"句，是否好在"芳""青青"三字？三个阳声字，显得颜色特别鲜明。好的诗句除格律上的平仄及音色外，又有文法上的关系。诗句不能似散文，而大诗人的好句子多是散文句法，古今中外皆然，如"芳洲之树何青青""白云千载空悠悠"。普通写人都不太人味，或近于兽，或近于神。Man is not his man，我们喜欢的多是此种人。诗，太诗味了便不好，poem is not poetic。读晚唐诗便有此感，姑不论其意境，至少在文法上已是太诗味了。如义山"五更疏欲断，一树碧无情"（《蝉》），真是诗。好是真好，可是太诗味了。"白云千载空悠悠""芳洲之树何青青"，似散文而是诗，是健全的诗。

伟大的学说创始是一人，成功是另一人。太白有英气，超铁绝伦，即"倚凭"。图为明代仇英《春夜宴桃李园图》

十 俊逸鲍参军

汉魏五言，曹公、陶公两人了不起。唐人五言虽新鲜而不及汉魏好，盖好坏不在新旧。如宋人诗比唐人新鲜，不见得比唐人好。至七言诗则不论古体、近体，唐人皆有独到处，盖汉魏时七言尚未成立，且七言字数自少而多，亦易见佳。

伟大的学说创始是一人，成功是另一人。即以太白七言而论，老杜赠之以诗曰："清新庾开府，俊逸鲍参军。"（《春日怀李白》）太白有英气，超轶绝伦，即"俊逸"。鲍照集中七言古甚多，其中有的作风颇似李白，而鲍在前，李在后，故谓太白出自鲍参军。二人若真谓师、弟，则太白可谓青出于蓝：其一，字句之运用鲍不如李之成熟。李正如韩愈所谓"气盛则言之短长与声之高下者皆宜"（《答李翊书》），鲍有时生疏。其二，鲍的内容不如李充实，鲍仅有情感，而仅有一点情感不宜写长篇。

中国诗体最复杂，上至"三百篇"下至词曲，各体有各体长处。如太白七古必是七古，非七言古不可表现，至于鲍照之七言古则似以五言亦可表现。故李虽出自明远而实高于明远。在某一点上，后人不及古人；而在某一点上，后人也可超过古人。

第八课

杜甫诗讲论

一个大诗人、文人、思想家，皆是打破从前传统。当然也继承，但继承后还要一方面打破，方能谈到创作。六朝末年及唐末，个人无特殊作风，只剩传统，没有创作了。老杜在唐诗中是革命的，因他打破了历来酝酿之传统，他表现的不是"韵"，而是"力"。

　　纯抒情的诗初读时也许喜欢。如李、杜二人，差不多初读时喜李，待经历渐多则不喜李而喜杜。盖李肤浅，杜纵不伟大也还深厚。伟大不可以强而致，而一个人若极力向深厚做，该是可以做到。

　　中、西两大诗人比较，老杜虽不如莎士比亚伟大，而其深厚不下于莎氏之伟大。其深厚由"生"而来，"生"即生命、生活，其实二者不可分。无生命何有生活？但无生活又何必要生命？① 譬之米与饭，无米何来饭？不做饭要米何用？

---

① 叶嘉莹此处有按语：先生所谓生活，盖指有意义的生活。

一 杜甫七绝

老杜诗真是气象万千，不但伟大而且崇高。譬如唱戏，欢喜中有凄凉，凄凉中有安慰，情感复杂，不易表演，杜诗亦不好讲。今且说其七绝。

曾国藩[①]《十八家诗钞》选唐人诗多而好，见其心胸阔大。沈德潜《唐诗别裁》则只重在"韵"，气象较小。老杜诗分量太重，每令人起繁赜之叹。学诗可从《十八家诗钞》中老杜七绝入手，先得些印象；再本此读其七律、五律，七古、五古自然迎刃而解。否则，也总有些路径，不至于丈二和尚摸不着头脑。

盆景、园林、山水，三者中，盆景是模仿自然的艺术，不恶劣也不凡俗，看起来精致，可是太小。无论作什么，皆应打倒恶劣同凡俗。常人皆以"雅"打倒，余以为应用"力"打倒。盆景太雅。园林亦为模仿自然之艺术，太湖石、石笋布置极好，较盆景大，而究嫌匠气太重。真的山水当然大，而且不但可发现高尚的情趣，且可发现伟大的力量。此情趣与力量是在盆景、园林中找不到的。

老杜诗苍苍茫茫之气，真是大地上的山水。常人读诗皆能看出其伟大的力量，而不能看出其高尚的情趣。

---

① 曾国藩（1811—1872）：晚清重臣，文学上继承桐城派而自立风格，著有《求阙斋文集》《经史百家杂钞》《十八家诗钞》等。

>>> 杜诗真是气象万千，不但伟大而且崇高。譬如唱戏，欢喜中有凄凉，凄凉中有安慰，情感复杂，不易表演，杜诗亦不好讲。图为清代顾见龙《饮中八仙图》。

"两个黄鹂鸣翠柳"（《绝句四首》其三）一绝，真是高尚、伟大。首两句"两个黄鹂鸣翠柳，一行白鹭上青天"，清洁，由清洁即可得高尚。后两句"窗含西岭千秋雪，门泊东吴万里船"，有力，伟大。前两句无人，后两句有人，虽未明写，而曰窗、曰门，岂非人在其中矣？后两句代表心扉（heart's door）。在心扉关闭时，不容纳或不发现高尚的情趣、伟大的力量。诗人将心扉打开，可自大自然中得到高尚伟大的情趣与力量。"窗含""门泊"，则其心扉开矣。窗虽小，而"含西岭千秋雪"；门虽小，而"泊东吴万里船"。船泊门前，自然有人。常人看船皆是蠢然无灵性之一物，老杜则看船成一有人性之物，船中人即船主脑，由西蜀到东吴，由东吴到西蜀。"窗含西岭千秋雪"一句是高尚的情趣，"门泊东吴万里船"一句是伟大的力量。后人皆以写实视此诗，实乃象征，且为老杜人格表现。若不知此，未免辜负老杜诗心。

老杜诗中有力量，而非一时蛮力、横劲。（有的蛮横乃其病。）其好诗有力，而非散漫的、盲目的、浪费的，其力皆如河水之拍堤，乃生之力，生之色彩，故谓老杜为一伟大记录者。曰生之"色彩"而不曰形状者，色彩虽是外表，而此外表乃内外交融而透出的，色彩是活色，如花之红、柳之绿，是内在生气、生命力之放射，不是从外涂上的。且其范围不是盆景、园林，而是大自然的山水。

老杜论诗有《戏为六绝句》：

> 王杨卢骆当时体，轻薄为文哂未休。
> 尔曹身与名俱灭，不废江河万古流。
>
> （其二）

> 才力应难跨数公，凡今谁是出群雄。
> 或看翡翠兰苕上，未掣鲸鱼碧海中。
>
> （其四）

虽曰"戏为"，亦严肃，所写乃对诗之见解，可看出其创作途径、批评态度。前首"江河"及次首"数公"皆指王杨卢骆。"看翡翠兰苕上"，"翡翠"，小鸟羽色金碧辉煌，鸣声清越；"兰苕"，雅净；"翡翠兰苕"，此景真是精致、美丽、干净，而没力量；"掣鲸鱼碧海中"，或不美丽，不精致，而有力量。"玩艺儿"是做的，力气是真的，此即可看出老杜生之力，生之色彩。虽或者笨，但不敢笑他，反而佩服。

老杜七绝，选者多选其《江南逢李龟年》一首：

> 岐王宅里寻常见，崔九堂前几度闻。
> 正是江南好风景，落花时节又逢君。

此选者必不懂老杜绝句，沈归愚《唐诗别裁》即然。此首实用滥调写出。写诗若表现得容易、没力气，不是不会，是不干；若非此因，或因无意中废弛了力量，乃落窠臼。

看老杜诗，第一，须先注意其感觉。

莫看他粗，实在感觉锐敏之极 —— 敏、细。如其："繁枝容易纷纷落，嫩蕊商量细细开。"（《江畔独步寻花七绝句》其七）观"嫩蕊"句，其感觉真锐敏、真纤细，用"商量"二字，真有意思，真细。这在别人的诗里纵然有，亦必落小气，老杜则虽细亦大方：此盖与人格有关。再如其《三绝句》：

> 楸树馨香倚钓矶，斩新花蕊未应飞。
> 不如醉里风吹尽，可忍醒时雨打稀。
>
> 门外鸬鹚去不来，沙头忽见眼相猜。
> 自今已后知人意，一日须来一百回。

无数春笋满林生，柴门密掩断人行。

会须上番看成竹，客至从嗔不出迎。

老杜的诗有时没讲儿，他就堆上这些字来让你自己生一个感觉。即如其七律亦然，如《咏怀古迹》第五首"三分割据纡筹策，万古云霄一羽毛"，上句字就不好看，念也不好听，而老杜对得好："万古云霄一羽毛。"这句没讲儿，而真是好诗。文学上有时能以部分代表全体，"一羽毛"便代表鸟之全体。老杜只是将此七字一堆，使你自己得一印象，不是让你找讲儿。

看老杜诗，其次，须注意其情绪、感情。自"王杨卢骆"二首可以看出，感觉是锐敏、纤细，情绪是热烈、真诚。

此外另有一点，即金圣叹批《水浒》说鲁智深之"郁勃"——有郁积之势而用力勃发，故虽勃发而有蕴郁之力。别人情绪或热烈、真诚，而不能郁勃。且老杜有理想，此自"两个黄鹂"一绝可看出。

如此了解，始能读杜诗。

老杜七绝避熟就生。历来诗人多避生就熟，若如此作诗，真是一日作一百首也得。老杜七绝真是好用险，"险中弄险显奇能"（《空城计》）。老杜七绝之避熟就生，即如韩愈作文所谓"唯陈言之务去"（《答李翊书》），而韩之"陈言务去"只限于修辞，至其取材、思想（意象），并无特殊，取材不见得好，思想也不见得高。老杜则不但修辞避熟就生，其取材亦出奇。如其七绝有《觅果栽》（树栽者，树苗也）：

草堂少花今欲栽，不问绿李与黄梅。

石笋街中却归去，果园坊里为求来。

有《觅松树子栽》：

落落出群非榉柳，青青不朽岂杨梅。

欲存老盖千年意，为觅霜根数寸栽。

有《乞大邑瓷碗》：

大邑烧瓷轻且坚，扣如哀玉锦城传。

君家白碗胜霜雪，急送茅斋也可怜。

次句"扣如哀玉锦城传"，"哀玉"之"哀"与魏文帝《与吴质书》"哀筝顺耳"之"哀"义同；"锦城"即成都，"锦城传"言其音脆而长。别人写此类必雅，而雅得俗；老杜写得不雅，却不俗（或曰俗得雅），粗中有细。

写诗时描写一物，不可自古人作品中求意象、辞句，应自己从事物本身求得意象。吾人生于千百年后，吃亏，否则安知写不出来"明月照高楼"（曹子建《七哀》）、"池塘生春草"（谢灵运《登池上楼》）的句子？不过吾人所见意象究与古人不同，则所写的不必与古人同，写的应有自己看法。

别人作品声音是纤细的，而老杜是宏大的。如前所举"大邑烧瓷轻且坚，扣如哀玉锦城传"，此盖与天性有关。

诗人应有美的幻想，锐敏的感觉。老杜幻想、感觉是壮美的，不是优美的。在温室中开的花叫"唐花"，老杜的诗非花之美，更非唐花之美，而是松柏之美，禁得起霜雪雨露，苦寒炎热。他开醒眼，要写事物之真象，不似义山之偏于梦的朦胧美。但其所写真象绝非机械的、呆板的科学描写。如《乞大邑瓷碗》一首，是平凡的写实，但未失去他自己的理想。义山是 day-dreamer，老杜是睁了醒眼去看事物的真象。

老杜有《春水生二绝》：

>>> 杜甫的诗非花之美，更非唐花之美，而是松柏之美，禁得起霜雪雨露，苦寒炎热。图为宋代赵葵《杜甫诗意图》。

二月六夜春水生，门前小滩浑欲平。

鸬鹚鸂鶒莫漫喜，吾与汝曹俱眼明。

（其一）

一夜水高二尺强，数日不可更禁当。

南市津头有船卖，无钱即买系篱旁。

（其二）

好处在新鲜，而一览无余。此在老杜诗中不能算好诗，亦不能算其坏诗。老杜此诗是"幼稚"，此亦有好、坏二意。幼稚非绝对不可取，以其新鲜。老杜写此诗盖用儿童的眼光去观察，成人之后则有传统精神，且为环境、习惯所支配。幼童则未发展、沾染，故自有其想法、看法。

老杜七绝以"两个黄鹂"一首为最好，以其中有理想，而老杜理想之流露乃无意识的，自然的，不是意识了的。此在西洋人则不然，西洋人乃三"W"主义：What（什么）、How（怎样）、Why（为什么）。老杜的诗在理想上有而不以此胜，以新鲜胜，其好处在气象。老杜的气象是伟大的。如《夔州歌十首》其九：

武侯祠堂不可忘，中有松柏参天长。

干戈满地客愁破，云日如火炎天凉。

此与《春水生》二首不同，前二首只是新鲜，此首则气象伟大。开端既提出"武侯"来，是伟大的，则后数句所写必须衬得住。一、二句"武侯祠堂不可忘，中有松柏参天长"，以武侯之伟大、武侯祠堂之壮丽，后面必须衬得住。三、四句"干戈满地客愁破，云日如火炎天凉"，所写亦衬得住。而老杜写时是不曾意识了的。若吾人如此写则是意识了的。老杜所用辞句是能表示出武侯之伟大的，而在他写时，绝非意识了的，而是直觉的，非如此不可。若将首句"不可忘"改为"系人思"，虽意义同或更好，而一点劲没有，"不可忘"三字用声音表示伟大。（《江南逢李龟年》一首则堕坑落堑，入窠臼矣。传统规矩乃无形束缚，此不能代表老杜。）

此诗多用"三平落脚"（诗中术语，谓七言句末三字皆平声）。又如老杜之"闻道杀人汉水上，妇女多在官军中"（《三绝句》其三），此首平仄不合，第二句乃"三平落脚"。"三平落脚"要落得稳，此在七古中好用。老杜七古叶平韵者，用"三平落脚"句甚多。如《曲江三章章五句》其三："自断此生休问天，杜曲幸有桑麻田，故将移住南山边。短衣匹马随李广，看射猛虎终残年。"此一首七古，用"三平落脚"，沉着有力。老杜作七绝亦用此法。

近代的所谓描写，简直是上账式的，越写得多，越抓不住其意象。描写应用经济手段，在精不在多，须能以一二语抵人千百，只用"中有松柏参天长"七字，便写出整个庙的庄严壮丽。"干戈满地"客自愁，而至武侯祠堂，对参天松柏，立其下，客愁自破，用"破"字真好。好诗是复杂的统一，矛盾的调和。好是多方面的，说不完，只是单独的咸、酸，绝不好吃。"干戈满地""客愁"而曰"破"，"云日如火""炎天"而曰"凉"，即复杂的统一，矛盾的调和。

生在乱世，人是辗转流离，所遇是困苦艰难，所得是烦恼悲哀。人承受之，乃不得已，是必在消灭之，不能消灭则求暂时之脱离。如房着火，火不能消灭，人可以跑出去。对于苦难，若既不欢迎，又不能消灭；不能逃脱，又忍受不了，只可忘记。人真是可怜虫。说到忘记必须麻醉。任何一国，抵抗苦难的麻醉力量无超过中国者，中国人所以爱麻醉即为的是忘记。老杜则睁了眼清醒地看苦痛，无消灭之神力，又不愿临阵脱逃，于是只有忍受、担荷。（一）消灭，（二）脱离，（三）忘记，（四）担荷。老杜此诗盖四项都有，消灭、脱离、忘记，同时也担荷了。

老杜之七绝与当时一般人所作不同。人以为他不会作"绝"，错了。老杜与陶公固不能相提并论，但也有共同之点：从修辞上看，二人皆有许多新鲜字句，这是在外表上的革新。此外，关于内容一方面，别人不敢写的他们敢写。凡天地间事没有不能写进诗的，就怕你没有胆量。但只有胆量写得鲁莽灭裂也还不行。便如厨师做菜，本领好什么都能做。所以创作不仅要胆大，还要才大。胆大者未必才大，但才大者一定胆大。俗说"艺高人胆大"。二三流作家所写都是豆腐、白菜。

老杜绝句《漫兴九首》其四：

二月已破三月来，渐老逢春能几回。

莫思身外无穷事，且尽生前有限杯。

古所谓"村"，即今北平所谓"土"。杜诗便令人有此感。闻一多[①]说："一个诗人只要肯用心用力去写，现在也许别人不承认为诗，但将来后人一定尊为好诗。所以写得不像诗也不要紧。"老杜在当时就如此。

老杜说"二月已破三月来"，"破"有二解：（一）破坏；（二）完结。此处是第二解。"二月已破"，二月完了之意。而老杜不说"二月已完""已尽""已过"，而说"二月已破"，"破"字太生，"三月来"，"来"字又太熟。但老杜便如此用。"破"字不是"生"便是"土"。

"二月已破三月来"之平仄：｜｜｜一｜一。别人作近体，岂敢如此用？后两句平仄虽对，但与前两句拗。

余作诗偶用一特殊字句便害怕，以为古人没这样用过。

杜诗"莫思身外无穷事，且尽生前有限杯"二句，普通看这太平常了，但我看这太不平常了。现在一般人便是想得太多，所以反而什么都做不出来了。"莫思身外无穷事"是说"人必有所不为"，"且尽生前有

---

① 闻一多（1899—1946）：现代学者、诗人，主张"新诗格律化"，鼓吹诗的"三美"：音乐美、绘画美、建筑美。

限杯"是说"而后可以有为"。老杜这两句有力，但如太白"烹羊宰牛且为乐，会须一饮三百杯"(《将进酒》)，便只是直着脖子嚷。

二 杜甫拗律

老杜诗中自言"晚节渐于诗律细"(《遣闷戏呈路十九曹长》)，写的诗以七言为主，于格律反渐细。青年往往不管格律，只凭一腔热血、热心去写，若是天才，则他所写的诗是多少年纪大的人写不了的。青年勇往直前，老年诗思枯竭，只剩下功夫而韵味少了。老杜入蜀后作拗律甚多，他倒平仄，非不懂格律，乃能写而偏不写，其不合平仄正是深于平仄。

律诗中三、四句为一联，五、六句为一联，每联都要对仗。律诗中的平仄有固定格式——此乃"定格"，而拗律是"变格"。如李白"芳洲之树何青青"(《鹦鹉洲》)，其平仄为"———｜———"，即拗律。这种拗律弄不好便成"折腰"。老杜《白帝城最高楼》：

> 城尖径仄旌旆愁，独立缥缈之飞楼。
> 峡坼云霾龙虎卧，江清日抱鼋鼍游。
> 扶桑西枝对断石，弱水东影随长流。
> 杖藜叹世者谁子，泣血迸空回白头。

此首在杜诗之拗律中，为最拗之一首。

太白拗律可与人以清楚印象，如"芳洲之树何青青"（《鹦鹉洲》）；又如崔颢"白云千载空悠悠"（《黄鹤楼》），亦然。老杜无一句如此。晚唐诗是要表现"美"，老杜诗是要表现"力"。天下之勉强最不持久，是什么样就什么样，勉强最要不得，其实努力也还是勉强。仁义是好，假仁义是不好，假的不好。勉强何尝不是假？美是好，不美勉强美便不好了。力好，而最好是自然流露，不可勉强。诗最好是健康，不使劲，如"昔我往矣，杨柳依依"（《诗经·小雅·采薇》），如"芳洲之树何青青"。晚唐病在不美求美，老杜病在无力使力。太白"芳洲之树何青青"一句，"芳洲之树"底下非是"何青青"；而老杜"城尖径仄旌旆愁"一句，"城尖径仄"底下怎么是"旌旆愁"？老杜此首"江清日抱鼋鼍游"句最好，然也不好讲，于字太使力。老杜《昼梦》：

> 二月饶睡昏昏然，不独夜短昼分眠。
> 桃花气暖眼自醉，春渚日落梦相牵。
> 故乡门巷荆棘底，中原君臣豺虎边。
> 安得务农息战斗，普天无吏横索钱。

拗律不但与格律有关，与文学精神亦有关。格律与文学精神之表现有关，而实所表现者又绝不同。如"芳洲之树何青青"，"白云千载空悠悠"，每个字除平仄外，又有其音色，"空悠悠"有形无色，"何青青"有形有色。老杜《昼梦》首句"二月饶睡昏昏然"亦为拗律，"昏昏然"三字亦为平、平、平，但却不如"白云千载空悠悠"之形意飞动，又不如"芳洲之树何青青"之颜色鲜明，直是漆黑一团。

才大之人易为拗律。如此则太白之拗律应多于老杜，其实不然。盖太白乃无意之拗，老杜则有意拗矣。李，不知；杜，故犯。李是才情，性之所至，"大爷高兴"；杜是出力，故意如此。

若论有意与无意，古代之伤感多为无意。如：

> 林表明霁色，城中增暮寒。
>
> （祖咏《终南望余雪》）

> 野旷天低树，江清月近人。
>
> （孟浩然《宿建德江》）

> 夕阳无限好，只是近黄昏。
>
> （李商隐《登乐游原》）

此等皆为无意，若除写诗而外，并无他意，谓之"无所谓"。如"林表明霁色"一句是景，下句"城中增暮寒"，是好是坏未言。若前为"长安有贫者，为瑞不宜多"（罗隐《雪》），则坏事矣。此为有意，但诗味不及前者。"长安"二句，看这乏劲儿，似白乐天。

有意时往往不易写成好诗。而诗有意可写愁，且将其美化了，便好了，便能忍受了，如"月黑杀人地，风高放火天"。若写出者使人不能忍受，便是诗味不够。如老杜之"垢腻脚不袜"（《北征》），这样句子真不是诗。不是不能写，是不能这样写。其不成诗还不在于与人不快之感。人吃菜酸甜苦辣都能吃，可是那要是菜才行，要做得是味。诗中并非必须写美，如菜中之臭豆腐也能好吃，可是要味好。诗中也能写丑，但要写的是诗。孟浩然《宿建德江》：

> 移舟泊烟渚，日暮客愁新。
> 野旷天低树，江清月近人。

明明点出愁来，但经过诗化了，不但能入口，而且特别有味。是凄凉，是冷，但诗味给调和了，能忍受了。"野旷天低树"一句是荒凉，但并不恐怖，经过美化了。"夕阳无限好，只是近黄昏"二句有其悲哀，但也诗化了，美化了。最无意是"林表明霁色，城中增暮寒"。

古代无意之诗多，但如老杜《昼梦》一首则全为有意。前所讲拗律只拗一、二句，无如此首之几乎全不合格律者。此《昼梦》一首"普天无吏横索钱"是律句，仅此一句是。二、四句末二字"分眠""相牵"落平；六、八句末二字"虎边""索钱"落仄平，均是有意的；又二、四两句平声太少，居十四分之五，五、六句平声字占十四分之九。崔颢"白云千载空悠悠"、太白"芳洲之树何青青"是偶然，老杜是成心。

老杜《崔氏东山草堂》：

> 爱汝玉山草堂静，高秋爽气相鲜新。
> 有时自发钟磬响，落日更见渔樵人。
> 盘剥白鸦谷口栗，饭煮青泥坊底芹。
> 何为西庄王给事，柴门空闭锁松筠。

此首较前首顺，盖情调不同，写前诗时在抑郁中，不如彼之拗表不出其抑郁。"高秋爽气相鲜新"，虽为人工，不如"芳洲之树何青青"，但已有点意思了。

老杜拗律与崔氏《黄鹤楼》、李白《鹦鹉洲》不同，崔、李他们对仗有时不工，老杜虽平仄拗，但对仗甚工。崔、李是自然而然，老杜是故意。

老杜七言拗律二首：

> 霜黄碧梧白鹤栖，城上击柝复乌啼。
> 客子入门月皎皎，谁家捣练风凄凄。
> 南渡桂水阙舟楫，北归秦川多鼓鼙。
> 年过半百不称意，明日看云还杖藜。
>
> （《暮归》）

萬里悲秋常作客
百年多病獨登臺

>>> 杜甫晚年为病所苦。人往前看总觉得来日方长，而回头看已是逝者如斯，人愈老此种感觉愈迫切。图选自明代朱慈晋《杜甫诗意图册》。

北城击柝复欲罢，东方明星亦不迟。

邻鸡野哭如昨日，物色生态能几时。

舟楫眇然自此去，江湖远适无前期。

出门转眄已陈迹，药饵扶吾随所之。

（《晓发公安》）

杜甫晚年为病所苦，有诗云："多病所需唯药物，微躯此外复何求。"（《江村》）但若仅如此，便是大大俗人。俗人，既非道人，又非诗人。道人，得道之人；诗人，于诗（一）爱（二）学（三）解。老杜乃诗人。（余非道人，得道，不知何年何月；对诗，爱好而已，"学"已很难说，"解"更不知何年何月。）

人往前看总觉得来日方长，而回头看已是逝者如斯，人愈老此种感觉愈迫切。七言拗律二首即有此种感觉。人要自己要强，天助自助者，否则虽天亦无力，况于他人？从拗律讲，崔颢、太白之拗是"忘"，杜甫是"成心"。不知者不宜罪，罪有可原；明知故犯，罪加一等。

天才差一点的人爱找"辙"，走着省劲。创造力薄弱的人即如此。有天才的人都是富于创造力的人，没有创造力的人是继承传统、习惯（继承别人是传统，自己养成是习惯），没有本领打破传统、习惯，或根本不曾想打破传统、习惯。老杜律诗继承初唐，有一定格律，然而老杜不安于此传统、习惯。一个天才是最富创造力者，天才不可无一，不可有二，最不因循。小孩子好奇，即创造力之一种；而因循是麻醉剂，如大烟、白面儿、海洛因，把多少有天才的人毒害了。鲁迅先生创造式的说话，很少使人听了爱听，其实是人的毛病太多。鲁迅先生明知道说什么让人爱听，可我偏不爱说，杜甫拗律亦然。如"张弓"（拉紧弓弦开弓），老杜深得"张"字诀，近代作家只有鲁迅先生，现在连"顺"都做不到，何况"张"？连"不会"都没有，何况"会"？说食不饱，须自己吃。（由此说来，教书不但无聊，而且无能。）杜诗都是百石之弓，千斤之弩，张弓。杜诗不因循。可惜老杜之拗律以晚年所作为多，杜诗晚年于"诗律细"，但意境并不高，并不深。所以对老杜入蜀后的诗要加以挑拣，多半是坏的多，好的少，即因他只在格律上用力，而未在意境上用力。但如今日所举上述二首拗律，真好，后人只山谷可仿佛一二（山谷学杜，而力量不及，狠劲不够），别人望尘莫及。百石之弓，千斤之弩，没有力便扳不开，不用说发弓射箭了。

老杜七言律诗之结实、谨严，如为杨小楼配戏之钱金福[1]，虽然就了筋了，但其功夫深，如铁铸成，便小楼也有时不及，可惜缺少弹性，去"死"不远矣。创造就怕这个。青年幼稚，没功夫，但有弹性，有长进；老年功夫深，但干枯了，再甚便入死途了。我们要在这两者之间找出一条路来，在青年时能像老年功夫那样成熟，在老年时要像青年心情那样活泼，此便为矛盾之调和。从诗之"拗"来看，《黄鹤楼》如云烟，太白如水，老杜则如石。如《暮归》第三句"客子入门月皎皎"七字六仄一平，太白"芳洲之树何青青"七字六平一仄，石水之不同。可供参考。

《暮归》一首，后四句没劲，年老力不及之故。"年过半百不称意"怎样呢？"明日看云还杖藜"，真没劲。《晓发公安》（公安，在湖北）盖出峡后作。"邻鸡"与"野哭"仍"如昨日"，而"物色生态能几时"，真凄凉。"江湖远适无前期"，"无前期"即预先无规定之谓，仍是凄凉。

以下参考宋人苏、黄拗律。

苏轼拗律一首：

> 我行日夜向江海，枫叶芦花秋兴长。
> 半淮忽迷天远近，青山久与船低昂。
> 寿州已见白石塔，短棹未转黄茅冈。
> 波平风软望不到，故人久立烟苍茫。

（《出颍口初见淮山，是日至寿州》）

---

[1] 钱金福（1862—1937）：京剧净角，工武净兼架子花脸，为杨小楼配戏多年。

黄庭坚拗律二首：

星宫游空何时落，着地亦化为宝坊。

诗人昼吟山入座，醉客夜愕江撼床。

蜜房各自开牖户，蚁穴或梦封侯王。

不知青云梯几级，更借瘦藤寻上方。

（《题落星寺四首》其一）

岩岩匡俗先生庐，其下宫亭水所都。

北辰九关隔云雨，南极一星在江湖。

相粘蠔山作居室，窍凿混沌无完肤。

万鼓春撞夜涛涌，骊龙莫睡失明珠。

（《题落星寺四首》其二）

近人为诗喜作七言，五言较七言好凑，可不见得好作。作，to write；凑，to make。余学七言律在先，学五言律在后，七言律长进在先，五言律长进在后。

清末宋诗抬头。近人有意为诗者多走此路，盖因宋诗有痕迹可循。唐人诗看起来千变万化，其实简单，只是太自然。至宋人诗则内容繁复，故学宋人诗可用以写吾人各种感情思想。唐人大气磅礴，如工部"星垂平野阔，月涌大江流"（《旅夜书怀》），但学此不能写自己之感情思想。唐人诗好是好，然与我们不亲切。宋人诗七言律好者多，而五言古、五言律则不行。苏、黄五言亦不成，而其七言纵横开合，有的虽老杜亦不及，为老杜所未曾写。苏、黄够得上诗人，可是怎么五言诗作得那么糟而不自觉？也许他们觉得五言诗就该如此，此乃大错。

无论如何旧诗这种体裁已是旧的功夫，五言到宋朝便已不行。同是取火，由柴而煤而电气，此即工具之演进。在今日而以旧诗表现吾人思想感情，便如在美国烧玉米秆烧饭，总觉不甚合适。诗由四言而五言而七言，其演进自有其不得已；由古文而变为白话，亦然。并不是因为白话比古文易懂，是因为白话表现的思想感情有古文所表达不出来的。今日用旧体裁，已非表现思想感情的利器。四言 ── 五言 ── 七言，七言离我们最近，所以好作。词比诗好作，曲又比词好作。白话文比古文好学（虽然好学不好学不是好不好）。

诗原是入乐的，后世诗离音乐而独立，故其音乐性便减少了。词亦然。现代白话诗完全离开了音乐，故少音乐美。胡适之先生对此之议论如何，余于此不说，然虽有人说将旧诗之音乐性除去便是新诗，此实大错。盖一切文学皆须有音乐性、音乐美，何况诗？如何能将诗之音乐性除去？其实不但文学，即语言亦须富有音乐性，始能增加语言的力量。音乐家刘天华逝世后，其兄刘半农为之作传，说刘天华并无音乐天才，但这并不妨碍他成为音乐家，尤其是在南胡上。即如刘半农先生，实亦无音韵学天才，但在音韵学上，他也有他的发明。我们人在天才上都有缺陷，这要用努力去弥补。对诗只要了解音乐性之美，不懂平仄都没关系。

四声始于齐、梁，沈约所创，沈约为中国文学史承上启下之人物，值得注意。六朝皇帝文采风流，据云：某帝问："何谓四声？"答曰："天子圣哲。"①四声（平上去入）、平仄并不是用来限制我们、束缚我们的。一个有音乐天才的人作出诗来，自然好听；没有音乐天才的人按平仄作去，也可悦耳。而许多好听的有音乐美的诗并不见得有平仄。如《古诗十九首》之《行行重行行》："行行重行行，与君生别离。相去万余里，各在天一涯。"首五字皆平声，不也是很美吗？和谐。可见平仄格律是助我们完成音乐美的，而诗的真正音乐美还不尽在平仄。如老杜"客子入门月皎皎，谁家捣练风凄凄"，虽拗而美，并不是拗口令；但"城

---

① 《南史·沈约传》："（约）撰《四声谱》，……自谓入神之作。武帝雅不好焉。尝问周舍曰：'何谓四声？'舍曰：'天子圣哲是也。'然帝竟不甚遵用约也。"

尖径仄旌斾愁"则似拗口令矣，此则不可。拗律中拗得愈甚，对得愈工。虽然如崔颢《黄鹤楼》、李白《鹦鹉洲》之"黄鹤一去不复返，白云千载空悠悠""鹦鹉西飞陇山去，芳洲之树何青青"也并不对仗，但那是天才，是神来之笔。且唐人律诗前四句往往一气呵成，一、二句不"对"，故三、四句不"对"尚可，但五、六句非"对"不可，如崔颢接下来的"晴川历历汉阳树，芳草萋萋鹦鹉洲"，太白接下来的"烟开兰叶香风暖，岸夹桃花锦浪生"，对仗工整。而"空悠悠""何青青"，皆"三平落脚"，盖因上句七字及下句前四字连在一起太乱，气太盛，太"散行"，末三字必"三平落脚"，非使其凝练不可。拗律拗得愈甚，对得愈工，尤其在老杜，平仄虽拗，而对句绝不含糊。宋之黄山谷似之。而东坡之"青山久与船低昂"，并不甚好，但有音乐性，美。有人盖谓此乃送行人久立烟水苍茫之中，而出行者虽望而不见也——太绕弯子，弯绕得不小，有什么意思？简直想疯了心！

作诗要写什么是什么，但还要有意义。若费半天劲写出来，而写出来就完了，又有何取？老杜诗有时写得很逼真，但不明是什么意思。如"圆荷浮小叶"（《为农》），应该说"小荷浮圆叶"。山谷《题落星寺四首》第一首之"星宫游空何时落，着地亦化为宝坊"二句即如此，只是说宝坊庙乃落星寺。近人作诗亦犯此病，所谓作态。而三、四句"诗人昼吟山入座，醉客夜愕江撼床"乃山谷看家本领。学诗者皆多在此上用功，而不在意境上用功。此二句后句好，上句平常。五、六句以后乱七八糟。《题落星寺四首》第二首音节之结实颇似老杜。"岩岩匡俗先生庐，其下宫亭水所都"，真好，一起便好，盖用字沉着故也。"匡俗先生"，古之隐士，居落星寺山上。"水所都"，水所聚也。"北辰九关隔云雨"，谓帝京遥远。"南极一星在江湖"，人谓东坡远贬。"蠔山"，蠔所结成之山。末句"骊龙莫睡失明珠"，凑的，此句用典真笨。

三　杜甫五言诗

方寸之中，顷刻楼台，顷刻灭尽。

中国古诗以五言最恰，四言字太少，七言字太多。（五言诗开合变化成功者仅杜工部一人。）但此指中国古人情调思想而言。现在则五言已不够，而七言格律太繁，不易作好。现在事情本来变化就多，再加以诗人感觉锐敏，变化更多。近世是散文时代，已不是诗的时代，因为我们现在没有富裕的时间精力去安排辞句，写东西只能急就，没有功夫酝酿，没有蕴藉。有酝酿便有蕴藉，有蕴藉便有含蓄。我们现在真是凭什么能用此酝酿蕴藉功夫，而又不能不用。酝酿是事前功夫。大作家是好整以暇，而我们到时候便不免快、乱。昔有言："巧迟不如拙速。"现在要练习速写（sketch），不像油画那么色彩浓厚，也不像水彩画那样色彩鲜明，也不像工笔画那么精细，但是有一个轮廓，传其神气。若能扩充，自然更好。

酝酿是"闲时置下忙时用"，速写是"兔起鹘落，少纵则逝"（苏轼《文与可画筼筜谷偃竹记》），要个劲还得要个巧，劲与巧还是平时练好的本领。我们在现在的情势下，要养成此种眼光、手段。速写写得快，抓住神气写一轮廓。现在是要如此，但酝酿的功夫还要用。创作上速写也要酝酿蕴藉的功夫。

王摩诘诗是蕴藉含蓄，什么也没说，可什么都说了。常言之动静、是非、善恶是相对的，而诗之最高境界是绝对的，真、善、美，三位一体。"雨中山果落，灯下草虫鸣"（《秋夜独坐》），是美是丑，是善是恶，很难说。又孟浩然"人事有代谢，往来成古今。江山留胜迹，我辈复登临"（《与诸子登岘山》），二十个字，道尽人生世界，而读之如不着力。

>> > 德性是谦，文学是蕴藉含蓄。明乎此，可知中国文学之好处何在、坏处何在，而且可知此种作风是否可供参考、采取。杜甫天宝乱后辗转流离，而他还写了那么多的诗，那么好的诗。杜诗虽没拖着光明尾巴，但也不是消极，因为他有热、有力。图为清代卢彤《唐初南节度参谋检校工部员外郎杜公像》。

现在作品多是浮光掠影，不禁拂拭，使人感觉不真实、不真切。不真实还不要紧，主要要使人感觉真切。如变戏法，不真实而真切，变"露"了倒很真实，可那不成。文学上是许人说假话的。电影、小说、戏曲是假的，是譬喻，但那是艺术。读小说令人如见，便因其写得真切。但不要忘了，我们说瞎话是为了真。说谎是人情天理所允许，而不要忘了那是为了表现真。如诸子寓言、如佛说法、如耶稣讲道，都是说小故事，但都是表现真。现在文学不真实、不真切，撒谎都不完全。

谈到蕴藉，中国民族德性上讲"谦"，今欲将德性上的"谦"与文学上之"蕴藉"连在一起。中国古代民族安土重迁，人情厚重，不喜暴露发扬。楚辞《离骚》暴露发扬，那是南方的作品。班固以为《离骚》"露才扬己"，可见北边人之厚重，故德性重迁，不喜暴露。也不是说中国人厚重即美德，日本便轻浮浅薄，而日本的好处在进取，我们真佩服，也真惭愧。而中国人凡事谦逊，坏了就是安分守己、不求进取、苟安、腐败、灭亡，因果相生，有好有坏。现在日本自杀的自杀，但在台上的还真在干，在不可为之中还要干。中国是一盘散沙，若谁也不肯为国家民族负责任，只几个人干，也不成。中国人原是谦逊，再一退安分守己，再一退自私自利，再一退腐败灭亡了。我们能否在进取中不轻薄，在厚重中还要进取？

总之，德性是谦，文学是蕴藉含蓄。孟浩然"江山留胜迹，我辈复登临"（《与诸子登岘山》）二句，比前面"人事有代谢，往来成古今"二句还好，没有露才扬己，然味厚。李太白"蜀僧抱绿绮，西下峨眉峰。为我一挥手，如听万壑松"（《听蜀僧濬弹琴》）是露才扬己。（文学本表现，露才扬己也是表现。）明乎此，可知中国文学之好处何在、坏处何在，而且可知此种作风是否可供我们参考、采取。

杜甫有五律《得弟消息二首》：

　　近有平阴信，遥怜舍弟存。

侧身千里道，寄食一家村。

烽举新酣战，啼垂旧血痕。

不知临老日，招得几人魂。

汝懦归无计，吾衰往未期。

浪传乌鹊喜，深负鹡鸰诗。

生理何颜面，忧端且岁时。

两京三十口，虽在命如丝。

老杜天宝乱后辗转流离，而他还写了那么多的诗，那么好的诗。我们抗战胜利前后的作品多拖着一条光明的尾巴，老杜诗虽没拖着光明尾巴，但也不是消极，因为他有热、有力。现在拖着光明尾巴的作品，即使有光也是浮光，有愉快也是肤浅，因为没热、没力。老杜诗虽没光明、愉快，但有热、有力，绝不会令人走消极悲观之路。

"近有平阴信，遥怜舍弟存。"真有热、有力，字有字法，句有句法，谁比得了？普通读杜对字法、句法多往艰深处求，固然。如"国破山河在，城春草木深"（《春望》），"破""在"犹平常，而"春"字颇艰深。但老杜更高处是用平常的字，而字法、句法用得更好。如"遥怜舍弟存"，"怜"字，连欢喜、悲哀全有了。"啼垂旧血痕"，常人以为好，其实使过劲了。

"不知临老日，招得几人魂。"一点光明也没有了，而仍有热、有力。或曰："招魂"不知兄招弟抑弟招兄？但那样不能说"几人"。此言"几人"，是说我们已经老了，而年轻的还死在我们前面，不用说我活不了多久，不能招几人魂，就算招得成几人魂，这感情我也受不了。黄三唱《华容道》，满口求饶，骨气不倒。不但作诗、作文，演戏亦要有意境。老杜即不散板，老头子有力。

"汝懦归无计，吾衰往未期"，音节真好。而与王、孟之蕴藉不同，与屈、李之露才扬己也不同，真真切，就是黄金里也嚼出水来。"汝懦""吾衰"，弟兄见不着了，真悲哀，而劲一点没散。

"生理何颜面，忧端且岁时"，这是老杜 —— 老憨气；

"雨中山果落，灯下草虫鸣"（王维《秋夜独坐》）—— 文人气；

"为我一挥手，如听万壑松"（李白《听蜀僧弹琴》）—— 才子气。

老杜，老憨气。"忧端"，这是悲哀，老实待着别动；"且岁时"，还不知待到何时，谁也不能见谁，这真是老杜本来面目。"两京三十口"，"两京"，老弟在东京，老杜在西京。

天下人所以不懂诗便因讲诗的人太多了，××道，××道……而且讲诗的人话太多，说话愈详，去诗愈远。有一故事说某人走黑道，点灯一望，始知岔路太多，反不知何往。故不知道瞎走也好，知道了明白也好，就怕知而不清。"无令求悟，唯益多闻"（《圆觉经》），唯末学如此。人最好由自己参悟。"隔江望见刹竿，好与汝三十棒。"（贞邃禅师语）①要懂，未听我讲，便懂；望见刹竿便该懂。

一月三日北平《新报》有《关于诗》一文，其中举华滋华斯之言曰："诗起于沉静中回味得来的情绪。"（《抒情歌谣集·序言》）由此可见，为诗首先须有情绪。不必有思想判断，虽然也可以有，但主要是情绪。再者情绪也要保持之，如酵母，可以成诗，但须经过酝酿即回味。此外第三条件即沉静（时间），因酵母发酵酝酿亦需要时间。王维"雨中山果落，灯下草虫鸣"（《秋夜独坐》）二句，真是如此。余不喜欢 W 氏作品，其写自然的诗实不及我国之王、孟，其名作《高原的刈禾者》，亦未见甚佳。人说他写大自然、写寂寞写得最好，其实不及中国，如"雨中山果落，灯下草虫鸣"二句，真好！写一种生动激昂的情绪以西

---

① 贞邃禅师：五代时期沩仰宗禅师。因卓锡吉州资福，世称资福贞邃。《五灯会元》卷九："（贞邃禅师）上堂：'隔江见资福刹竿便回去，脚跟下好与三十棒，况过江来？'时有僧才出，师曰：'不堪共语。'"刹竿，指寺前所立幡柱。

洋取胜，盖西洋文字原为跳动的音节。如雪莱①之"If Winter Comes"："If winter comes，Can spring be far behind?"

诗难于举重若轻，以简单常见的字表现深刻的思想情绪。如"雨中山果落，灯下草虫鸣"，小学生便可懂，而大学教授未必讲得上来。老杜诗之病便因写得深，表现也艰难，深入而不能浅出；王、孟有时能深入浅出。"If Winter Comes"一首便是深入浅出，而其音节尤其好，是波浪式的；"雨中山果落，灯下草虫鸣"是圆的，此中西文学之根本不同。

W氏之言对，但只对了一面，我们还要承认另一面也能写出诗来，虽然也要承认必须沉静。无论写多么热闹、杂乱、忙迫的事，心中也须沉静。假如没有沉静，也不能写热烈激昂。因为你经验过了热烈激昂，所以真切；又因你写时已然沉静，所以写出更热烈激昂了。悲哀苦痛固足以压迫人，使人写不出诗来，太高兴也写不出来。

杜甫入蜀后佳作少，《发秦州》以前作品生的色彩、力的表现鲜明充足，后作渐不能及。

> 元日到人日，未有不阴时。
>
> （杜工部《人日两篇》其一）

> 莫避春阴上马迟，春来未有不阴时。
>
> （辛稼轩《鹧鸪天》）

> 耐他风雪耐他寒，纵寒已是春寒了。
>
> （余之拙句）

老杜"元日到人日，未有不阴时"二句无生的色彩，也无力的表

---

① 雪莱（1792—1822）：英国19世纪浪漫主义诗人，"If winter comes，Can spring be far behind?"即为其抒情诗《西风颂》之结句。

今朝元日試題詩
叉鬟辛盤辦一尾
楊柳青黃棵殿白
壼尊歡賞動頭芒

癸巳清和之初堂張氏
春頭寫 周道行

杜甫入蜀后佳作少，《发秦州》以前作品生的色彩、力的表现鲜明充足，后作渐不能及。"元日到人日，未有不阴时"二句无生的色彩，也无力的表现。图为明代周道行《岁朝图》。

现，不及稼轩之二句。文学是表现，不是论述、说明。论述在诗中尚有佳作，说明最下。稼轩二句是表现，老杜二句是论述，余之二句是说明（语本上述雪莱诗句）。

福楼拜对莫泊桑说，一个文人不允许和普通人同样生活。但丁《神曲》、歌德《浮士德》，他们一辈子就活了这么一首诗，这是其生活结晶，而非重现。这样才不白活，活得才有价值、有意义。法国蒙德，写一皇后，貌甚美，而国王禁止国人蓄镜，皇后苦不能自见其美。后帝欲杀之，皇后在刀光中见自己影子，为其平生最快乐时。

常人为生活而生活，诗人为诗而生活。而其作品当如拍电影，真事外须有剪接，绝非冷饭化粥。

老杜作诗如《三国志》上张飞，真粗，而粗中有细，如其"朝廷愍生还，亲故伤老丑"（《述怀》）、"妻孥怪我在，惊定还拭泪"（《羌村三首》其一），写来不但干净、清楚，且看他劲头，有劲！老杜《梦李白二首》中"千秋万岁名，寂寞身后事"（其二），此二句亦好。宋人亦发泄，而不成，如苏东坡《寒食雨》："春江欲入户，雨势来不已。小屋如渔舟，濛濛水云里。空庖煮寒菜，破灶烧湿苇。那知是寒食，但见乌衔纸。君门深九重，坟墓在万里。也拟哭涂穷，死灰吹不起。"宋人能不如唐人笨，宋人深不如唐人浅，宋人思之深而实浅，唐人诗思浅而实深。五言诗若从"小屋"句入手则坏了，此乃偏锋，应用中锋。苏尚好，黄则野狐禅①，如其《过家》："亲年当喜惧，儿齿欲毁龀。系船三百里，去梦无一寸。"

---

① 野狐禅：语出禅宗公案。《五灯会元》卷三："（百丈怀海）师每上堂，有一老人随众听法。一日众退，唯老人不去。师问：'汝是何人？'老人曰：'某非人也。于过去迦叶佛时，曾住此山，因学人问"大修行人还落因果也无"，某对云："不落因果。"遂五百生堕野狐身，今请和尚代一转语，贵脱野狐身。'师曰：'汝问。'老人曰：'大修行人还落因果也无？'师曰：'不昧因果。'老人于言下大悟，作礼曰：'某已脱野狐身，住在山后。敢乞依亡僧津送。'师令维那白椎告众，食后送亡僧。大众聚议，一众皆安，涅槃堂又无病人，何故如是？食后师领众至山后岩下，以杖挑出一死野狐，乃依法火葬。"学道流入邪僻、未悟而妄称开悟，禅家斥之为"野狐禅"，后转以"野狐禅"泛指各种异端邪说。

老杜《北征》，宋人对之只许磕头，不许说话。余对之一手抬一手搦，半肯半不肯，其诗后半真不是诗，而前大半真高。先看《北征》之开端：

> 皇帝二载秋，闰八月初吉。
>
> 杜子将北征，苍茫问家室。
>
> 维时遭艰虞，朝野少暇日。
>
> 顾惭恩私被，诏许归蓬荜。
>
> 拜辞诣阙下，怵惕久未出。
>
> 虽乏谏诤姿，恐君有遗失。
>
> 君诚中兴主，经纬固密勿。
>
> 东胡反未已，臣甫愤所切。
>
> 挥涕恋行在，道途犹恍惚。
>
> 乾坤含疮痍，忧虞何时毕。

诗不能玩技术，而又不能不注意技术。老杜则大笔一抹就行了。《北征》接写还家路上所见、所经、所想：

> 靡靡逾阡陌，人烟眇萧瑟。
>
> 所遇多被伤，呻吟更流血。
>
> 回首凤翔县，旌旗晚明灭。
>
> 前登寒山重，屡得饮马窟。
>
> 邠郊入地底，泾水中荡漾。
>
> 猛虎立我前，苍崖吼时裂。
>
> ……
>
> 鸱鸮鸣黄桑，野鼠拱乱穴。
>
> 夜深经战场，寒月照白骨。

潼关百万师，往者散何卒。

遂令半秦民，残害为异物。

老杜才气不说，力气真够。以上所讲乃老杜"还家路上"一段之前、之后部分，写耳所闻、目所见、心所想，中间还有一段更好：

菊垂今秋花，石戴古车辙。

青云动高兴，幽事亦可悦。

山果多琐细，罗生杂橡栗。

或红如丹砂，或黑如点漆。

雨露之所濡，甘苦齐结实。

缅思桃源内，益叹身世拙。

坡陀望鄜畤，岩谷互出没。

我行已水滨，我仆犹木末。

若无此段，也仍是好诗，然便非老杜诗了。大诗人毕竟不凡，大诗人虽在极危险时，亦不亡魂丧胆；虽在任何境界，仍能对四周欣赏。

老杜诗波澜老成、生活丰富，盖因其明眼玩味、欣赏生活，故自然丰富。否则，模糊印象，如何能写好诗？老杜为大诗人，琐事，老杜写得大。

年节最能体现生的色彩，又是力的表现。过年、过节，鞭炮、龙灯，是生、是力，而中国诗人不爱写。

唐初苏味道^①有《正月十五夜》：

火树银花合，星桥铁锁开。

暗尘随马去，明月逐人来。

---

① 苏味道（648—705）：初唐诗人，今存诗多为宫廷应制之作。

游伎皆秾李，行歌尽落梅。

金吾不禁夜，玉漏莫相催。

"金吾"之"吾"，当读作衙。《后汉书·光烈阴皇后纪》："仕宦当作执金吾，娶妻当得阴丽华。""星桥铁锁开"句，储皖峰[1]先生注："唐中宗于上元夜与后同出游。"然此解太老实，余以为当为象征。"游伎皆秾李，行歌尽落梅"二句，不是魔道，也是自杀。物不能只认作物，是象征，如立春之"咬春"。

物的描写表现，即心的描写表现，即生与力之表现。杜甫《杜位宅守岁》（杜位乃老杜之侄）：

守岁阿戎家，椒盘已颂花。

盍簪喧枥马，列炬散林鸦。

四十明朝过，飞腾暮景斜。

谁能更拘束，烂醉是生涯。

不是势利眼，老杜是好，真是生与力之表现。而此仍是个人，不是全体，不能看出整个民族精神。诗中"盍簪"出自《易经·豫》："勿疑，朋盍簪。""盍"，合；"簪"，疾；"盍簪"，言聚首。周处《风土记》：元日造五辛盘、椒花酒、松柏颂。《晋书·列女传》："刘臻妻陈氏者……能属文，尝正旦献《椒花颂》。"五辛，辣；松柏、椒花，辣，能刺激人。此风俗不仅好玩，且有严肃意义。只有好玩没有严肃意义，是浪费，是罪恶；然若仅有严肃意义没有好玩兴趣，则严肃不能持久。清人文廷式[2]有《鹧鸪天·即事》云：

---

① 储皖峰（1896—1942）：现代文史学家，辅仁大学教授，顾随挚友。
② 文廷式（1856—1904）：晚清爱国词人，有《云起轩词钞》。

>> > 年节最能体现生的色彩，又是力的表现。过年、过节，鞭炮、龙灯，是生、是力，而中国诗人不爱写。杜甫却有《杜位宅守岁》《立春》等年节诗。图为清代焦秉贞《新年大吉图》。

劫火何曾燎一尘。侧身人海又翻新。闲凭寸砚磨荖世，醉折繁花点勘春。　　闻析夜，警鸡晨。重重宿雾锁重闉。堆盘买得迎年菜，但喜红椒一味辛。

末二句"堆盘买得迎年菜，但喜红椒一味辛"，真横。"一味辛"，文氏盖真能懂得古人五辛盘之意。人皆喜甘厌苦，而在甘的环境中养不出大人物。人不当生于甘美，当生于苦辛，故元日首尝五辛，如此才有人生意义。然人厌辛喜甘，又厌故喜新。人生世上一方面有新的憧憬，一方面还有旧的留恋。人若没有厌故喜新，就没有进步、进化了。短处即长处，人就在此矛盾下生活。

杜甫七言中，亦有年节诗，如《立春》：

春日春盘细生菜，忽忆两京梅发时。
盘出高门行白玉，菜传纤手送青丝。
巫峡寒江那对眼，杜陵远客不胜悲。
此身未知归定处，呼儿觅纸一题诗。

土头土脑，不像诗，而正是代表老杜诗，一气端出。宋人黄山谷、杨诚斋学老杜此点，而有点做作气。老杜诗"乱云低薄暮，急雪舞回风"（《对雪》），好，眼见亲切，可为知者道。山谷、诚斋无此句。人要吃苦，而但是苦又不成。苦最能摧残生机，故过年吃辛、吃苦；而立春，"春日春盘细生菜"，得到一点生机，苦中要有生发气象。诗中"巫峡寒江那对眼，杜陵远客不胜悲"二句，不甚好，而诚斋辈专学此。

杜甫《元日示宗武》（杜甫二子，一名宗文，一名宗武）：

汝啼吾手战，吾笑汝身长。
处处逢正月，迢迢滞远方。

飘零还柏酒，衰病只藜床。

训谕青衿子，名惭白首郎。

赋诗犹落笔，献寿更称觞。

不见江东弟，高歌泪数行。

    此诗写来意深而语拙。老杜与义山有时皆不免意深而语拙，后人则意浅而语巧。作诗"滑"是不好，而治一经，损一经，太涩也不好。放翁诗就滑。有志于诗者应立志十年不读放翁诗。诗甜滑，容易得人爱，而易使人上当；涩，有一点不好，而无当可上。学诗学滑易，学涩难，但太涩就干枯了。

第九课

李贺三题

李贺，字长吉。《李贺歌诗集》或称《昌谷诗集》。李乃中唐人，与退之同时，韩退之《讳辩》即为李贺作。中唐诗人中之怪杰李贺。或曰中唐诗人好怪，如皇甫持正①、卢仝②、韩退之。皇甫好作怪文，卢怪而不杰，韩则杰而不怪。杰而且怪者则李贺，或其天性如此，且时有好怪之风。

---

① 皇甫湜（777—835）：字持正，唐散文家，师从韩愈，得其奇崛，有《皇甫持正文集》。
② 卢仝（约795—835）：中唐诗人，风格险怪，有《玉川子诗集》。

一 说长吉诗之怪

杜牧《李贺歌诗集序》论李贺诗：

> 盖《骚》之苗裔，理虽不及，辞或过之。《骚》有感怨刺怼，言及君臣理乱，时有以激发人意，乃贺所为，无得有是？……使贺且未死，少加以理，奴仆命《骚》可也。

李长吉年龄有限，经验功夫不到，若年寿稍长，或当更有好诗。然而读其诗者并不白费，即因其尚有幻想。此条路自《庄子》、楚辞后，几于茅塞。至唐而有长吉。不论其怪僻，然不能出人情之外。故事中有人情味者，淡而弥永。鬼怪故事，令人毛骨悚然，the hairs stand on the head。刺激性最不可靠，鬼怪故事不如人情故事味道淡而弥永。新鲜亦刺激，如余之诗句"梨树飘香是夏初"（《夏初杂诗》），虽新鲜而不耐咀嚼，不如"明月照高楼"（曹子建《七哀》）、"池塘生春草"（大谢《登池上楼》）味永。

旧俄安特列夫写《红笑》是刺激。契柯夫有俄国莫泊桑之称，写日常生活比莫泊桑还好。有人说安特列夫让人怕而不怕，契柯夫不让人怕

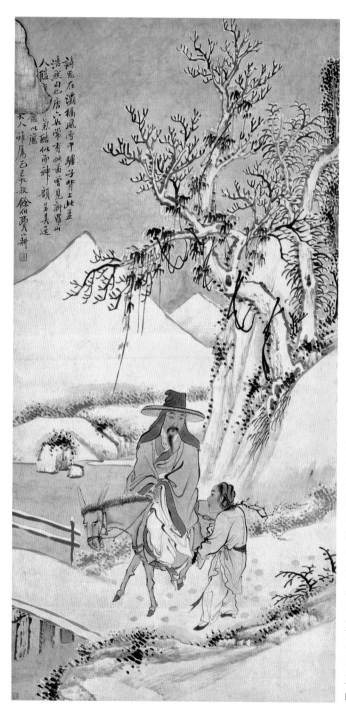

>>> 中唐诗人中之怪杰李贺,年龄有限,经验功夫不到,若年寿稍长,或当更有好诗。然而读其诗者并不白费,即因其尚有幻想。图为清代费以耕《灞桥风雪觅诗苦吟图》。

真可怕。①李长吉的诗就是让人怕而不怕，老杜才真可怕。

长吉有幻想，而幻想与人生不能成为一个，不能一致。若能，则真了不起。

吾国人没幻想，又找不到人生。老杜抓住人生而无空际幻想，长吉有幻想而无实际人生。幻想中若无实际人生则不必要，故鬼怪故事在故事中价值最低。《聊斋》之所以好，即以其有人情味，如《小谢》《恒娘》《长亭》《吕无病》，其鬼怪皆人化了。（鬼怪故事没结果好。）《聊斋》文章不高，思想亦不深，而其人情味可取，是其不可泯灭处。

要在普遍中找出特别。长吉便没有诗情，若不变作风，纵使寿长亦不能成功好诗。诗一怪便不近人情。诗人不但要写小我的情，且要写他人的及一切事物的一切情（同情）。花有花情，马有马情。人缺乏诗情即缺乏同情。诗人固须有大的天才，同时亦须有大的同情。吾人固不敢轻视长吉之诗才（诗确有才），然绝不敢首肯其诗情。义山便有诗情，虽不伟大。

幻想是向上的观照，人生是向下的观照，不可只在表面上滑来滑去。而向下发展须以幻想为背景，向上发展亦须以观照为后盾。观照是实际人生，实者虚之，虚者实之——如用兵焉。幻想说严肃一点便是理想。人生总是有缺陷的，而理想是完美的。诗人不满于现实，故要求理想之完美。（青年最富此精神，尤其爱好文学者。）

杜牧说长吉诗"《骚》之苗裔，理虽不及，辞或过之"。"理"，总言其内容：感情、思想、智慧（智慧与思想不同）。《离骚》有幻想，故怪奇，亦有"理"——感情、思想；长吉之理不及《骚》，而幻想怪奇方面表现于文字者过之。杜牧所谓"《骚》有以激发人意"，激发人意非刺激，乃引起人印象。《离骚》是引起人一种印象，李贺是给予人刺激。

---

① 苏·罗加切夫斯基《当代俄罗斯文学·契诃夫与新的道路》："托尔斯泰批评安特列夫道：'他想吓我，然而并不怕'，那么关于契诃夫，我们却可以相反地说，'他不吓我们，然而很怕人'。"

长吉除思想不成熟外，技术亦不成熟。如："鸡唱星悬柳，鸦啼露滴桐。"（《恼公》）"露压烟啼千万枝。"（《昌谷北园新笋四首》其二）尤其"露压烟啼"，真不可解。或曰：是互文也，一如《恨赋》"孤臣危涕，孽子坠心"之"危""坠"互文也。实在不合逻辑，不合修辞。老杜《秋兴八首》其八有二句："香稻啄余鹦鹉粒，碧梧栖老凤凰枝。"此二句，亦动名词倒装，而并非不可解，且更有力，言此粒只鹦鹉吃，此枝仅凤凰栖，故曰"鹦鹉粒""凤凰枝"。唐人诗在技术上，义山最成熟、最成功，取各家之长，绝不只学杜，如《韩碑》学韩退之，然其中尚有个性，虽硬亦与韩不同。学问有时可遮盖天性，而有时不能遮盖。义山七古亦曾受长吉影响，而比长吉高，即因其思想高，幻想有实际人生做后盾。至其技术，写得最富音乐性，完全胜过长吉。如其"月浪冲天天宇湿，凉蟾落尽疏星入"（《燕台诗四首·秋》），似长吉而比长吉好。长吉之"博罗老仙持出洞，千岁石床啼鬼工"（《罗浮山人与葛篇》），太生硬。义山称"月"曰"浪"，曰"天宇湿"，确有此感。

李贺有《神弦曲》：

> 西山日没东山昏，旋风吹马马踏云。
> 画弦素管声浅繁，花裙綷縩步秋尘。
> 桂叶刷风桂坠子，青狸哭血寒狐死。
> 古壁彩虬金帖尾，雨工骑入秋潭水。
> 百年老鸮成木魅，笑声碧火巢中起。

中国字单音单体，故易凝重而难跳脱。既怪奇便当能跳脱、生动，故李贺诗五言不及七言（故老杜写激昂慷慨时多用七言，"字向纸上皆轩昂"）。

《神弦曲》，祭神之诗，与《九歌》同。《九歌》能给人美的印象，而李贺诗给人印象只是"怪"。字法、句法、章法皆怪，连音都怪；且其一句多可分为二短句，显得特别结实、紧。怪，给人刺激，刺激之结果是紧张。《九歌·湘夫人》"嫋嫋兮秋风，洞庭波兮木叶下"，有高远之致，所写者大也；而若《九歌·少司命》"秋兰兮青青，绿叶兮紫茎"，所写小，而亦高远。李贺《神弦曲》便无此高远之致，只是一种刺激而已。神奇、刺激、惊吓之感情最不易持久。写神成鬼了，便因无高远之致。

说"画弦素管"，不说朱弦玉管，便怪。"浅繁"，音不高而紧张。"花裙"句盖说舞女，非说神，舞女所以乐神。"桂叶刷风桂坠子，青狸哭血寒狐死"二句，不是凄凉，也是刺激，有点恐怖。"古壁彩虹金帖尾，雨工骑入秋潭水"二句说画壁，也是刺激；"雨工"，鬼工。此种诗只是给人一种刺激，无意义；且此诗章法亦不完备，章法上无结尾。《九歌》则有始有终。

李贺所走之路为别人所不走，故尚值得一研究。人若思想疯狂、病态心理，则其人精神不健全。李贺诗有时怪，读时可不必管。

一人诗必有一人作风，而有时能打破平常作风，写出一特别境界，对此当注意之。如老杜赠太白诗便飘逸，太白赠工部诗则沉着，亦与平常作风不同。江西派陈简斋五言诗有时似晚唐。李贺诗有时不怪。此种现象当注意，有意思，而且好。如贺之《塞下曲》末二句"帐北天应尽，河声出塞流"，真有盛唐味，不怪而好。至如"博罗老仙持出洞，千岁石床啼鬼工"，则怪而不好。他人绝无此等句，此为长吉之幻想。

>>>《神弦曲》，祭神之诗，与《九歌》同。《九歌》能给人美的印象，而李贺诗给人印象只是"怪"。图为元代张渥《九歌·山鬼》。

二 长吉之幻想

李长吉贺，鬼才（奇），与太白仙才并称"二李"，合李义山为"三李"。李义山颇受长吉影响，故其诗多有奇异而不可解者。奇——新，奇非坏，出奇制胜，未可厚非。但既曰新，便有旧。陶渊明诗不新不旧，长吉诗一看新，看过数遍，不及陶诗味厚。"博罗老仙持出洞，千岁石床啼鬼工"，他人绝无此等句，此为长吉之幻想。

诗人之幻想颇关紧要，无一诗人而无幻想者。《离骚》上天入地，鞭箠鸾凤，此屈原之幻想也。老杜虽似写实派诗人，其实其幻想颇多。如其《醉歌行》之"树搅离思花冥冥"即有幻想。[1]鲁迅是写实派，《彷徨》尤其写实，而此书以《离骚》中"吾令羲和弭节兮，望崦嵫而勿迫。路曼曼其修远兮，吾将上下而求索"四句置于书之前面而能得调和。但诗人的幻想非与实际的人生连合起来不可，如能连合才能成为永不磨灭的幻想；否则是空洞，是空中楼阁（castles in air）。德国歌德《浮士德》中之妖魔，虽是其幻想，乃其人生哲学、人生经验；但丁《神曲》游地狱、上天堂，亦其人生哲学、人生经验，故能成为伟大的作品。

幻想与实际人生的关系如下图：

---

① 叶嘉莹此处有按语：莹不以为然。

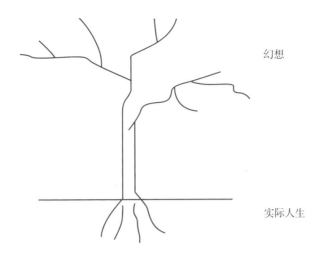

幻想

实际人生

　　诗必须空想与实际合二为一，否则不会亲切有味。故幻想必须使之与经验合二为一，经验若能成为智慧则益佳。老杜四十岁以后诗无长进，虽有经验然未成为智慧。如："我已无家寻弟妹，君今何处访庭闱。"（《送韩十四江东觐省》）要说言中之物，不能说不沉痛，而实不能算好诗。"少陵自有连城璧，争奈微之识砆玞"①（元遗山《论诗三十首》其十），微之以为少陵排律好，元好问以为不然。若前所举二句亦"砆玞"，非老杜好诗，有经验、无智慧。又如：

> 南使宜天马，由来万匹强。
> 浮云连阵没，秋草遍山长。
> 闻说真龙种，仍残老骕骦。
> 哀鸣思战斗，迥立向苍苍。

（《秦州杂诗二十首》其五）

　　"浮云"二句好，人非认前一类（言中之物）即认此等句，有物外之言。然此皆不能真得老杜精神。后沈归愚、王渔洋等虽不捉摸老杜之

---

① 杜甫自号少陵野老；元稹字微之。

"我已无家"等句，而捉摸其"浮云"二句，此亦不成。差以毫厘，谬以千里。实当注意其"哀鸣思战斗，迥立向苍苍"，此真老杜的好诗。末二句真是老杜。尤论写什么绝摔不倒，与魏武"老骥伏枥"之静者不同。杜此诗虽非智慧，然已在经验外另有东西，有力，是活着。

长吉诗幻想虽丰富，但偶见奇丽而无长味，必得根植于泥土中（实际人生），所开幻想之花才能永久美丽。出于淤泥而不染才可贵，豆芽菜根本不在泥土中，可怜淡而无味。极美丽的花朵，其肥料是极污秽之物。近代青年不肯实际踏上人生之路，不肯亲历民间生活，而在大都市中梦想乡民生活，故近代文学难以发展。吾人努力为文学，应有牧师传教之精神，牧师每每独自至荒僻之地传教。从事文学者，其有此精神乎？吾人必先于实际生活中确实锻炼，好好生活一下。

李长吉的"觉"有点迟钝，怪而晦涩，只是幻想。长吉当然是天才，可惜没有"物外之言"。看其一首《官街鼓》：

晓声隆隆催转日，暮声隆隆呼月出。
汉城黄柳映新帘，柏陵飞燕埋香骨。
磓碎千年日长白，孝武秦皇听不得。
从君翠发芦花色，独共南山守中国。
几回天上葬神仙，漏声相将无断绝。

"晓声隆隆催转日，暮声隆隆呼月出"，日月循环，光阴流转，真是幻想丰富。余有《夜禅曲》效李长吉体：

银河西转逗疏星，璧月东升带露萤。
如来妙相三十二，琉璃绀碧佛火青。
潭深毒龙时出水，夜静老猿来听经。
衲子掩关四禅定，挂壁剩有钵与瓶。

《夜禅曲》有幻想，无经验，已落第二招。无论思想情感，必须自己得来才成，从书上学到的皆纸上谈兵。《夜禅曲》所写皆从书本上得来，所录之三分之一尚为可看的，其余三分之二更糟。余又有二句"病来七载身好在，贫到今年锥也无"（《夜坐偶成长句四韵》），非真贫，言精神无着落也。"病来"二句只是学宋诗而已，无甚好。宋人诗只是文字障，好容易把皮晴下，到馅也没什么。长吉诗若作得好，则不分皮馅，合二为一。读者若不知其味，一为味觉迟钝，一则作者作品根本不佳。《离骚》皮馅合一，而且好，成功。长吉未成功。

长吉幻想极丰富，可惜二十七岁即卒，其幻想不能与屈原比，盖乃空中楼阁，内中空洞。不过，长吉诗除幻想外尚有特点，即修辞功夫：晦涩。晦，不易懂；涩，不好念。诗本应该念着可口，听着适耳，表现易明了。但长吉诗可读，虽不可为饭，亦可为菜；虽不可常吃，亦可偶尔一用。晦，可医浅薄；涩，可医油滑。李贺诗进可以战，退可以守，绝不致油滑、腐败。

三 《李凭箜篌引》

长吉有诗《李凭箜篌引》：

> 吴丝蜀桐张高秋，空山凝云颓不流。
> 湘娥啼竹素女愁，李凭中国弹箜篌。
> 昆山玉碎凤凰叫，芙蓉泣露香兰笑。

>> 李贺有诗《李凭箜篌引》。"引"，乃诗之一种。"引"，申也，有引申之意、长之意，又有申张之意。图为明代仇珠《女乐图》

十二门前融冷光，二十三弦动紫皇。

女娲炼石补天处，石破天惊逗秋雨。

梦入神山教神妪，老鱼跳波瘦蛟舞。

吴质不眠倚桂树，露脚斜飞湿寒兔。

"引"，乃诗之一种。引，申也，有引申之意、长之意，又有申张之意。

中国音乐中激昂恢弘之音皆自外来。中国古乐和平、简单，有神韵。琴，有和平之意，和平之境界——静。《诗经》有句："神之听之，终和且平。"（《小雅·伐木》）以中国固有的和平精神加上佛教思想是此境界。（古雕泥塑是听者与乐声和二为一，"采菊东篱下，悠然见南山"，是与自然和二为一。）

读长吉诗，一字一句不可空过。

首句"吴丝蜀桐张高秋"，"张"者，张弦。"张高秋"，盖箜篌宜于秋日弹。次句"空山凝云颓不流"，"颓"者，颓委不振。第三句"湘娥啼竹素女愁"，不用其他女神而用湘娥、素女者，二女神皆孤单。女性原静，而又孤单，更静；静中有动，冷中有热，有活的"情"，故曰"啼竹"、曰"愁"。静中有动，而动中又有静，音响是静。动静是调和的，由动而归于静，静中有动。以上三句甚有力，逼出"李凭中国弹箜篌"一句。白乐天写诗不甚费心力，必先写弹，如其《琵琶行》，先写"犹抱琵琶半遮面"，后写"大珠小珠落玉盘"。李贺用力。"中国"者，言李凭乃国中第一耳。长吉此首止此四句。李乃不成熟的诗人，死得太早。一生只廿七岁而即有此诗，有天才。

四句之后转韵，一韵不如一韵。"昆山玉碎凤凰叫，芙蓉泣露香兰笑"二句，"昆山"句是声，"芙蓉"句是形，意思甚好而写得不好，不知说的是什么，何以"芙蓉泣"而"香兰笑"？故所写非花之感动，乃弹箜篌之形。且此二句相对。李贺之幻想颇有与西洋唯美派相通处，有错感（感官的交错），如见好看的东西想吞下去，即视觉、味觉之错感。唯美派常自声音中看出形象，颜色中听出声音。法国一诗人曾分五音为五色①，乃诗人感觉锐敏之故，而同时亦成为一种病态。平常是健康，刁钻古怪是美，而即病态。"十二门前融冷光，二十三弦动紫皇"二句，余喜，前二句没写好，此二句写得好。"十二门"，长安门也；"融冷光"，秋夜冷光易融。前之"空山凝云颓不流"写的是静，"十二门前融冷光"写的是动，而动静相通。"女娲炼石补天处，石破天惊逗秋雨"，二句有名，而余不喜欢，即王静安所谓"隔"。必须二极端调和，走一极端不成。诗让人全懂了，不成；全不懂，亦不成。"十二门前融冷光"让人费事而能懂，"石破天惊逗秋雨"则费力，不懂，"隔"。抓的是痒处而"隔"，意甚好，写得不好。愈往后念，愈不可懂。"梦入神山教神妪，老鱼跳波瘦蛟舞。吴质不眠倚桂树，露脚斜飞湿寒兔。"不知所写为何。谁梦？李凭绝不能梦，且"老鱼""瘦蛟"乃李好奇太过之处，声音圆润岂可以"老鱼""瘦蛟"写之？想得太过。

---

① 法国一诗人：指兰波。兰波（Arthur Rimbaud, 1854—1891），法国 19 世纪象征派诗人。在其十四行诗《母音》中，兰波以五种色彩象征法语五个元音字母："我发明了母音字母的色彩！——A 黑，E 白，I 红，O 蓝，U 绿。"

第十课

杜牧诗

晚唐两诗人：李义山、杜牧之。小杜虽不能谓为大诗人，但确为一诗人。窃以为义山优于牧之，余重义山轻牧之。原因：义山集之五七言、古近体中皆有好诗；杜樊川则只有七律、七绝最高，五律则不成，此其不及义山处，故生轻重分别。义山可谓全才，小杜可谓"半边俏"。

　　盛唐有李杜，晚唐又有小李杜，此乃巧合。义山近于工部，小杜近于太白。义山情深，牧之才高；工部、太白情形同此，工部情深，太白才高：有趣情形一也。工部、太白为逆友，义山、小杜亦为契友，彼此各有诗赠送。工部送太白诗多于太白送工部诗，可见工部之情深；小李杜亦有诗往还，情形同此：有趣情形二也。义山有二诗赠牧之，推崇之极，而《樊川集》中无赠义山者，亦见义山情深，似觉牧之寡情。不过诗人交情绝非世俗往来，半斤八两，故其厚谊固不限于此也。

一　牧之七绝

学诗由七言绝句做起，七绝非五绝，五绝装不进东西去。

选诗者普通多重小杜之《遣怀》：

> 落魄江南载酒行，楚腰纤细掌中轻。
> 十年一觉扬州梦，留得青楼薄幸名。

此诗不好，过于豪华，变成轻薄，情形如太白，不好。又"娉娉袅袅十三余，豆蔻梢头二月初"（《赠别二首》其一），"蜡烛有心还惜别，替人垂泪到天明"（《赠别二首》其二）等，小巧。"商女不知亡国恨，隔江犹唱后庭花"（《泊秦淮》），他人谓为沉痛，余仍谓为轻薄。以后所讲不选此等诗。

且看其《登乐游原》：

> 长空澹澹孤鸟没，万古销沉向此中。
> 看取汉家何事业，五陵无树起秋风。

"长空"一句中第六字平仄拗。

登乐游原乃玩乐事，忽感到人生、人类共有之悲哀，故其系为全人

>> > 选诗者普通多重杜牧《遣怀》："落魄江南载酒行，楚腰纤细掌中轻。十年一觉扬州梦，留得青楼薄幸名。"此诗不好，过于豪华，变成轻薄。图为清代王素描绘扬州盛景的《运河揽胜图》。

类说话。首二句"长空澹澹孤鸟没，万古销沉向此中"，乃引起人之印象，给你起个头。如引不起印象，不怨大诗人，唯怨自己无感。诗人感觉特别锐敏而又丰富，故看见孤鸟没于澹澹长空之中，而不禁想起人又何尝不如此？一种澈深之悲哀生矣！"此中"即"澹澹长空"也，万古人事销沉亦如此。第三句"看取汉家何事业"，好，好在太富诗味。别人亦能写，但无此深远之诗味。第四句"五陵无树起秋风"，多少事业、皇家贵胄，到如今坟上连树亦无，只有空荡荡之秋风回旋不已——内中悲情油然生矣。此即人生。

此等诗选诗者不选，真乃不了解小杜。

义山有《夕阳楼》：

> 花明柳暗绕天愁，上尽重城更上楼。
> 欲问孤鸿向何处，不知身世自悠悠。

此与小杜"长空澹澹"一首颇相似。李之后二句"欲问孤鸿向何处，不知身世自悠悠"与杜之前二句"长空澹澹孤鸟没，万古销沉向此中"似。义山各体皆有好诗，小杜只七言近体好。李总体比小杜好，然若只就此二首观之，李不及杜。后来诗人学义山者多，学牧之者少，然但就此二首论之，牧之高于义山。"看取汉家何事业，五陵无树起秋风"二句，有弦外音，言外意；李之后一句"不知身世自悠悠"，一句说尽，不好。而李诗前两句好，不是给人一种印象，是引起人一种印象——"花明柳暗绕天愁"，真是"绕天愁"。而小李杜之优劣尚不在前二句、后二句。就空间讲，"绕天愁"，到处是愁，小杜"长空澹澹"，抵得住"绕天愁"，"澹澹"比"愁"字大，"愁"字小。在空间上，小杜比义山大。就时间言，李之"不知身世"，只言个人半生。"悠悠"，没准，不足据，无关轻重，虽沉痛，但时间"小"，只自己半生。牧之"万古"则是无限者矣。

如此言之，小杜"长空澹澹孤鸟没，万古销沉向此中"二句，真包括宇宙，经古来今，上天下地，是普遍的、共同的，写全人类之事，自己自在其内。义山之句则不然，只是自我、小我。或曰：既然作者为全人类之一，则虽写一人，安知他人不亦有此感？然但就表现言之，究竟小杜更富于普遍性、共同性，义山则富特殊性、个别性。

杜牧更有一自道其人生哲学、人生观、人生态度之诗，即《汴河阻冻》：

千里长河初冻时，玉珂环佩响参差。

浮生恰似冰底水，日夜东流人不知。

杜牧此等诗，人多不选，此首诗较前首尤不见赏于人。余始读《樊川集》即觉此诗有分量、沉重。"玉珂环佩响参差"，此古人身戴佩饰，行时叮咚作响。"千里长河初冻时，玉珂环佩响参差"，《老残游记》写黄河打冻情形，[①]可证此句。此非记录、写实，乃出之以诗之情趣。三、四句"浮生恰似冰底水，日夜东流人不知"，人之内在细微变化，外表不显，恰如冰底之水，人不知者，我独知也。

小杜诗如此之写人生哲学，一二首而已。西洋写作品乃有意识的，想好步骤再写。中国乃无意识，不是意识了的，乃不自觉的，行乎其所不得不行，止乎其所不得不止，瓜熟蒂落、水到渠成地写出。小杜此诗即不自觉地写出者。

---

① 刘鹗《老残游记》第十二回："若以此刻河水而论，也不过百把丈宽的光景，只是面前的冰，插的重重叠叠的，高出水面有七八寸厚。再望上游走了一二百步，只见那上流的冰，还一块一块的漫漫价来，到此地，被前头的拦住，走不动就站住了。那后来的冰赶上他，只挤得'嗤嗤'价响。后冰被这溜水逼的紧了，就窜到前冰上头去；前冰被压，就渐渐低下去了。看那河身不过百十丈宽，当中大溜约莫不过二三十丈，两边俱是平水。这平水之上早已有冰结满，冰面却是平的，被吹来的尘土盖住，却像沙滩一般。中间的一道大溜，却仍然奔腾澎湃，有声有势，将那走不过去的冰挤的两边乱窜。""问了堤旁的人，知道昨儿打了半夜，往前打去，后面冻上；往后打去，前面冻上。"

二 人生与自然之调和

小杜写景、写大自然之诗（七绝）特佳。此与其个人之私生活有关，非纯粹写大自然。此关乎大自然、私生活，乃非常之调和、谐和。如《江南春》：

> 千里莺啼绿映红，水村山郭酒旗风。
>
> 南朝四百八十寺，多少楼台烟雨中。

此诗豪华（吾人写诗总觉不免贫气），此或许系江南佳胜之环境所造成者。

小杜、义山皆是唯美派诗人。我们不管西洋唯美派，只说中国唯美派，是指写出完美之作品来，尤其音节和谐（形、音、义皆和谐）。一首诗有其"形""音""义"，此三者皆得到谐和，即唯美派诗。

老杜在形、音、义之和谐上不见得如小李杜（然此并非说老杜不伟大），其诗句有的虽不刺耳、刺目，然究不谐和。如：

> 莫自使眼枯，收汝泪纵横。
>
> 眼枯即见骨，天地终无情。
>
> （《新安吏》）

人生事情只有人来解决，大自然不管。此情感思想在中国诗中甚难找到，然总觉其形、音、义如石头似的，"嶔奇磊落"（而此四字，形、音、义皆好）。

小李杜不管怎样激昂，总是和谐。如义山《锦瑟》：

锦瑟无端五十弦，一弦一柱思华年。

庄生晓梦迷蝴蝶，望帝春心托杜鹃。

沧海月明珠有泪，蓝田日暖玉生烟。

此情可待成追忆，只是当时已惘然。

此非不沉痛，而美，即因其形、音、义谐和。

此点盖仅限于中国诗。西洋字形不易现出美。如 verdant，草初生之绿色，觉其美，盖仍因其音美；gloomy，阴沉的、忧郁的，字音亦不好听。（某诗人说中国字里"秋"字最美。）左思《咏史》：

鬱鬱涧底松，离离山上苗。

以彼径寸茎，阴此百尺条。

（其二）

其意甚愤慨——肉食者鄙。四句诗感慨、牢骚、愤恨皆写出。其义姑不论，其音亦好，形亦好。"鬱鬱"，大、有力；"离离"，小、软弱。"鬱鬱涧底"便长出松来，"离离山上"便长出苗来。然此非唯美派的诗。左思诗是嶔奇磊落（但不是权枒）。而小杜"浮生恰似冰底水，日夜东流人不知"，亦沉痛，但写得可亲可爱。

小李杜同是唯美派，却又有不同，义山高于牧之。义山亦有写大自然者，如："虹收青嶂雨，鸟没夕阳天。"（《河清与赵氏昆季宴集得拟杜工部》）真写得美。大红大绿，写得好，如"花明柳暗""绿瘦红肥"。国画、服装皆如此，欲漂亮必须大红大绿，然须有支配、把握之本领，否则必俗。画家吴昌硕[1]，有点海派，画植物好，净是大红大绿，却真充满了生之色彩、力量、见识，直到八十多岁，老年尚如此。别的画家不

---

[1] 吴昌硕（1844—1927）：清末民初书画家，与虚谷、蒲华、任伯年并称"海派四杰"。

敢如此，用红绿有分寸，宁肯少，不肯多，因其易俗。吴用之，虽不免海派、过火，而绝不俗。义山诗一带青山、一片夕阳，是红、是绿，而用"虹收""鸟没"，二字皆好，成为调和的美，一幅好画。然在此方面，义山虽有此表现法而不常使，因其太注意情（即人生、人类一切感情）。

义山盖极富于感情，不写情仅写大自然者甚少。即如"客去波平槛，蝉休露满枝"（《凉思》），二句亦有情，虽不见得悲哀沉痛，而是惆怅。"未妨惆怅是清狂"（李商隐《无题》其四），小杜写情不如义山。小杜即使不肤浅亦比义山轻薄，然并非以此抹杀小杜。小杜之唯美在写自然方面比义山更美。

人生最不美，最俗，然再没有比人生更有意义的了。抛开世俗眼光、狭隘心胸看人生，真是有意思。神秘，与大自然同样神秘，不及大自然美。然写诗时常因人生色彩破坏了大自然之美。义山"虹收青嶂雨，鸟没夕阳天"整个是艺术，因其中没有人生。孟浩然"微云淡河汉，疏雨滴梧桐"亦然。

义山作品极能调和人生与大自然，然有时自然将其人生色彩破坏了。其《落花》：

> 高阁客竟去，小园花乱飞。
> 参差连曲陌，迢递送斜晖。
> 肠断未忍扫，眼穿仍欲稀。
> 芳心向春尽，所得是沾衣。

"高阁客竟去，小园花乱飞"二句，能将自然及人生调和。而至后几句如"芳心向春尽，所得是沾衣"，简直不是好诗，人生色彩浓，但将大自然美破坏了。"小园花乱飞"，无形，而皆可写出其情景，虽未言"园"如何"小"，"飞"如何"乱"，可是将人生与自然调和了。

小杜情较义山浅薄，而写自然比义山好。如《江南春》之"南朝四百八十寺，多少楼台烟雨中"，朦胧中有调和，此方面小杜特别成功。

义山写大自然的诗中亦皆有抒情成分。此情字乃广义的。常人多以义山为艳体诗 love poetry，艳体诗若是爱情诗倒不必反对，而后之学者多入于下流，故余反对之。今所谓抒情乃广大的。佛说"一切有情"，非专指男女之情也。凡天地间有生之物皆有情，"花须柳眼各无赖，紫蝶黄蜂俱有情"（义山《二月二日》），"无赖"，亦为有情，花开花结子，有生，有生便有力。生、力，合而为有情。如此看，则了解义山，而不单赏其艳体也。如其"身无彩凤双飞翼，心有灵犀一点通"（《无题》），诗是好诗，而后人学坏了。此二句沉痛有力，尽管有意思说不出，绝不会说话没意思。若有"心"亦有"翼"当然好，今一"有（有心）"一"无（无翼）"相对，悲哀，有力量，后人学之失之肤浅。

小杜与义山不同，小杜是轻薄，尤其与义山较，在此方面不及义山深刻广大。即以写私生活而论，抒情诗人多写私生活、个人生活，因抒情诗人所写者：自我、主观、小我。义山写来有时广大，所写有普遍性。小杜所写则只是他自己，唯完成是美。但"长空澹澹"一首确是小杜广大，又如"浮生恰似冰底水"，此在小杜诗中乃例外，少数。"千里莺啼"一首，写大自然多，写自己少，纯客观。然此类诗在小杜诗中亦不多。他有时既不能写出超自我之纯客观诗，又不能写出像义山那样深刻的诗。若其《登乐游原》及《江南春》乃例外。小杜诗其好处只是完成美，得到和谐。无论形式、音节及内外表现皆和谐。此点或妨害其成为伟大诗人，而不害其成为真诗人。又如其《念昔游》三首之其一、其三：

十载飘然绳检外，樽前自献自为酬。

>>> 杜牧与李商隐不同，小杜是轻薄，尤其与义山较，在此方面不及义山深刻广大。即以写私生活而论，义山写来有时广大，所写有普遍性。小杜所写则只是他自己，唯完成是美。图为唐代杜牧《张好好诗》手迹。

張好好詩　并序

牧大和三年佐故吏部沈
公江西幕好年十三始
以善歌舞來樂籍中
後一歲公鎮宣城復置
好於宣城籍中後三年
沈著作述師以雙鬟納
之又二歲余於洛陽東
城重覩好感舊傷懷
故題詩贈之

君為豫章姝十三纔有餘
翠茁鳳生尾丹臉蓮含跗
高閣倚天半晴江連碧虛
此地試君唱特使華筵鋪
主公顧四座始訝來踟躕
吳娃起引贊低迴映長裾
雙鬟可高下才過青羅襦
盼盼乍垂袖一聲雛鳳呼
繁絃迸關紐塞管引圓蘆
眾音不能逐裊裊穿雲衢

張好好詩　并序

牧大和三年佐故吏部沈
公江西幕好年十三始
以善歌舞來樂籍中
後一歲公鎮宣城復置
好於宣城籍中後三年
沈著作述師以雙鬟納
之又二歲余於洛陽東
城重覩好感舊傷懷
故題詩贈之

秋山春雨闲吟处，倚遍江南寺寺楼。

（其一）

李白题诗水西寺，古木回岩楼阁风。

半醒半醉游三日，红白花开山雨中。

（其三）

所写是私生活，小我，不伟大而真美、真和谐。或讥为此有闲阶级之言，尽管讥其小资产、有闲，而不得不承认其为诗——饿八天不但连这样诗写不出，什么诗也写不出。

"十载飘然绳检外"一首比"十年一觉扬州梦"好。"绳检"，指传统道德束缚、规矩，"飘然绳检外"则不易得到同志，故"樽前自献自为酬"，然只此二句尚不成诗，后二句好，看山听雨处，即"江南寺寺楼"也。小杜有时狂，李白题诗，今我亦题诗，不含糊，对得起。义山则不然，义山诗真是忠厚，无怪其深情，其诗中狂言甚少。

虽处现时之大时代中，而此等诗有存在价值。若诡辩言之，则不但承认此种诗，且劝学人读此种诗，欣赏此种诗，了解此种诗。

写此种诗虽非小资产阶级，然亦须有闲。

诗人涅克拉索夫①说过："Muse of vengeance and hatred."（报复与憎恨的诗人。）

N氏诗富于报复精神及仇恨心情，却又说生活之扎挣使我不能成为一诗人，又时刻使我不能成为一战士。此盖其由衷之言，是很大的悲哀。不由想及老杜。老杜诗中许多诗不能成诗，或即因生活扎挣，不能使其成为诗人。而陶渊明真了不得，亦有生活扎挣，而是诗人，且真和谐，诗的修养比老杜高，真是有功夫。陶的确也是战士，一切有情，有

---

① 涅克拉索夫（1821—1877）：俄国19世纪中期诗人，著有长诗《谁在俄罗斯能过好日子》《货郎》《严冬，通红的鼻子》等。

生有力，无一时不在扎挣奋斗。如其《咏荆轲》。陶之生丰富，力坚强，而还是诗，真是"诗中之圣"。

小杜此等诗可使人得到诗的修养。余之诗在字句锤炼上受江西诗派影响，在心情修养上受晚唐影响，尤其义山、牧之。学人亦可试验之，大概不会失败。杜甫、太白无法学，一天生神力，一天生天才，非人力可致。然吾人尚可学诗，即走晚唐一条路，以涵养诗心。或者浅、不伟大，而是真的诗心。写有闲生活可抱此心情写，即使写奋斗扎挣之诗，亦可仍抱此心情，如陶之《乞食》诗。诗中任何心情皆可写，而诗心不可破坏。写热烈时亦必须冷静。只热烈是诗情，不是诗心；易使人写诗，而不见得写出好诗。小杜此二首七绝《念昔游》真是沉静。

沉静，好，但亦只是基础，不可以此自足。若只此功夫如沙上建筑，是失败的；纵使成功亦暂时的，其倒也速，而且一败涂地。

三　欣赏的态度　有闲的精神

唐朝诗人重读书。老杜说："读书破万卷。"（《奉赠韦左丞丈二十二韵》）又说："熟精义选理。"（《宗武生日》）

吾人只是在修辞上下功夫。吾人生于千百年后，非天才诗人，自不可不用功。不但要像宋人在字句上有锤炼功夫（机械的），同时还要用一种性灵的功夫。宋人功夫是机械的、技术的，训练成、养成；性灵的功夫是一种修养。

关于这种性灵的修养，可从小李杜研究。所谓修养性灵即培养诗情。吾人作诗自不可同木匠之以工具做成器具，应如花匠之养花。野生的花真比不了，如"三百篇""十九首"，真有生机，活泼泼的。花匠所培养者，其生命力或不如野生之盛，但不能说其不美，仍可欣赏。故吾人虽非天才，然尚可成为诗人。心中要有诗情的培养，诗情与生机有关，有诗情的生机、情趣。如此虽未必能成为伟大诗人，但不害其成为真的诗人。

读小杜诗不但其技术可取，对涵养诗情亦有助。前所举《念昔游》二诗，好，"半醒半醉游三日，红白花开山雨中"二句，可作禅"参"，得了活法，受用不尽。然此不可讲，只可自己去"会"。

这种诗是一种自我的欣赏。欣赏的心情是诗人不能少的。无论何种派别诗人，皆须有欣赏心情。而所欣赏是否限于自身？应包括自身以外之人、事、物，最大的诗人盖如此。诗发展至晚唐，自我欣赏之色彩非常鲜明、浓厚，欣赏自己的一切。如《念昔游》之二句："半醒半醉游三日，红白花开山雨中。""半醒半醉游三日"，固为自己；至"红白花开山雨中"该是身外物矣，然此正写其自身"半醒半醉游三日"之心情。"山雨"既不摧花，花也不恨山雨，二者是调和的。小杜的情绪当然亦非常舒服、自然、调和。"红白花开"是象征，不是写实。此种自我欣赏与自我意识是否有关？所谓自我意识，处处意识到有我。自我意识与自觉有关。若人根本不自知，何能有自我意识？如曾子之"吾日三省吾身"（《论语·学而》），是自觉。小杜"半醒半醉"与曾子自省，有关而又不同：一为理智的、分析的，一为欣赏的、总合的。故自我欣赏很像自我意识而实非，似自觉而亦非。

狄卡尔，法国哲人，云："I think therefore I am."

我思想，因为我存在。我存在，即因我有思想。无思想的人可以不存在，可有可无。没有思想的人是空空洞洞的影子，不能算存在。

小杜态度与 D 氏之言很相似，因其结果皆为充实。吾人追求知识，研究学问，有思想、有感情即为充实。自己使自己不至于空虚，不至于等于零。无聊便顶可怕，无聊时候要消遣，如打牌发泄，即为的免去空虚之无聊。因此可知充实之可爱可贵，然后知小杜诗中生活之饱满、充实、无缺陷。（吾人于慈母膝下是最无缺陷的，与好友谈天是最惬意的，因此时最充实。）小杜抱此心情写成《念昔游》，不管其在成诗前、写诗时、成诗后，自其心情一来，便充实的。吾人自己写出诗来，感情不是高兴、不是欢喜，只要是充实，觉得没白活了，不是空洞洞的白纸就行。"我现在生命中填的是干草，然尚比不填好"，可见充实之可贵。D氏是哲人，故重在思想；小杜是诗人，故重在写诗。小杜一派诗情，然其充实，则一也。

晚唐人最能欣赏自我。吾人不但要像宋人之用功在字句上、锤炼上，且须如晚唐诗人之修养诗情。然如此必须有闲，且为精神上有闲。（通常所谓有闲多为物质——不用奋斗扎挣去生活。）

小杜的生活不是忧愁的，虽然他自己对他的生活不满意。而从旁观看来，其生活至少是不愁衣食的。谈到此，老杜便不如小杜幸福，无论身体、精神皆难得有闲。吾人或不能得生活的有闲，何必读此等诗？且不能得生活的有闲如何得精神的有闲？没饭吃怎么能欣赏？有花月不如有窝头，此固然也。然既为诗人，便须与常人不同。一个诗人无论写什么皆须有一种有闲的心情，可以写痛苦、激昂、奋斗，然必须精神有闲；否则只是呼号，不是诗。如老杜："朱门酒肉臭，路有冻死骨。"（《自京赴奉先县咏怀五百字》）这样的诗可以写，而太没有有闲之心情，快不成诗了。肉可臭，酒何能臭？且人可冻死，骨何能冻死？此种事可写成诗，而老杜写的是呼号，不是诗。可以写而不能如此表现，老杜写时，至少精神上不是有闲的。而又如韦庄①之《秦妇吟》，写黄巢起义前后情形，事情尽管惨、乱，而韦庄写之总是抱有有闲的心情。虽非最好的诗，然至少不是失败的诗，比老杜"朱门酒肉臭，路有冻死骨"强。

---

① 韦庄（836—910）：晚唐五代诗人，花间派词家，有《浣花集》。

诗人应养成此有闲心情，否则便将艺术品毁了。如绘画之画战争亦然。人无论在任何环境，皆可保有自我的欣赏，几乎不是自觉而是忘我。（颜回居陋巷即是忘我。）

精神的有闲、欣赏，是人格的修养。江西派只是工具上——文字上的功夫。只重"诗笔"，不重"诗情"。无论激昂、慷慨、愤怒，要保持精神的有闲、欣赏的态度。

试看莱蒙托夫[①]的《童僧》：

Only a snake

……

Was rustling，for the grass was dry

And in the loose sand cautiously

It slid out，and then began to spring

And rolled himself into a ring

Then as though struck by sudden fear

Made haste to keep dark and disapper

此首长诗盖写一个小孩儿到山中寻自由，到傍晚饥饿疲乏，仰卧于地，听水看山，忽见一蛇。对蛇有什么可欣赏？（外国文学好在音乐性，此段可译为散文，但无法译为诗。）当此境地，尚能写出诗，所以能成诗人。

破坏了诗心的调和，便不能写好诗。一个诗人、文人什么都能写，只是要保持欣赏的态度，有闲的精神。最怕急躁，一急躁便不能欣赏。

---

① 莱蒙托夫（1814—1841）：俄国19世纪上半叶诗人、小说家，著有长诗《诗人之死》《恶魔》《童僧》以及小说《当代英雄》等。

四　小杜之"热衷"

小杜两首《念昔游》，和谐婉妙，是他的修养。不要以为他的动机如此，他的诗情也许和谐婉妙，但他的动机绝不谐婉。小杜是"热衷"之人（做官心切），不为金钱势力，为的是事业功名的建树成就。小杜为人不但热衷，而且眼热。小杜有堂弟杜悰（小杜集中提及），才情、见识、学问皆不及小杜，而出将入相多年，小杜甚为不平，愤慨、抵触、矛盾，他的心情并不和谐婉妙，如"谁知我亦轻生者，不得君王丈二殳"（《闻庆州赵纵使君与党项战中箭身死辄书长句》），诗系追悼一战死者，实叹自身功业无就。看了杜悰出将入相，甚为眼热。小杜此处甚多，此正一例也。其饮酒、看花，颓废的生活，是牢骚不得志。"半醒半醉游三日，红白花开山雨中""秋山春雨闲吟处，倚遍江南寺寺楼"，小杜并不甘心闲游、半醉、倚楼，不要看轻他。

一个人对什么都没兴趣，便是表示对什么都感到失去意义，便没有力量；真的淡泊，像无血肉的幽灵。我们要热衷地做一个人，要抓住些东西才能活下去。孟浩然"微云淡河汉，疏雨滴梧桐"，虽好，但不希望大家从此入手，也不能从此入手，我们是有血有肉的人，所以要热衷。

小杜诗《齐安郡中偶题二首》其一：

> 两竿落日溪桥上，半缕轻烟柳影中。
> 多少绿荷相倚恨，一时回首背西风。

象征一年过去得无聊，而诗之神情妙。其二：

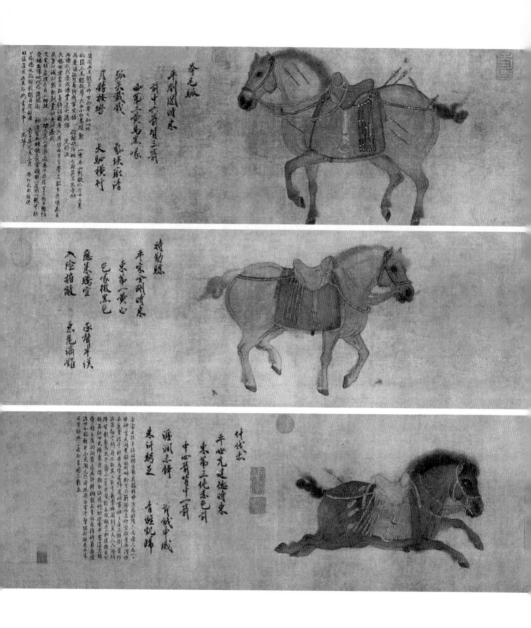

>> > 当时杜牧为齐安太守，月二千石，仍甚不满。不愿在外省而愿在京内（外官富而不贵，京官贵而不富），"欲把一麾江海去，乐游原上望昭陵"，亦此意——虽欲做外官，但仍舍不得京城。"一麾"，仪仗；"昭陵"，唐太宗墓。太宗知人善任，雄才大略；小杜之意以为若是太宗在的话，我必能见用而出将入相也。图为金赵霖《昭陵六骏图》。

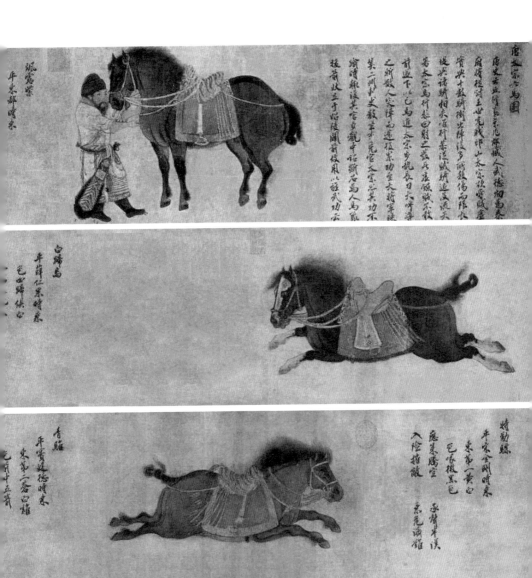

秋声无不搅离心，梦泽蒹葭楚雨深。

自滴阶前大梧叶，干君何事动哀吟。

时小杜为齐安太守，月二千石，仍甚不满。不愿在外省而愿在京内（外官富而不贵，京官贵而不富），"欲把一麾江海去，乐游原上望昭陵"（《将赴吴兴登乐游原一绝》）亦此意——虽欲做外官，但仍舍不得京城。"一麾"，仪仗；"昭陵"，唐太宗墓。太宗知人善任，雄才大略；小杜之意以为若是太宗在的话，我必能见用而出将入相也。或说是小杜爱国，非也。

《齐安郡中偶题二首》虽非绝佳亦好诗，"自滴阶前大梧叶"，粗枝大叶，别具风流。此或非小杜本意，但真好。热衷，但他写的诗仍和谐婉妙。

古来要事业功名就得做大官、做京官。我们不能举一抒情诗就强词夺理说小杜热衷，再举两例看：

萧萧山路穷秋雨，淅淅溪风一岸蒲。

为问寒沙新到雁，来时还下杜陵无。

（《秋浦途中》）

镜中丝发悲来惯，衣上尘痕拂渐难。

惆怅江湖钓竿手，却遮西日向长安。

（《途中一绝》）

字句的修养不能不讲究，否则也写不出好诗。小杜想做官是诗吗？怎么写？但牧之有此能力，写得不显。"山路""秋雨"，一肚子心事；"来时还下杜陵无"（杜陵在长安），"下"字好，雁还能到京城，我不能到，可怜。"寒沙雁"，好，字句上很有功夫。"却遮西日向长安"，真好。到京城去罢，去也无官做！潦倒江湖，进京干么去？感慨牢骚，然而永远是和谐婉妙地表现出来。小杜《念昔游》其二：

> 云门寺外逢猛雨，林黑山高雨脚长。
> 曾奉郊宫为近侍，分明摄摄羽林枪。

首二句似老杜。以前所举二首《念昔游》观之，似是心境很调和，其实不然，此首即可看出。

小杜另有两首七律，末二句皆可见其热衷：

> 自笑苦无楼护智，可怜铅椠竟何功。
>
> （《长安杂题长句六首》其二）

> 江碧柳深人尽醉，一瓢颜巷日空高。
>
> （《长安杂题长句六首》其三）

表现其热衷之感情，而又最有诗味的，盖为"江碧柳深人尽醉，一瓢颜巷日空高"二句。热衷之情原难写为诗，而此写得好。再如"谁人得似张公子，千首诗轻万户侯"（《登池州九峰楼寄张祜》），自言虽有千首诗，仍不能轻万户侯。（张公子张祜[①]，《何满子》之作者。）又如《奉陵宫人》，"奉"，供奉。奉陵时，朝夕具盥栉、治衾枕，事死如事生，比殉葬之葬，不下于殉葬。小杜写此诗不坏，而亦并不太好。若叫老杜写，当更好。小杜诗至少有潜意识作怪，并非为奉陵宫人写诗，而是为自己写，至少自怜之心胜过同情之心。诗曰：

> 相如死后无词客，延寿亡来绝画工。

---

① 张祜（792—854）：晚唐诗人，以"一声何满子，双泪落君前"得名。

>>> 杜牧诗一为人生之作，二为婉妙之作，三为热衷之作。此外还要说到其第四类——咏史之作。此类作品，小杜见解不甚高，同情又不浓厚，且稍近轻薄，不厚重，虽有周公之才、之美，使骄（轻）且吝（薄），其余不足观也矣。如其咏杨贵妃："霓裳一曲千峰上，舞破中原始下来。"图为清代康涛《华清出浴图》。

玉颜不是黄金少，泪滴秋山入寿宫。

　　用典，因有含义而令读者觉得有隔膜，至少须将此种文字障打破，才能欣赏诗。陈后失宠于汉武帝，千金买得相如之赋。帝见赋，复幸之。毛延寿为宫人画像供汉元帝选择，故宫人多用黄金贿毛延寿。此虽为奉陵宫人作，实乃自写，想起自己境遇遭际，虽有玉颜而不遇亦徒然。奉陵宫人真惨，鲁迅先生说"虽生之日，犹死之年"（《朝花夕拾》小引），真是如此。另有《出宫人》二首：

　　　　闲吹玉殿昭华管，醉折梨园缥蒂花。
　　　　十年一梦归人世，绛缕犹封系臂纱。

　　　　平阳拊背穿驰道，铜雀分香下璧门。
　　　　几向缀珠深殿里，妒抛羞态卧黄昏。

　　写得不甚沉痛，其事亦原不沉痛。

五　余论咏史诗

　　小杜诗"长空澹澹"二首最好，全写人生。
　　小杜诗一为人生之作，二为婉妙之作，三为热衷之作。小杜所有诗皆可归入此三种，若不能归入者，便不是好诗。此外还要说到其第四类——咏史之作。

此类作品，小杜见解不甚高，闲情又不浓厚，且稍近轻薄，不厚重，虽有周公之才、之美，使骄（轻）且吝（薄），其余不足观也矣。如其咏杨贵妃："霓裳一曲千峰上，舞破中原始下来。"（《过华清宫》三绝句其二）"破"字用得损，曲到"入破"则紧张、精彩，"破"为音乐上名词；小杜"舞破"乃破坏之破。李义山亦犯轻薄之病。或因乱世人情薄。李义山咏东晋（东晋半壁江山）元帝（东晋第一皇帝）："休夸此地分天下，只得徐妃半面妆。"（《南朝》）"徐妃"，元帝妃。元帝一目，故谓"只得半面"。徐妃原不可取，李义山更轻薄。讽刺可，讥笑不可。鲁迅先生讽刺，是讽刺普通大众的人性，若对一人而发，便是轻薄。

第十一课

李商隐诗梦的朦胧美

李义山是最能将日常生活加上梦的朦胧美的诗人。

"微云淡河汉，疏雨滴梧桐"（孟浩然句）二句与"曲终人不见，江上数峰青"（钱起《湘灵鼓瑟》）亦为韵的文学，而与义山之韵的文学不同。前者是在人生上加上自然之描写，结果只成为自然之表现，而非人生之表现。后者则是对日常生活加上梦的朦胧美，故其人生色彩较前者浓厚。

若举一人为中国诗的代表，必举义山，不但对外界欣赏，且对自己欣赏。

一 绝响《锦瑟》

义山《锦瑟》可谓为绝响之作：

> 锦瑟无端五十弦，一弦一柱思华年。
> 庄生晓梦迷蝴蝶，望帝春心托杜鹃。
> 沧海月明珠有泪，蓝田日暖玉生烟。
> 此情可待成追忆，只是当时已惘然。

所谓绝响，其好处即在于能在日常生活上加上梦的朦胧美（梦的色彩）。

一个诗人是 day-dreamer，而此白日梦并非梦游，梦游是下意识作用，脑筋不是全部工作，此种意识为半意识。诗人之梦是整个的意识，故非梦游；且为美的，故不是噩梦；且非幻梦，因幻梦是空的，缥缈的。而诗人之梦是现实的，诗人之梦与幻梦相似而实不同。幻梦在醒后是空虚，梦中是切实而醒后结果是幻灭。

《锦瑟》之"沧海月明珠有泪，蓝田日暖玉生烟"二句真美。烟雾不但散后是幻灭，即存在时亦有把握不住之苦痛，不能保存。种花一年，看花十日，但尚有十日；云烟则转眼即变，此一眼必不同于彼一

>>> 李商隐《锦瑟》可谓为绝响之作，"锦瑟无端五十弦，一弦一柱思华年"。它能在日常生活上加上梦的朦胧美，其美如云、如烟、如雾，且能保留下来，千载后后人读之尚感觉其存在。图为五代周文矩（传）《合乐图》。

眼。诗人之诗则不然，只要创造得出，其美如云、如烟、如雾，且能保留下来，千载后后人读之尚感觉其存在。故诗人之梦是切实的，而非幻梦。诗人之将日常生活加上梦的美是诗人的天职。既曰天职，便不能躲避，只好实行。实行愈力，则愈尽天职。

诗中无写实，写实与切实不同。不但诗，文学中亦不承认有写实。好诗皆有梦的色彩。梦是有色彩的。浪漫、传奇，在诗中有浪漫传奇色彩的易加上梦的朦胧美，而在日常生活中加上不易，因浪漫、传奇有一种新鲜的趣味。在吾国诗中，日常生活上加上梦的朦胧美的作品甚少见。（在散文中如《史记·项羽本纪》，与其谓之为写实作品，毋宁谓之为传奇。）

有新鲜味者皆有刺激性，而久食则无味矣。此种加新鲜味、有刺激性、传奇性的作品，小说中谓之"演义"。梦的朦胧美加在写实上便是"附会"，便是"演义"。《三国演义》谓关公刀八十二斤，刘备双手过膝，此虽无艺术价值，而亦为"附会"，与诗人之加梦的色彩相似。

日常生活是平凡，故写诗时必加梦的朦胧美。二者是冲突，而大诗人能做到，使之成美的梦，有梦的美。李商隐能做到。

或谓《锦瑟》乃悼亡诗，亦可。首二句忆从前；三、四句一写前，一写今；"沧海"二句写从前之事情。"珠有泪"并非痛苦的泪，"珠有泪"是写珠光，旧写美的泪亦曰"泪珠""珠泪"，此实盖很美的名词。不过用得多了，失去其刺激，令人不觉其美。平常多从泪联想到珠，李义山乃由珠联想到泪。"沧海月"如被海水洗过，更明、更亮，更觉在月光下之珠亦更亮、更圆。"烟"是暖的，故"蓝田日暖玉生烟"。"沧海"二句已沉入梦中，故后二句曰"此情可待成追忆"，又曰"只是当时已惘然"。"惘然"二字真好，梦的朦胧美即在"惘然"。不是悲哀，也不是欣喜，只是将日常生活加上一层梦的朦胧美。

李义山是最能将日常生活加上梦的朦胧美的诗人。李义山对日常生活不但能享受，且能欣赏。平常人多不会享受，如嚼大块的糖，简直不是吃糖，既不会享受，更谈不到欣赏。

幼儿之好玩儿不是梦的朦胧美。一个中年人和一个老年人，坐在北海岸边，对着斜阳、楼台，默然不语，二者是谁能享受欣赏呢？恐怕还是后者。这真是惘然，是诗与生活成为一个，不但外面有诗的色彩而已。

古语曰"相视而笑，莫逆于心"（《庄子·大宗师》），尚嫌其多此一笑。如慈母见爱儿归来对之一射之眼光，在小孩真是妙哉，我心受之，比"相视而笑"高。诗人在惘然中，如儿童在慈母眼光中，谈不到悲哀、欣喜。

悼亡非痛苦、失眠、吐血，而只是惘然。且不但此时，当时已惘然矣。

若令举一首诗为中国诗之代表，可举义山《锦瑟》。若不了解此诗，即不了解中国诗。

二 平凡 ⇌ 美

诗是要将日常平凡生活美化（升华）。自此点看来，义山颇与西方唯美派相似。此名词^①之含义甚深，浅言之，是要写出一种美的事物来，创造出美的东西来。能如此，便是尽诗人之天职，尽了诗人之良心。（可以王守仁"良知""良能"之"良"释此"良"字。）

以唯美派说义山诗并无何不妥，而中西唯美又不全同。中西唯美派全同者乃一点——为艺术的艺术（L'art pour l'art^②），并非要表现自己思想，给别人教训。至于义山与西方唯美派之大不同，即西方唯美派似不满意于日常生活，于是抛开了平凡事物而另去找、另去造；至义山则不然，不另起炉灶，亦不别生枝节，只是根据日常生活，而一写便美化了，升华了。并非另找，只是乔妆了出来——"乔妆"一词尚不妥，还是说"升华"。所以《锦瑟》"沧海"一联为比。

研究义山诗之人多为其美所眩，实则读者读时应如化学之还原。诗人将平常变成美（作品），读者只见其美：实应不被其美外眩，应自美还原（回）到平凡，就可以认识义山了：

义山 ⇌ 平凡 ⇌ 美←──读者

"沧海月明珠有泪，蓝田日暖玉生烟"二句，是写男女二性美满生活，而此美满生活并非固定，高楼与草屋同，只要二人调和即好。义山乃寒士，与其妻所过亦必为茅檐草屋、粗茶淡饭的生活，而义山写诗时将其美化了。

法国恶魔派诗人波特来尔所作之诗集《恶之花》（*Flowers of Evils*），

---

① 此名词：指唯美派。
② L'art pour l'art：法文，为艺术的艺术、为艺术而艺术。法国唯美主义先驱戈蒂耶（Gautier）在其小说《莫班小姐》的作者序中提出，艺术可以脱离政治、道德、社会等而存在，艺术创作的目的在于其作品本身。

不满意日常生活，故另写许多常人不写的，故人名之曰恶魔。（名之为恶魔派，稍含恶意，实亦唯美派。）若谓 B 氏所写乃出奇的，则李氏所写是更近于人情的唯美派作品。

李义山不但与 B 氏不同，与李贺亦不同。义山诗无疑曾受《李长吉歌诗》（《昌谷集》）之影响。自义山诗中亦可看出其仿长吉之作品，如《燕台诗四首》，此类诗在义山集中成谜。每字、每句皆可解，而全篇不可解。欲了解义山此类诗，必起义山于九原不可。此类诗无疑地受长吉影响而失败了，因根本长吉即未全成功。或因中国文字、民族性不适于写此类作品亦未可知。

三 力的文学与韵的文学

义山诗最大成功是将日常生活美化成诗。不但《锦瑟》，自《二月二日》一首亦可看出。

老杜有《绝句漫兴九首》，其四曰：

> 二月已破三月来，渐老逢春能几回。
> 莫思身外无穷事，且尽生前有限杯。

李商隐《二月二日》曰：

> 二月二日江上行，东风日暖闻吹笙。

花须柳眼各无赖，紫蝶黄蜂俱有情。

万里忆归元亮井，三年从事亚夫营。

新滩莫悟游人意，更作风檐夜雨声。

此乃力的文学与韵的文学。老杜诗可以为力的代表，义山诗可以为韵的代表。

义山所写当为江南，因江北二月尚无三、四句之景，俗语"二月清明花开罢，三月清明不见花"。而吾人总见过"花须柳眼""紫蝶黄蜂"，此岂非甚平常？

首二句原亦平常，而义山写得好。如"东风日暖闻吹笙"，一读便觉到暖风拂面而来，不是因为其写暖，其音亦如暖风拂来。按格物讲，李之诗亦合乎科学。先说"笙"字。"三百篇"《小雅·鹿鸣》中"吹笙鼓簧"，笙内有簧，与笛、箫不同，簧如笙之声带。据说笙最怕冷，在三九吹不响，冷气一入则簧结而不动，故吹笙必天暖。清真①词"夜深簧暖笙清"（《庆宫春》），所写盖冬之夜，而屋内暖，故簧暖，故笙清，夜深而愈清。清真词又有"锦幄初温，兽香不断，相对坐调笙"（《少年游》），亦笙与暖相连。义山之"东风日暖闻吹笙"，就直觉讲，一读则暖气上人心头；按科学讲，亦合。甚平常，而写得好，成功了。

试看诗中笙与笛之比较。杜牧之："深秋帘幕千家雨，落日楼台一笛风。"（《题宣州开元寺水阁，阁下宛溪夹溪居人》）此亦很美之描写。雨自上而下，帘亦自上而下，落日相对是横的，一笛风也是横的。此句非是笛不可，与义山"东风日暖闻吹笙"可为相对，一写暖，一写凉。"东风日暖"时岂无人吹笛？有人吹亦不能写，正如"落日楼台"不能写吹笙一样。又如李益②诗：

---

① 清真：即周邦彦。周邦彦（1056—1121），北宋婉约词集大成者，南宋婉约词开山者，有《片玉词》。

② 李益（748—约827）：中唐诗人，以边塞诗名世，有《塞下曲三首》《夜上受降城闻笛》《从军北征》等。

>>> 李商隐《二月二日》曰："二月二日江上行，东风日暖闻吹笙"。一读便觉到暖风拂面而来，不是因为其写暖，其音亦如暖风拂来。图为清代改琦《吹笙仕女图》（左）、《抱琴归去图》（右）。

回乐峰前沙似雪，受降城外月如霜。

不知何处吹芦管，一夜征人尽望乡。

（《夜上受降城闻笛》）

必是"吹芦管"不可。此皆从反面证明义山"闻吹笙"之好。

至于"花须柳眼"二句亦好。常人看字是模糊的，了解是肤浅的，读诗不应如此。如"紫蝶黄蜂俱有情"，"有情"二字读时切不可滑过。平常诗人写有情简直无情，而义山写来沉重。曰"紫"曰"黄"，感觉亲切，故写有情是真有情，沉重。"花须柳眼各无赖"，"无赖"二字亦好。平常说"无赖"有贬义，此乃好意。如慈父慈母跟前之爱儿娇女是无赖的，如儿女向父母要钱买糖，慈父慈母绝不会严责。日本译charming 为爱娇，好，儿女的"无赖"非可恨的，而是爱娇。"花须柳眼"到春天亦如此。人已然看得不耐烦，而花仍在开，柳仍在舒，真是无赖。此皆平常事物，而李义山能就之写出美的作品来。

"微云淡河汉，疏雨滴梧桐"（孟浩然句）二句与"曲终人不见，江上数峰青"（钱起《湘灵鼓瑟》）二句亦为韵的文学，而与义山之韵的文学不同。前者是在人生上加上自然之描写，结果只成为自然之表现，而非人生之表现。义山则是对日常生活加上梦的朦胧美，故其人生色彩较前者浓厚。"沧海月明"亦是大自然，李氏未尝不借重自然，而究竟是人生的色彩多。二者为韵的文学同，而其所以为韵的文学不同。

义山究用何种技术写出《锦瑟》之诗，姑且不论。且说伤感诗人如清黄仲则之诗句：

寒甚更无修竹倚，愁多思买白杨栽。

（《都门秋思》）

结束铅华归少作，屏除丝竹入中年。

（《绮怀十六首》其十六）

似乎人生色彩比义山浓厚；而若以韵论，则差之太远。因黄氏之诗只能成为伤感的诗，此种诗很难写得有韵。抒情诗人自易流入伤感，而若细推其源当以陆放翁为最。如："万事从初聊复尔，百年强半欲何之。"（《感秋》）此诗太显著，在技术上尚不及黄氏成功。黄氏之"茫茫来日愁如海，寄语羲和快着鞭"（《绮怀十六首》其十六）亦与之同出一源，黄盖出于陆。

此外另有一种愤慨的诗，牢骚、生气、发脾气，此即中国诗人之爱自暴自弃之原因。黄仲则之"茫茫来日愁如海，寄语羲和快着鞭"二句亦是愤慨，此派亦出于放翁。如放翁之："阨穷苏武餐毡久，忧愤张巡嚼齿空。"（《书愤二首》其一）苏武餐毡事盖为附会，然此二句尚好，二句字笔画都多①，可代表中心之不平。"曲终人不见，江上数峰青"，二句则甚疏朗，好，可代表中心和平。"餐毡""嚼齿"二词好，而最糟在"久""空"，次则"阨穷""忧愤"，亦太平常。

伤感与愤慨虽分为二，实则一也。自暴与自弃亦不同，自弃是说自己什么都不成，自暴是目空一切，而此二者实亦一也。如武断、盲从亦二而一也。武断似乎最有主意，实则没有一个武断的人不盲从的：乃根本脑筋不清楚。自暴、自弃似一积极，一消极，实则皆不好。伤感、忧愤亦似一积极，一消极，实亦一也。

李义山也写伤感、愤慨，而其长不在此。

李氏议论诗、纪事诗亦不高。如其七古《韩碑》一篇，乃有名代表作，亦无甚了不起。有之则高在字句上之锤炼修辞，一力摹古，有点做古董。

李义山好就是韵的文学好，日常生活加上梦的朦胧美。

---

① 此就繁体字"阨穷苏武餐毡久，忧愤张巡嚼齿空"而言。

另有一种愤慨的诗，牢骚、生气、发脾气，此即中国诗人之爱自暴自弃之原因。"曲终人不见，江上数峰青"，二句则甚疏朗、好，可代表中心和平。图为唐代李思训《江帆楼阁图》

四　情操之自持

今再举其悼亡诗："更无人处帘垂地，欲拂尘时簟竟床。"（《王十二兄与畏之员外相访见招小饮，时予以悼亡日近不去，因寄》）

此较黄、陆真高。上句真伤感，若使其妻在，断不致如此寂寞；下句更伤感，若使其妻在，则绝不能簟上尘满，自己做事亦可哀，而"簟竟床"的悲哀更甚。此盖衰老时的作品，衰老时本筋力不及，"欲拂尘时簟竟床"比放翁的"聊复尔""嚼齿空"深厚得多。此即因其能将日常生活升华，加上一层梦的朦胧美。结晶升华后本质虽同，而比未升华时美很多了。此义山之所以高于放翁也。

若说陆、黄的诗是冒出来的，则李之诗是沉下去的，沉下去再出来，冒则出而不入，陆、黄情绪 ⟶ ，李则情绪 ⇌ 。李是用观照（欣赏）将情绪升华了。陆、黄一类诗，写欢喜便是欢喜，写悲哀便是悲哀；而观照诗人则在欢喜、烦恼时加以观照，看看欢喜、烦恼到底是什么东西。一方面观，一方面赏，有自持的功夫。沉得住气，不是不烦恼，不叫烦恼把自己压倒；不是不欢喜，不叫欢喜把自己炸裂。此即所谓情操。必须对自己情感仔细欣赏、体验，始能写出好诗。

常人每以为坏诗是情感不热烈，实则有许多诗人因情感热烈把诗的美破坏了。

义山《花下醉》："客散酒醒深夜后，更持红烛赏残花。"

客散，夜深，其伤感多深，而写得多美。残花不久，而尚持红烛，真是沉得住气。多么空虚 —— 夜半酒醒；多么寂寞 —— 人去后。从何欢喜？但真是蕴藉、敦厚、和平，还是情操的功夫。

若举一人为中国诗代表，必举义山，举《锦瑟》，《锦瑟》亦是"更持红烛赏残花"，不但对外界欣赏，且对自己欣赏。

然此并非诗的最高境界。从观照欣赏生活得到情操自持，然但有此功夫尚不成，因但如此则成作茧自缚，自己把自己范围在窄小生活里，非无修养，而无发展。如一诗人境界世界甚小，伤感没发展，老这样下去就完了。如后之西昆体就完了。此类诗至韩偓、端己必改变，不改不成，西昆体学义山失败了。后之诗人之沾沾自喜、摇头晃脑亦本于此。

天下大事，合久必分，分久必合，有一利必有一弊。

中国诗人对大自然是最能欣赏的。无论"三百篇"之"杨柳依依"（《小雅·采薇》）或楚辞之"嫋嫋兮秋风"（屈原《九歌·湘夫人》）等，皆是对自然的欣赏。而亦有对人生之欣赏，如李义山。

义山虽能对人生欣赏，而范围太小，只限自己一人之环境生活，不能跳出，而满足此小范围。满足小范围即"自画"①。此类诗人可写出很精致的诗，成一唯美派诗人，其精美真是前无古人，后无来者，而严格地批评又对他不满，即因太精致了。

义山的小天地并不见得老是快乐的，也有悲哀、困苦、烦恼，而他照样欣赏，照样得到满足。如《二月二日》一首，何尝快乐？是思乡诗，而写得美。看去似平和，实则内心是痛苦。末尾二句"新滩莫悟游人意，更作风檐夜雨声"，不但要看它美，须看他写的是何心情。"滩"，山峡之水，其流顶不平和；"莫悟"，不必了解；"游人"，义山自谓。此谓滩不必不平和地流，我心中亦不平和，不必你作一种警告，你不了解我。然义山在不平和的心情下，如何写出此诗前四句那么美的诗？由此尚可悟出"情操"二字意义。观照欣赏，得到情操。吾人对诗人这一点功夫表示敬意、重视。诗人绝非拿诗看成好玩。我们对诗人写诗之内容、态度表示敬意。

只是感情真实，没有情操，不能写出好诗。义山诗好，而其病在"自画"，虽写人生，只限于与自己有关的生活。此类诗人是没发展的，

<hr/>

① 《论语·雍也》："冉求曰：'非不说子之道，力不足也。'子曰：'力不足者，中道而废。今女画。'"

没有出息的。所以老杜伟大，完全打破小天地之范围。其作品或者很粗糙，不精美，而不能不说他伟大，有分量。西洋写实派、自然派如照相师。老杜诗不是摄影技师，而是演员。谭叫天说我唱谁时就是谁，老杜写诗亦然。故其诗不仅感动人，而且是有切肤之痛。

老杜能受苦，义山就受不了，不但自己体力上受不了，且神经上受不了。如闻人以指甲刮玻璃之声便太不好听。不但自己不能受，且怕看别人受苦，不能分担别人苦痛。能分担（担荷）别人苦痛，并非残忍。老杜敢写苦痛，即因能担荷。诗人爱写美的事物，不能写苦，即因不能担荷。

义山情操一方面用的功夫很到家，就因为他有观照，有反省。这样虽易写出好诗，也易沾沾自喜，满足自己的小天地，而没有理想，没有力量。义山虽亦有时有一二句有力量的诗，而究竟太少。

第十二课

宋诗说略

常人皆以为唐人诗是自然，是情感，宋人诗是不自然，是思想。若果然，则何重彼而轻此？

　　唐人重感，宋人重观，一属于情，一属于理智。宋人重观察，观察是理智的。宋人作诗必此诗，唐人则有一种梦似的模糊。宋人诗有轮廓，以内是诗，以外非诗。唐人诗则系"变化于鬼神"，非轮廓所可限制。

　　宋人对诗用功最深，而诗之衰亦自宋始。

古人说"文以载道""诗言志",故学道者看不起学文者（程伊川以为学文者为玩物丧志），学诗者又谓学道者为假道学——二者势同水火，这是错误。若道之出发点为思想，若诗之出发点为情感，则此二者正如鸟之两翅，不可偏废。天下岂有有思想而无情感的人或有情感而无思想的人？二者相轻是"我执"，"我执"太深。人既有思想与情感，其无论表现于道或表现于文，皆相济而不相害。

学道者贵在思多情少，即以理智压倒情感，此似与诗异。然而不然。《论语》开首曰："学而时习之，不亦说乎？有朋自远方来，不亦乐乎？"（《学而》）曰"说"曰"乐"，岂非情感？《论语·雍也》又曰："一箪食，一瓢饮，在陋巷，人不堪其忧，回也不改其乐。"《论语·述而》则有曰："饭疏食，饮水，曲肱而枕之，乐亦在其中矣。"此曰"乐"，非情感而何？佛经多以"如是我闻"开首，结尾则多有"欢喜奉行"四字，不管听者为人或非人，不管道行深浅，听者无不喜欢，无不奉行。"信"是理智，是意志，非纯粹情感。然"信"必出于"欢喜"，欢喜则为情感。可见道不能离情感。

理，即哲学（人生），本于经验、感觉。如此说理满可以；若其说理为传统的、教训的、批评的，则不可。要紧的是表现，而不是说明。老杜《秦州杂诗二十首》其五"浮云连阵没，秋草遍山长"，不是说理，而其所写在于"哀鸣思战斗"的人生哲学。人在社会上生活，是战士，然人生哲学不是教训、批评。至表现，则必须借景与情。如此可知唐人说理与宋人不同；且有的宋人说理并不深，并不真，只是传统的。

诗人达到最高境界是哲人，哲人达到最高境界是诗人，即因哲理与诗情最高境界是一。好诗有很严肃的哲理，如魏武、渊明，"譬如朝露""人生几何"（曹操《短歌行》）等，宋人作诗一味讲道理，道理可讲，唯所讲不可肤浅；若严肃深刻，诗尽可讲道理，讲哲理，诗情与哲理通。

常人皆以为唐人诗是自然，是情感，宋人诗是不自然，是思想。若果然，则何重彼而轻此？唐人情浓而感觉锐敏。说唐人诗首推李、杜，而人不甚明白李白乃纨绔子弟，云来雾去；老杜则任感情冲动，简直不知如何去生活，其情感不论如何真实，感觉不论如何锐敏，总是"单翅"。

唐人重感，宋人重观，一属于情，一属于理智。宋人重观察，观察是理智的。简斋有句"蛛丝闪夕霁，随处有诗情"（《春雨》），此诗即从观来，是理智；若其"谈余日亭午，树影一时正""微波喜摇人，小立待其定"（《夏日集葆真池上》），此则更是理智者矣，似不能与前"蛛丝"二句并论，盖"蛛丝"二句似感。而余以为"蛛丝"二句，仍为观而非感。必若老杜"重露成涓滴，稀星乍有无。暗飞萤自照，水宿鸟相呼"（《倦夜》），此四句始为感。"暗飞萤自照"，似观而实是感；"蛛丝闪夕霁"句太清楚，凡清楚的皆出于观。"暗飞"句则是一种憧憬，近于梦，此必定是感，似醉，是模糊，而不是不清楚。

老杜诗有点"浑得"，而力量真厚、真重、真大，压得住。后人不成，则真"浑得"矣。正如老妪为独子病许愿，是迷信，而人不敢非笑之，且不得不表同情，即其心之厚、重、大，有以感人。老杜之诚即如此，诚于中而形于外。吾人尽管比老杜聪明，但无其伟大。"重露成涓滴，稀星乍有无。暗飞萤自照，水宿鸟相呼"，四句厚、重、大，不"浑得"。

宋人作诗必此诗，唐人则有一种梦似的模糊。宋人诗有轮廓，以内是诗，以外非诗。唐人诗则系"变化于鬼神"，非轮廓所可限制。可见诗内非不容纳思想。

宋初西昆体，有《西昆酬唱集》，内有杨亿、刘筠、钱惟演等十七人。说者谓"西昆"完全继承晚唐作风。晚唐诗感觉锐敏而带有疲倦情调，与西洋唯美派、颓废派（decadent）颇相似。诗有"思"（思想）、"觉"（感觉）、"情"（情感）。晚唐只是感觉发达，而西昆所继承并非此点。感觉是个人的，而同时也是共同的。有感觉即使不能成为伟大作家，至少可以成功。宋人并非个个麻木，唯西昆感觉不是自己的，而是晚唐的，只此一点，便失去了诗人创造的资格。

传统力量甚大，然凡成功的作家皆是打破传统而创立自己面目者。退之学工部，然尚有自己的"玩艺儿"在。韩致尧学义山，虽小，但不可抹煞。不过西昆体亦尚有可得意之一点，即修辞上的功夫。于是宋以后诗人几无人能跳出文学修辞范围。后人诗思想、感情都是前人的，然尚能像诗，即因其文学修辞尚有功夫。

西昆体修辞上最显著一点即使事用典。（用典最宜于应酬文字。）此固然自晚唐来，而晚唐用故实乃用为譬喻工具，所写则仍为自己感觉。至宋初西昆体而不然，只是一种巧合，没有意义，虽亦可算作譬喻，然绝非象征，只是外表上相似，玩字。故西昆诗用典只是文字障，及至好容易把"皮"啃下，到"馅"也没什么。（余作诗用典有二原因：一即才短，二即偷懒。）

仁宗初年盖宋最太平时期，当时有二作家，即苏舜钦子美、梅尧臣圣俞。欧阳修甚推崇此二人，盖因欧感到西昆之腐烂。梅、苏二人开始不作西昆之诗，此为"生"，然可惜非生气（朝气），而为生硬。同时，苏、梅生硬之风气亦如西昆之使事然，成为宋诗传统特色。宋诗之生硬盖矫枉过正。苏、梅二人开宋诗先河，在诗史上不可忽略，然研究宋诗可不必读。

此为宋诗萌芽时期。

至宋诗发育期，则有欧阳修。欧在宋文学史上为一重镇，其古文改骈为散，颇似唐之退之，名复古，实革新。欧阳修文章学韩退之，但又

欧阳修作有《庐山高》，自以为非李太白不能为也 —— 人自负能增加生活勇气，然亦须反省 —— 可是太白诗真不像欧。图为明代丁云鹏《庐山高图》。

非退之。桐城派以为韩属阳刚，欧属阴柔，①是也。欧散文树立下宋散文基础，连小型笔记《归田录》皆写得很好。后之写笔记者盖皆受其影响，比韩退之在唐更甚。此并非其诗文成就更大，乃因其官大。

欧文不似韩而好，诗学韩似而不好，其缺点乃以文为诗。此自退之、工部已然，至欧更显，尤其在古诗。故宋人律、绝尚有佳作，古诗则佳者颇少，即因其为诗的散文，有韵的散文。此在宋亦成为风气。欧氏作有《庐山高》，自以为非李太白不能为也②——人自负能增加生活勇气，然亦须反省——可是太白诗真不像欧。

欧后有王安石。苏东坡见其词谓为"野狐精"。③实际观之，诗、文、词、字皆野狐精，然足以代表其个性。虽缺乏共同性，不过真了不起。俗语曰：反常为贵；而又曰：反常为妖。一人在某行做事多年，不带习气，这人必有点儿特殊之处。（点道之见。）美人无脂粉气，高僧无蔬笋气（或曰酸稻气），这样反常是矛盾的调和，生活艺术的成功。

元遗山《论诗三十首》有云：

奇外无奇更出奇，一波才动万波随。

只知诗到苏黄尽，沧海横流却是谁。

（其廿二）

---

① 姚鼐《复鲁絜非书》："文者，天地之精英，而阴阳刚柔之发也。""宋朝欧阳、曾公之文，其才皆偏于柔之美者也。"曾国藩《圣哲画像记》："西汉文章，如子云、相如之雄伟，此天地遒劲之气，得于阳与刚之美者也，此天地之义气也。刘向、匡衡之渊懿，此天地温厚之气，得于阴与柔之美者也，此天地之仁气也。东汉以还，淹雅无惭于古，而风骨少矣。韩柳有作，尽取扬马之雄奇万变，而内之于薄物小篇之中，岂不诡哉。欧阳氏、曾氏皆法韩公，而休质干匡刘为近。文章之变，莫可穷诘。要之不出此二途，虽百世可知也。"

② 叶梦得《石林诗话》卷中："前辈诗文，各有平生自得意处，不过数篇，然他人未必能尽知也。毗陵正素处士张子厚善书，余尝于其家见欧阳文忠子棐以乌丝栏绢一轴，求子厚书文忠《明妃曲》两篇，《庐山高》一篇。略云：先公平日，未尝矜大所为文，一日被酒，语棐曰：'吾《庐山高》，今人莫能为，唯李太白能之。《明妃曲》后篇，太白不能为，唯杜子美能之；至于前篇，则子美亦不能为，唯我能之也。'"

③ 《历代诗余》引《古今词话》语："金陵怀古，诸公寄调于《桂枝香》者，凡三十余家，唯介甫为绝唱。东坡见之，叹曰：'此老乃野狐精也！'"所谓野狐精，盖指其人之言行做派虽非正宗，但十分精灵。

至苏、黄，宋诗是完成了，而并非成熟，与晚唐之诗不同。

凡是对后来发生影响的诗人，是功首亦罪之魁。神是人格最完美的，人是有短处、劣点的，唯其长处、美处足以遮盖之耳，然此又不易学。创始者是功首也是罪魁，法久弊生。

宋之苏、黄似唐之李、杜而又绝不同。苏什么都会，而人评之曰：凡事俱不肯著力。"问君无乃求之欤，答我不然聊尔耳。"（苏轼《送颜复兼寄王巩》）人之发展无止境，而人之才力有限制。余以为苏东坡未尝不用力，而是到彼即尽，没办法。

东坡有《郭祥正家醉画竹石壁上，郭作诗为谢且遗二古铜剑》：

> 空肠得酒芒角出，肝肺槎牙生竹石。
> 森然欲作不可回，吐向君家雪色壁。
> 平生好诗仍好画，书墙涴壁长遭骂。
> 不嗔不骂喜有余，世间谁复如君者。
> 一双铜剑秋水光，两首新诗争剑铓。
> 剑在床头诗在手，不知谁作蛟龙吼。

苏写酒"芒角出"，陶公写酒"悠悠迷所留，酒中有深味"（《饮酒二十首》其十四）。陶诗十个字调和，无抵触；苏诗"空肠得酒芒角出，肝肺槎牙生竹石"，不调和。"平生"以下四句是有韵的散文，太肤浅。苏此诗思想、感觉、感情皆不深刻，只是奇，可算得"奇外无奇更出奇"，而"奇"绝站不住。然是宋诗，非唐诗。新奇最不可靠，是宋诗特点，亦其特短。此诗感觉不锐敏，情感不深刻，是思想，然非近代所谓思想。诗中思想绝非判断是非善恶的。苏东坡思想盖不能触到人生之核心。苏公是才人，诗成于机趣，非酝酿。

苏之成为诗人因其在宋诗中是较有感觉的。欧阳修在词中很能表现其感觉，而作诗便不成。陈简斋、陆放翁在宋诗人中尚非木头脑袋，有感觉、感情。苏诗中感觉尚有，而无感情，然在其词中有感情——可见用某一工具表现，有自然不自然之分。大晏、欧阳修、苏东坡词皆好，如诗之盛唐。

苏之"雨中荷叶终不湿"句出自其《别子由三首兼别迟》。其第二首：

> 先君昔爱洛城居，我今亦过嵩山麓。
> 水南卜筑吾岂敢，试向伊川买修竹。
> 又闻缑山好泉眼，傍市穿林泻冰玉。
> 遥想茅轩照水开，两翁相对情如鹄。

没味儿，感觉真不高。第三首：

> 两翁归隐非难事，唯要传家好儿子。
> 忆昔汝翁如汝长，笔头一落三千字。
> 世人闻此皆大笑，慎勿生儿两翁似。
> 不知樗栎荐明堂，何以盐车压千里。

这是说明，是传统的、教训的、批评的，很浅薄，在诗中不能成立。要说到"沧海横流却是谁"，学诗单注意及此便坏了。

想象盖本于实际生活事物，而又不为实际生活事物所限，故近于幻想而又与之不同。老杜"浮云连阵没，秋草遍山长。闻说真龙种，仍残老骕骦。哀鸣思战斗，迥立向苍苍"（《秦州杂诗二十首》），数句是想象而非幻想，想象非实际生活而本于实际生活。死于句下是既无想象又无幻想。宋诗幻想不发达，有想象然又为理智所限，妨碍诗之发展。

东坡好为翻案文章，盖即因理智发达，如其"武王非圣人也"（《武王论》），然亦只是理智而非思想。思想是平日酝酿含蓄后经一番滤净、渗透功夫，东坡只是灵机一动，如其《登州海市》（七言古）引退之诗"岂非正直能感通"（《谒衡岳庙遂宿岳寺题门楼》）。苏写登州海市，海

>> > 苏东坡之成为诗人因其在宋诗中是较有感觉的。欧阳修在词中很能表现其感觉，而作诗便不成。陈简斋、陆放翁在宋诗人中尚非木头脑袋，有感觉、感情。苏诗中感觉尚有，而无感情，然在其词中有感情 —— 可见用某一工具表现，有自然不自然之分。图为清代刘彦冲《赤壁夜游图》。

市冬日不易有，而东坡于冬日一祷告，便有海市出现：

> 岁寒水冷天地闭，为我起蛰鞭鱼龙。
> 重楼翠阜出霜晓，异事惊倒百岁翁。

于是联想到韩诗：

> 潮阳太守南迁归，喜见石廪堆祝融。
> 自言正直动山鬼，岂知造物哀龙钟。

前曰"异事惊倒百岁翁"，此又曰"岂知造物哀龙钟"，此比韩近人情味，亦翻案。又：

> 天门夜上宾出日，万里红波半天赤。
> 归来平地看跳丸，一点黄金铸秋橘。
>
> （《送杨杰》）

"万里红波半天赤"句没想象，而老杜"秋草遍山长"好。由此可知，文学注意表现更在描写之上。作诗时更要抓住诗之音乐美。苏之"万里"句，既无威风又无神韵。再如其"魂飞汤火命如鸡"（《狱中寄子由》），真幼稚。老杜则虽拙而不稚。

宋诗无幻想，想象力亦不够，故七古好者少，反之倒是七绝真有好诗。如东坡《赠刘景文》：

> 荷尽已无擎雨盖，菊残犹有傲霜枝。
> 一年好景君须记，最是橙黄橘绿时。

有想象。秋景皆谓为衰飒、凄凉，而苏所写是清新的，亦如"秋草遍山长"，字句外有想象。至其《惠崇春江晚景》：

> 竹外桃花三两枝，春江水暖鸭先知。
> 蒌蒿满地芦芽短，正是河豚欲上时。

"竹外桃花三两枝"，直煞；而"春江水暖鸭先知"句，有想象；惠崇春江绝不能画河豚，而曰"正是河豚欲上时"，好，有想象。

黄山谷有《题阳关图》：

> 断肠声里无形影，画出无声亦断肠。
> 想见阳关更西路，北风低草见牛羊。

着力，真是想疯了心。找遍苏集无此一首。然山谷乃 second-hand 之诗人，第二手，间接得来，拿人家的——北朝民歌《敕勒歌》"风吹草低见牛羊"，整旧如新。凡山谷出色处皆用人之诗，整旧如新。

诗有诗学，文有文法。有文然后有法，而文不必依法作。读诗非读玄。

诗之工莫过于宋，宋诗之工莫过于江西派——山谷、后山、简斋。

宋人对诗用功最深，而诗之衰亦自宋始。

凡一种学说成为一种学说时，已即其衰落时期。上古无所谓诗学反多好诗，既有诗学则真诗渐少，伪诗渐多。老子说"大道废"然后"有仁义"（《道德经》十八章）——顺言；庄子说"圣人不死，大盗不止"（《庄子·胠箧》）——反言。大道不衰，何来仁义？凡成一种学说即一种口号——有了口号就不成。"掊斗折衡，而民不争"（《庄子·胠箧》）。

凡一种名义皆可作伪。所谓伪诗，字面似诗，皆合格律，而内容空虚。后人之陈旧不出前人范围，盖俗所说"太阳底下没有新鲜的事"。

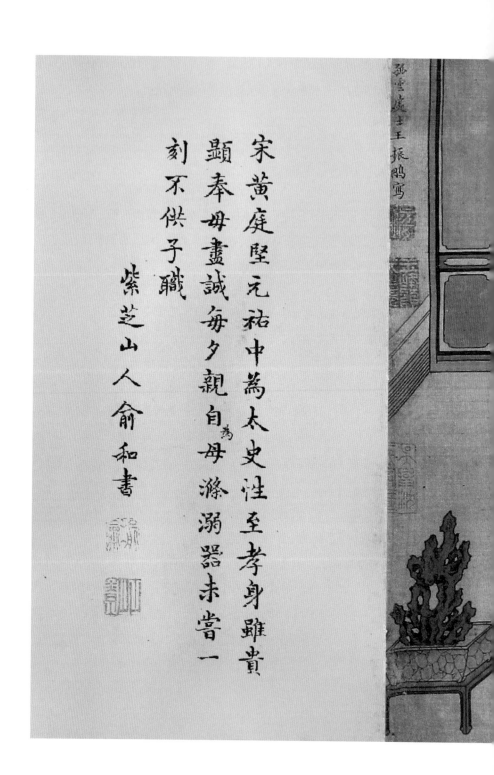

宋黃庭堅元祐中為太史性至孝身雖貴

顯奉母盡誠每夕親自為母滌溺器未嘗一

刻不供子職　紫芝山人俞和書

不讲货，但注意"字号"，此诗之所以衰。故说"具眼学人"，学人须具眼，始能别真伪。大诗人应如工厂，自己织造，或不精致而实在自己出的。伪诗人如小贩，乃自大工厂趸来，或装潢很美丽，然非自造。诗应为自己内心真正感生出来，虽与古人合亦无关。不然虽不同亦非真诗。

第十三课

真实诗人陆放翁

明"前后七子"①有复古运动，提倡汉魏盛唐文学，如唐代韩愈之"非三代两汉之书不敢观"（《答李翊书》），而其创作离所提倡的标准甚远。清以后盛行宋诗，多学江西诗派黄山谷。通常所谓宋诗乃江西诗派之专称，西昆体及陆游不在内。如唐人称"花"专指牡丹，成都称"花"指海棠。故若以江西诗派为宋诗代表，乃去北宋之西昆与南宋之放翁言之。

陆放翁诗七律、七绝好，尤以七绝为佳。在江西派后出陆一人，真为了不起人物。实则陆乃大师，量亦多，六十年来万首诗（廿岁——八十岁），陆廿岁以前之诗皆不要。西洋人往往四十岁后不作，或此前不作，老来忽作。中国如此者甚少，唯高适，五十后始学为诗。通常人只要不死，一直作。放翁亦如此，唯更忠实一点，而又以多故易流于滥，可以不作而仍作，如标题中类有"久不作诗，吟成一首"之语。

① 前后七子：明代中叶两个文学复古流派，"前七子"以李梦阳、何景明为代表，后七子以李攀龙、王世贞为代表。前七子强调文章学秦汉，古诗崇汉魏，近体宗盛唐；后七子很大程度上承接了前七子的文学思想。

放翁虽非伟大诗人，而确是真实诗人，先不论其思想感染，即其感情便已够得上真的诗人。忠实于自己感情，故其诗有激昂的，也有颓废的；有忙迫的，也有缓弛的。别人有心学渊明、浩然，于是不敢写自己忙迫、激昂之情感，此便算他忠于陶、孟（其实也难说），但他不忠于他自己。天下没有不忠于自己而能忠于别人的。若有，真是奇迹。放翁忠于自己，故其诗各式各样。因他忠于自己，故可爱，他是我们一伙儿。俗说"他乡遇故知"，难道他乡人不是人么？但总觉不亲近。一个诗人有时候之特别可爱，并非他作的诗特别好、特别高，便因他是我们一伙儿。

放翁忠实于自己。但放翁诗品格的确不太高。品格是中国做人最高标准，一辈子也做不完、行不尽。放翁诗品格不高，或因其感情丰富，不能宽绰有余。"六十年间万首诗"（《小饮梅花下作》），便因其忠于自己，感情丰富，变化便多，诗格不高而真。

魏武帝诗云："老骥伏枥，志在千里；烈士暮年，壮心不已。"（《步出夏门行·龟虽寿》）放翁诗云："心如病骥常千里，身似春蚕已再眠。"（《赴成都泛舟自三泉至益昌谋以明年下三峡》）

放翁为此诗时或尚未甚老，故不曰"老骥"，而曰"病骥"。病骥虽志在千里，而究竟已不能行千里；蚕再眠后便已无力，有心无力。除非是行尸走肉那样的人，否则人到老年、病中，总有"心如病骥"二句之心情。放翁此二句真实。

在中国诗中最讲诗品、诗格。中国人好讲品格，是好。西洋有言曰：我们需要更脏的手，我们需要更干净的心。更脏的手什么事都能做，扫地、除厕所。中国人讲究品格是白手，可是白得什么事全不做，以为这是有品格，非也。所以中国知识阶层变成身不能挑担，手不能提篮。鲁迅先生说的，给你四斤担能挑么？三里路能走么？老夫子说："吾少也贱，故多能鄙事。"（《论语·子罕》）此不言，岂为老夫子？现在人只管手，手很干净，他心都脏了、烂了，而只要身上、脸上、手上干净。我们讲品格，可是要讲心的品格，不是手的干净。书亦有书的品格，好书"天""地"都宽，宽绰有余。此是中国艺术文学的灵魂。现在书是黑纸，新五号字，没有"天""地"头，真是败态子。鲁迅先生生前印书，铅字间夹铅条。鲁迅先生富于近代精神，而他有中国传统美德。下棋亦有品格，棋品高的不但输了不急，赢了也不赶尽杀绝。"其争也君子"（《论语·八佾》），要强是要强，要好是要好，而心要宽绰。然而若转下去，便流于阿Q，差以毫厘，谬以千里。

"如病骥""似春蚕"二句，格虽不高但真。放翁此种诗最易学。余有旧作"心似浮云常蔽日，身如黄叶不禁秋"（《病中作》），"浮云蔽日"是说常有乱七八糟思想。人要有思想、感想、联想，这是好的；而妄想、眩想、胡想要不得，所以说"浮云蔽日"。余之二句即学放翁此二句。

梁襄王问："天下恶乎定？"孟子曰："定于一。"（《孟子·梁惠王上》）。固然孟子所说"定于一"是王天下，吾所言"定于一"是学道学文，"颠沛必于是""造次必于是"（《论语·里仁》）。放翁非圣贤仙佛，心不能"定于一"，有时就痛快，有时就别扭。如不是心特殊平静，很难不如此。

放翁忠实于自己的感情，其诗多，诗的方面也多，有什么说什么。

儿童冬学闹比邻，据案愚儒却自珍。

授罢村书闭门睡，终年不著面看人。

（《秋日郊居》其七）

现在先不讲其思想，讲其作诗时的心情。此情尚无人道及——自珍，自己爱惜自己。以放翁之脾气，侍候于公卿之门，奔走于势利之途，一个人除非没品格，稍有品格，便知恭维人真是面上下不来，心上过不去。放翁有感觉，必有感于此。但既做官便不免如此，不如村夫子尚能自珍，保存自己天真——"终年不著面看人"！从此诗中看出放翁有消极，但放翁是意在恢复、有志功名的。他羡慕那个村夫子但做不到，既有心恢复、志在功名，怎能"不著面看人"？连"不著面"也做不到！

一个人要向上向前，但我们也爱一个忠于自己感情的人，虽然在理想上稍差，但是可爱。一个小孩子没有理想可言，但是可爱。放翁虽志在恢复、有意功名，而有时也颇似小孩子可爱。

著囊药笈每随身，问病求占日日新。

向道不能渠岂信，随宜酬答免违人。

（《甲子秋八月偶思出游，往往
累日不能归，或远至傍县。凡得
绝句十有二首，杂录入稿中，亦
不复诠次也》其五）

人有时真要脸皮厚一点，心未免歪一点。这是平常人。一个非常人心永远正，平常人到某种场合，脸不免老，心不免歪，而吃亏在有感觉。自此首观之，这老人很随和，并非那样偏老头子。

在我们看来，天真是很可爱的。但处世还不可太天真了。一个诗人要天真，你想做什么做什么，想说什么说什么。但若如此，便不免碰钉子、吃苦。放翁天真、诚实（没有天真不诚实的），但就因此吃苦、碰钉子。

> 志士山栖恨不深，人知已是负初心。
> 不须先说严光辈，直自巢由错到今。
>
> （《杂感》其一）

> 劝君莫识一丁字，此事从来误几人。
> 输与茅檐负暄叟，时时睡觉一频伸。
>
> （《杂感》其二）

一个小孩子在家庭中总受虐待，若软弱者则不免消极颓丧；其强者虽也不言不语，但长大了可做一番事业。动心忍性，此非身体不健，乃心理不健，甚至会由愤慨变为左性。若由左性而为变态，更了不得。（如张献忠之好杀人，盖亦心理变态。）

"志士"一首诗，简直有点左性了。至若"劝君"一首品格虽不高，但不能说不真。像这样的诗，放翁写得不是不天真、不诚实，但少诗味。"劝君"一首情感仍是此情感，而作风变了。"频伸"，动作不好看。有许多自己舒服的事不好看，好看的事并不舒服。

诗本是抒情的，但近来余觉得诗与情是不两立的。小诗本是抒情的，但情太真了往往破坏诗之美，反之，诗太美了也往往遮掩住诗情之真，故情真与辞美几不两立，必求情真与辞美之调和。古今诗人中很少有人能做到此点之完全成功。余赞美"三百篇"，并非开倒车，实在是它情既真而写得也美。至于《离骚》，虽千古佳作，而到情感真实热烈时，写的不是诗；到写的是诗的时候，又往往被诗之美遮掩了情之真。如放翁之诗，虽不限制你有此感情，但不能老写这样诗，这样使你诗没有长进。

姜愈老愈辣，放翁亦然。

> 黍醅新压野鸡肥，茆店酣歌送落晖。
> 人道山僧最无事，怜渠犹趁暮钟归。
>
> （《杂题》其四）

放翁诗到晚年有一特殊境界，即意境圆熟、音节调和。若前所举"志士""劝君"二首则不免锋芒毕露，是矛盾抵触的，又可谓之为"撑拒"，意境撑拒，不圆熟。放翁晚年圆熟，但诗品仍不高。此诗"黍醅""茆店"二句是说，日尽管落，我喝我的、吃我的；"人道""怜渠"二句是说，你出家人还是免不了烦恼，还不如我，比闲人还闲。一个人老在愤慨情形（矛盾、撑拒）之下，往往成为左性，成为变态。此种人至社会，往往生出一种不良影响。先不用说张献忠，即如尼采，有思想、有诗情，而他也有点心理不健康。这种人先不用说他给世人不良影响，他自己便活不了；先不用说活着苦，压根儿就不能活长。一个人性情不平和与吃东西不消化一样。放翁活那么大年纪，可见其心情不老是愤慨矛盾，也有调和之时。

> 小艇上时皆绿水，短筇到处即青山。
> 二十四考中书令，不换先生半日闲。
>
> （《闲中自咏》）

> 我游南宾春暮时，蜀船曾系挂猿枝。
> 云迷江岸屈原塔，花落空山夏禹祠。
>
> （《三峡歌》其九）

>> > 陆游活到八九十岁，必于愤慨激昂外有和谐健康之时，如其《三峡歌》，原写去国离乡之情，但他写得多美。图为宋代赵黻《长江万里图》。

放翁内心有愤慨，是否也有和谐健康的时候？"二十四考中书令，不换先生半日闲"二句，虽明挑出一个"闲"字，似乎是和谐，实在不然，此亦自暴自弃（关于自暴自弃以下还要讲到）。唯前两句写得好——"小艇上时皆绿水，短筇到处即青山"，"此岂无得而然哉？"（苏轼《方山子传》）这真有点健康和谐。不唯健康和谐，而且有文字美。杜甫《冬至》诗有两句："年年至日长为客，忽忽穷愁泥杀人。"夏至，短至；冬至，长至。此二句为一诗首联，可是"对"着呢！放翁《秋夜将晓出篱门迎凉有感》，此诗为绝句，而"三万里河东入海，五千仞岳上摩天"两句，恰似律诗后半。李义山"浮世本来多聚散，红蕖何事亦离披"（《七月二十九日崇让宅宴作》），看似不对，其实对。又如老杜之"酒债寻常行处有，人生七十古来稀"（《曲江二首》其二），此二句及前义山二句都是流水对。放翁"小艇上时皆绿水，短筇到处即青山"亦对得美，只"三万里河"二句，纯为骈句。

放翁活到八九十岁，必于愤慨激昂外有和谐健康之时，如上所举《三峡歌》，原写去国离乡之情，但他写得多美。暮春时节，先不用愤慨，已多伤感情调。中国古人真是有感觉，先不用说思想。人在暮春原是伤感情调，何况放翁离乡去国？"云迷江岸"尚是具体的，到"花落空山"则一片空灵。放翁诗中盖无美过此二句者。此仍为中国诗传统，无所谓善恶、是非、美丑、悲喜，就是一个东西。不能下一批评，一说就不是，纯乎其为诗。

西洋有所谓素诗（naked poetry），朴素的诗，"云迷"二句不朴素，但一点别的成分没有，纯乎其为诗。即前说"二十四考中书令"一首也非纯诗，更无论"故旧书来"一首了：

> 故旧书来访死生，时闻剥啄叩柴荆。
>
> 自嗟不及东家老，至死无人识姓名。
>
> （《杂感》其九）

即使不是纯诗，但真把一样不是诗的东西写成诗了，这不过是诗人本领技术高才写成诗了。大诗人无所不能写，但不写事物本身非诗者。"云迷""花落"，即使放翁不写，此事物也仍是诗。"云迷江岸屈原塔"，非屈原不可，如此伟大人物，塔在云迷之江岸；"花落空山夏禹祠"，非夏禹不可，如此伟大人物在空山中之祠住，暮春花落……真是诗。放翁此时真是健康。

放翁诗方面很多，虽不伟大，而是一诚实诗人。

中国自古便说"修辞立其诚"（《易传·文言传》），诚，从言义"成"声，而以兼士先生右文说，则"成"亦兼有义，不诚不成。放翁诚实，见到就写，感到就写，想到就写，故其诗最多，方面最广，不单调。初读觉得新鲜，但不禁咀嚼，久读则淡而无味。即使小时候觉得好的，现在也仍觉得好，所懂也仍是以前所懂，并无深意。

放翁诗多为一触即发，但也是胸无城府，是诚，但偏于直。老杜之诚是诚实，如"国破山河在，城春草木深"（《春望》），读之如嚼橄榄。放翁诗一触即发，可爱在此，不伟大亦在此。"水之积也不厚，则其负大舟也无力。"（《庄子·逍遥游》）

世家子弟也许其祖或父留给他许多财产、名誉、地位，但这些子弟多半不能自立，不是没有天才，只是懒了，坐吃山空。在周秦诸子因祖上无所遗留，故须自己思想，自己感觉，自己酝酿；有的作品，读后人感觉心太粗、太浮，便因古人留下的东西太多。

创作需要酝酿。如托尔斯泰、但丁、歌德，其伟大著作皆经若干年始能完成，"水之积也不厚，则其负大舟也无力"。可是，没等成功死了，怎么办？那也没办法。宁可不作，不可作了不好。所以我们想学文学，亦须注意身体。道家讲长生，佛家讲无生。但佛家生时也求延长寿命，不过与道家之求长生不同：佛之求长生是手段，长生以吃苦、得道；道家则是以长生为目的。（东方之人念佛求生西土，西方之人念佛求生何地？）

创作贵在酝酿，然而苏东坡又说"兔起鹘落，少纵则逝"（《文与可画筼筜谷偃竹记》），日人鹤见祐辅《思想·山水·人物》（鲁迅译）其书亦曾言："思想是小鸟似的东西。"此岂非与酝酿冲突？我们要用两方面的功夫。尤其是写大著作，必须要有酝酿功夫，至如写抒情诗 lyric，还须一触即发。《水浒》中的鲁智深是即兴诗人。即兴诗即抒情诗，但即兴诗绝不宜于长，绝不宜于多。如唐之即兴诗人（抒情诗人）王、孟、韦、柳，其诗集多为薄薄一本。孟浩然诗集最薄，但几乎每首都是好诗。即兴诗要作得快，不宜多，多则重复；不宜长，长则松懈。放翁便是如此，"水之积也不厚，则其负大舟也无力"。唐人绝句尤其五言，何以是古今独步？"兔起鹘落"，唐人于此真是拿手。唐人每人都有五言绝句，但绝不多。创作愈短愈快，愈长愈慢。宋人不会作五言诗，不知何故。

放翁诗盖七言绝句最好。放翁诗修辞、技巧、音节好。在七律中修辞有重复之处，并非无变化，而万首诗安得不有重复？谭叫天唱戏有时减戏词儿，即避免重复。创作上之重复过多则可厌。七律八句，而中间四句又须对仗，原少变化，故易重复。

放翁诗中找不到奇情壮采。太白诗中奇情多，如《梦游天姥吟留别》，是奇情；老杜《观公孙大娘弟子舞剑器行》，是壮采。

放翁诗有奇气，如"早岁那知世事艰，中原北望气如山"（《书愤》）。放翁活的年岁大，到死气不衰，"王师北定中原日，家祭无忘告乃翁"（《示儿》）。放翁好使气而有时断气，老杜诗气不断。太白飞而能沉，飞而能镇纸，如《蜀道难》；老杜沉而能飞，如"天地为之久低昂"（《观公孙大娘弟子舞剑器行》），即此皆中气足；放翁飞不起来，沉不下去，有时气一提要断。鲁迅先生不喜听戏，有一篇文《社戏》，其中提到有唱老旦的龚云甫，[1]他有时唱不接气。

---

① 鲁迅《呐喊·社戏》："那老旦嘴边插着两个点火的纸捻子，旁边有一个鬼卒，我费尽思量，才疑心他或者是目连的母亲，因为后来又出来了一个和尚。然而我又不知道那名角是谁，就去问挤小在我的左边的一位胖绅士。他很看不起似的斜瞥了我一眼，说道，'龚云甫！'"

今天要说放翁是有希望、有理想的，但他的理想未能实现，希望也成水月镜花。如此，则弱者每流于伤感、悲哀，强者则成为愤慨、激昂。放翁偏于后者，且由愤慨走向自暴自弃。（人劝他，他说，自当我死了！用硬话刺人。）放翁有自暴自弃的心情，此心情甚有趣：

> 拂剑当年气吐虹，喑呜坐觉朔庭空。
> 早知壮士成痴绝，悔不藏名万衲中。
>
> （《观华严阁僧斋》）

此是放翁自暴自弃。前二句是自暴，后二句是自弃：早知如此还不如做个出家人！《杂感》中"故旧书来"一首亦然。但一个人老在愤慨心情下，且抱有自暴自弃心理，这样人便不能活了。所以一个人要健康，健康指灵、肉两方面（或曰心、物），有此健康才能生出和谐（调和），不矛盾，由此才能生出力量（集中）来。此点与宗教之修养同。此种力量才是真正力量。如放翁之愤慨、自暴自弃，是不健康、不调和，但他也有力量，而他的力量不是矛盾的，便是分裂的。没有一个矛盾不是分裂的，分裂的力量较集中的力量为小。特别是一个诗人，必要得到心的和谐，即使所写是矛盾、是分裂，而心境也须保持和谐。

鲁迅先生译厨川白村《苦闷的象征》，开篇曰：有二物摩擦时便有力。[1]摩擦是矛盾、是分裂，此岂不异于余之前说？然余在年轻时亦甚以为然，以为如水之激石，但近时对此颇不以为然。大河之水并无东西阻碍，只在堤中流，它的力量便已够大了，可以灌溉，可以行船。放翁愤慨，甚至有时自暴自弃。信陵君之"饮醇酒，近妇女"（《史记·魏公子列传》），固是自杀，愤慨激昂是有志之士，但不是有为之士。

王荆公云："文章尤忌数悲哀。"（《李璋下第》）于此，恨不能起荆

---

① 厨川白村《苦闷的象征》第一部分《创作论》开篇指出："有如铁和石相击的地方就迸出火花，奔流给磐石挡住了的地方那飞沫就现出虹彩一样，两种的力一冲突，于是美丽的绚烂的人生的万花镜，生活的种种相就展开来了。"

>> > 陆游诗写自己的悲剧也是真诚的。他的"菊枕"诗："采得黄花作枕囊，曲屏深幌闷幽香。唤回四十三年梦，灯暗无人说断肠。"有其不可磨灭的价值在，不伟大，亦可存在、流传——以其真，真的情感、真的景致。图为明代沈周《盆菊幽赏图》。

公于九原而问之：文忌悲哀，是否因悲哀不祥？先生莫不是写过这样文字而倒霉？其实是倒霉之人才写悲哀文字。不过，余之立意仍不在此。一个有为之士是不发牢骚的，不是挣扎便是蓄锐养精，何暇牢骚？

　　放翁诗写自己的悲剧也是真诚的。他的"菊枕"诗：

　　　　采得黄花作枕囊，曲屏深幌闷幽香。
　　　　唤回四十三年梦，灯暗无人说断肠。

　　　　少日曾题菊枕诗，囊篇残稿锁蛛丝。

人间万事消磨尽，只有清香似旧时。

> （《余年二十时尝作菊枕诗颇传于
> 人，今秋偶复采菊缝枕囊，凄然
> 有感》）

　　此二首诗有其不可磨灭的价值在，不伟大，亦可存在、流传——以其真，真的情感、真的景致。前无古人，后人学亦不及。虽小而好，虽好而小。多而好，唯李、杜能之，他人不可求全。

　　此二诗有本事，即《钗头凤》词。[①] 词并不好，事是悲剧。八十余岁时作诗提到沈园还难过，此二首乃六十余岁作。有时有沉痛情感而不能诗化、升华为诗，而陆放翁成功了。"七阳"韵是响韵，而陆此诗不响。四十三年前事同谁说？后妻、儿女皆不可与言，限于礼教、名誉、感情。不能说而说出一点，真好。"灯暗无人说断肠"，泪向内流。打掉门牙向肚里咽，尚不令人难过；唯此诗不逞英雄，更令人难过。次首句子更平常而更动人。二十岁时旧稿，今则蛛丝皆满，况枕乃唐氏所缝，唯清香似四十三年前情味。第二首结句，"只有清香似旧时"，"支"韵是哑韵，句中用"香"字，"香"字响；第一首结句"灯暗无人说断肠"，"阳"韵是响韵，句中用"暗""无"。此乃调和之美。

　　放翁此二诗真，平易近人，人情味重。

　　"菊枕"诗之前三年，放翁有《沈园》二首：

> 城上斜阳画角哀，沈园非复旧池台。
> 伤心桥下春波绿，曾是惊鸿照影来。

---

　　① 周密《齐东野语》卷一："陆务观初娶唐氏，闳之女也，于其母夫人为姑侄。伉俪相得，而弗获于其姑。既出，而未忍绝之，则为别馆，时时往焉。姑知而掩之，虽先知挈去，然事不得隐，竟绝之，亦人伦之变也。唐后改适同郡宗子士程。尝以春日出游，相遇于禹迹寺南之沈氏园。唐以语赵，遣致酒肴。翁怅然久之，为赋《钗头凤》一词，题园壁间……实绍兴乙亥岁也。……未久，唐氏死。"

梦断香消四十年，沈园柳老不吹绵。

此身行作稽山土，犹吊遗踪一泫然。

此二首较前所举"菊枕"二首露骨。此二首比前二首差三年，六十岁作，不如"菊枕"二首。第一首次句"沈园非复旧池台"，是说什么都完了。第二首较第一首好，亦因次句好，"沈园柳老不吹绵"，真令人销魂、断肠，树犹如此，人何以堪。（沈园乃鲁迅先生故乡，今有春波桥、禹迹寺。）

放翁八十岁后，梦过沈园，又有《十二月二日夜梦游沈氏园亭》二首：

路近城南已怕行，沈家园里更伤情。

香穿客袖梅花在，绿蘸寺桥春水生。

城南小陌又逢春，只见梅花不见人。

玉骨久成泉下土，墨痕犹锁壁间尘。

前首"绿蘸寺桥春水生"，"蘸"，好在此，亦坏在此。次首较前首好，尤好在次句，"只见梅花不见人"！"沈园"之四绝即放翁了不起处，虽无奇情壮采而真，乃江西诗派所无。江西诗派但为理智，无感情。而诗究为抒情的，太理智了不是诗。西洋有哲学思想诗人，中国理学家诗好的少，即因无感情。放翁有真感情，对江西派革命，虽佩服而不走其路子。

平常人崇拜圣贤、英雄、仙佛，而与之相处必不舒服。世上无此等人则干燥寂寞，故需要英雄、圣贤、仙佛点缀，而吾辈俱是凡夫，不易与之相处。诗中有李、杜，如世之有仙佛，仙佛是好，而其所想离吾人太远，犹河汉之无极也。放翁则如老朋友辈谈心，即所谓平易近人，即所谓前所说他是"我们一伙儿"。

后人读放翁诗容易爱好，故易学成其味道。放翁以后之诗人，不管他晚年有何成就，他早年学诗初一下手时，必受放翁影响，不知不觉学放翁，其他显而易见专学放翁者更多，而后人学之者很难如陆之圆。

第十四课

词之"三宗"

江西诗派有"一祖三宗"之说，"一祖"为杜甫，"三宗"为黄庭坚（山谷）、陈师道（后山）、陈与义（简斋）。词史亦有"一祖三宗"，词之"一祖"乃李后主，词之"三宗"乃冯延巳（正中）、晏殊（同叔）、欧阳修（六一）。

词之"一祖"乃李后主。开山大师多是天纵之才，无师自通。李后主于词，可说是"先孔子而圣者，非孔子无以明；后孔子而圣者，非孔子无以法"（《孔子大成至圣文宣王碑》）。词之"一祖"姑不论，今且略说其"三宗"。

  冯正中，沉着，有担荷的精神。中国人多缺少此种精神，而多是逃避、躲避，如"因过竹院逢僧话，又得浮生半日闲"（李涉《题鹤林寺僧舍》）。宁愿同学不懂诗，不作诗，不要懂这样诗，作这样诗。人生没有闲，闲是临阵脱逃。冯正中"和泪试严妆"（《菩萨蛮》），虽在极悲哀时，对人生也一丝不苟。

  胡适之讲大晏："闲雅富丽之中带着一种凄惋的意味。"（《词选》）"闲"，安闲自在。"闲雅富丽"是外形，"凄惋"是内容。然胡氏所言只对一半，闲雅、富丽、凄惋之外还有东西。

   金风细细。叶叶梧桐坠。绿酒初尝人易醉。一枕小窗浓睡。紫薇朱槿花残。斜阳却照阑干。双燕欲归时节，银屏昨夜微寒。（《清平乐》）

  大晏此首除外表闲雅、内容凄惋外，则毫无可取。文学要"心物一如"，生活亦然，物质、心灵打成一片。作这样的词没这样的生活环境

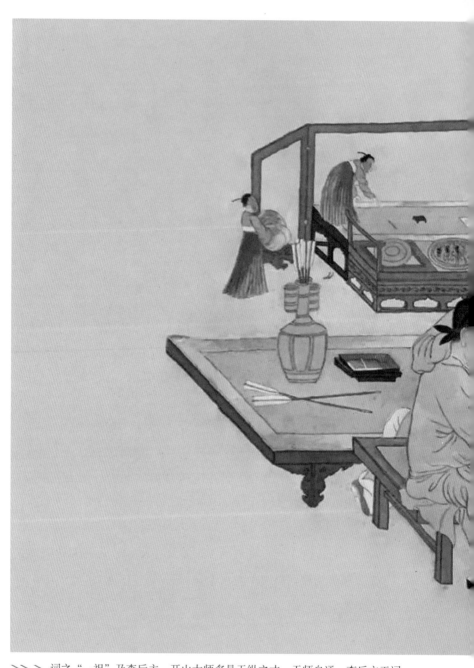

>>> 词之"一祖"乃李后主。开山大师多是天纵之才，无师自通。李后主于词，可说是"先孔子而圣者，非孔子无以明；后孔子而圣者，非孔子无以法"。图为清代顾大昌《临南唐李后主周文矩合作重屏图》。

不成——物；有此生活而没这样心灵修养也不成——心。（虽陶、杜亦不成。）

大晏的特色乃是明快。此与理智有关。平常人所谓理智不是理智，是利害之计较，或是非之判别。文学上的理智是经过了感情的渗透的，与世法上干燥、冷酷的理智不同，这便是明快，如其《少年游》下片："霜前月下，斜红淡蕊，明媚欲回春。莫将琼莼等闲分。留赠意中人。"

冯正中对人生只是担荷，大晏则是有办法。《珠玉词》乃是《阳春词》的蜕化，并非相反。冯氏有担荷的精神，大晏有解决的办法。

韦端己有词：

春日游。杏花吹满头。陌上谁家年少、足风流。妾拟将身嫁与、一生休。纵被无情弃，不能羞。（《思帝乡》）

冯正中有词：

春日宴。绿酒一杯歌一遍。再拜陈三愿。一愿郎君千岁，二愿妾身常健。三愿如同梁上燕。岁岁长相见。（《长命女》）

善善从长，责备贤者。韦、冯写这样词是偶然的，大晏写"莫将琼莼等闲分。留赠意中人"不是偶然的，是意识了的。它如：

满目山河空念远，落花风雨更伤春。不如怜取眼前人。（《浣溪沙》）

不如怜取眼前人，免使劳魂兼役梦。（《木兰花》）

不如归傍纱窗，有人重画双蛾。（《相思儿令》）

闲役梦魂孤烛暗，恨无消息画帘垂。且留双泪说相思。（《浣溪沙》）

诗中非不能表现理智，唯须经感情之渗透。文学中之理智是感情的节制。感情是诗，感情的节制是艺术。（即如说话，人在得意时要少说话，在失意时也要少说话，在感情高潮时说话要小心，否则易伤别人感情。）普通人不是过，便是不及。李义山在某种程度上比老杜高就在此。义山诗"五更疏欲断，一树碧无情"（《蝉》），上句尚不过写实而已，下句真好，是感情的节制，诗之中庸。①

陶渊明诗有丰富热烈的感情，而又有节制，但又自然而不勉强。大晏词感情外有思力，"满目山河空念远"三句可为大晏代表，理智明快，感情是节制的，词句是美丽的。人生最留恋者过去，最希冀者将来，最悠忽者现在——现在在哪？没看见。人真可怜，就如此把一生断送了。"满目山河空念远，落花风雨更伤春"是希冀将来，留恋过去，而"不如怜取眼前人"是努力现在。"无可奈何花落去，似曾相识燕归来"二句，像小可怜儿，不如此三句。这样作品不但使你活着有劲，且使你活着高兴。（现在中国作品不但读后没劲，连读后使人自杀的作品都没有。）你不要留恋过去，虽然过去确可留恋；你不要希冀将来，虽然将来确可希冀。我们要努力现在。尽管留恋过去，希冀将来，而必须努力现在。这指给我们一条路。

大晏说"不如怜取眼前人""不如归傍纱窗，有人重画双蛾"，假如"眼前"无人可"怜"，"窗下"也无人"画双蛾"，则"且留双泪说相思"。义山有诗句："可能留命待桑田。"（《海上》）只论"留"字，义山此"留"字与大晏的"留赠意中人""且留双泪说相思"二"留"字同，而义山用"可能"二字是怀疑的；不如大晏，大晏是肯定的，不论

---

① 叶嘉莹此处有按语："一树"句是感情之艺术的表现，此即顾先生所谓"节制"，并非压抑。又按：大晏之制有理性的反省、安排，与义山之纯指艺术表现者又有不同。

>>> 冯正中对人生只是担荷，大晏则是有办法。《珠玉词》乃是《阳春词》的
蜕化，并非相反。冯氏有担荷的精神，大晏有解决的办法。韦端己有词："春日游。
杏花吹满头。陌上谁家年少、足风流。……"冯正中有词："春日宴。绿酒一杯歌一
遍。……"图为清代禹之鼎《春泉洗药图》。

成功、失败，都如此做。"正其谊不谋其利，明其道不计其功"（董仲舒语）①，道家有取无与，而真正的爱是给予、牺牲而非取得。大晏所表现的境界与渊明相似。

王国维《人间词话》云：

> 《诗·蒹葭》一篇，最得风人深致。晏同叔之"昨夜西风凋碧树。独上高楼，望尽天涯路"，意颇近之。但一洒落，一悲壮耳。

---

① 《汉书》卷五六《董仲舒传》："夫仁人者，正其谊不谋其利，明其道不计其功，是以仲尼之门，五尺之童羞称五伯，为其先诈力而后仁义也。苟为诈而已，故不足称于大君子之门也。"

《诗经·秦风·蒹葭》："蒹葭苍苍，白露为霜。所谓伊人，在水一方。溯洄从之，道阻且长。溯游从之，宛在水中央。"真是诗味。后人皆不免装腔作势，古人则自然，不假修饰。《蒹葭》首二句是兴，后六句说"伊人"，并非实有其人，乃伊人之幻影，是幻影（幻想、幻象）之追求，故"宛在水中央"。《蒹葭》是平的，顶多有向背、顺逆之分而已。[1]而晏同叔之"昨夜西风凋碧树。独上高楼，望尽天涯路"（《蝶恋花》）则更多一手——上下，真是悲壮、有力。此可代表中国文学之最高境界。张炎[2]"折得一枝杨柳，归来插向谁家"（《朝中措》），未尝不表现人生，非纯写景，而所表现是多么没出息、多么软弱之人生；大晏所写是多么有力、上进、有光明前途的人生。而好坏之相差，说远，远在天边；说近，其间不能容发。

上所举大晏一类词是好的，有希望，有前途；而此类最容易成为叫嚣。文学不是口号、标语。文学中最高境界往往是无意。《庄子·逍遥游》所谓"无用之为用大矣"，无意之为意深矣——意，将就不行，要有富裕。无意之为意深矣，愈玩味，愈无穷；愈咀嚼，味愈出。有意则意有尽，其味随意而尽。要意有尽而味无尽。大晏便是如此。意——只此"昨夜西风凋碧树。独上高楼，望尽天涯路"三句十六字，而味无穷。作者是不得不如此写，以为必如此写始合于其心，而在读者看来，此种技术真是蛊惑，叫我们向右不能向左，叫我们向左不能向右，不仅是感动，简直被缠住了。正如歌德（Goethe）《浮士德》一出，唤起德国之魂，千百年以前的作品，到现在还生气虎虎。

最初所举大晏词尚是消极的，今所举"昨夜西风凋碧树"三句则是进取的。

大晏词尽管有无意义、无人生色彩的，而照样好、照样蛊惑人的。如其两首《破阵子》：

---

① 叶嘉莹此处有按语：诗中所表现的是平面的追寻。
② 张炎（1248—1320?）：宋末词人、词论家，有《山中白云词》《词源》。

忆得去年今日，黄花已满东篱。曾与玉人临小槛，共折香英泛酒卮。长条插鬓垂。　　人貌不应迁换，珍丛又睹芳菲。重把一尊寻旧径，所惜光阴去似飞。风飘露冷时。

燕子来时新社，梨花落后清明。池上碧苔三四点，叶底黄鹂一两声。日长飞絮轻。　　巧笑东邻女伴，采桑径里逢迎。疑怪昨宵春梦好，元是今朝斗草赢。笑从双脸生。

"忆得去年今日"一首中，"长条插鬓垂"原是很平常，但写得好，说"长条"便"长条"，说"插"便"插"，说"垂"便"垂"，此便是蛊惑。自大晏一传而为欧阳，再传而为稼轩。"折得一枝杨柳，归来插向谁家"便小气；而大晏"重把一尊寻旧径"，真洒落。天下事无不可说，人大方说出来便大方。"燕子来时新社"一首中，写东邻女伴"笑从双脸生"，亦平常，但亦写得好。

唐代李端有《拜新月》诗：

开帘见新月，即便下阶拜。

细语人不闻，北风吹裙带。

诗不见佳，但意境好。拜月真是美事，女儿拜新月真是美的修养。每夜拜月，眼见其日渐圆满，心中将是何种感情？但李端"开帘见新月，即便下阶拜"，写得像李逵，真写坏了。男女在意义上、人格上、地位上是平等的，但各有长短，如老杜与李白之各有长短（人各有长短，不以是分优劣），虽然女人也有男性化的，男人也有女性化的。纤细中要有伟大，宏大中要有纤细；纷乱中要有清楚，清楚中要有模糊。女性纤细，不害其伟大，但其纤细处男性绝到不了。（莎氏作品便失之粗，如中国老杜。）李诗接下"细语"句尚可，"北风吹裙带"，用"东

>>> 拜月真是美事，女儿拜新月真是美的修养。每夜拜月，眼见其日渐圆满，心中将是何种感情？图为明代吴彬《岁华纪胜图·玩月》。

风""南风""西风"都不成,然亦绝不可用"北风"。易安词不甚佳,但有时她所写的,男人绝写不出来。"海燕未来人斗草,江梅已过柳生绵。黄昏疏雨湿秋千"(《浣溪沙》),无论从修辞上、从女性美上说,都较前一首李端诗为高。真调和,真美,尤其后一句"黄昏疏雨湿秋千",不是女孩子不会感到这些。

《珠玉词》选目:

(1)《浣溪沙》(淡淡梳妆)

(2)《浣溪沙》(一向年光)

(3)《采桑子》(阳和二月)

(4)《采桑子》(时光只解)

(5)《清平乐》(金风细细)

(6)《相思儿令》(春色渐芳)

(7)《少年游》(重阳过后)

(8)《玉楼春》(帘旌浪卷)

(9)《凤衔杯》(青蘋昨夜)

(10)《破阵子》(忆得去年)

(11)《破阵子》(湖上西风)

(12)《山亭柳》(家住西秦)

上选十二首,可分为三类:

A型:伤感词。大晏的伤感词如《浣溪沙》(一向年光)、《采桑子》(阳和二月)、《采桑子》(时光只解)、《凤衔杯》(青蘋昨夜)、《破阵子》(忆得去年)、《破阵子》(湖上西风)、《山亭柳》(家住西秦)。

B型:蕴藉词。大晏之蕴藉词如《清平乐》(金风细细)。此取其颇似晚唐诗者,在集中尚有。词比诗含蓄性差,词中此类作品少。现在新诗晦涩,(胡适新诗太显露。)矫枉过正。晦涩若只是作风上晦涩尚可,今之新诗则为意义上的晦涩,此要不得。废名讲新诗举冰心女士《父亲》请你"出来坐在明月里,我要听你说你的海",说好只在此两句,

>> > 李清照
的词不甚佳，但
有时她所写的，
男人绝写不出
来。图为清代姜
壎《济南李清照
醰醵春去图照》。

虽然短，装下一个海。①诗人要说什么是什么，使人相信，而且明知是假也信；不然明知是真也不信。

词比诗显露，不含蓄，而其好亦在此。如"折得一枝杨柳，归来插向谁家"，我们尽管轻它的无意义，平常的伤感，而忘不了，有魔力。《珠玉词》之蕴藉作品可以说是前无古人，后无来者。至于词是否当如此写，乃另一问题。（五言古最当蕴藉，故唐宋不及六朝，唐人尚可，宋人就不成。近人唯尹默先生五言古真好。）

C型：明快词。大晏之明快词如《浣溪沙》（淡淡梳妆）、《相思儿令》（春色渐芳）、《少年游》（重阳过后）、《玉楼春》（帘旌浪卷）。情、思，原是相反的，而在大晏词中，情、思如水乳交融。

鲁迅先生书简以为：读书不可只看摘句，如此不能得其全篇；又不能读其选本，如此则所得者乃选者所予之暗示。②如张惠言③《词选》，寓言；胡适《词选》，写实；朱彊村④《宋词三百首》，晦涩。一个好的选本等于一本著作，不怕偏，只要有中心思想。

读词听人说好坏不成，须自己读。"说食不饱"。禅宗大师往往至要紧关头不说，讲懂了不如悟会了。

宋代之文、诗、词三种文体，皆奠自六一。文，改骈为散；诗，清新；词，开苏、辛。欧文学之不朽，在词，不在诗、文。⑤

"晏欧清丽复清狂。"⑥晏，清丽；欧，清狂。清狂非狂妄。恶意的

---

① 废名《谈新诗》第十二章《冰心诗集》中评论《父亲》一诗："这首小诗，却是写得最完全，将大海与月明都装得下去，好像没有什么漏网了。"

② 鲁迅《且介亭杂文二集·题未定草六》："选本所显示的，往往并非作者的特色，倒是选者的眼光。""还有一样最能引读者入于迷途的，是'摘句'。它往往是衣裳上撕下来的一块绣花，经摘取者一吹嘘或附会，说是怎样超然物外，与尘浊无干，读者没有见过全体，便也被他弄得迷离惝恍。"

③ 张惠言（1761—1802）：清代词学家，常州词派创始人，论词强调比兴寄托，编选《词选》。

④ 朱彊村（1857—1931）：晚晴四大词家之一，著有《彊村语业》，编选《宋词三百首》。

⑤ 叶嘉莹此处有按语：此盖谓以文学不朽论之，欧之作用在词，不在诗文。

⑥ 此句出于顾随《〈荒原词〉既定稿手写六绝句附卷尾》其三。

狂，狂妄、疯狂；好意的狂，"狂者进取"（《论语·子路》），狂者是向前的、向上的。"苏辛词中之狂"（王国维《人间词话》），而六一实开苏、辛之先河。

或以为苏、辛豪放，六一婉约，非也。词原不可分豪放、婉约，即使可分，六一也绝非婉约一派。胡适以为欧阳修词承五代作风，[①]不然，不然。大晏与欧比较，与其说欧近于五代，不如说大晏更近于五代，欧则奠定宋词之基础。

若说大晏词色彩好，则欧词是意兴好。如其《采桑子》：

> 春深雨过西湖好，百卉争妍。蝶乱蜂喧。晴日催花暖欲然。
> 兰桡画舸悠悠去，疑是神仙。返照波间。水阔风高飏管弦。

> 清明上巳西湖好，满目繁华。争道谁家。绿柳朱轮走钿车。
> 游人日暮相将去，醒醉喧哗。路转堤斜。直到城头总是花。

中国诗偏于含蓄蕴藉，西洋诗偏于沉着痛快。词自五代至于北宋，多是含蓄。二主（南唐二主李璟[②]、李煜）沉着而不痛快，此盖与时代有关。（南宋稼轩例外。）六一以沉着天性，遇快乐环境，助其意兴，"狂"得上来。

"江碧鸟愈白，山青花欲燃"（杜甫《绝句二首》其二），语意皆工，句意两得。六一词"晴日催花暖欲燃"，或曾受此影响，而意境绝不同。"江碧"二句是静的，六一词是动的，一如炉火，一如野烧。吾人读古人作品当如此。

"清明上巳西湖好"一首，前半阕蓄势，后半阕尤佳。此所谓"西

---

① 胡适《词选》："欧阳修的词直接五代，仍是《花间》一派，故他的词往往与冯延巳的词相混，至今我们不能确定究竟那些是欧词，还是冯词。"

② 李璟（916—961）：五代十国时期南唐第二位君主，世称南唐中主，存词4首。

湖"，指安徽颍州西湖。（现在西湖都成平地了，一点水也没有了。）六一此首调子由低至高，是动的、热的。

静中之动，动中之静。文学创作是静，而又必须有静中之动。韦庄有词：

> 绿槐阴里黄莺语。深院无人春昼午。画帘垂，金凤舞。寂寞绣屏香一炷。　　碧天云，无定处。空有梦魂来去。夜夜绿窗风雨。断肠君信否。（《应天长》）

静中之动。六一词是动的、热的；韦庄词是静的、冷的，静中有动。"绿槐阴里"是静，"黄莺语"是动。静中之动偏于静，动中之静偏于动。

能说极有趣的话的人是极冷静的人；最能写热闹文字的人是极寂寞的人。写热烈文字要有冷静头脑，寂寞心情，动中之静。或者说热烈的心情，冷静的头脑。因为这不是享受，是创作。只作者自己觉得热不行，须写出给人看。无论色彩浓淡、事情先后、音节高下，皆有关。

六一词调子由低至高，只稼轩一人似之。六一词能得其衣钵者，仅稼轩一人耳。

六一亦有其寂寞的、静的词，不过静中仍是动。如《采桑子》：

> 画船载酒西湖好，急管繁弦。玉盏催传。稳泛平波任醉眠。行云却在行舟下，空水澄鲜。俯仰留连。疑是湖中别有天。

> 群芳过后西湖好，狼藉残红。飞絮濛濛。垂柳阑干尽日风。笙歌散尽游人去，始觉春空。垂下帘栊。双燕归来细雨中。

> 何人解赏西湖好，佳景无时。飞盖相追。贪向花间醉玉卮。

谁知闲凭阑干处，芳草斜晖。水远烟微。一点沧洲白鹭飞。

六一写动固然为他人所无，其写静亦与他人不同。欲解此"垂柳阑干尽日风"，须想："柳"是何生物？"阑干"是何地？"尽日风"是何情调？吹人？吹柳？人柳皆吹？人柳合一？"垂柳阑干尽日风"，愈静愈动。韦庄之"绿槐阴里黄莺语"，愈动愈静。大晏词"清丽"是一绝；六一词"清狂"，此景亦无人能及。稼轩只得其三四，失之粗，如其"不知筋力衰多少，但觉新来懒上楼"（《鹧鸪天·鹅湖归病起作》）。（余《无病词》中有句"未衰筋力懒登楼"[《浣溪沙》]，时年廿九。）

观延巳、大晏、六一，三人作风极相似，而又个性极强，绝不相同。如大晏之蕴藉，冯便绝无此种词。唯三人伤感词相近，其实其伤感亦各不同：

冯之伤感，沉着。（伤感易轻浮。）清朝三大词人之一项莲生[①]作有《忆云词》，其词中有句"夕阳红到马缨花"（《浣溪沙》）、"嫌漏短，漏长却在，者边庭院"（《玉漏迟》），也是伤感，而没劲。唐人裴夷直[②]诗中有句"病来帘外是天涯"（《病中知皇子陂荷花盛发寄王缋》），项氏写入《浣溪沙》，读来真是可怜。余之诗句"夜合花开夏已深"（《夜合花开三首》其一），亦伤感。正中之伤感则是沉着。

大晏之伤感，是凄绝，如秋天红叶。抒情诗人多带伤感气氛。别人写秋天是衰飒的，大晏是明丽的，虽然也有伤感作品，但只是一部分。

六一之伤感，是热烈。伤感原是凄凉，而六一是热烈。故胡适以为欧词承五代，非也。

一本《六一词》不好则已，好就好在此热烈情调，不独伤感词为然。大晏词是秋天，欧词是春、夏，所惜以春而论则是暮春。六一词之热烈，也是比较言之，其中亦有衰飒伤感作品。艺术之能引人都不是

---

① 项莲生（1798—1835）：清代词人，著有《忆云词甲乙丙丁稿》。清代词评家谭献评项鸿祚、纳兰性德与蒋春霖"三家为词人之词"。

② 裴夷直（787—859）：中唐诗人，多感怀酬赠之作，体制多为绝句。

>>> 春不长久也罢，须离别也罢，虽然短，总之还有。不是你（春天）来了么？则虽是短短几十天，我还要在这几十天中拼命地享乐。此非纯粹乐观积极，而是在消极中有积极精神，悲观中有乐观态度。图为清代丁观鹏《太平春市图》。

单纯的，即使是单纯的也是复杂的单纯，如日光七色合而为白；如酒，苦、辣而香、甜，总之是酒味。有人喝酒上瘾，没人吃醋上瘾。六一词热烈而衰飒，衰飒该是秋天，而欧词是春天。

六一，不许其沉着，不许其明快，乃"继往开来"。"继往开来"四个字是整个功夫。一种文学到了只能"继往"，不能"开来"，便到了衰老时期了。六一词若但是沉着，但是明快，则只是"继往"，何得为"三宗"之一？

"不胜古人，不足以与古人并。"（《人间词甲稿》樊志厚序。樊序盖曾经静安印可，与静安一鼻孔出气。或曰：樊志厚即王之托名。）写得少也罢，小也罢，不怕，主要是古人所没有的才行。六一词不欲以沉着名之，不欲以明快名之，名之曰热烈，有前进的勇气。大晏是正中的蜕化，六一是冯、晏二人之进步。没有苦闷，就没有蜕化和进步，"不愤不启，不悱不发"（《论语·述而》）。大晏只是蜕化而已，如蝉，由蛹蜕化为蝉；六一则上到高枝大叫一气，如其《采桑子》下片"游人日暮相将去，醒醉喧哗。路转堤斜。直到城头总是花"，这即是大叫。再如《浣溪沙》上片："堤上游人逐画船。拍堤春水四垂天。绿杨楼外出秋千。""逐画船"，"逐"字浊。第一句"堤上游人逐画船"，步步行之；第二句"拍堤春水四垂天"，平着发展；第三句"绿杨楼外出秋千"，向高处发展。打气要足，而又不致"放炮"。（放炮谓车胎打气太多爆裂。）人由蝉往往只想到吸风饮露的清高而不想到热烈。余之《荒原词》有"蝉声欲共夏天长"（《浣溪沙》）之句，意思是对而写得不好。一个大词人的作品不是使读者知，是要使读者觉到同感。六一词如夏天的蝉，秋蝉是凄凉的，夏蝉是热烈的。又如六一词《玉楼春》：

> 人生自是有情痴，此恨不关风与月。……直须看尽洛城花，始
> 共东风容易别。

是纯粹抒情，而却是用过一番思想的。"恨"是由于"情痴"，与"风月"无关，即使无风月也一样恨。"东风"者，春天代表。春不长久也罢，须离别也罢，虽然短，总之还有。不是你（春天）来了么？则虽是短短几十天，我还要在这几十天中拼命地享乐。此非纯粹乐观积极，而是在消极中有积极精神，悲观中有乐观态度。

人生不过百年，因此而不努力，是纯粹悲观。不用说人生短短几十年，即使还剩一天、一时、一分钟，只要我有一口气在，我就要活个样给你看看，决不投降，决不气馁。"洛城花"不但要看，而且要看尽，每园、每棵、每朵、每瓣。看完了，你不是走么？走吧！

木槿（舜华），朝开暮落，如昙花之一现。落地时花尚鲜，何妨多看一会儿？这种欣赏一方面是浪费，一方面是爱好。（昙花一现可象征北平的春天。然则北平春天之所以好，亦在其短，故不能放过。）人的寿命是不长的，但人生之所以可贵亦在此，此是自欺自慰、无可奈何的。因为生命短促，故须赶快努力。老年去日苦多，来日无多。

冯正中、大晏、欧阳修三人共同的短处是伤感。无论其沉着、明快、热烈，皆不免伤感。善善从长，责备贤者，不是吹毛求疵，是希望他更好。长处、短处，二者并行而不悖。伤感，此盖中国诗人传统弱点。伤感不要紧，只要伤感外还有其他长处；若只是伤感，便要不得。

抒情诗人之有伤感色彩是先天的、传统的，可原谅，唯不要以此为其长处。而平常人最喜欣赏其伤感，认短为长，把绿砖当真金。

人一生伤感时期有二：一在少年，一在老年。中年人被生活压迫，顾不得伤感，而有时就干枯了。伤感虽是短处，而最滋润，写出最诗味。前所举《浣溪沙》（堤上游人）之后半阕是伤感的："白发戴花君莫笑，六幺催拍盏频传。人生何处似尊前。"三句一句比一句伤感。第一句伤感中仍有热烈；第二句也还成；至第三句，人生有许多路可走，许多事可做，何可说"人生何处似尊前"？

《定风波》乃欧阳修伤感词之代表作。前所举《浣溪沙》（堤上游

>>>《定风波》则纯是伤感之作，共有六首，前面四首一起照例是"把酒花前欲问"，前四首还没什么，至五、六首突然一转，真了不得——怎么办哪！图为明代陈洪绶《蕉林酌酒图》。

人）伤感中仍有热烈在。别人是临死咽气，六一至少还是回光返照，虽距死已近，而究竟还"回"一下，"照"一下。《定风波》则纯是伤感。《定风波》共六首，前面四首一起照例是"把酒花前欲问"，前四首还没什么，至五、六首突然一转，真了不得——怎么办哪！第五首上片：

> 过尽韶华不可添。小楼红日下层檐。春睡觉来情绪恶。寂寞。杨花缭乱拂珠帘。

前两句一读，如暮年看见死神影子。没想到死的人，活得最兴高采烈。即使下一分钟就死，而现在没想到死。人过得最没劲的是时时看见死神的来袭。六一作此词在中年后转进老年时。春天只剩今天一天，而今天又是"小楼红日下层檐"。此是写实，又是象征人之青年是"过尽韶华不可添"，渐至老年是"小楼红日下层檐"，一刻比一刻离黑暗近，一刻比一刻离灭亡近，这便是看见死神影子。"杨花缭乱拂珠帘"句亦非写实，是写内心之撩乱。这才是"情绪恶"，是"寂寞"，而又不能说。最寂寞是许多话要说，找不到可谈的人；许多本事可表现，而不遇识者。第六首上片：

> 对酒追欢莫负春。春光归去可饶人。昨日红芳今绿树。已暮。残花飞絮两纷纷。

此虽是伤感词，然而瘦死骆驼比马还大，百足之虫，死而不僵，劲还有。

"大都好物不坚牢，彩云易散琉璃脆。"（白居易《简简吟》）

"世间好物不坚牢，彩云易散琉璃脆"，明人小说、戏曲常引用。余之四弟六吉[①]喜此二句，然前句实非诗，没有诗情，只是说明。一切美

文该是表现，不是说明。即使报告文学，写得好也是表现，不是说明。表现是使人觉，说明是使人知，而觉里也包括有知。觉，亲切，凡事非亲切不可。

第一句"世间好物不坚牢"，只是让人知；第二句"彩云易散琉璃脆"，是使人觉，唯嫌失之纤仄耳，太瘦太窄，像"玻璃粉儿"一样。（凉粉，既不能嚼，也不能"化"，余不喜欢吃。）虽然感觉纤仄的人往往有点偏，但总比没有感觉好。因为一般人评判是非多不是生于良知，而是由传统来的观念。若自己有感觉，但能打破传统，比人云亦云实在。大家都以为然的，不一定不对，但也不一定都对。"彩云易散琉璃脆"，是说人生一切好的事情都是不耐久的。

第十五课

稼轩词心解

一个天才是一颗彗星，不知何所自来，不知何往而去。西洋常称天才为彗星；在中国，屈原是一颗彗星。此外，诗中太白，词中稼轩。

辛稼轩，山东人，性情豪爽，热烈，少年带兵，而读书甚多，写词有特殊作风，其字法、句法便为他词人所无。辛词如生铁铸成，此盖稼轩一绝。虽然有时也写糟了，鲁莽灭裂。

稼轩是极热心、极有责任心的一个人，是中国旧文学之革命者。我们看不出这个是我们对不起稼轩，不是稼轩对不起我们。

余欲以新眼光、新估价去看稼轩词。

一 健笔与柔情

稼轩有一首《江城子》(江城子, 或称江神子):

> 宝钗飞凤鬓惊鸾。望重欢。水云宽。肠断新来, 翠被粉香残。待得来时春尽也, 梅著子, 笋成竿。　湘筦帘卷泪痕斑。珮声闲。玉垂环。个里柔温, 容我老其间。却笑平生三羽箭, 何日去, 定天山。

稼轩此首《江城子》以辞论, 前片佳; 而以意论, 其用意盖在后片。

"凤钗""鸾鬓"在词中用得非常多, 但都是死的, 而稼轩一写, "宝钗飞凤鬓惊鸾", 真动, 活了, 真好。中国词传统是静, 而辛词是动。这是以《水浒传》笔法写《红楼梦》, 以画李逵的笔调画林黛玉。这真险, 很容易失败, 但他成功了, 而且是最大成功。如戏中老谭有时有衫子(青衣)腔, 花脸走女子步, 将女性美加在男人身上, 能增加男性的美; 但此一点还无人知道: 将男性美加在女性身上, 能增加女性美。词中只稼轩一人知道, 他有极健康的体魄, 而同时又有极纤细的感觉。《红楼梦》中写女性感觉, 真是够纤细。中国现代应该有一部书写现代女性。丁玲①要将男性美写在女性身上，但失败了；冰心写女性的锐敏纤细是旧式的，不是现代的。我们虽知道这个道理，也写不出来，真没办法。若有人能写出现代女性，一定是一绝。

一切文学作品都是不可无一，不可有二，虽然在创作之先必须学。《江城子》"宝钗飞凤鬓惊鸾"，字或句是写钗么？是写鬓么？不是，是写女性，以部分代表全体。因为"全体"太多，势不能"全"写。一个"飞"字，一个"惊"字，所写是一个活泼泼的健康女性，绝非《红楼》上病态女子可比。此句"言中之物"甚好，而又有"物外之言"，真美。

"望重欢，水云宽"，"水云宽"言空间距离，天涯海角。"肠断新来，翠被粉香残"，初离别时翠被尚有余香，今则并余香亦"残"矣。"水云宽"是二人空间距离的远，"粉香残"是二人分离时间的久，以前还可闻见粉香，现在连粉香也闻不到了，非"肠断"不可——写柔情而用健笔。"望重欢"，希望她来，但即使待得她来，也是"春尽也，梅结子，笋成竿"，好时候都过去了。这是说根本你就不该走。你走了，漫说不再来，就是来了，把好时候也过去了，正如元曲所言"欢欢喜喜盼的他回来，凄凄凉凉老了人也"（刘庭信［双调·折桂令］《忆别》）。古语云："一回相见一回老，能得几时为弟兄。"一回相见一回老，亦是一回相见一回冷。稼轩不但带山东气，且带梁山水泊气，写来赶尽杀绝。看其写柔情百折，不用《红楼》笔法，而用《水浒》笔法，此稼轩所以为稼轩。

一切文学都是象征，用几句话象征一切。写什么要是什么，而此外还要生出别的东西来。稼轩《江城子》后片之"湘筠帘卷泪痕斑。珮声闲。玉垂环"，仅此三句，尽显出四周环境之调和，二人相见之美满。个个字不但铁板钉钉，而且个个字扔砖落地。"湘筠帘卷泪痕斑"，用湘妃竹之典，湘妃竹故事不可信，但真美。此句修辞与"绿肥红瘦"同样

---

① 丁玲（1904—1986）：现代左翼作家，著有小说《梦珂》《莎菲女士的日记》《水》《太阳照在桑干河上》等。

好。"珮声闲","闲"字真好，两人已见面，心满意足，该过幸福生活了，心自然"闲"而不慌——"个里柔温，容我老其间"。"柔温"一词，出典于汉文帝"温柔乡"，不知稼轩何以说"柔温"？但"个里柔温"，真是柔温，而且"容我老其间"，定是要老于此了。而稼轩不然。就算不嫌晚，回来了，过上这样美满快乐生活，但我还不能心满意足，"却笑平生三羽箭，何日去，定天山"！一个凡人得到美满快乐就会满足，就完了，但稼轩不但有思想，而且有理想，有理想的人永远不满足于现在。"定天山"三字真好。"三羽箭""定天山"的原是薛仁贵。"三羽箭"象征本领，稼轩一身本领，羡慕薛仁贵为国"定天山"，但现在国家不用我，我老于柔温，便这样死了，但我这"三羽箭"怎么办哪？"何日去，定天山"呢！

前所曾说，一个凡人得到美满快乐就满足了，稼轩不肯如此，朱希真即此种。如其《朝中措》：

> 先生馋病老难医。赤米餍晨炊。自种畦中白菜，腌成瓮里黄齑。　肥葱细点，香油慢炒，汤饼如丝。早晚一杯无害，神仙九转休痴。

稼轩有"效樵歌体"一首《丑奴儿令》。[1]朱氏这么点儿事就自笑数天，稼轩不可同日而语。但稼轩是大傻瓜，朱希真真聪明。

稼轩是英雄，不是伟人，他是要为人类，但又总是想显显自己的本领。放翁亦有诗句云："圣时未用骁腾将，虚老龙门一少年。"(《建安遣兴》)放翁与稼轩是好朋友，一个面貌，一鼻孔出气。然以艺术论，放翁不及稼轩。

---

[1] 今所见稼轩词《丑奴儿令》数首，并无标明"效樵歌体"者。而其《念奴娇》(近来何处)一首，自序有言曰："赋雨岩，效朱希真体。"

>>> 一切文学都是象征，用几句话象征一切。辛弃疾《江城子》后片之"湘筠帘卷泪痕斑。珮声闲。玉垂环"，仅此三句，尽显出四周环境之调和，二人相见之美满。图为现代易君左《湘妃图》。

畫湖妃
洞庭萬里
波如故
落岳陽
剗卻吹
民國卅一年
時流寓塔九
盛夏大風雨
泂潺一畫
湖妃家華洞
庭瀕湖波
似掌君山
如眉風景
疏峰月
有河山之
吳失
志園
自題

二 文辞与感情

余近有戏言二句："心气与天气反比，车价与粮价齐高。"此效《滕王阁序》之"落霞与孤鹜齐飞，秋水共长天一色"。"落霞"二句，实不甚高、不甚好，就算好，也是第三等句子，连二等都够不上。一个大天才，不但不能学人，且不能与人以可学处。某禅师曰：一个人不能落地，落地便有人学在头里。[1]

一个天才是不能有二的，普通一事物尚不可能有二相同者，况天才诗人？人谓文学创作乃参天地之造化，天造地化生，如何能相同？

人各有个性，写好了，是此作风；写坏了，也还是此作风。如稼轩《卜算子·饮酒成病》：

> 一个去学仙，一个去学佛。仙饮千杯醉似泥，皮骨如金石。
> 不饮便康强，佛寿须千百。八十余年入涅槃，且进杯中物。

这首词写糟了，鲁莽灭裂。初学词者，往往喜欢此类词。然此在词中乃是邪道，非正宗。承认其为文学作品已是让步，何况说是好的作品？其实最终说来，这样词连文学作品都够不上。

文学作品好坏之比较，可就内容与外表两方面看。一种作品，内容读了以后令人活着有劲，有兴趣，这便是好的作品；当然还要外表——文辞表现得好、合适，即文辞与所描写之物及心中感情相合。但有外表没有内容，不成；但有内容没有外表，也不成，如人有灵有肉，不可或

---

[1] 《宗门武库》："宗师为人，只不得有落地处。若有落地处，便被学家在面前行也。"

缺。叶天士^①说："六脉平和，非仙即怪。"人只有肉无灵，不是真正的人；而若有灵无肉，亦非仙即怪，灵、肉二元，但必须调和为一元。如"孔子成《春秋》，而乱臣贼子惧"（《孟子·滕文公下》），但也必须有《左传》才行，《左传》是《春秋》的血肉，《春秋》是《左传》的灵魂，二者相得益彰。《春秋》一字之褒，荣于华衮；一字之贬，严于斧钺。散文尚且如此，何况韵文？韵文乃一切文学之根本。故广义言之，一切文学作品中皆有诗的成分，皆须讲"美"，何况韵文？何况词？

此首《卜算子》与前首《江城子》，实为一个写法，而一真好，一真糟。

文学作品要有言中之物，又要有物外之言。言中之物与物外之言，缺一不可。适之先生有一口号："不作言之无物的文字。"（《建设的文学革命论》）

胡先生乐观，然有时易陷于武断。说"言中有物"，而什么是"物"呢？文学要有思想、感觉、感情，但只有这个还不成。《庄子》云："为善无近名，为恶无近刑。"（《养生主》，"近"，一解作立刻，一解作接近，今取前者之意。）（自"五四"胡适倡"八不主义"^②，不作言之无物之文章，要求文中要有内容、有思想，有所为而为。中国对一切事都任其自消自散，但这要经过一相当长时间。淘汰，往往是自然无意的淘汰，现在文章久之自被淘汰，所以形成这种风气，便因胡氏之说使人忽略了文字美。但这不易讲。）如稼轩"湘筠帘卷泪痕斑"，只是说把珠帘卷起来，而稼轩说"湘筠帘卷泪痕斑"，他说得好，说得好能使别人相信，能蛊惑人。希特勒讲演能煽动人，然欲能煽动，必先能蛊惑。（希氏半生成就便在讲演。）文学尤其如此，要说得好。但前所举朱希真

---

① 叶天士（约1667—1746）：清代医学家，著有《临症指南医案》《温热论》《叶案存真》等。

② 八不主义：胡适《文学改良刍议》指出当时之文学改良，当从八事入手：一曰，须言之有物。二曰，不摹仿古人。三曰，须讲求文法。四曰，不作无病之呻吟。五曰，务去滥调套语。六曰，不用典。七曰，不讲对仗。八曰，不避俗字俗语。

《感皇恩》（一个小园）与《临江仙》（堪笑一场），可说是有言而无物。稼轩可以说是"不作言之无物的文字"，但其失败有时候便在只剩言中之物而没有物外之言了。其《卜算子·饮酒成病》没味儿。味儿从哪儿来？从物外之言来。

稼轩又有《沁园春·将止酒，戒酒杯使勿近》：

> 杯汝前来，老子今朝，点检形骸。甚长年抱渴，咽如焦釜，于今喜睡，气似奔雷。汝说刘伶，古今达者，醉后何妨死便埋。浑如许，叹汝于知己，真少恩哉。　更凭歌舞为媒。算合作平居鸩毒猜。况怨无大小，生于所爱，物无美恶，过则为灾。与汝成言，勿留亟退，吾力犹能肆汝杯。杯再拜，道麾之即去，招则须来。

此首亦是糟的作品。《江城子》一首以内容论，亦较《卜算子》《沁园春》二首深，灵肉调和，物言并备；若《卜算子》《沁园春》，则有肉无灵，有物无言。

三　"通"与"不通"

胡适《词选》论苏轼词有言曰：

> 凡是情感，凡是思想，都可以作诗，就都可以作词。从此以后，词可以咏史，可以吊古，可以说理，可以谈禅，可以用象征寄

幽妙之思，可以借音节述悲壮或怨抑之怀。这是词的一大解放。

胡氏言词"可以咏史，可以吊古"，词之咏史以人事为主；吊古以地理上古迹为主，虽然亦往往与史事有关。胡适言词"可以说理，可以谈禅"，其实谈禅亦说理，虽然说理不一定是谈禅。胡适言词"用象征寄幽妙之思"，"幽"，深，不浅；"妙"，精，不粗，"妙"可感觉不可言说。语言文字常有不足表达之感，所以旧写实非转到新写实不可，物以外更有物焉，故须"用象征寄幽妙之思"。胡适言词"借音节述悲壮或怨抑之怀"，其实凡文学皆借音节以表现，岂独词？又岂独东坡之词乎？如《离骚》之："老冉冉其将至兮。""冉冉"，感得到，说不出。语言最贫弱，文字亦有时而穷（白话文须扩张字汇）。以考据讲，冉冉、奄奄、晻晻（或菴晻，此盖假借）近义，其实冉冉、奄奄、晻晻，并没讲儿，只是以音节代表感觉、感情，如"夕阳冉冉"。再如"杨柳依依"（《诗经·小雅·采薇》）之"依依"，"雨雪霏霏"（《诗经·小雅·采薇》）之"霏霏"，没讲儿，只是以音节代表感觉、感情。或曰：西方文字重在音，中国文字重在形（象征）。其实，欲了解中国文字之美，且要使用得生动、有生命，便须不但认其形，还须认其音。西洋字是只有"音"而无"形"，不要以为中国文字只是形象而无声响，如中国字"乌"，一念便觉乌黑乌黑，一点也不鲜明，且字形亦似乌鸦。若西洋之raven，则就字形看，无论如何看不出像乌鸦来。中国字则形、音二者兼而有之。然若"冉冉""奄奄"则只有"声"而无"形"了。"依依"盖亦与"冉冉"有关，都表示慢慢地、一点一点地，不是决绝的象征。音节多关乎表现之技术，文学但有内容不行，需有表现的技术。

稼轩一首《玉楼春》，词有小序：

乐令谓卫玠：人未尝梦捣薤、餐铁杵、乘车入鼠穴，以谓世无是事故也。余谓世无是事而有是理。乐所谓无，犹云有也。戏作数语以明之。

乐令，名广，晋人，最喜谈玄。卫玠问梦，广曰是想。[1]古人脑筋简单，思想少，故不作是梦。（其实难说。）我们生在此世，是忙碌的，也是幸福的。

稼轩此《玉楼春》词未必佳，而小序文真作得好。"无是事而有是理"，此是通人语。

文学就是一个理。文人有他自己境界，此境界也许是事实所有，也许是实际所无。真正创作都不见得事实有据，往往加以作者之想象。《水浒传》梁山泊有其地，宋江有其人，然《水浒》所写绝与事实不同，梁山水泊未必有一百零八好汉，若有，便该如彼《水浒传》所写；《红楼》未必有大观园、有林黛玉，然若有，便该如彼《红楼梦》所写。此是理。又如《阿Q正传》，未必专写某人，无是事，有是理。不但文学，即哲学，亦是如此。哲学亦是想象（理想亦由想象而来），不但天堂、净土不在人间，世界大同亦是想象。大观园、梁山泊不但从前没有，将来盖亦不会有。人类当然最好是在世界上建筑起从来没有的乐园，人也知道在自己生存期间不会有此乐园，但偏偏要想、要写。这是个"空"，但亦是人之最高创造。无是事，有是理。未到庐山，满眼是庐山；一到了，反而不见庐山。[2]

"无是事而有是理"，稼轩这位山东大兵，说出话来真通。而社会上的人都是半通半不通，有许多馊见解、馊主意，一知半解而自以为无所

---

[1]　刘义庆《世说新语·文学》："卫玠总角时，问乐令梦，乐云：'是想。'卫曰：'形神所不接而梦，岂是想邪？'乐云：'因也。未尝梦乘车入鼠穴，捣齑啖铁杵，皆无想无因故也。'卫思因经日不得，遂成病。乐闻，故命驾为剖析之，卫即小差。乐叹曰：'此儿胸中当必无膏肓之疾。'"

[2]　金圣叹批本《西厢记》第一本第四折："吾友斫山先生尝谓吾言：匡庐真天下之奇也。江行连日，初不在意，忽然于晴空中劈插翠嶂，平分其中，倒挂匹练。舟人惊告，此即所谓庐山也者，而殊未得庐山也至。更行两日，而渐乃不见，则反已至庐山矣。"

不解。稼轩不通时真不通，通时真通，"梅结子，笋成竿"也罢，"个里柔温，容我老其间"也罢，还是要"三羽箭，何日去，定天山"（《江城子》）！他是叼住人生不放嘴。虽说出话来未免不通，却有他的热心，如不会打牌的人，有时对打牌也爱。朱希真不然，自以为聪明，其实他的聪明，是自笑生活舒服，此乃别人所唾弃的，不要的。智慧是好，聪明讨厌。

稼轩有时真通，而有时不通，通有通的好，不通有不通的好，但真可爱。一部稼轩词可作如是观。

文学所追求的即矛盾的调和，是一，是复杂的单纯。说此是一也成，一以贯之；说是佛家的禅也成、道家的玄也成。总之，在文学上、哲学上矛盾的调和乃是很要紧的一点。既曰有便非无，既曰无便非有；既无，他何能作如是想？故辛谓"乐所谓无，犹云有也"。有这么一个小故事：某人欲作辟佛论，入夜沉思不寐。其妻曰："有何为？"曰："为辟佛，盖世原无佛。"其妻曰："原无佛，何用辟？"某人恍然大悟，乃信佛。①——既无，凭理说是有。

《玉楼春》词，简直不是词。以稼轩之天才学问，难道不知道不是词吗？真不能算词，简直不是韵文。有韵的散文还不如无韵的散文，它根本连散文也不成。词之后半阕合平仄，而"葡萄拌豆腐"。所以韵文不合平仄不成，但合平仄也还不成。稼轩之《玉楼春》既不成韵文，也不成散文。禅语曰：大智慧人面前三尺黑暗。②此言不假。

---

① 俞文豹《唾玉集》记载："张商英，字天觉，号无尽。尝见梵册整齐，叹吾儒之不若。夜执笔，妻向氏问何作，曰：'欲作无佛论。'向曰：'既曰无，又何论？'公骇其言而止。后阅藏经，翻然有悟，乃作《护法论》。"

② 《宗门武库》："延平陈了翁，名瓘，字莹中，自号华严居士。立朝骨鲠刚正，有古人风烈，留神内典，议论夺席，独参禅未大发明，禅宗因缘多以意解。酷爱南禅师语录，诠释殆尽，唯金刚与泥人揩背，注解不行。尝语人曰：此必有出处，但未有知之者。谚云：大智慧人面前有三尺暗，果不诬也。"

四　才气与思想

人多说稼轩长调好。

南宋写长调者甚多，如姜白石（《白石道人歌曲》）、吴文英（《梦窗词甲乙丙丁稿》），然彼等所走乃北宋之路子。北宋长调作者有柳永（《乐章集》）、周邦彦（《清真词》）。周清真在北宋词中地位甚重要，北宋词结束于周，南宋词发源于周。宋人词史中有两大作家不在此作风内，一苏东坡，一辛稼轩。苏东坡在周前，自不似周，且周亦不曾受东坡影响，二人水米无交，互不相干。周清真吸收了许多北宋词人的好处，独于东坡未得其妙处。（东坡"大江东去"颇负盛名，然实不见佳。）东坡在北宋词中是特殊者。稼轩亦写长调，然亦不继承谁。人必性情相近始能受其影响。稼轩在南宋虽不受别人影响，但他影响到别人了，如刘过（《龙洲词》，刘乃辛之门客）及陆游。陆受苏、辛二家影响，而自在不及苏，当行不及辛，精彩不及苏、辛二人。辛所影响的又一人则刘克庄（《后村先生长短句》），在南宋可以学辛者盖克庄一人。刘过与陆游乃因与辛同时同好，故受其影响；克庄则有意学辛，然未得其好处，只学得其毛病。

天下凡某人学某人，多只学得其毛病，故于学时不可一意只知模仿，不知修正。文学上不许模仿，只许创作，止于受影响。受影响与模仿不同，模仿是有心的，亦步亦趋；影响是自然的，无心的，潜移默化的——此为中国教育说。模里脱^①的教育非打倒不可。即如我教书，自然有我的目标，我的理想，我只是领大家一齐往那儿走，但不必说，不必让，做着看，而同学自受其影响。（今所说潜移默化，乃指学者一面，非指教者一面。）

---

① 模里脱：英文 model 之音译。Model，模型、模仿，按模型制作。

稼轩长调前无古人，后无来者。此不关乎好坏。凡天地间大作家作品皆不可无一，不可有二，何况稼轩这样了不得的人物！

　　胡适讲朱希真词与余真不合，讲辛词则十八相合。胡氏谓辛词：

　　　　才气纵横，见解超脱，情感浓挚。无论长调小令，都是他的人格的涌现。（《词选》）

　　"才气纵横"即天才特高，"见解超脱"即思想深刻。"超脱"即不同寻常，而普通人讲超人便不是人了。尼采所说"超人"即与中国道家"超人"之说不同，尼采所说"超人"是人，而他做的事别人做得了；中国道家所说"超人"是超脱人世，超脱人世离我们太远了。有这样一个故事：某僧行脚，遇一罗汉，度化之行水面。僧曰：早知你如此，我用斧将你两脚剁下去。[①]僧之话真是大善知识。我们何以看中国人便比看外国人亲切？便因他是我们一伙儿，故亲切。稼轩词亦然。有些作品，我是有时喜欢，有时不喜欢；有些作品，小时也喜欢，年长也喜欢，便因他是我们一伙儿。在诗中，余喜陶渊明、杜工部，便因他是我们一伙儿。太白便不成，他是出世。即如上所说：早知你腿如此，我早砍下来了。屈原真是天才，真高，虽然写得腾云驾雾，作风是神的，而情感是人的。但究竟有时觉得离得太远，不及稼轩离得近。胡氏言稼轩词是他"人格的涌现"。人格的涌现，其实每一人之作品都有其人格的涌现，岂独稼轩？如柳永之滥，刘过之毛，亦人格涌现。人说话不对不成，太对了也不成；太对了，便如同说吃饱了不饿。

　　稼轩是有思想、有感情的，才气尚或有人知，思想便无人了解，情感浓挚更不了解。学之者，非鲁莽灭裂即油滑起哄。

---

　　① 《五灯会元》卷四载黄檗禅师事："后游天台逢一僧，与之言笑，如旧相识。熟视之，目光射人，乃偕行。属涧水暴涨，捐笠植杖而止。其僧率师同渡，师曰：'兄要渡自渡。'彼即褰衣蹑波，若履平地，回顾曰：'渡来！渡来！'师曰：'咄！这自了汉。吾早知当斫汝胫。'其僧叹曰：'真大乘法器，我所不及。'言讫不见。"

長林逃倚
甲辰仲冬
從簡

>>> 一个天才，总有几个拿手调子。辛弃疾之拿手调子如《贺新郎》，两宋无人能及，后人作此亦多受辛影响。他在江西信州写有一首《贺新郎》，词中说"我见青山多妩媚，料青山、见我应如是"。图为明代文从简《长林徙倚》。

辛稼轩有《贺新郎》一首，词前有小序云：

邑中园亭，仆皆为赋此词。一日，独坐停云，水声山色，竞来相娱，意溪山欲援例者，遂作数语，庶几仿佛渊明思亲友之意云。

词云：

甚矣吾衰矣。恨平生、交游零落，只今余几。白发空垂三千丈，一笑人间万事。问何物、能令公喜。我见青山多妩媚，料青山、见我应如是。情与貌，略相似。　一尊搔首东窗里。想渊明、停云诗就，此时风味。江左沉酣求名者，岂识浊醪妙理。回首叫、云飞风起。不恨古人吾不见，恨古人、不见吾狂耳。知我者，二三子。

辛为此《贺新郎》词时，盖在江西信州。稼轩最能作《贺新郎》。一个天才，总有几个拿手调子。辛之拿手调子如《贺新郎》，两宋无人能及，后人作此亦多受辛影响，如蒋捷《竹山词》有几首尚佳，惜有点贫气、单薄。此词序中说"仿佛渊明思亲友之意"。罗大经[①]《鹤林玉露》卷十二记载：

法昭禅师[②]偈云："同气连枝各自荣，些些言语莫伤情。一回相见一回老，能得几时为弟兄。"词意蔼然，足以启人友于之爱。

"思亲友"，陶公是思人，思志同道合者；辛之"仿佛思亲友"，是

---

① 罗大经（1195？—1252？）：南宋后期学者，能诗文，著有笔记《鹤林玉露》。
② 法昭禅师：即宋初演教禅师，属临济宗。因开法于汝州宝应院，世称宝应法昭。

象征的，思山、思水亦是念志同道合者。词中"白发空垂"，言一事无成。而"一笑人间万事"，真是稼轩。见青山"妩媚"，"妩媚"，日本作"爱娇"，盖译自英文 charming，"得人意"①近之矣，但"得人意"三字不太好。"情与貌"，情是内心，貌是外表。稼轩才气大，思想深刻，感情热烈；然太热烈，作长调便不免后继不健。渊明《停云》诗言"思亲友"，但真有亲友可思得？谁是渊明真知己？故用"此时风味"一句拉回来。"回首叫、云飞风起"，后学稼轩者多学稼轩此处，此实稼轩太过出力处，不可学。"不恨古人吾不见，恨古人、不见吾狂耳"，常人多喜此数句，实际前边已经写完了，后边非使劲不可，故不好。

五　性情与境界

辛稼轩《祝英台近·晚春》：

> 宝钗分，桃叶渡。烟柳暗南浦。怕上层楼，十日九风雨。断肠片片飞红，都无人管，更谁唤、啼莺声住。　　鬓边觑。试把花卜归期，才簪又重数。罗帐灯昏，哽咽梦中语。是他春带愁来，春归何处，却不解、带将愁去。

---

① 得人意：《红楼梦》第五十六回，贾母对前来请安的甄府四个女人说贾宝玉："就是大人溺爱的，也因为他一则生的得人意儿；二则见人礼数，竟比大人行出来的还周到，使人见了可爱可怜，背地里所以才纵他一点子。"

茅盾[①]有一文说，要有安定生活，才能有安定心情，而创作必要有安定心情。然则没有安定心情、安定生活便不能创作了么？不然，不然。没有安定生活，也要有安定心情。要提得起，要放得下。而现在是想要提起，哪能提起；想不放下，不得不放下。

在不安定的生活中，也要养成安定心情，许多伟人之成功都是如此，如马克·吐温、如莎士比亚。列夫·托尔斯泰是大富翁，晚年欲出家，自以为一切皆很好，名誉、地位、创作、宗教，只有一种遗憾，太有钱，总想离开家。高尔基对托尔斯泰很佩服、敬仰，但有时总要讽刺他一下，便是托氏总想把自己表现得伟大。高尔基的《文录》（鲁迅编）其中有一篇关于托尔斯泰的回忆录，高尔基在文中讽刺他，说他想作一种 man-god。我们虽无托尔斯泰的富裕，便不写了么？莎士比亚与马克辛虽穷，不是也写出那样不朽的东西么？此虽关乎天才，但我们不能只靠天。人应该发掘自己的天才，发掘不出也要养成，尤其干才，原是训练出来的。

稼轩无论政治、军事、文学，皆可观，在词史上是有数人物。

说稼轩似老杜也还不然，老杜还只是一个秀才，稼轩则"上马杀贼，下马草露布"[②]。辛氏做官虽也不小，但意不在做官，是要做点事，有才能的人闲不住。他有两句词："此身忘世浑容易，使世相忘却自难。"（《鹧鸪天·戊午拜复职奉祠之命》）这样一个热心肠、有本领的人，而社会不相容。

若以作风论，辛颇似杜，感情丰富，力量充足，往古来今仅稼轩与杜相近。但稼轩有一着老杜还没有，便是辛有干才。我们感情丰富才不说空话，力量充足才能做点事情。但只此还不够，还要有干才。稼轩真有干才，自其小传可看出这点。老杜不成。稼轩此点颇似魏武帝老曹。

---

① 茅盾（1896—1981）：现代作家、文学评论家，主编《小说月报》，著有长篇小说《幻灭》《动摇》《子夜》等。

② 《魏书》卷七十《傅永列传》："高祖（魏孝文帝）每叹曰：'上马能击贼，下马作露布，唯傅修期耳。'"露布，一种军事文书，多用于报捷。

老曹原也感情丰富，只是后来狠心狠得把感情压下去了。世上本没有办不成的事情。（而现在中国几十年教育的失败，便是书本与生活打不到一块。）稼轩有干才，其伟处在有性情、有境界，即以气象论，亦有扬素波、干青云之概，岂后世醒龊小生所可拟耶！

《祝英台近》写"晚春"，一提"晚春"，便都想到落花飞絮，想到的是景。而稼轩是最不会写景的，他纯粹写的作品多是失败的。但如"点火樱桃，照一架荼蘼如雪"（《满江红》），如此之开端，真好，真响。《满江红》该用入声韵，而除稼轩外，别人作出多是哑的。稼轩词，即其音之饱满便可知其内在力量是饱满的、是诚的。（"月黑杀人地，风高放火天"二句，亦然。）《水浒传》写武松鸳鸯楼上杀完人，"蘸着血，去白粉壁上大写下八字道：杀人者打虎武松也"。金圣叹批："卿试掷地，当作金石声。"（第三十回）辛此"点火樱桃，照一架荼蘼如雪"，亦然。写景没有写得这么有力的。魏武、老杜也有力，但他们是十分力气使八分，稼轩十二分力气使廿四分。但写景不能这样写，前边使力太多，后边无以为继。

稼轩词中有写景之语，但他的写景都是情的陪衬，情为主，景为宾。北宋词就景抒情，至稼轩、白石一变而为即事叙景。北宋清真（周邦彦）写景写得真好："人去乌鸢自乐，小桥外、新绿溅溅。"（《满庭芳》）真新鲜，真是春天印象，水清且绿。此是纯写景，无情。又如："水面清圆，一一风荷举。"（《苏幕遮》）静安先生说此二句"真能得荷之神理者"（《人间词话》），非荷之形貌外表，然而无情。作品是人格表现，周清真之词曰"清真"，美得不沾土，其人盖亦然。稼轩不写这样词。周是女性的，辛是男性的。

辛不能写景，感情太热烈，说着说着自己就进去了。如其《江城子》（宝钗飞凤）上片：

　　　　宝钗飞凤鬓惊鸾。望重欢，水云宽。肠断新来，翠被粉香残。

待得来时春尽也，梅著子，笋成竿。

"水云宽"岂非写景，而"望重欢"是写情；"翠被粉香残"是景，而"肠断新来"是情；"梅结子，笋成竿"是景，而"待得来时春尽也"是情。情注入景，情胜过景，诗中尚有老杜、魏武，词中无人能及。他感情丰富，力量充足，他哪有心情去写景？写景的心情要恬淡、安闲，稼轩之感情、力量，都使他闲不住。稼轩词专写景的多糟，其写景好的，多在写情作品中。

稼轩此首《祝英台近》写"晚春"，不是小杜之"绿叶成阴"（《叹花》），也不是易安之"绿肥红瘦"（《如梦令》）。先不论辛之"晚春"词为象征抑写实。若说为象征，是借男女之思写家国之痛。英雄是提得起、放得下的，稼轩是英雄，其悲哀更大，国破家亡，此点是提不起、放不下。宋虽未全亡，但自己老家是亡了。这样讲也好，但讲文学最好还是不穿凿，便是写实，写男女二性之离别，也是很好的词。

"宝钗分，桃叶渡"，"桃叶"，晋王献之爱妾，献之曾为"桃叶歌"送之。"南浦"，江淹《别赋》："送君南浦，伤如之何？""烟柳暗南浦"，真远。"怕上层楼，十日九风雨"，按《祝英台近》之格律，此句应为：仄仄平平，仄仄去平上。可是"九"是上声。此词中"暗南浦"是去平上，"又重数"是去平上，只有"九风雨"是上平上，而"九"字好。在中国旧的韵文，平仄与内容、情感有关。上楼是登高望远。没有一个诗人、没有一个有理想的人而不喜欢登高望远的，有人味、有诗味。何尝不爱上楼？"怕上层楼，十日九风雨"。十个理想顶多有一个可以实现。立志稍有不坚，便不行。不这样活，没有意义；这样活，活不下去。一个庸碌的人随便怎样都好，一个有感觉、有思想、有见解的人见此，便当觉伤感、悲哀、气愤。"怕上层楼，十日九风雨"，无可奈何。能使稼轩那样英雄说出这样可怜话来，真是无可奈何。要提起，如何能提起？要放下，如何能放下？了解此二句，全部辛词可作如是观。

宋人词中有句云："拼则而今已拼了，忘则怎生便忘得。"（李甲《帝台春》）词不见得好，但是两句老实话。稼轩也写这种心情，比他写得还诗味：

> 天远难穷休久望，楼高欲下还重倚。拼一襟、寂寞泪弹秋，无人会。（《满江红》）

前面"拼则而今已拼了"二句，还有点散文气，辛此词较之更富于文学意味，他说"无人会"，真是"无人会"，无可奈何。

"宝钗分"一首词缠绵得很，在稼轩词中很少见，不过真好。词中写到"片片飞红""啼莺声住"，飞红也拉不住，啼莺也劝不住，只好让它飞、让它啼。"更谁劝、啼莺声住"与"怕上层楼，十日九风雨"二句一样，无可奈何。飞者自飞，啼者自啼，而人是无可奈何。

此词若讲作男性之言，与后片不合，不如全当作女性之言。"鬓边觑""花卜归期"，感情很热烈，很忠实，不用说，而且也美。辛词往往以力代替美，清真词以美胜于力。前所举"天远难穷休久望"之一首《满江红》就代表力量，这样词要没有劲，非糟不可，而"花卜归期，才簪又重数"，真美。

稼轩虽是老粗，但真能写女性，了解女性，而且最尊重对方女性人格。此一点两宋无人能及，便苏髯①亦不成。辛写女性总将对方人格放在自己平等地位，周清真、柳耆卿都把女性看成玩物，而稼轩写得严肃。"花卜归期，才簪又重数"，可见心不在花。清醒时是"花卜归期"，睡梦中是"呜咽梦中语。是他春带愁来，春归何处。却不解、带将愁去"。

在中国词史上，所有人的作品可以四字括之——无可奈何。后主李煜"梦里不知身是客，一晌贪欢"（《浪淘沙》）、"多少恨，昨夜梦魂

---

① 苏髯：亦作"髯苏"，苏轼别称。以其多髯，故称。

>>> 辛弃疾虽是老粗，但真能写女性，了解女性，而且最尊重对方女性人格。图为明代仇英（款）《花神图》。

中"（《望江南》），是无可奈何。稼轩乃词中霸手、飞将，但说到无可奈何，还是传统的，所以"试把花卜归期，才簪又重数"。这个无可奈何，这个忧、惧。

人生悲哀是失望、失败，但还不是最大悲哀，最大悲哀是忧、是惧。《论语》曰："仁者不忧，勇者不惧。"（《子罕》）"夫何忧何惧？"（《颜渊》）夫子之言绝非无的放矢。古今才人志士悲哀的还不在事业失败、理想不能成功。此还都不及忧、惧。对任何人或事怀疑是最大痛苦、悲哀，再连自己都不相信更是痛苦、悲哀。不管对己、对人、对事业，在你失掉信心时便是失掉勇气时，人没勇气，力量从何来？如此便是活着最没意义时，只有自杀的份了。人对自己：第一要做到使人相信我们的品格、本领。哪怕担水扫地，要叫人相信。第二要竭力可使自己相信的人集合成力量。人人若都能使人相信，岂非天下太平？忧、惧虽为二，而忧之来惧而随之。忧，力不集中；分裂了，惧就来了。忧是惧的先导，惧是忧的结果。

如辛氏之人物，他也有忧、也有惧么？据人考据，在南宋时，朝廷对南、北之人看得很重，对北方人总带歧视心理，尤其稼轩带兵从北而南，被看为他类，有事时用他，不用时便叫他走。这时最难过，心里冷一阵热一阵，上一阵下一阵。

稼轩最佩服渊明："岁岁有黄菊，千载一东篱"（《水调歌头》），"我愧渊明久矣，独借此翁湔洗，素壁写归来"（《水调歌头》），"若教王谢诸郎在，未抵柴桑陌上尘"（《鹧鸪天》）。辛氏热、真、直，如何会喜欢陶？虽然陶亦有其热、其真、其直在，但二人个性究竟不同。陶之处世无论如何得算情多，而稼轩怎么那么佩服他？稼轩以黄菊比陶，一方面是联想，一方面是象征。"岁岁有黄菊，千载一东篱"二句，有真感情、真感觉，比老杜诗还好。老杜吃鸡蛋，还捡四方的，掉在地上都不打滚。真笨！"宝钗飞凤鬓惊鸾"，老杜作不出。"我愧渊明久矣"，是从心里说出，一念便觉他佩服渊明，便因渊明放得下，说不干就不干了。

可是稼轩放不下，"挥之即去，招亦须来"。稼轩有时对自己怀疑，这是真可怜。

稼轩又有《鹧鸪天》词二首：

晚日寒鸦一片愁。柳塘新绿却温柔。若教眼底无离恨，不信人间有白头。　　肠已断，泪难收。相思重上小红楼。情知已被山遮断，频倚阑干不自由。

有甚闲愁可皱眉。老怀无绪自伤悲。百年旋逐花阴转，万事长看鬓发知。　　溪上枕，竹间棋。怕寻酒伴懒吟诗。十分筋力夸强健，只比年时病起时。

看其第一首，亦是忧、惧，无可奈何。前二句"晚日寒鸦一片愁"，凄凉、寒冷、黑暗；"柳塘新绿却温柔"，温暖、光明。这是人生妙言。学之者学前二句。别学后二句"若教眼底无离恨，不信人间有白头"，后二句用力用努了，不过真结实、有力。"相思重上小红楼"，一字比一字上去了。"情知已被山遮断"，看不见，不用看了，但不由己。稼轩《鹧鸪天》（有甚闲愁），晚年写这样词，真是霸王在九里山前。事业失败是悲哀，但年老更可悲。"百年旋逐花阴转，万事常看鬓发知"，二句伤感，但是两句好词。百足之虫死而不僵，看他伤感到底有力。别人伤感是赏玩的，辛不然。

回到《祝英台近·晚春》，此是稼轩代表作，至少是代表作之一。

余初读时喜欢后三句，"是他春带愁来，春归何处。却不解、带将愁去"，此少年人伤感；其后略经世故，知道世事艰难，二三十岁喜欢"怕上层楼，十日九风雨"二句；四十多岁以后才真懂得"鬓边觑。试把花卜归期，才簪又重数"三句是最美的。

六 英雄的手段与诗人的感觉

辛稼轩《满江红》：

> 家住江南，又过了、清明寒食。花径里、一番风雨，一番狼藉。红粉暗随流水去，园林渐觉清阴密。算年年、落尽刺桐花，寒无力。 庭院静，空相忆。无说处，闲愁极。怕流莺乳燕，得知消息。尺素如今何处也，彩云依旧无踪迹。谩教人、羞去上层楼，平芜碧。

古人弄诗词，因他有闲情逸致；而现在世界，不允许我们如此了。

善恶是非，现在已成为过去的名词。现在世界，不但不允许我们有闲情逸致，简直不允许我们讨论是非善恶。我们一个人要做两个人的事情，纵使累得倒下、趴下，但一口气在，此心不死，我们就要干。这不是正义，不是是非善恶，是事实，铁的事实。你不把别人打出去，你就活不了。[①]惜老怜贫是古时的仁义道德。在现在，要说"我不想忙""我不想负责任"，便如同说"饿了不想吃饭"，不是胡涂，便是骗人。要说没饭可吃便赶快要想法吃饭，说别人是有慈悲的、有同情的，这话很可怜。（别人无所用其慈悲。）世上仗着别人同情、慈悲活着的，是什么人哪！我们不能这样活着。

与其满腹勾心斗角而满口风花雪月，还不如就把他的勾心斗角写出来呢。"月黑杀人地，风高放火天"之好，便因其有力，诚。

诚，不论字意，一读其音便知。学文学应当朗读，因为如此不但能欣赏文字美，且能体会古人心情，感觉古人之力、古人之情。

---

① 按：此二句就抗日战争而言。

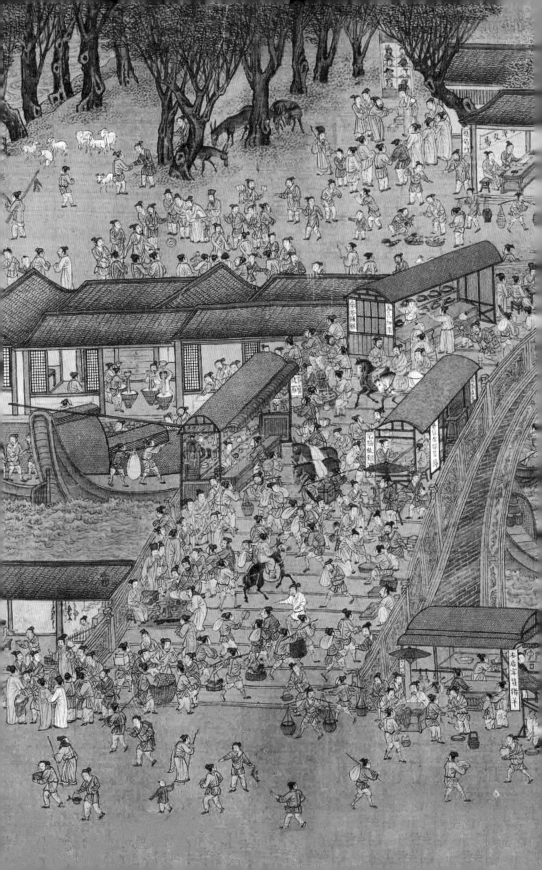

>>> 辛稼轩《满江红》："家住江南，又过了、清明寒食。花径里、一番风雨、一番狼藉。……"古人弄诗词，因他有闲情逸致；而现在世界，不允许我们如此了。图为明代仇英《清明上河图》（局部）。

前人将词分为婉约、豪放二派，吾人不可如此。如辛稼轩，人多将其列为豪放一派。而我们读其词不可只看为一味豪放。《水浒》李大哥是一味颠顸，而稼轩非一味豪放。即如稼轩之豪放，亦绝非粗鲁颠顸，而一般说豪放但指粗鲁颠顸，其实粗鲁颠顸乃辛之短处。人有不虞之誉，有求全之毁。君子善善从长，稼轩是有短处，但不可只认其短处，而将其长处全看不出。

人都说辛词好，而其好处何在？一说满拧。

辛有英雄的手段，有诗人的感觉，二者难得兼而有之。这一点辛很似曹孟德，不用说心肠、正义、慈悲，但他有诗人的力、诗人的诚、诗人的感觉。在中国诗史上，盖只有曹、辛二人如此。诗人多无英雄手段，而英雄可有诗人感情，曹与辛于此二者盖能兼之。老杜不成。老杜也不免诗人之情胜过英雄手段，便因老杜只是"光杆儿"诗人。

稼轩是承认现实而又想办法干的人，同时还是诗人。一个英雄太承认铁的事实，太要想办法，往往不能产生诗的美；一个诗人能有诗的美，又往往逃避现实。只有稼轩，不但承认铁的事实，没有办法去想办法，实在没办法也认了；而且还要以诗的语言表现出来。稼轩有其诗情、诗感。中国诗，最俊美的是诗的感觉，即使没有伟大高深的意义，但美。如"杨柳依依""雨雪霏霏"（《诗经·小雅·采薇》），若连此美也感觉不出，那就不用学诗了。"莫避春阴上马迟，春来未有不阴时。"（《鹧鸪天·送欧阳国瑞入吴中》）"明日阴晴未定"（朱敦儒《西江月》），"其雨其雨，杲杲出日"（《诗经·卫风·伯兮》），可"谁见苍天曾坠地，杞人忧思一何深"（余之《江头》）！既如此，无须挣扎，"莫避春阴上马迟，春来未有不阴时"，及时行乐。

此二句，连老杜也写不出。清周济（止庵）论词，将词分为自在、当行。① 自在是自然，不费力；当行是出色，费力。又当行又自在、

---

① 周济《介存斋论词杂著》论苏辛词云："世以苏辛并称，苏之自在处，辛偶能到；辛之当行处，苏必不能到。"

又自在又当行，很难得。如清真词自在，而不见得当行。稼轩当行，如"点火樱桃，照一架荼蘼如雪"（《满江红》），但又嫌他太费力。辛词当行多，自在少，而若其"莫避春阴上马迟，春来未有不阴时"二句，真是又当行又自在。若教老杜，写不了这样自在。

"莫避春阴上马迟"，不用管阴不阴，只问该上马不该，该走不该，该走该上马，你就上马走吧，"春来未有不阴时"！我们不生于华胥之国①，不能为葛天氏②之民，便不能等太平了再读书，这是铁的事实。一般人都逃避现实，逃避现实的人便是不负责任的人，偷懒的人，不配生在此世的人。我们要承认现实中铁的事实，同时要在此铁的事实中想办法。如人病入膏肓，没有办法了，等法子，不可为；没办法，想办法去实行；实在没办法，只好悬崖放手了。"莫避春阴上马迟，春来未有不阴时"，认了！

稼轩有时亦用力太过，如其咏梅之《最高楼》"换头"："甚唤得雪来白倒雪，便唤得月来香煞月。"中国咏梅名句是："疏影横斜水清浅，暗香浮动月黄昏。"（林逋《山园小梅》）林氏此二句实不甚高而甚有名。余不是不欣赏静的境界，但不喜欢此二句。此二句似鬼非人，太清太高了，便不是人，不是仙便是鬼，人是有血有肉有力有气的。如说"疏影横斜"二句是清高，恐怕也不见得。

"甚唤得雪来白倒雪，便唤得月来香煞月"，不能只看其捣乱，似白话，要看其力、诚、当行。胡适先生谓其好乃因其"俳体"，余非此意。它的确是"俳体"，是活的语言，而它最大的力量是诚，但太不自

---

① 华胥之国：《列子·黄帝》："（黄帝）昼寝而梦，游于华胥氏之国……其国无帅长，自然而已。其民无嗜欲，自然而已。不知乐生，不知恶死，故无夭殇；不知亲己，不知疏物，故无爱憎；不知背道，不知向顺，故无利害；都无所爱惜，都无所畏忌。入水不溺，入火不热。斫挞无伤痛，指擿无痟痒。乘空如履实，寝虚若处床。云雾不硋其视，雷霆不乱其听，美恶不滑其心，山谷不踬其步，神行而已。"

② 葛天氏：上古氏族部落首领，传说为华夏乐舞文化创始者。

>> > 辛稼轩这首《满江红》（家住江南）不是大声吆喝着讲的。"甚唤得雪来白倒雪"二句、"莫避春阴上马迟"二句可以讲，"杨柳依依""雨雪霏霏"，怎么讲？念一念就觉得好。图为清代樊圻《长江图》。

在。别人作"俳体",易成起哄、拆烂污①,发松,便因其无力。人一走此路便是下流,自轻自贱,叫人看不起。人必自侮而后人侮之,是自轻自贱,这样"俳体"不成。稼轩不然,稼轩心肠热,富于责任心,他有力、有诚,绝不致被人看不起,而且叫人佩服,五体投地,这便由于他

———————

① 拆烂污:南方方言,意思是指做事苟且马虎,不负责任,致使事情糟到难以收拾。

里面有一种力量，为别人所无。

读稼轩若只以豪放、俳体去会，便错了。不要以为"白倒雪""香煞月"是起哄，也不要以"落日楼头，断鸿声里，江南游子"（《水龙吟·登建康赏心亭》）一首为豪放，尤不可认为是颠顶。

辛稼轩这首《满江红》（家住江南）不是大声吆喝着讲的。"甚唤得雪来白倒雪"二句、"莫避春阴上马迟"二句可以讲，"杨柳依依""雨雪霏霏"，怎么讲？念一念就觉得好。（还不只是念，其实看一看便觉得好。）"家住江南，又过了、清明寒食"，一起便好。绝非粗鲁，尤其前片。"又过了、清明寒食"，什么都没说，而什么全有了。清明寒食，对得起江南，江南也对得起清明寒食，好像只有在江南，才配过清明寒食，说"家住北京"便不成，这没道理，这是感觉。有什么条文纪律？没有，就凭我嘴一说，你心一感。我说了，你不感不成；你感了，可以我不说。"花径里、一番风雨"，还没什么，"一番狼藉"（仄平平人），真好，用得真好，便看见满地落花，雨打风吹。"红粉暗随流水去，园林渐觉清阴密"，二句不见佳。"算年年、落尽刺桐花，寒无力"，真好，一念便觉无力。此是诗人感觉。说到感觉，需要静，需要细。体会时如此，创作时也需如此。

七　含笑而谈真理

辛稼轩有《西江月》两首，一题《遣兴》，一题《示儿曹，以家事付之》。

醉里且贪欢笑，要愁那得功夫。近来始觉古人书。信着全无是
处。　　昨夜松边醉倒，问松我醉何如。只疑松动要来扶。以手推
松曰去。(《西江月·遣兴》)

万事云烟忽过，百年蒲柳先衰。而今何事最相宜。宜醉宜游宜
睡。　　早趁催科了纳，更量出入收支。乃翁依旧管些儿。管竹管
山管水。(《西江月·示儿曹，以家事付之》)

《西江月》调太俗，欧公、苏公所作尚佳，南宋而后则推稼轩。此
调之俗，一因小说中用俗了；一因此调本身即俗，盖因六言之故。

王渔洋诗学王维，而口中捧老杜，实是挂羊头卖狗肉。姚鼐的《今
体诗钞》以为王摩诘有三十二相。(姚氏此书只收五七律，不收五七绝，
不知何故。)佛有三十二相，乃凡心凡眼所不能看出的。"望之俨然，即
之也温"(《论语·子张》)是老夫子，摩诘有三十二相，则超人。于诗，
摩诘不使力，老杜使力；王即使使力，出之诗亦高，而杜即使不使力，
出之诗亦艰难。以王如此之天才，作六言诗也不成。如其《闲居》：

桃红复含宿雨，柳绿更带朝烟。
花落家童未扫，鸟啼山客犹眠。

俗。一样话看你怎么说法，创作如此，说话亦然！说得好，假，人
都信；说得不好，真，人都不信。黄山谷与老杜争胜于一字一句之间，
起初余颇不以为然，而近来颇以为然。盖对一字一句不注意，就是放弃
了对文学之责任。同是这一点意思，说得好与不好，有很大关系。"桃
红复含宿雨，柳绿更带朝烟"，此境界的确不错，很有诗意，可惜写得
俗。若把"复"字、"更"字去了，"家"字、"山"字去了，便不一样。
改为：

桃红含宿雨，柳绿带朝烟。

花落童未扫，鸟啼客犹眠。

这便好得多，何故？此盖因中国诗不宜六言。

以王维三十二相写六言尚不免俗，何况我辈？然此乃就无天才者而言，假使真是天才，思想高深，虽顶俗的调子也能填得很好。如老谭（叫天）唱戏，《卖马》《打渔杀家》①……人说原多是开场戏，可是被老谭唱成大轴子了。《西江月》调原很俗，可是被欧、苏、辛作好了。

"俳体"，含笑而谈真理，使读者听了有趣，可是内容是严肃的。

人同什么开玩笑都可以，绝不可同自己生活开玩笑，能同生活开玩笑的人非大英雄即大天才，我辈绝不可如此。战战兢兢，小心谨慎，这样或者还能做成像样人，做点儿像样事，绝不可开玩笑。人到刀子搁脖子上还能开玩笑么？若还能，则此精神当可佩服。若对惊天动地、惊心动魄的事，都能开玩笑，那么你就开玩笑，因为你有这天才。不过开玩笑的确是可赞成的，可以使我们活得有味儿。在现在之世界，诚如巴尔扎克所言，忙得使人没法活了。"尘世难逢开口笑"（赵善括《满江红》），现在尤其难，简直压得我们出不来气，所以我们要开玩笑，不过态度是要含笑而谈真理。稼轩这不同自己开玩笑了么？而又很富于幽默趣味。有的人非常忠厚，而说出话来真幽默，这样人可爱。一个人应该是认真的，但休息时要有孩子的天趣，是活泼泼的、幽默的。如人之饮食为解饥渴，而有时要喝咖啡、吃糖，这不是为了解饥渴，乃是生活的调剂。在某种情形下，滑稽、幽默、诙谐是需要，唯不可成为捣乱、拆烂污。

幽默有三种：

① 《打渔杀家》：戏曲传统剧目，此戏原为《庆顶珠》中两折，叙梁山英雄萧恩与女儿桂英捕鱼为生，当地恶霸丁员外勾结官府，一再勒索渔税，滥施刑杖，父女被迫奋起抗争，杀死恶霸丁员外全家，远走他乡。

>>> 辛弃疾有《西江月》两首，一题《遣兴》："昨夜松边醉倒，问松我醉何如。只疑松动要来扶。以手推松曰去。"《西江月》调太俗：一因小说中用俗了；一因此调本身即俗，盖因六言之故。"桃红复含宿雨，柳绿更带朝烟"，此境界的确不错，很有诗意，可惜也是写得俗。图为明代李士达《坐听松风图》。

一种是讽刺。此种近于冷。如清人俞樾[①]的《一笑》记有一篇故事，写一个学生给老师戴高帽：

> 有京朝官出仕于外者，往别其师。师曰："外官不易为，宜慎之。"其人曰："某备有高帽一百，逢人则送其一，当不至有所龃龉也。"师怒曰："吾辈直道事人，何须如此！"其人曰："天下不喜戴高帽如吾师者，能有几人欤？"师颔其首曰："汝言亦不为无见。"其人出，语人曰："吾高帽一百，今止存九十九矣。"

人没有不喜欢戴高帽的。此故事是讽刺，但近于冷。

又一种是爱抚。发现人类或社会之短处，但不揭破它，如父母之对子女，带着忠厚温情。人本来是不够理想的生物，上帝造人便有缺点。但有的人因有一点缺点反而更可爱了。

又一种是游戏（唯美）。如以前冯梦龙[②]《笑府》所讲过的故事：三人漫步，一人曰："春雨如油。"第二人继曰："夏雨如馒头。"第三人则曰："周文王如塔饼。"（第二人故意将"油"之比喻义作为实义，故以"馒头"喻"夏雨"，第三人故意将"夏雨"之谐音为"夏禹"，方继之以"周文王"。）像这样的幽默既非刻薄，又非爱抚，只是智慧，如饮咖啡。

至于揭人阴私，血口喷人，品斯下矣。

稼轩此二首"俳体"，非讽刺，而颇近于爱抚。尤其后一首《示儿曹，以家事付之》，此爱不仅是对其子女，对自己亦有点爱抚。前一首颇似小儿天真。世人有思想者多计较是非，无思想者多计较利害。无论是非或利害都是苦，只有小儿无是非、利害，只是兴之所至，尽力去办，此是最富于诗味的游戏。如一些课外娱乐团体中，小儿游戏很天

---

① 俞樾（1821—1907）：清末学者、文学家，有《春在堂全书》。

② 冯梦龙（1574—1646）：明代文学家，编撰"三言"、《古今谭概》《列国志》等。

真、很坦白，而且是很真诚的。前一首《遣兴》非讽刺亦非爱抚，只是游戏。但游戏要坦白、真诚，忌妄言，稼轩做到了。

后人学稼轩多犯二病：一为忘掉稼轩才高，二为不能"入"。忘掉稼轩才高，则学之乱来。稼轩"才气纵横"，绝非鲁莽，不是《水浒》中李大哥蛮砍，忘此而学之乃乱来。稼轩能"入"，深入人心，深入人生核心，咀嚼人生真味。（朱希真便不能入，杀人不死。）常人但见稼轩词中说理，不知稼轩所说是什么理，他也说理，也不思量自己说的什么理。即如上述《玉楼春》（有无一理），稼轩说理还不是作"砸"了？不过英雄虽失败，到底是英雄；庸人到成功，也还是饭桶。项王临死乌江自刎还那么大方。常人既不了解稼轩之才气，又不了解稼轩之思想，所以胆大敢学。然而，要紧之处还在"感情浓挚"。

稼轩最多情，什么都是真格的。此直似杜工部、陶渊明、屈灵均，天才的精神多有相通处。"情感浓挚"作不出来，所以千百年后读稼轩词仍受其感动。

第十六课

漫议 S 氏论中国诗

S 氏对中国诗的评述，说中国诗是与警句相反的，中国诗在于引起印象。S 氏又说："此印象又非合盘托出，而只作一开端，引起读者情思。"平常说诗举渔洋"神韵"、沧浪"兴趣"、静安"境界"，以及吾所说"禅"，都太抓不住。虽然对，可是太玄，太神秘。若能了解，不用说；若不了解，则说也不懂。所以 S 氏说得好。只须记住给印象，又非合盘托出，而只作一开端。

《人物与批评》一文载《人间世》(1933 年出版)，作者列顿·斯特雷奇[①]，散文家。其中有一段对于中国诗的批评，可供参考。

　　西洋人不甚了解东方，总以之为神秘，尤其是中国思想及中国语言文字。S 氏虽不曾说中国诗与希腊诗占有同等地位，但确曾以之与希腊诗比较，亦可见其对中国诗之重视。实则 S 氏所见，亦不过仅为一西洋人[②]所翻译之一部分，而其见解甚好。

　　S 氏先说希腊的抒情诗都是些警句。此所谓警句，非好句之意，乃是说出后读者须想想，不可滑口读过，其中有作者的智慧、哲学，虽亦有感情、感觉，而其写出皆曾经理智之洗礼。鲁迅先生有一时期颇喜翻译匈牙利爱国诗人裴多菲[③]的诗，其中有句曰：

　　　　希望是甚么？是娼妓：

　　　　她对谁都蛊惑，将一切都献给；

---

　　① 列顿·斯忒雷奇（1880—1932）：英国传记作家、文学评论家，著有传记《维多利亚时代名人传》《伊丽莎白与埃塞克斯》，所作评论文章收录于《书籍与人物》《微型肖像》《人物与评论》等。

　　② 一西洋人：即翟理斯。翟理斯（1845—1935），英国汉学家，剑桥大学中文教授。1884 年出版《古文珍选》（Gems of Chinese Literature），1898 年出版《古今诗选》（Chinese Poetry in English Verse），1901 年出版《中国文学史》（History of Chinese Literature）。

　　③ 裴多菲（1823—1849）：匈牙利 19 世纪诗人，著有《雅诺什勇士》《民族之歌》《自由与爱情》等。

待你牺牲了极多的宝贝——

你的青春——她就弃掉你。

（《野草》引裴多菲《希望》）

人在青年时多有美好希望，而在老年时所得总是幻灭，如此之诗句是警句。希腊诗中多此种句，如曰"你生存时且去思量那死"，读之如一瓢凉水。希望是黑夜中一点光明，若无此光明，人将失去前行的勇气。裴多菲的诗真是"凉水"，而英人雪莱的诗"冬天来了，春天还会远吗"（《西风颂》）是给人以希望。一个消极，一个积极；一个诅咒希望，一个赞美希望，但皆为警句的写法。——今吾言此，尚非本题。

S氏对中国诗的评述，说中国诗是与警句相反的，中国诗在于引起印象。

这话是对的。如杜甫"干戈满地客愁破，云日如火炎天凉"（《夔州歌十首》其九），似警句而非警句，只是给人一种印象。老杜诗尚非中国传统诗，最好举义山之咏蝉："五更疏欲断，一树碧无情。"（《蝉》）蝉在日间叫，夜间叫，尤其月明时，而至五更则为露所湿，声不响矣。"五更"句是蝉；"一树"句似不是蝉，而又是蝉，且是"禅"。表面看似上句切，下句不切，实则懂诗的人觉得下句好。"一树碧无情"，无蝉实有蝉。尤其"碧"，必是"无情"的碧，才是蝉的热烈的叫声。又如义山之："荷叶生时春恨生，荷叶枯时秋恨成。"（《暮秋独游曲江》）并未言"恨"如何"生"，如何"成"，而吾人自可得一印象。生时尚有生气，枯时真是憔悴可怜。中主词"菡萏香销翠叶残，西风愁起绿波间"（《山花子》），可为"秋恨成"之注解。今天我讲这些，不是让同学信我的话，而是信义山的诗、中主的词。再如"采菊东篱下，悠然见南山"（陶渊明《饮酒二十首》其五），无意义，而能给人一种印象。若找不到印象，便是不懂中国诗。

然中国诗尚非仅此而已，又可进一步。故S氏又说："此印象又非合

>> > "荷叶生时春恨生，荷叶枯时秋恨成"，并未言"恨"如何"生"，而吾人自可得一印象。生时尚有生气，枯时真是憔悴可怜。图为清代陈枚《月曼清游图册·六月碧池采莲》。

盘托出，而只作一开端，引起读者情思。"

此说法真好。

义山《锦瑟》之"蓝田日暖玉生烟"句，亦是印象。若义山之"身无彩凤双飞翼，心有灵犀一点通"（《无题》）实在不好，实即《诗》"爱而不见"四字而已，此二句即和盘托出者。"参"义山诗，若参此二句，参到驴年、猫年也不"会"。"一树碧无情"，真好，可是是一触即来的。又如钱起"曲终人不见，江上数峰青"（《湘灵鼓瑟》）比白居易《琵琶行》"大珠小珠落玉盘"如何？钱氏乃引起印象，更非和盘托出；《琵琶行》虽好，而似外国诗。故译好《琵琶行》较译好"一树碧无情""江上数峰青"为易。

老杜有的诗，病在和盘托出，令人发生"够"的感觉，老杜是打破中国诗之传统者。

中国诗是简单而有神秘。如说"一"，而"一"向后数目甚多，"一"字却甚简单。S氏只读少数中国诗，而有此批评，其感觉真是锐敏，尚非只理智之发达。

S氏之言，盖谓中国诗并非给与人一种印象，而是引起人一种印象。

清人徐兰《出居庸关》云："马后桃花马前雪，出关争得不回头。"今天是"杨柳依依"，明天是"雨雪霏霏"（《诗经·小雅·采薇》）。又如《诗》之"桃之夭夭，灼灼其华"（《周南·桃夭》），皆引起人一种印象。"采菊东篱下，悠然见南山"是抒情，亦是引起人一种印象。不但抒情，写景亦然。如曹子建"明月照高楼"（《七哀》）、大谢"池塘生春草"（《登池上楼》），好即因皆能引起人一种印象。江文通《别赋》："春草碧色，春水渌波，送君南浦，伤如之何？"后人写"别"多用之，可见其动人之深，影响之大。始言"草碧""水渌"，与"送""伤"有何关系？作者并未言，而人对此草、此水，送君南浦，一别定是悲伤。"春草"二句之下，准是"送君南浦，伤如之何"，因此二句引起人送别的悲伤，引起人一种意象，尚不仅是"想"，而是"感"，由感而生出的，是自然的，引起人一种送别的悲伤印象。

中国诗写景抒情皆走此路。又，《人间世》之"补白"举杨万里诗：

> 古寺深门一径斜，绕身萦面总烟霞。
> 低低檐入低低树，小小盆盛小小花。
> 经藏中间看佛画，竹林外面是人家。
> 山僧笑道知侬渴，其实客来例瀹茶。
>
> （《题水月寺寒秀轩》）

"补白者"谓其非常活泼，盖指"低低"二句。"补白者"又称后二句尤好，实则和盘托出的，多么浅薄，能给我们什么印象？至如唐人写庙，曰"古木无人径，深山何处钟"（王维《过香积寺》），曰"竹径通幽处，禅房花木深"（常建《题破山寺后禅院》），给我们的但为印象。

参义山"身无彩凤"二句，越参越钝，结果"木"而已；若参诚斋"低低"二句，则不但不能成佛，简直入魔，比"木"还不如。杨此首诗绝不可参。学义山当参"一树碧无情"句。

书法有所谓"缩"字诀，曰"无垂不缩"。垂向外，缩向内，一为发表，一为含蓄。"永字八法"每笔是垂，而每笔又是缩。此法用于作诗，不好讲，一讲便为理智者矣。而作诗不得"缩"字诀者，多剑拔弩张，大嚼无余味。登上北海白塔，西看西什库教堂，东看故宫，二者作风截然不同。西洋建筑或者好玩；中国建筑不好玩，而庄严、美，就是因为后者有"缩"的好处。

李、杜二人皆长于"垂"而短于"缩"。前言老杜的诗打破中国诗之传统，太白诗不但在唐人诗中是别调，在中国传统诗上亦不为正统。盛唐孟浩然、晚唐李义山，皆走的是"缩"的一条路，引起人一种印象，而非和盘托出。李、杜则发泄过甚。杨诚斋那首七律《题水月寺寒秀轩》则每句皆"垂"而不"缩"，读后人所得只是零碎破烂。零碎中

>> > 江文通《别赋》"春草碧色，春水渌波，送君南浦，伤如之何"。人对此草、此水，送君南浦，一别定是悲伤。"送君南浦，伤如之何"引起人送别的悲伤，引起人一种意象，引起人一种送别的悲伤印象。图为明代沈周《京江送远图》。

或者有真大之物，无奈皆太零碎。若问诗人所写出者乃一篇，何谓残缺不完整？冬郎（韩偓）"菊露凄罗幕，梨霜恻锦衾。此生终独宿，到死誓相寻"（《别绪》）是完整的；前举江淹《别赋》四句，虽是两半截，而实在是整个的；义山《锦瑟》一首也是完整的。诚斋《题水月寺寒秀轩》一首，诗中东西真多，而太零碎，一句中至少有两个名词。任何一名词皆可加形容词，而其最适合者只有一个。明白这一点，则知近代白话文所用过多之形容词是太浪费、太零碎，不是完成，而是破坏；而且写文学作品应少用名词。然则义山之"沧海月明珠有泪，蓝田日暖玉生烟"（《锦瑟》）岂非一句四个名词？此则吾人不能比，后人皆学不好。且义山"沧海"二句只说一珠一玉，而诚斋"绕身萦面总烟霞"句多乱，如请某人吃饭，说"来"即可，何必说"来""坐下""张嘴""吃饭"，等等。真是破坏。

至如老杜"荡胸生层云"（《望岳》），诚斋何能比？方才说老杜不能"缩"，乃比较言之，如此句何尝不"缩"？此句也是引起人一种印象。谓之写实可，谓之幻想亦可，若谓山中灏气一动，则胸中之云亦生，则为幻想矣。然"荡胸"何尝不"荡头""荡脚"？但不能说，一说便完了。诗即在引起人的印象而非给与，只是引起印象故只说"荡胸"，《别赋》亦只说"春草""春水"便可。老杜一"荡"字、一"生"字，活泼泼地出来，诚斋"绕""萦"多死。正如说糖是甜的、盐是咸的，但又不纯是甜或咸。凡好的糖皆在甜之外另有别味，否则人不能满足。老杜"荡""生"二字在甜、咸之外，另能引起一种感觉。

诚斋"小小盆盛小小花"句更糟，若曰"栽"尚较好，因说"栽"，则花、盆合一；说"盛"，则花、盆分为两矣。诚斋之末二句只是仗着一点机智。机智可引人发笑，而绝非诗。机智只有"垂"而无"缩"。

说得远了，就此带住。